Das Buch

Frankfurt, Herbst 1596: Unter der Bevölkerung ist eine rätselhafte Krankheit ausgebrochen: das Antoniusfeuer, das die Erkrankten in den Wahnsinn treibt und ihnen die Gliedmaßen absterben lässt. Die Heilerin Lovenita Metz macht sich Sorgen. Gemeinsam mit ihrer fünfzehnjährigen Tochter Clara verkauft sie ihre selbst hergestellten Tränke und Tinkturen auf der Herbstmesse. Dort begegnet sie auch Claras Vater wieder, der sie vor Jahren betrog und auf sich allein gestellt zurückließ. Nur diesmal tritt er nicht als gewöhnlicher Apothekerlehrling Albin Müller auf, als den sie ihn kennenlernte, sondern als Albinus Mollerus – angeblich ein großer Visionär –, und er sagt das Ende der Welt voraus.

Als Lovenita ihm seine Bitte um Verzeihung abschlägt, dauert es nicht lang, und sie wird der Hexerei beschuldigt. Natürlich steckt Albinus dahinter, und tatsächlich schenken die Stadtbewohner ihm und seinen düsteren Vorhersagen Glauben. Als für Lovenita schon alles verloren zu sein scheint, taucht der Medicus Johannes Lonitzer auf, der nicht nur der Ursache für die Epidemie auf den Grund gehen und die Bevölkerung retten möchte, sondern auch um jeden Preis Lovenita zur Seite stehen will.

Die Autorin

Ursula Neeb hat Geschichte studiert. Aus der eigentlich geplanten Doktorarbeit entstand später ihr erster Roman *Die Siechenmagd*. Seitdem hat sie viele historische Romane veröffentlicht, unter anderem die *Hurenkönigin*-Reihe. Sie arbeitete außerdem beim Deutschen Filmmuseum und bei der *FAZ*. Heute lebt sie als Autorin mit ihren beiden Hunden in Seelenberg im Taunus.

Von der Autorin sind in unserem Hause bereits erschienen:

Das Geheimnis der Totenmagd
Die Hurenkönigin
Die Hurenkönigin und der Venusorden
Die Rache der Hurenkönigin
Der Teufel vom Hunsrück

Ursula Neeb

Die Feuerheilerin

Historischer Roman

Ullstein

Besuchen Sie uns im Internet:
www.ullstein-taschenbuch.de

Originalausgabe im Ullstein Taschenbuch
1. Auflage Januar 2017
© Ullstein Buchverlage GmbH, Berlin 2017
Umschlaggestaltung: zero-media.net, München
Titelabbildung: © Stephen Mulcahey / arcangel images (Frau);
© FinePic®, München (Himmel, Landschaft)
Satz: Pinkuin Satz und Datentechnik, Berlin
Gesetzt aus der Garamond
Druck und Bindearbeiten: CPI books GmbH, Leck
Printed in Germany
ISBN 978-3-548-28856-7

Dir und mir – dem Phönix aus der Asche –
ist dieses Buch gewidmet.

*»Der Wolf ist im Korne; wenn er euch frisst,
müssen eure Seelen von Baum zu Baum fliegen,
bis das Korn eingefahren ist.«*
(Mittelalterlicher Warnspruch vor
dem Antoniusfeuer)

Prolog

Graue Nebelschwaden hingen über den Flussauen des Rheins und dämpften alle Geräusche. Selbst der Nieselregen schwebte lautlos vom wolkenverhangenen Abendhimmel herab und hüllte alles in hauchdünne Schleier. Die Frau mit dem roten Kopftuch und dem bunten, orientalisch anmutenden Gewand, die am Flussufer Kräuter sammelte, hielt plötzlich inne und versank in der Betrachtung eines großen, kunstvoll gewebten Spinnennetzes, in dem die Regentropfen glitzerten. Violetta Metz, ihres Zeichens Heilerin und Wahrsagerin des Zigeunerclans der Kesselflicker, hatte einen Blick für die Schönheit der Natur. Versonnen betrachtete sie die wohlgenährte Kreuzspinne, die unbeweglich in dem filigranen Gebilde saß und auf Beute lauerte. *Dein Tisch ist doch sowieso schon gut genug gedeckt, musst du dann auch noch die ganzen Glühwürmchen fressen*, dachte Violetta ergrimmt und stellte mit Bedauern fest, dass sie in diesem Sommer, der den Namen weiß Gott nicht verdient hatte, noch kein einziges Glühwürmchen gesehen hatte. Die wundersamen Zaubertierchen, die Violettas Herz so erfreuten, muteten an wie ausgestorben. Selbst im dichten Ufergestrüpp, wo sich die kleinen Leuchtkäfer in der

Dämmerung sonst besonders gerne tummelten, waren sie nicht auszumachen. Während Violettas Blick noch über das Dickicht schweifte, gewahrte sie mit einem Mal die Konturen einer Gestalt, die am Flussufer saß. Sie trat einen Schritt vor, um sich die Person genauer anzuschauen, und erkannte, dass es sich um eine junge Frau handelte, die einen Säugling auf dem Arm hielt. Sie weinte und starrte aufs Wasser. Bei ihrem Anblick wurde die Zigeunerin von einer plötzlichen Müdigkeit erfasst, die auf ihren Schultern lastete wie Blei – ein sicheres Zeichen für Violetta, dass sie Zugang zu der Seele eines Menschen hatte. Die Botschaft, die sie empfing, war jedoch kaum zu ertragen, denn die junge Frau wollte ihrem Leben ein Ende bereiten. Wie eine Schlafwandlerin ging Violetta auf die Frau zu, ließ sich neben ihr nieder und blickte sie unverwandt an. Die Tränen der jungen Mutter wurden immer verzweifelter, während sie die alterslose Frau mit den markanten, fremdländischen Gesichtszügen und dem farbigen Gewand ansah, die leise zu sprechen begann.

»Du bist nicht allein, ich bin bei dir und werde dir helfen«, sagte Violetta besänftigend. »Dir geht es gut, und du wirst weiterleben!«

Über das verhärmte Gesicht der jungen Frau huschte ein Lächeln. »Mir geht es gut, und ich werde weiterleben«, wiederholte sie wie in Trance.

»Du musst weiterleben, weil dein Kind dich braucht, und du wirst weiterleben!«, befahl ihr die Zigeunerin mit fester Stimme.

»Ich werde weiterleben«, murmelte die Frau, »weil

mein Kind mich braucht ...« Doch unversehens verstummte sie und gab dann einen verzweifelten Aufschrei von sich, der Violetta durch Mark und Bein ging.

»Aber ich will nicht mehr leben!«, stammelte sie. »Das war schon immer so und wird sich auch niemals ändern.«

Violetta war schon vielen Schwermütigen begegnet, was in dieser düsteren, von Seuchen und Hungersnöten geprägten Zeit auch nicht erstaunlich war. Manches Mal war es ihr sogar gelungen, einen Gemütskranken von seiner Melancholie zu befreien – aber im Falle der jungen Mutter, und das spürte sie bis ins Innerste, standen ihre Chancen schlecht. Die Seele der Unglücklichen war einfach zu umnachtet, und der Schatten der Schwermut, der ihr Gemüt verdunkelte, war zu groß, als dass sie ihn hätte lichten und die Lebensgeister hätte wecken können. Unversehens lastete auch auf der Seele der Heilerin eine abgrundtiefe Traurigkeit, die sie zu überwältigen drohte. Violetta, die solche todtraurigen Momente schon erlebt hatte, in denen sie mit ihrer Gabe an Grenzen stieß und ohnmächtig erkennen musste, dass dem Kranken nicht mehr zu helfen war, schüttelte sich wie ein nasser Hund, um die Beklemmung loszuwerden und wieder Klarheit zu erlangen. Doch die erfahrene Heilerin mochte die Hoffnung nicht aufgeben, denn mitunter glomm selbst bei den vermeintlich aussichtslosen Fällen noch ein Fünkchen Lebenslicht im Innern – sollte es sich so verhalten, würde sie es entfachen, dachte Violetta entschlossen. Hier ging es eindeutig darum, *zwei* Leben zu retten, war doch das Geschick des Kindes untrennbar mit dem der Mutter verbunden. Sie sah die Schwermütige offen an, und aus ihren Augen sprach ein solches Mitgefühl, dass es der Unglücklichen unwillkürlich das Herz öffnete. Die junge Frau fühlte eine tiefe innere Ruhe und Entspannung, die sie auf wundersame Weise in die Lage versetzte, über ihre Drangsal zu sprechen, was ihr bisher in ihrem leidvollen Leben gänzlich unmöglich gewesen war.

»Dieser Fluch wurde mir schon in die Wiege gelegt«, erklärte die Gemütskranke leise. Violetta erkannte erstaunt, dass sie unter der Dreckkruste, die ihr Gesicht überzog, eigentlich sehr schön war. Sie war blutjung, die Zigeunerin schätzte sie auf höchstens siebzehn Jahre. Der von Schwermut verschleierte Blick der jungen Mutter wurde allmählich klarer. Sie stellte sich Violetta als Theresa Guth vor, die jüngste Tochter eines wohlhabenden Mainzer Kaufmanns.

»Ich war ein sehr verschlossenes, zu Grübeleien neigendes Kind. Am fröhlichen Spiel anderer Kinder mochte ich kaum teilnehmen, ich hatte keine Freude an ihrem ausgelassenen Treiben. Die meiste Zeit stand ich unbeteiligt am Rande und zog mich in meine eigene Welt zurück. ›Ihre Melancholie wird sich schon lichten, wenn sie einen Bräutigam hat‹, pflegte meine Mutter immer zu sagen«, erklärte die junge Frau mit sarkastischem Auflachen. »Schön anzusehen, wie ich nun einmal war, fand sich auch bald ein Heiratskandidat aus begütertem Hause, der bei meinem Vater um meine Hand anhielt. Das war vor drei Jahren, ich war gerade dreizehn geworden ...« Theresa seufzte. »Ich kannte

12

Wolfgang, den Sohn eines reichen Mainzer Tuchhändlers, schon aus Kindertagen – und konnte diesen eitlen, selbstverliebten Gecken nicht ausstehen. Er sah zwar blendend aus und konnte sich gewählt ausdrücken, doch er hatte ein kaltes Herz, und für ihn zählten nur Geld und Erfolg, die er durch unsere Heirat zu mehren glaubte. Die Hochzeitsvorbereitungen liefen auf Hochtouren, als ich zum ersten Mal versuchte, mich selbst zu entleiben. Ich wollte mich auf dem Dachboden aufknüpfen – was jedoch leider fehlschlug.« Das Bedauern der jungen Frau war offenkundig. »Meine Familie bemühte sich daraufhin mit größter Diskretion um Hilfe und fand sie bei dem Dominikanerpater Aloisius aus Worms, der als einer der namhaftesten Exorzisten im ganzen Lande galt. Zunächst suchte der Pater mich mit salbungsvollen, trostreichen Predigten von meinen Obsessionen abzubringen, jedoch ohne den erhofften Erfolg. Ich dämmerte nur noch in dumpfer Apathie vor mich hin, was es den Menschen in meiner Umgebung unmöglich machte, normalen Umgang mit mir zu pflegen. Daraufhin unternahm Pater Aloisius mit mir eine Wallfahrt in die Eifel, zum Kloster des heiligen Cornelius, des Schutzpatrons der Gemütskranken und Fallsüchtigen, wo wir gemeinsam mit anderen Kranken vor dem Reliquienschrein des Heiligen beteten, gesegnete Corneliusbrote erhielten und geweihtes Wasser aus dem Trinkhorn des Heiligen tranken. Doch da auch das nichts nützte und mein Gemüt weiterhin umnachtet blieb, entschloss sich der Pater schließlich, eine Teufelsaustreibung an mir vorzunehmen. Diese war für mich

13

um einiges schlimmer als meine Schwermut. Aber auch das half nichts.« Die Gesichtszüge der jungen Frau bebten. »Mein vortrefflicher Bräutigam war der Erste, der sich von mir abwandte, gefolgt von meiner Familie, die schweren Herzens akzeptierte, dass ihre wunderhübsche Tochter vollends zu den Sinneskranken gehörte«, erläuterte die junge Frau bitter. »Meine Eltern ließen mich aus der gesetzlichen Erbfolge streichen und verwahrten mich in einer abschließbaren Dachkammer. Meine Pflege und Versorgung überließen sie einer alten Magd, sie selbst gaben sich fortan nicht mehr mit mir ab. Daraufhin versuchte ich erneut, meinem unseligen Dasein ein Ende zu bereiten, und schlitzte mir mit der Kante eines Silberlöffels, den ich zuvor am Mauerwerk geschärft hatte, die Pulsadern auf. Dies war jedoch ebenso wenig von Erfolg gekrönt, denn die alte Hausmagd fand mich viel zu früh, in einer Blutlache, aber noch lebendig. Meine Familie steckte mich kurzerhand in den Mainzer Narrenturm, wie man es so macht mit Toren, die einem nur Verdruss bereiten. Das war vor gut zwei Jahren. Im Narrenturm gab ich mich vollends auf und wünschte mir nur noch den Tod. Etliche Male habe ich seither Hand an mich gelegt, doch die Turmwärter waren wachsam, und so wurde ich immer wieder ins Dasein zurückgezwungen.« Die junge Frau hielt inne und wischte sich die Tränen, die auf ihren schmutzverschmierten Wangen helle Schlieren hinterließen, aus den Augenwinkeln.

Die Zigeunerin legte ihr mitfühlend die Hand auf den Arm. »Wasch dir mal gründlich das Gesicht, mein

Kind, du kannst ja vor Dreck kaum noch aus den Augen schauen«, sagte sie begütigend und bot der jungen Frau an, solange das Kleine zu halten.

»Die Wasserrationen im Narrenturm sind knapp bemessen und reichen gerade so, dass keiner der Narren verdurstet«, erläuterte Theresa, reichte den schlafenden Säugling behutsam an die Zigeunerin weiter und reinigte sich mit dem Flusswasser gründlich das Gesicht. Zum Vorschein kam ein Antlitz von elfenhafter Schönheit. Erst jetzt fiel Violetta auf, dass die junge Frau meergrüne Augen hatte. *Es ist jammerschade um so ein junges, liebreizendes Geschöpf,* ging es ihr durch den Sinn, und ihr Herz krampfte sich schmerzhaft zusammen. Ohne dass Violetta ihre Gedanken ausgesprochen hätte, knüpfte die junge Frau daran an und fragte mit tiefer Niedergeschlagenheit, warum Gott sie so strafe.

»Ich bin doch verloren in dieser Welt«, murmelte sie verzagt, »und das Leben ist mir eine einzige Last, selbst jetzt noch, da ich meinen kleinen Schatz habe …« Sie wies auf den Säugling im Arm der Zigeunerin, der friedlich schlummerte, und schluchzte auf. »Mein armes, armes Kind, was hast du nur für eine Rabenmutter«, brach es aus ihr heraus. »Ich habe die ganze Zeit mit mir gerungen, ob ich Undine mit in den Tod nehmen soll, aber ich habe es nicht übers Herz gebracht.«

»Das ist auch gut so!«, sagte Violetta bestimmt und streichelte dem Säugling übers Händchen. Sogleich schlug die Kleine die Augen auf und blickte die Zigeunerin an. Die Augen des Kindes waren von kristallklarer Reinheit.

»Sie strahlt ja wie ein Glühwürmchen!«, murmelte die Zigeunerin und empfand plötzlich eine grenzenlose Zuneigung zu dem kleinen Wesen. »Undine heißt du«, raunte sie der Kleinen zu, »das passt ja, denn du hast die Augen einer Meerjungfrau.« Violetta war sich mit einem Mal sicher, dass dies das schönste und liebenswerteste Geschöpf war, dem sie jemals begegnet war.

»Die Kleine ist ein leuchtender Stern, der Licht in deine Dunkelheit bringen wird«, wandte sie sich an die Mutter. »Sie ist ein Geschenk des Himmels, durch die Liebe zu deinem Kind wirst du deinen Platz im Leben finden. Ich werde dir dabei helfen!« Violetta legte Theresa den Arm um die Schultern.

»Es gibt nichts, was ich mir sehnlicher wünsche, als meinem Kind eine gute Mutter zu sein«, bekundete Theresa, doch im nächsten Augenblick verdüsterten sich ihre Züge wieder. »Mein kleines Mädchen ist unter einem unglücklichen Stern geboren worden«, sagte sie gramvoll. »Sie hat im Narrenturm das Licht der Welt erblickt, einen trostloseren Ort für einen Säugling kann es nicht geben. Das dachten auch die Narrenwärter und haben mich und das Kind vor ein paar Tagen auf die Straße gesetzt. Seitdem kampiere ich mit der Kleinen unter freiem Himmel, ohne eine feste Bleibe. Was ist denn das für ein Leben für ein Kind!«

Eine Woge des Mitgefühls stieg in Violetta auf. »Aber das Schicksal hat ein Einsehen mit euch gehabt und es so gefügt, dass wir uns begegnet sind. Denn heute Nacht werdet ihr nicht draußen schlafen müssen. In meinem Planwagen findet ihr ein warmes, trockenes Plätzchen mit Kissen und Wolldecken und ein heißes Süppchen noch dazu!«, erklärte die Zigeunerin mit warmherzigem Lächeln. »Ich denke, wir sollten uns auch langsam dorthin aufmachen, ehe uns der Nieselregen noch ganz aufweicht.« Mitsamt der kleinen Undine auf dem Arm richtete sie sich langsam auf.

Die junge Mutter musterte sie versonnen. »Euch schickt der Himmel«, murmelte sie und streckte die Arme aus, um den Säugling, der in ein schmuddeliges Leinentuch gewickelt war, wieder an sich zu nehmen. Die erfahrene Menschenkennerin wertete die Geste als eindeutige Lebensbejahung und freute sich im Stillen darüber. Während die beiden Frauen mit dem Wickelkind dem Zigeunerlager zustrebten, welches nach Violettas Bekunden nur einen kurzen Fußmarsch vom Rheinufer entfernt war, erkundigte sich die Zigeunerin nach dem Alter des Mädchens.

»Undine wurde am 22. Dezember des letzten Jahres geboren, sie ist jetzt etwas über ein halbes Jahr alt«, erläuterte Theresa. Violetta merkte auf, als sie das Geburtsdatum des Kindes vernahm.

»Das ist der Tag der Wintersonnenwende – ein ganz bedeutendes Datum«, konstatierte sie beeindruckt und fragte die junge Frau, wer der Vater des Mädchens sei. In Theresas Augen trat ein warmer Glanz.

»Undines Vater war ein verwegener Wilderer und Bogenschütze. Ich kannte nur seinen Spitznamen, da es unter Räubern und Wilddieben üblich ist, einander nur mit den Geheimnamen anzusprechen. Man nannte ihn Goldfinger-Balthasar. Die Narrentürme werden ja

17

auch als Gefängnistürme genutzt, in eigens dafür vorgesehenen Kerkern werden Diebe und Verbrecher verwahrt. Und weil Balthasar bei den Verhören verstockt blieb und die Namen seiner Kumpane nicht preisgeben wollte, steckten ihn die Gewaltdiener kurzerhand zu den Unsinnigen in den Narrenflügel, in der Hoffnung, dass ihn das aberwitzige Schreien und Wehklagen der Irrsinnigen weichkochen würde. Dort sind wir uns begegnet.« Theresa lächelte. »Wir haben uns nur angeschaut und wussten, dass es die große Liebe war. Es war die glücklichste Zeit meines Lebens, die Liebe zu Balthasar hat mich gesund gemacht. Alle Widerwärtigkeiten, denen man im Narrenturm ausgesetzt ist, konnten uns nichts anhaben, wir genossen jeden Augenblick, den wir gemeinsam erleben durften, wussten wir doch von Anfang an, wie begrenzt unsere Zeit war. Als Wiederholungstäter hatte Balthasar die Todesstrafe zu erwarten …« Theresa konnte vor Schmerz nicht weitersprechen. Violetta verstand und schloss sie in die Arme.

»Unser Glück währte nur eine Woche, dann haben sie ihn abgeholt«, stieß Theresa hervor. »Ich habe ihn nie wiedergesehen, er wurde kurze Zeit später an den Galgen geknüpft. Ich habe seinen Tod bis heute nicht verwunden und frage mich immer wieder, warum das Schicksal so grausam zu uns war. Erst schenkt es uns die Liebe, um uns bald darauf wieder aufs Schmerzlichste zu entzweien …«

»Das ist fürwahr ein hartes Geschick, ein solcher Schlag hätte auch gefestigtere Gemüter ins Straucheln gebracht«, erwiderte Violetta. »Ich verstehe dein Hadern, Theresa, aber eure Liebe ist nicht tot – sie lebt in Undine fort. Eure wunderbare Tochter ist ein Kind der Liebe, das solltest du niemals vergessen.«

Die junge Frau nickte bewegt und presste den Säugling an ihre Brust.

»Alleine dafür lohnt es sich zu leben!«, sagte die Zigeunerin nachdrücklich.

»Das ist wohl wahr«, entgegnete Theresa bedrückt. »Ich hoffe nur, ich vergesse es nicht, wenn die große Leere wieder über mich kommt. Ich bete zum Himmel, dass das niemals geschehen möge!«

———◆———

Es war schon späte Nacht, als die Männer, Frauen und Kinder des Zigeunerclans der Kesselflicker die Suche nach der vermissten jungen Frau abbrachen, die seit nunmehr einem Monat mit ihrer kleinen Tochter unter ihnen geweilt hatte und von allen wegen ihrer elfenhaften Grazie »Elfchen« genannt wurde. Niedergeschlagen strebten sie dem Lager unweit des Baches Usa zu. Vor allem Violetta war über das Verschwinden der jungen Mutter zu Tode betrübt – obgleich sie damit gerechnet hatte, denn gerade in den letzten Tagen war die Gemütskranke wieder derart verzagt gewesen, dass selbst ihr Kind sie nicht aus ihrem Jammertal hatte herausholen können. Teilnahmslos hatte Theresa die Kleine an die Brust genommen, wenn sie hungrig gewesen war, und ebenso gleichgültig legte sie sie zurück in den mit Decken ausgepolsterten Weidenkorb, der dem Kind als

Wiege diente. Nichts schien ihr verdüstertes Gemüt zu erreichen, geschweige denn, es aufzuhellen. Weder Violettas aufmunternde Worte noch der zu Herzen gehende Gesang und die Violinenklänge am abendlichen Lagerfeuer noch das Lächeln ihres Kindes. Violetta erinnerte sich daran, dass Theresa sie vor geraumer Zeit forschend angesehen und sie gefragt hatte, ob sie selbst Kinder habe. Mit tiefem Bedauern hatte Violetta verneint und erklärt, dass ihr Schoß nicht gebären könne und dass es keinen schlimmeren Fluch für eine Zigeunerin gebe, als unfruchtbar zu sein. Frauen wie sie würden normalerweise vom Stamm verstoßen. Alleine ihre Gabe, zu heilen, die schon zahlreichen Stammesmitgliedern geholfen habe, bewahre sie davor. *Du brauchst keine eigenen Kinder, du bist die Mutter aller* – diese wunderbaren und tröstlichen Worte der alten Stammesmutter Esma, die gleichzeitig ihre Großmutter war, hatte sie Theresa mit wehmütigem Lächeln anvertraut – und Theresa bekräftigte die Worte mit einer für sie ungewohnten Nachdrücklichkeit und küsste Violetta sogar die Hand.

»Du liebst sie sehr?«, fragte Theresa sie dann mit Blick auf Undine, weniger eine Frage als eine Feststellung.

»Von ganzem Herzen«, antwortete Violetta und fügte hinzu, dass sie Theresa indessen nicht minder liebe. Theresa murmelte versonnen, dass sie ihr Kind auf Erden keinem besseren Menschen anvertrauen könne als Violetta. Sie nickte nur, als Violetta ihr mit einiger Entrüstung entgegenhielt, selbst der gütigste Mensch der Welt könne wahre Mutterliebe nicht ersetzen, dessen müsse sie sich stets bewusst sein.

»Das weiß ich«, erwiderte sie, »doch das Traurige ist, dass ich in den Phasen der Schwermut nur eine große Leere in mir fühle und unfähig bin, etwas zu empfinden – außer einem grenzenlosen Lebensüberdruss. Ich bin nicht in der Lage, meinem Kind das zu geben, was es am nötigsten braucht: eine Mutter, die es bedingungslos liebt. Du glaubst ja gar nicht, wie sehr ich mich dafür hasse und mir wünsche, ich wäre nie geboren worden!«

Violetta hatte gespürt, wie schlecht es Theresa in den letzten Tagen gegangen war, doch sie war außerstande gewesen, ihr zu helfen. Es blieb ihr nur, zu Sara la Kali zu beten, der Schutzpatronin und Großen Mutter der Zigeuner, und die Schwarze Jungfrau um Beistand für Theresas gepeinigte Seele zu bitten.

Doch dann war das Elfchen plötzlich verschwunden. Ganz so als hätte der Erdboden es verschluckt. Theresa hatte Violetta noch am Vormittag zu den Streuobstwiesen auf einer Anhöhe begleitet. Mit Argusaugen wachten die Einheimischen darüber, dass sich die beiden Frauen, von denen eine unschwer als »Ägypterin« zu erkennen war, wie Zigeunerinnen im Volksmund genannt wurden, bloß nicht am Fallobst vergriffen. Was Violetta und Theresa auch tunlichst vermieden. Stattdessen füllten sie, zur Verwirrung der Dörfler, ihre großen Tragekörbe mit Erde, vornehmlich der frischaufgeworfenen Erde von Maulwurfshaufen, die Violetta zu Heilzwecken benötigte. Der fruchtbare Lehmboden der Wetterau, den Violetta im Lager sorgfältig siebte und reinigte, eignete sich vortrefflich für Wundauflagen und Umschläge bei Verbrennungen.

»Fresst ihr Hühnerdiebe jetzt auch noch Dreck?«, rief ihnen ein vierschrötiger Bauernlümmel zu, und Violetta fragte ihn, ob er noch nie davon gehört habe, dass es manchen Leuten sogar gelinge, aus Dreck Gold zu machen. Nachdem sie im Lager angekommen waren, lief Theresa mit einem Eimer zum Bach, um Wasser zu holen – und kehrte nicht mehr zurück. Als ihr das Warten zu lang wurde, war Violetta mit bangen Ahnungen aufgebrochen und hatte die nähere Umgebung vergeblich nach der jungen Frau abgesucht. Auch die anschließende Suche der Clanmitglieder im Umfeld des Dorfes und in der Ortschaft, wo sie sich bei den Einheimischen nach Theresa erkundigten, hatte keinerlei Hinweise ergeben.

Niedergeschlagen und erschöpft kehrte Violetta um Mitternacht zu ihrem Planwagen zurück, wo eine der Alten das schlafende Kind hütete, und brach bei dem friedvollen Anblick des Säuglings in Tränen aus.

Am nächsten Morgen flehte Violetta die Stammesmutter an, die Suche nach Theresa fortzusetzen, doch diese sprach sich dagegen aus und drängte stattdessen zum Aufbruch. Obgleich Violetta von klein auf gelernt hatte, den Entscheidungen der Phuri dai mit uneingeschränkter Achtung zu begegnen, begehrte sie jetzt dagegen auf. Die zahnlose alte Frau, die das faltige Antlitz einer Schildkröte besaß und fünfzehn Kindern das Leben geschenkt sowie Dutzende Enkel und Urenkel heranwachsen gesehen hatte, musterte die aufsässige Enkeltochter mit einer Mischung aus Nachsicht und Strenge. Sie hatte Violetta den geheimen Namen »Pachita« gegeben, welcher in der Zigeunersprache »Löwin« bedeutete.

»Du kannst nichts erzwingen, Pachita, das weißt du
doch. Sie ist weg. Das war ihre Entscheidung, und die
solltest du akzeptieren, so schwer es dir auch fällt. ›Halt
treu fest, lass leicht los‹, lautet eine alte Zigeunerweisheit. Du hast lange genug an ihr festgehalten und deine
ganze Kraft auf sie konzentriert, weil du ihr helfen wolltest. Das war vergebliche Liebesmüh, denn ihr ist nicht
zu helfen. Sie war für den Stamm und besonders für
dich eine große Belastung, und so hart das auch klingt:
Es ist gut, dass sie weg ist. Jetzt ist es an der Zeit, den
Dingen ihren Lauf zu lassen. Und wenn du ihr wirklich
einen Gefallen tun willst, dann kümmere dich um ihr
Kind. Das ist jetzt deine Aufgabe – und wenn ich mich
nicht täusche, gibt es doch nichts, was du lieber tätest?«
Die Alte kniff Violetta neckisch in die Wange und gab
den Männern den Befehl, die Pferde anzuspannen.

»Phuri dai, wartet bitte noch!«, rief Violetta. Die alte
Frau, die sich bereits zum Gehen gewandt hatte, drehte
sich unwirsch zu ihr um. »Was willst du denn noch,
du Klette?« Die Heilerin trat an sie heran und konnte
es nicht verhindern, dass ihr die Tränen in die Augen
stiegen.

»Glaubt Ihr, dass sie … noch am Leben ist? Ich bin
momentan nämlich zu verwirrt, um es fühlen zu können …«

»Was bist du denn für eine Seherin!«, krächzte die
Alte spöttisch. Im nächsten Moment gellten die lauten
Schreie des Säuglings aus dem Planwagen. »Ist das nicht
Antwort genug?«, bemerkte die Stammesmutter mit lis-
tigem Lächeln und ließ ihre verblüffte Enkelin stehen.

Violetta war sich mit einem Mal sicher, den ansonsten so ruhigen und ausgeglichenen Säugling zum ersten Mal mit solcher Vehemenz schreien zu hören. Sie eilte in den Planwagen, um nach der Kleinen zu schauen. Sobald sie sich über den Weidenkorb beugte, verstummte das Kind. Ein Lächeln breitete sich über das Gesicht der kleinen Undine, und sie reckte Violetta freudig die Arme entgegen. Violetta war es, als ginge an diesem trüben, regnerischen Morgen die Sonne auf, und sie spürte ein unbändiges Glücksgefühl, während sie Undine aus der Wiege nahm und an ihre Brust drückte.

»Mein Glückskind«, murmelte sie und war dem Schicksal unendlich dankbar, dass sie das wunderbare kleine Wesen in den Armen halten durfte.

1. TEIL – Das Feuer

Montag, 12. Oktober, bis Donnerstag, 15. Oktober 1596

Wenn der Kornwolf durch das Feld streift, entsteht das Mutterkorn. (Volkstümliche Überlieferung)

1

An jenem kalten, verregneten Oktobermorgen, der von Sturmböen und Hagelschauern durchsetzt war, stand die Freifrau Paloma von Malkendorf am Fenster und blickte angespannt hinunter auf den Hof, wo ihr Gemahl gerade in die Kutsche stieg, um zu seinen Ländereien im benachbarten Dorf Bornheim zu fahren.

Seine Miene war eisig, und er würdigte seine Gattin am Fenster keines Blickes, geschweige denn, dass er ihr zum Abschied zugewinkt hätte. Auch sie hatte geflissentlich darauf verzichtet, ihren Gemahl zur Kutsche zu begleiten und ihm eine gute Reise zu wünschen, wie es sich für eine liebende Ehefrau gehört hätte. Nach den hässlichen Zerwürfnissen der vergangenen Nacht, die freilich auch den Domestiken nicht entgangen waren, so laut und vulgär, wie er sie beschimpft hatte, saßen sich die Eheleute beim Frühstück mit versteinerten Gesichtern am Esstisch gegenüber. Kein Wort hatten sie gewechselt, er hatte verbissen seinen Haferbrei gelöffelt, sie hatte ihren noch nicht einmal angerührt und nur an ihrem Wasser genippt, um ihre staubtrockene Kehle zu befeuchten, doch selbst das hatte sie kaum heruntergekriegt, denn ihr Hals war wie zugeschnürt. Schalt er sie sonst immer für ihren mehr als mäßigen Appetit – sie picke wie ein Vögelchen und sei sowieso eine dürre Bohnenstange, an deren spitzen Knochen sich ein Mann nur blaue Flecken hole –, so unterließ er dies heute und strafte sie mit Missachtung. Die ihr indessen deutlich lieber war als seine Wutausbrüche und ständige Bevormundung. *Hoffentlich bist du bald weg*, hatte sie gedacht und mit kühler Gleichgültigkeit an ihm vorbei durch die bleiverglasten Fensterscheiben in den trüben Morgenhimmel geblickt, wo heftige Windböen die dunkelgrauen Wolken vor sich her trieben. Genauso trist sah es in ihrem Inneren aus. Seit nunmehr drei Jahren waren sie verheiratet, und sie hatte ihm noch immer keine Kinder geboren. Geliebt hatte sie ihn ja von Anfang an nicht, diesen grobschlächtigen Landjunker, der schon in jungen Jahren einen Stiernacken hatte und die Manieren eines Bauernlümmels, fern jeglicher Lebensart, die sie als eine geborene von Urberg in ihrem zwar verarmten, aber distinguierten Elternhaus gewohnt gewesen war. Den nahezu leeren Schatullen der alten Sachsenhäuser Adelsfamilie war es auch geschuldet, dass ihre Eltern, vornehmlich der Vater, der Heirat mit dem gutsituierten Landjunker bereitwillig zugestimmt hatten. Die einzige Mitgift, die Paloma vorzuweisen hatte, waren ein paar geknüpfte Wandteppiche und ein silbernes Teeservice aus besseren Tagen gewesen. Die Anmut und Grazie jedoch, die ihr gewissermaßen in die Wiege gelegt worden waren, hatten den freiherrlichen Bräutigam so sehr entzückt, dass ihn ihre Mittellosigkeit nicht weiter gestört hatte, sie hatte ihn gar angestachelt, Paloma und ihre Familie mit Geschenken zu überhäufen. Nicht nur die Kleider- und Schmucktruhen seiner Angebeteten, sondern auch die ihrer Mutter und ihrer vier Schwestern füllten sich erheblich, auch die Speisekammer im Palais Urberg war dank des freigiebigen Schwiegersohns in spe bestens bestückt, und, was gerade den Hausherrn besonders beglückte, der Freiherr übernahm sogar einen Teil der Schulden, welche seit Jahren auf den Ländereien der Herren von Urberg lasteten. Hatte sich Paloma anfangs ebenso wie ihre Familienmitglieder gefreut, ein köstliches Stück Wildbret auf dem Teller zu haben, so war ihr inzwischen längst der Appetit vergangen. Seit einiger Zeit hasste sie ihn sogar, diesen Bauernlümmel, wie sie ihren Gatten im Stillen zu nennen pflegte, und es ekelte sie regelrecht vor ihm, wenn er ihr körperlich nahe kam. Was leider viel zu häufig geschah, obgleich sich alles in ihr verkrampfte, wenn er gewaltsam seine Lendenlust an ihr stillte, um sie anschließend ein gefühlskaltes Miststück zu schelten, bei dem es einem ja vergehen könne. *Kein Wunder, dass du keine Kinder kriegen kannst, wo andere Weiber eine Vulva haben, hast du eine Eisgrotte*, hatte er in der vergangenen Nacht hinter ihr her gebrüllt. Sie hatte sich in Grund und Boden geschämt vor den Domestiken, die, vom Lärm aufgeschreckt, aus ihren Dachkammern auf die Treppe geeilt waren. Sogar ein paar Stallknechte waren aus ihren Unterkünften bei den Stallungen auf den Hof hinausgestürzt, weil die wüsten Schreie sie aus dem Schlaf gerissen hatten – und das war ihr besonders unangenehm. Denn *er* war auch darunter gewesen. Vom Fenster aus hatte sie deutlich seine hochgewachsene, schlanke Gestalt ausmachen können, und es hatte ihr einen Stich ins Herz versetzt, dass sie nicht … *Schluss jetzt! Am besten gar nicht daran denken*, rief sich die Freifrau zur Räson und wartete, bis die Kutsche den hohen steinernen Torbogen des Gutshofs passiert hatte, ehe sie energisch nach der Hausmagd läutete. Denn ihr Gemahl, das wusste sie aus Erfahrung, würde vor Mitternacht nicht zurück sein und dann volltrunken in sein Bett fallen. Einen besseren Zeitpunkt als jetzt konnte es also gar nicht geben!

»Renata, du holst mir jetzt sofort diese Ägypterin herbei!«, befahl sie der eintretenden Magd in herrischem Ton. Die Magd fuhr bei der Bezeichnung »Ägypterin« zusammen, als wäre ihr der böse Feind erschienen.

»Meint Ihr die Wundärztin, die der Kleinen aus den Gärten gestern die verbrühten Füße kuriert hat?«, fragte sie beklommen. Die Kunde von der wundersamen Heilung eines kleinen Mädchens aus der Nachbarschaft, das sich beim Spielen unweit der Feuerstelle mit kochendem Wasser die Füße verbrüht hatte, hatte sich in der Region um das Eschenheimer Tor verbreitet wie ein Lauffeuer. Die fahrende Wurzelkrämerin, welche allenthalben die »Ägypterin« genannt wurde, befand sich zum Zeitpunkt des Unglücks mit ihrem Planwagen auf der Anreise zur Frankfurter Messe. Sie hatte sich in der ländlichen Region, die auch »zu den Gärten« genannt wurde, da dort landwirtschaftliche Betriebe mit großen Wirtschaftshöfen, Scheunen und Obstgärten vorherrschten, nach einem geeigneten Lagerplatz umgesehen.

Wie die meisten Leute fürchtete auch die Gesindemagd die fremdländischen Menschen aus dem fernen
Ägypten, die in dem Ruf standen, Hexen und Zauberer zu sein, oder, was nicht besser war, Betrüger und
Diebe. Die »Wunderheilung«, wie das Ereignis bald von
den Landarbeitern genannt wurde, erfüllte die Leute
mit Ehrfurcht und die Eltern des Kindes gar mit tiefer
Dankbarkeit, welche sie der Heilerin bekundeten, indem sie ihr ein Huhn schenkten. Doch der Argwohn
der Anwohner gegen die fremde Vagabundin war selbst
nach der guten Tat nicht vollständig verschwunden,
viel zu tief wurzelte er in ihren Köpfen. Daher war die
Gesindemagd von der Anordnung ihrer Herrin nicht
gerade begeistert, sie verkniff sich jedoch die Frage,
was die Freifrau denn von der Ägypterin wolle, da ihr
die hochmütige Dame sowieso nur eine patzige Antwort gegeben hätte. Die Freifrau war wegen ihrer kalten
Überheblichkeit noch weniger beliebt beim Gesinde des
freiherrlichen Gutshofes als der polternde Herr, der sich
zuweilen wenigstens nicht zu fein war, seine Untergebenen wie Menschen zu behandeln – was der Freifrau
nicht mal im Traum eingefallen wäre.

»Worauf wartest du denn noch, du dummes Ding?
Muss ich dir erst Fersengeld geben!« Die barsche Bemerkung der Herrin riss sie aus ihren Gedanken, und
die junge Magd stürmte aus dem Zimmer. Trotz ihrer
augenscheinlichen Betriebsamkeit rief ihr die Freifrau
noch hinterher, sie solle sich gefälligst beeilen und auch
der Ägypterin Beine machen, sie habe ihre Zeit nämlich
nicht gestohlen wie gewisse andere Leute.

Nachdem sie vom Fenster aus beobachtet hatte, wie die Magd durch den Torbogen davongestoben war, ließ sich Paloma auf dem gepolsterten Hocker vor einem goldgerahmten Spiegel nieder, nahm einen kunstvoll dekorierten Hornkamm von der Ablage – ein Geschenk ihres Mannes – und kämmte sich mit selbstverliebter Miene das lange blonde Haar.

Am Vorabend, als ihr die Gattin des Gutsverwalters von der Wundertat der Ägypterin berichtet hatte, die die schweren Verbrühungen des Bauernmädchens angeblich gelindert haben sollte, indem sie die Füße des Kindes in einen Schlammkübel steckte, hatte die Freifrau nur gelangweilt mit den Schultern gezuckt. Paloma hatte in ihrer Kindheit reichlich Umgang mit Menschen von Adel gepflegt, daher interessierte sie sich nur mäßig für den Klatsch der Landbevölkerung. Sie bedauerte es zutiefst, dass es in dieser Einöde keine Menschenseele gab, mit der eine Adelsdame wie sie auf Augenhöhe hätte verkehren können. Ihr ungehobelter Gatte und seine Verwandtschaft kamen jedenfalls nicht in Frage! Die Familienfeiern auf Gut Malkendorf waren für Paloma, die über eine weitverzweigte Sippe im ganzen Land verfügte, immer sterbenslangweilig. So war sie auch am gestrigen Abend mit den Gedanken ganz woanders gewesen, als die Klatschbase ihr von der Wunderheilung des Bauernkindes erzählt hatte. Während die Gattin des Gutsverwalters anschließend davon berichtete, dass die Ägypterin der Mutter des Mädchens, die schon einen ganzen Stall von Kindern in die Welt gesetzt und die vierzig bereits überschritten hatte, zum Abschied noch empfohlen habe, sich in ihrem Zustand doch ein wenig zu schonen und die harte Arbeit anderen zu überlassen, hatte Paloma ein Gähnen nicht unterdrücken können. Sie hegte die Hoffnung, die Landpomeranze würde nun endlich die Feinfühligkeit besitzen, sich auf den Nachhauseweg zu begeben, doch der Sermon ging weiter. Als sie dann erwähnte, die Bäuerin sei aus allen Wolken gefallen und habe es gar nicht glauben wollen, dass sie schon wieder schwanger sein sollte, wo sie doch erst vor knapp einem Monat ihre stille Woche gehabt hätte, war die Freifrau plötzlich hellhörig geworden.

»Und stellt Euch vor, verehrte Freifrau, die alte Hebamme hat die Bäuerin dann später untersucht, und sie hat eindeutig bestätigt, was die Ägypterin der Bäuerin ins Gesicht gesagt hatte: Die Martha ist schon wieder guter Hoffnung – und das nun zum zwölften Mal! Die Ärmste hat geheult wie ein Schlosshund, als die Alte ihr das gesagt hat, und das bestimmt nicht nur vor lauter Freude ...«

Die Freifrau war unversehens vom Tisch aufgesprungen, hatte die Gattin des Gutsverwalters an den Handgelenken gepackt und ihr ins pausbäckige Gesicht geschrien:

»Ihr wollt mir doch nicht etwa weismachen, die Ägypterin hätte es der Bauersfrau *angesehen*, dass sie schwanger ist, und das, noch bevor es der Frau, die ja schon elf Kinder geboren hat, selbst aufgefallen ist!«

Die Frau des Verwalters, die sich lächerlicherweise einbildete, etwas Besseres zu sein, weil das freiherrliche Paar nicht umhinkam, den Verwalter nebst Gemahlin

33

gelegentlich als Gäste zu empfangen, wich unwillkürlich vor der zierlichen Adelsdame zurück, die trotz ihres Engelsgesichts im Ruf stand, ein arges Biest zu sein. Genau so sei es gewesen, beteuerte die Verwaltersgattin.

»Die Ägypterin hat die Gabe der Hellsichtigkeit und kann in den Leuten lesen wie in einem offenen Buch. Angeblich kann sie einem auch die Zukunft vorhersagen. Wenn mein lieber Ehemann nicht so dagegen wäre, würde ich doch glatt mal ihre Dienste in Anspruch nehmen!«, gluckste die Matrone. »Ach, was Ihr nicht sagt«, erwiderte die Freifrau, und just in diesem Moment hatte sie den Entschluss gefasst, sich die seherischen Fähigkeiten der Weissagerin zunutze zu machen. Denn es gab da eine Frage, die ihr ungeheuer auf der Seele brannte.

Um die neunte Morgenstunde lag Lovenita Metz noch in ihrem Planwagen auf dem Strohsack, der gefüllt war mit Wiesenkräutern, und schlief tief und fest. Die Heilung des kleinen Mädchens hatte sie viel Kraft gekostet. Wie stets nach einer Heilung oder nachdem sie einen Menschen »gelesen« hatte, hatte sie einen mächtigen Hunger verspürt, den sie mit einer köstlichen Hühnersuppe mit Hirse, Steckrüben und anderen Wurzelgemüsen stillte. Danach hatte Lovenita am Lagerfeuer ein paar Becher Wein geleert, die ihr geholfen hatten, die überanstrengten Sinne zu entspannen, und sich anschließend mit ihrer fünfzehnjährigen Tochter Clara zu

Bett begeben, wo sie noch immer schlief wie ein Stein. Sie hatte von dem kleinen Mädchen geträumt, denn die aufwühlenden Ereignisse des Abends waren viel zu lebendig in ihr, als dass der Schlaf sie hätte verdrängen können. Erneut vernahm sie die gellenden Schmerzensschreie des Kindes, und der Wunsch, der Kleinen zu helfen, war so übermächtig in ihr, dass der Druck auf ihrer Brust kaum noch zu ertragen war. Wie ein Pfeil war sie in den Planwagen geschnellt, hatte den Sack mit der pulverisierten Heilerde gepackt und war damit zu dem Kind gehastet. In einem Ton, der keinen Widerspruch duldete, wies sie die Eltern an, sofort kaltes Wasser und einen großen Holzbottich herbeizuholen. Mit fliegenden Fingern vermischte sie die Erde mit Wasser, bis ein glatter Brei entstand, dann packte sie das schreiende Kind unter den Achseln und stellte es in den Bottich mit dem kühlenden Heilerdeschlamm, der dem Kind bis zu den Knien reichte. »Hüpf und spring, so fest du kannst!«, raunte sie dem Kind zu und klatschte im Takt dazu in die Hände. »Und schrei den Schmerz heraus!« Ohne dass sie irgendetwas hätte sagen müssen, klatschten die Eltern mit, und nach und nach stimmten alle Landarbeiter mit ein, die sich um das verletzte Kind geschart hatten. Keiner der Anwesenden hätte später sagen können, wie lange es gedauert hatte, bis die Tränen des Mädchens endlich versiegten und es noch ein wenig verstört, aber augenscheinlich schmerzfrei, nach seiner Mutter krähte und Anstalten traf, aus dem Bottich zu klettern. Auf Lovenitas Weisung hin spülten die Eltern dem Mädchen behutsam den Lehm von den Beinen –

und trauten ihren Augen nicht: Auf den Füßen des Kindes war nicht eine einzige Brandblase zu sehen. Die schlammige Erde in dem Bottich war jedoch so warm, als sei sie erhitzt worden – was ja auch geschehen war, denn sie hatte die Hitze der Verbrühung aufgenommen. Die Füße des Kindes waren zwar leicht gerötet, aber die Haut zeigte sonst keinerlei Spuren einer Verbrennung. Die Eltern hatten Tränen in den Augen, als sie sich bei Lovenita bedankten.

»Ihr habt ein Wunder vollbracht«, murmelte die Mutter und küsste Lovenita ehrfürchtig die Hand. Lovenita glaubte nicht an Magie und war der festen Überzeugung, dass alles seine natürlichen Ursachen hatte. So entgegnete sie, das sei kein Wunder gewesen, die Erde habe das Kind geheilt. Das Wichtige sei, dass man sie unmittelbar nach der Verbrennung anwende, eine halbe Stunde später verabreicht, lindere sie zwar noch die Schmerzen, könne aber die Spuren der Verbrennung auf der Haut nicht mehr verhindern. Als die Bäuerin mit dem wettergegerbten Gesicht und den flachsblonden Haaren ihr nahe kam, spürte Lovenita das neu aufkeimende Leben in ihrem nicht mehr jungen, von der harten Arbeit und den vielen Geburten ausgezehrten Körper und empfahl ihr mitleidig mehr Schonung. Noch während sie dies aussprach, fühlte sie auch, dass die Frau alles andere als glücklich darüber war, in ihrem fortgeschrittenen Alter die Strapazen einer weiteren Schwangerschaft in Kauf nehmen zu müssen – Lovenita kannte das von anderen Frauen, die zahlreiche Kinder geboren hatten und von dem häufigen Gebären ausgebrannt und erschöpft waren, wofür ihre Männer jedoch wenig Verständnis zeigten.

Danach hatten sich Lovenita und ihre Tochter in der Umgebung des Bauernhofs einen geeigneten Platz zum Übernachten gesucht. Beim abendlichen Lagerfeuer hatte Lovenita noch zu Clara gesagt, dass dies ein guter Ort sei und sie hier auch während der Messe Nachtlager halten könnten, da es ruhiger und sicherer sei als in der überfüllten Frankfurter Innenstadt. Clara hatte ihr gähnend zugestimmt, dann waren sie zu Bett gegangen. Ihr treuer Beschützer, der schwarzweiße Bolddog-Rüde Morro, den Mutter und Tochter über alles liebten, hatte sich wie immer an Lovenitas Füße gelegt, und dann waren sie eingeschlafen.

Das laute Bellen des Hundes riss Lovenita und Clara jäh aus dem Schlaf. Irgendjemand schlich um den Planwagen herum. Lovenita schnellte von ihrem Strohsack hoch.

»Wer ist denn da?«, rief sie verschlafen und ein wenig gereizt.

»Ich bin die Dienerin der Freifrau von Malkendorf«, erklang eine verängstigte Frauenstimme. »Meine Herrin wünscht Euch in einer dringlichen Angelegenheit zu sprechen.«

»Moment, ich muss mir erst was überziehen«, erwiderte Lovenita, beruhigte den Hund, breitete sich ein wollenes Tuch über die Schultern und kroch schlaftrunken ans andere Ende des Wagens, um die verschnürte Segeltuchplane zu öffnen.

»Guten Morgen!«, grüßte sie die junge Gesindemagd,

die draußen vor dem Planwagen stand und sie aus großen Augen anblickte. Sie wiederholte ihr Anliegen und fügte ein wenig betreten hinzu, am besten wäre es, wenn sie gleich aufbrechen würden, denn es sei noch ein halbstündiger Fußmarsch bis zum Gutshof und der Freifrau pressiere es auch ziemlich. Lovenita entgegnete unwirsch, sie müsse sich erst die Haare kämmen und den Schlaf aus den Augen waschen, so viel Zeit müsse sein. Die Magd kniff unwillig die Lippen zusammen. Lovenita spürte, wie sehr sie unter Druck stand. Daher beeilte sie sich mit der Morgentoilette und verzichtete sogar auf den Becher Milch, den sie nach dem Aufstehen immer zu sich nahm.

»Schau schon mal im Felleisen nach, ob wir auch alles dabeihaben«, wies sie ihre Tochter an, die es von klein auf gewohnt war, der Mutter beim Kräutersammeln und Bereiten der Salben und Tinkturen, aber auch beim Verarzten der Kranken zu assistieren.

»Soll ich auch ein Fläschchen von unseren Gemütstropfen einpacken?«, fragte Clara die Mutter, die gerade damit beschäftigt war, ihr schulterlanges kastanienbraunes Haar zu kämmen, zu einem Knoten zu winden und hochzustecken.

»Unbedingt«, entgegnete Lovenita, »wir wissen ja nicht, was die Freifrau von uns will und wo sie der Schuh drückt, von daher kann es auf keinen Fall schaden, sie dabeizuhaben.«

Von all ihren selbstgemachten Tränken und Tinkturen verkauften sich die aus Schafgarbe und Johanniskraut hergestellten Gemütstropfen am besten. Die von Pest und Hungersnöten geplagten Menschen bedurften der Gemütsaufhellung, welche der Pflanzenextrakt bei längerer, regelmäßiger Einnahme zweifellos bewirkte.

»Vergiss deine Medizin nicht«, ermahnte Lovenita ihre Tochter, und die Fünfzehnjährige träufelte sich sogleich einige Tropfen aus einer Phiole auf einen Holzlöffel und nahm sie ein. Für ihre Tochter, die seit früher Kindheit unter Schwermut litt, hatte Lovenita das Medikament entwickelt. Wenngleich das junge Mädchen zuweilen immer noch entrückt und teilnahmslos anmutete, so bewirkten die Tropfen immerhin, dass ihm nicht länger eine bleierne Schwere jeglichen Lebensmut raubte. Die permanente Einbindung Claras in das Gewerbe der Mutter tat ihr Übriges, und so war sie zwar lange nicht so unbeschwert wie die meisten jungen Leute ihres Alters, aber einigermaßen »geerdet«, wie Lovenita es auszudrücken pflegte. Sie hatte einen Platz im Leben gefunden.

Wenig später stiegen Lovenita und Clara aus dem Planwagen, und Lovenita bemerkte den erstaunten Blick der Gesindemagd auf Clara. Knapp und entschieden erläuterte sie, dass die Begleitung ihrer Tochter für sie unverzichtbar sei.

Während des Marsches entlang der windgepeitschten Viehweiden und Stoppelfelder, schwieg die Magd verbissen. Die Gesellschaft der Ägypterin und ihrer halbwüchsigen Tochter war ihr sichtlich unangenehm. War ihr die Mutter mit ihren rötlichen Haaren, dem sommersprossigen Gesicht und den grünen Katzenaugen, die alles zu durchdringen schienen, schon reichlich unheimlich, so war ihr das stille, in sich gekehrte Mädchen mit der bleichen Haut erst recht suspekt. Die Schweigsamkeit des Mädchens dünkte der einfältigen Renata, die in ihrem Leben nie über den Tellerrand des heimischen Frankfurt hinausgeblickt hatte, wie Verschlagenheit. *Das sind beides Hexen*, ging es ihr durch den Sinn. Da sie sich nicht bekreuzigen konnte, weil es viel zu auffällig gewesen wäre und nur die Aufmerksamkeit ihrer dämonischen Begleiterinnen auf sich gezogen hätte, sandte sie im Stillen Stoßgebete an den Herrgott im Himmel, ihr als aufrechter Protestantin beizustehen. Lovenita und Clara, denen die Ressentiments der Sesshaften gegen Fahrende nichts Neues waren, vermieden es gleichermaßen, das Wort an die Magd zu richten, und hingen ihren Gedanken nach. Lovenita fragte sich, was für ein Ansinnen die Adelsdame wohl an sie stellen mochte, und hatte ein mulmiges Gefühl im Bauch. Aus langjähriger Erfahrung wusste sie, dass gerade Standespersonen häufig sehr ungehalten reagierten, wenn sie aus dem Munde der Wahrsagerin nicht das hörten, was sie sich erhofft hatten. Vor allem, wenn es dabei um Herzensangelegenheiten ging. Es erforderte stets ein erhebliches Fingerspitzengefühl, die Ratsuchenden mit der Wahrheit zu konfrontieren, die weitaus bitterer schmeckte als jede zuckersüße Lüge. Ihrer Illusionen beraubt, bedurften die Betroffenen aufbauender Worte, die sie wieder aufrichteten und ihre fehlgeleiteten Bestrebungen in neue, hoffnungsvollere Bahnen lenkten. *Nur Kindern und Narren ist es erlaubt, unverblümt die Wahrheit zu sagen – und selbst sie kann das manchmal das Leben kosten*, erinnerte sich Lovenita an die Worte ihrer Ziehmutter und Lehrerin, der Zigeunerin

Violetta, die sie in jungen Jahren in der Kraft des Blickes unterwiesen hatte. Damals hatte sie ihr von einem Hofnarren an einem französischen Herrscherhof berichtet, den der Regent hinrichten ließ, nachdem er ihm auf seinen ausdrücklichen Wunsch hin die Wahrheit ins Gesicht gesagt hatte. *Die Worte aus dem Munde einer Seherin sind oft brüsk, direkt und manchmal auch verletzend,* hatte Violetta zu bedenken gegeben. *Wenn wir aber beim Wahrsagen Gefahr laufen, großen Schaden beim Ratsuchenden anzurichten und uns am Ende selbst gefährden, ist es besser, zu schweigen.*

Lovenita erinnerte sich mit einem Mal an das düstere Kapitel ihrer Vergangenheit und gelobte sich wie so oft, den Fehler, für den sie so schwer hatte büßen müssen, nie wieder zu machen. Sie wünschte sich inständig, die vornehme Dame möge nur ein körperliches Gebrechen haben, welches sie in ihrer Eigenschaft als Wundärztin behandeln konnte, und nicht etwa ihre seherischen Fähigkeiten in Anspruch nehmen wollen. Bekümmert musterte Lovenita ihre Tochter, die an diesem Morgen ziemlich niedergeschlagen wirkte. Spontan ergriff sie Claras Hand und erkundigte sich leise bei ihr, ob es ihr nicht gut gehe.

»Doch, doch, Mama, es ist alles in Ordnung«, wiegelte die Fünfzehnjährige ab und mühte sich um ein Lächeln, welches derart gequält wirkte, dass es Lovenitas Besorgnis noch verstärkte. *Sie hat wieder ihre Zustände,* konstatierte sie alarmiert und fluchte innerlich über die Ohnmacht, die sie angesichts von Claras Gemütsleiden stets empfand. Denn aus bitterer Erfahrung wusste sie, dass kaum etwas den dichten Kokon, der Claras Gemüt in solchen Phasen umhüllte, zu durchdringen vermochte. Man musste sie dann einfach in Ruhe lassen und geduldig darauf warten, dass sich der dunkle Schleier wieder lichtete. Die meisten Außenstehenden begriffen das nicht und hielten die in solchen Momenten völlig abwesend wirkende junge Frau für nicht ganz bei Sinnen, was Lovenita sehr erbitterte. Von daher stand ihr Unterfangen heute Morgen unter keinem glücklichen Stern, und Lovenita hätte es am liebsten verschoben, doch sie mochte die Freifrau, die wohl dringend ihre Hilfe benötigte, nicht vor den Kopf stoßen. Sie streifte die stupsnasige blonde Magd, die mit verbissener Miene und in scharfem Tempo neben ihnen her schritt, mit einem verdrossenen Seitenblick. Allein die Missgunst, die von ihr ausging, verhagelte Lovenita schon gehörig die Laune.

Als sie wenig später den Gutshof erreichten, fiel Lovenitas Blick auf das farbige Familienwappen, welches über dem hohen steinernen Torbogen in Stein gemeißelt war. Es zeigte eine schrägstehende Axt. Die Axt war das Symbol des Krieges und der sinnlosen Zerstörung. Für die Zigeuner, bei denen Lovenita aufgewachsen war, hatte sie aber noch eine andere Bedeutung: Sie galt als das Zeichen der Taube. Während Nicht-Zigeuner Tauben als Friedenssymbol betrachteten oder gar als Materialisation des Heiligen Geistes, so stellten sie für Zigeuner die Verkörperung der Grausamkeit dar. Tauben waren die einzigen Vögel, die einander aus reinem Vergnügen töteten, obgleich sie auf den ersten Blick so sanft und harmlos anmuteten. *Kein gutes Zeichen*, ging es

Lovenita durch den Sinn. Von früher Kindheit an hatte sie gelernt, auf ihre Umgebung zu achten, denn eine unabdingbare Voraussetzung für das Gedankenlesen war der geschärfte Blick für die Wirklichkeit. Am liebsten hätte sie kehrtgemacht. Da die Freifrau sie aber schon erwartete und es außerdem ein Unding gewesen wäre, so kurz vor der Tür umzukehren, gab sie sich einen Ruck und folgte der Dienstmagd durch den Torbogen – wenngleich ihr Bauchgefühl etwas anderes sagte.

Die Freifrau empfing Lovenita und ihre Tochter in der behaglich eingerichteten Wohnstube, in der ein Kaminfeuer angenehm knisterte. Die Adelsdame thronte auf einem Sessel mit hoher Lehne. Sie war in ein Gewand aus rosafarbener Seide gekleidet, die ellenlange Schleppe hatte sie kunstvoll auf den Bodendielen drapiert, ihre zierlichen Füße steckten in rosa Seidenpantoletten. Die wallenden blonden Haare reichten ihr bis zur schmalen Taille, die zwei Männerhände mühelos hätten umfassen können. Auf dem Haupt trug sie einen schlichten Goldreif, der ihren majestätischen Gesamteindruck noch verstärkte. Ihre feingeschnittenen Gesichtszüge und die himmelblauen Augen waren von solchem Liebreiz, dass Lovenita und Clara vor der beeindruckenden Erscheinung unwillkürlich knicksten. Lovenita, die ihre Gabe in den langen Jahren ihres Wirkens gelegentlich auch Standespersonen und Adeligen zur Verfügung gestellt hatte, dachte spöttisch, dass die Freifrau in all ihrer Pracht eher anmutete wie eine Prinzessin als wie die Gattin eines Landjunkers. *Von allem ein bisschen zu viel*, ging es der lebenserfahrenen Dreißigjährigen beim Anblick der Freifrau durch den Sinn. Das galt auch für das huldvolle Lächeln und die Art, wie die Dame des Hauses den Besucherinnen zur Begrüßung die Hand entgegenhielt. *Sie erwartet doch hoffentlich nicht, dass wir vor ihr niederknien und ihr die Hand küssen*, mokierte sich Lovenita im Stillen, ergriff zaghaft das zierliche Händchen im blütenweißen Glacéhandschuh und beließ es bei einem höflichen Händedruck.

»Paloma von Malkendorf«, säuselte die Freifrau. Lovenita zuckte unmerklich zusammen. *Paloma ist das spanische Wort für Taube ... und das Symbol der Taube über dem Torbogen – das kann doch kein Zufall sein*, dachte sie verstört.

»Lovenita Metz – und meine Tochter Clara.«

Vielleicht war es Lovenitas Tonfall oder ihr allgemeines Betragen, was der Adelsdame nicht devot genug düngte, möglicherweise passte ihr auch die außergewöhnliche Attraktivität der feingliedrigen Frau mit den rotbraunen Haaren nicht, die überhaupt nicht wie eine Zigeunerin aussah – jedenfalls kräuselte sie ungehalten die Lippen und murrte:

»Ich kann mich nicht erinnern, *zwei* von Ihrer Sorte angefordert zu haben.«

Die abfällige Bemerkung traf Lovenita wie eine Ohrfeige und weckte in ihr die Löwenmutter, die es unter keinen Umständen duldete, dass jemand ihrer Tochter nicht gewogen war. Da sie ihr überschäumendes Temperament kannte, beherzigte sie die alte Zigeunerweisheit, die ihre Ziehmutter Violetta sie gelehrt hatte – *kühl blei-*

ben, umso mehr, wenn man leicht aufbraust –, und erwiderte ruhig, aber bestimmt:

»Meine Tochter Clara begleitet mich schon von klein auf bei Krankenbesuchen und auch beim Wahrsagen, sie ist mir eine unverzichtbare Hilfe. Wenn Ihr jedoch etwas dagegen habt, dass Clara bei unserer Unterredung dabei ist, muss ich Euch bedauerlicherweise mitteilen, Eurem Anliegen nicht Folge leisten zu können.«

Während die Freifrau sprachlos war angesichts der dreisten Anmaßung der Vagabundin, die es wagte, einer Dame von Adel die Stirn zu bieten, so zupfte Clara ihre Mutter sachte am Ärmel und raunte ihr zu: »Lass nur, Mutter, ich glaube, es ist besser, wenn wir gehen!« Die himmelblauen Augen der Freifrau erstarrten auf der Stelle zu Glasmurmeln.

»Hat man ihr nicht beigebracht, zu schweigen, wenn sich Erwachsene unterhalten?«, zischte sie eisig in Claras Richtung. Clara duckte sich angstvoll hinter dem Rücken ihrer Mutter, was die Freifrau urplötzlich zu amüsieren schien, denn über ihr feenhaftes Antlitz huschte ein Lächeln. »Sie braucht sich doch vor mir nicht zu fürchten«, sagte sie belustigt, »oder sehe ich etwa aus wie ein Unmensch?«

Dass du ein waschechtes Biest bist, verströmst du aus jeder Pore, da hilft dir auch dein zuckersüßes Lächeln nichts, du affektiertes Püppchen!, hätte Lovenita der Freifrau am liebsten an den Kopf geworfen, aber sie schwieg verbissen.

»Nein … Ihr seid wunderschön«, stammelte Clara betreten und wich unwillkürlich zurück.

Die Freifrau gab ein glockenhelles Auflachen von

sich, das genauso manieriert und aufgesetzt wirkte wie alles an ihr.

»Was für ein reizendes Kompliment!«, entgegnete sie erfreut und bewegte neckisch ihren behandschuhten Zeigefinger in Claras Richtung, als wollte sie ein scheues Tier anlocken. »Komm doch mal her, meine Kleine, du bist ja zu possierlich!«, rief sie entzückt, läutete nach der Magd und befahl ihr, der jungen Dame ein Stück Honigkuchen zu bringen. Widerstrebend trat Clara zu der Freifrau hin. Die Adelsdame, welche die Furcht des Mädchens als Schüchternheit gegenüber einer Standesperson auslegte, die einer Vogelfreien nach ihrem Dafürhalten ungleich besser zu Gesichte stand als die unangemessene Hybris der Mutter, schien von Clara zunehmend angetan.

»Was bist du für ein hübsches kleines Ding!« Paloma musterte Clara eingehend und klatschte vor Begeisterung in die Hände. »Und was hast du für einen makellosen Alabasterteint! Du kannst froh sein, dass du nicht die Sommersprossen deiner Mutter geerbt hast«, bemerkte sie mit einem gehässigen Seitenblick auf Lovenita.

»Wenn man euch beide so anschaut, kann man ohnehin kaum glauben, dass ihr Ägypterinnen seid, ihr scheint mir völlig aus der Art geschlagen zu sein. Mit den dunkelhäutigen Ägypterinnen, deren Augenbrauen so schwarz und dicht sind, dass sie über der Nase fast zusammenwachsen, habt ihr gar nichts gemein.«

»Ich stamme ja auch nicht von Zigeunern ab, sondern bin nur bei ihnen aufgewachsen«, erwiderte Lovenita kühl. »Das ist wohl auch der Grund, warum mich die

Leute die ›Ägypterin‹ nennen.« Sie verspürte wenig Lust, der Adelsdame mit weiteren Einzelheiten aus ihrer Lebensgeschichte aufzuwarten, daher erkundigte sie sich anschließend sachlich, was sie für sie tun könne.

»Nun, es handelt sich um eine äußerst delikate Angelegenheit – die eigentlich nicht für die Ohren junger Mädchen geeignet ist«, erwiderte Paloma von Malkendorf und ging unversehens zu der ursprünglichen Arroganz über, die ihrem Wesen deutlich mehr zu entsprechen schien als jegliche Schöntuerei. »Aber das sagte ich ja bereits.«

»Das sagtet Ihr bereits«, wiederholte Lovenita und erwiderte den Blick der Adelsdame, ohne mit der Wimper zu zucken. *Falls du glaubst, ich würde dir noch einmal versichern, wie wichtig Claras Anwesenheit für mich ist, hast du dich geschnitten! Ich buhle nämlich nicht darum, dass du mir dein Herz öffnest, du eiskaltes Biest, ganz im Gegenteil, mir wäre es deutlich lieber, wir zwei kämen nicht zusammen, weil ich dich nämlich nicht ausstehen kann.* Doch diesen Gefallen schien ihr die Freifrau nicht tun zu wollen, stattdessen erkundigte sie sich in geschäftsmäßigem Tonfall bei Lovenita, was denn ihre Dienste als Wahrsagerin kosten würden.

»Ich lasse mich lediglich für meine Tätigkeit als Wundärztin bezahlen und verkaufe meine selbsthergestellten Heilkräutermixturen – für das Wahrsagen nehme ich kein Geld an«, gab Lovenita zur Antwort. »Es kann nämlich durchaus sein, dass ich keinen Zugang zu Euch finde, denn der Zustand der Hellsichtigkeit lässt sich nicht erzwingen.«

Die Freifrau hatte ihr aufmerksam zugehört. »Wir sollten es in jedem Fall versuchen!«, erklärte sie. Obgleich Lovenita die Adelsdame nicht mochte, spürte sie in diesem Augenblick deutlich, wie wichtig ihr die Angelegenheit war, denn Palomas Tonfall hatte schon fast etwas Flehendes. Hinter der glatten, gefälligen Fassade war einiges in Wallung geraten, daran bestand für Lovenita kein Zweifel. *Da ist eine geplagte Seele, die Hilfe braucht!* Ein solcher stummer Hilferuf kam für Lovenita vor allem anderen und war unabhängig vom Ansehen der Person oder ihrer persönlichen Zu- oder Abneigung. Sie konnte und wollte sich ihm nicht länger verschließen. Allmählich verfiel Lovenita in jenen Zustand, in dem ihr eine innere Kraft den Willen diktierte.

»Dann lasst uns beginnen«, murmelte sie geistesabwesend, ergriff einen Stuhl, platzierte ihn vor der Freifrau und ließ sich nieder. Je konzentrierter sie Paloma in die Augen blickte, desto mehr kam es Lovenita vor, als ob ihr Hinterkopf von einem Schraubstock umfasst würde, sie spürte einen Druck im Genick, dann auf dem Scheitel. Das war das untrügliche Zeichen, dass sie im nächsten Augenblick sehen würde.

»Schließ die Augen«, befahl sie der Freifrau und wechselte ins Duzen, wie beim Gedankenlesen üblich. Zunächst las Lovenita intensiv Palomas Gesichtszüge. Das Antlitz der Freifrau wurde immer entspannter, ihre Atemzüge verrieten der Seherin, dass sie von einem inneren Frieden erfüllt und somit offen war für die tiefe Lesung. Lovenita wusste, dass ein Gesichtsausdruck trügerisch sein konnte, wenn er willentlich herbeigeführt wurde. Daher war es von Vorteil, wenn eine wache Person bei der Lesung die Augen geschlossen hielt, denn das Gesicht gewann an Ausdruck, sobald der Blick abwesend war und den Gedankenleser nicht ablenken konnte. Dann vermochte die Seherin mit der Seele der Person in Kontakt zu treten.

»Du willst wissen, warum du keine Kinder kriegen kannst«, murmelte Lovenita in Trance und ergriff die Hände der Freifrau, die friedlich in deren Schoß ruhten. Sie streifte Palomas weiße, betörend nach Rosen duftende Seidenhandschuhe ab und befühlte ihre Handlinien, um mit ihrem persönlichen Fluidum in Berührung zu kommen. Dann erfasste sie die Handschuhe und drückte sie an sich. Auch persönliche Gegenstände, das wusste Lovenita aus Erfahrung, trugen etwas von der Aura einer Person an sich. *Die toten Sachen behalten manchmal den Abdruck des Lebens*, hatte Violetta sie gelehrt.

»Die Handschuhe sind ein Geschenk von ihm, genauso wie das Kleid und der Schmuck, die du trägst«, murmelte Lovenita in tiefer Versenkung. »Du nimmst gerne seine Geschenke an und kannst nicht genug davon kriegen, damit konnte er dich von Anfang an ködern … du hast dich von ihm kaufen lassen. ›Heirate niemals einen armen Mann‹, das hat man dir schon in die Wiege gelegt …«

Die Freifrau stöhnte auf. Ihre Wangen röteten sich. »Komm mir bloß nicht mit einem Hungerleider‹, hat meine Mutter immer zu mir gesagt«, stieß sie wie im Halbschlaf hervor. »Und Wolfram hat so viel Geld, dass ich jetzt endlich in Saus und Braus leben kann, wo wir uns doch zu Hause so vieles versagen mussten ...«

Lovenita strich der Freifrau sachte über den eingesunkenen Bauch, der ein Knurren von sich gab. »Deine Lenden sind verknotet und er ist dir so zuwider, dass du in seiner Gegenwart keinen Bissen herunterkriegst.«

»Ich hasse ihn!«, brach es aus der Freifrau heraus, und Tränen quollen unter ihren geschlossenen Lidern hervor.

»Du hasst ihn, doch du willst auch nicht auf die schönen Sachen verzichten und das behagliche Leben, das er dir ermöglicht«, murmelte die Seherin. »Aber dein Schoß und dein Bauch sind nicht so bestechlich, sie haben längst dichtgemacht, und das wird sich auch nicht ändern!«

»Kann ich deswegen keine Kinder von ihm kriegen?«, platzte die Freifrau heraus. Sie griff nach Lovenitas Hand und drückte sie verzweifelt.

»Dein Schoß ist kalt für ihn, und auch dein Mann ist kalt ... kalt und grausam. Ihm bereitet es Vergnügen, dich mit Gewalt zu nehmen. Da ist keine Liebe in ihm, nur der dunkle Trieb, Macht über dich zu haben.« Lovenita streichelte der Freifrau, die nun von Weinkrämpfen geschüttelt wurde, mitfühlend über die Wange.

»Ich will zu meinem Pferd!«, jammerte Paloma. »Mein Konstantin ist mein Ein und Alles.«

Lovenita sah mit einem Mal das Bild eines prächtigen Araberhengstes vor sich aufsteigen, dessen dunkles Fell glänzte wie schwarzer Samt. Der Geruch des Pferdestalls stieg ihr in die Nase – doch da war noch ein anderer Geruch, der herbe Duft von Männerschweiß.

»Da ist auch ein Mann«, sagte die Seherin in tiefer Trance. »Er ist noch ganz jung …«

Die Freifrau nickte, während sich ein glückliches Lächeln über ihr Gesicht breitete. »Das ist Hendrik, unser Stallbursche. Er ist sechzehn Jahre alt, drei Jahre jünger als ich.« Noch während Paloma es aussprach, spürte sie das intensive Prickeln am ganzen Körper, das sie stets überkam, wenn der junge Stallbursche seine Hände um ihre schlanke Taille legte und sie mit seinen starken, muskulösen Armen auf den Sattel hievte – oder ihr nach dem täglichen Ausritt vom Pferd herunterhalf. Dabei roch sie seinen herben Schweiß, der Duft war dem ihres Araberhengstes nicht unähnlich. Am Vortag hätte sie vergehen können vor Lust, als er sie länger an seinen sehnigen Körper gepresst hatte, als es nötig gewesen wäre. Das hatte er schon manches Mal getan. Dieses Gefühl, das sie dann überkam, hatte sie noch nie für einen Mann empfunden. Es wurde so übermächtig, dass sie sich fast davor fürchtete. Der Ausdruck auf seinem wettergegerbten Gesicht und die Art, wie Hendrik sie mit seinen hellen Augen anschaute, verrieten ihr, dass er ähnlich für sie empfand. Tag und Nacht verzehrte sie sich nach ihm, und es verging kaum eine Nacht, in der sie nicht von ihm träumte. Doch so glühend wie ihre Sehnsucht nach seinen Küssen und Umarmungen war, so sehr litt Paloma unter ihrem schlechten Gewissen. *Er ist doch nur ein Stallbursche, wie kann ich es wagen, überhaupt an so etwas zu denken*, schalt die Freifrau sich auch jetzt wieder.

Auf Lovenitas feingeschnittenes Gesicht trat ein Grinsen. *Du bist ja ganz heiß auf diesen jungen Kerl*, ging es ihr,

51

der nichts Menschliches fremd war, durch den Sinn. *Es wird gar nicht lange dauern, und du wirst mit ihm im Heu liegen, und er wird dir ein Kind machen* – daran bestand für Lovenita kein Zweifel. Doch sie vermied es wohlweislich, dies der Adelsdame zu enthüllen. Die Eröffnung, dass sie es mit ihrem Stallburschen treiben würde, hätte die Freifrau, die bis in die Haarspitzen von Standesdünkel erfüllt war, derart erzürnt, dass sie Lovenita mit Schimpf und Schande davongejagt hätte.

»Trotz deiner verfahrenen Situation besteht Grund zur Hoffnung«, krächzte Lovenita mit belegter Stimme, »denn ich spüre ganz deutlich, dass du noch in diesem Jahr schwanger werden wirst ...« Was durchaus der Wahrheit entsprach, auch wenn sie es bei ihrer Prophezeiung tunlichst unterließ, Paloma den Namen des Erzeugers zu nennen.

Kaum hatte sie ihre Offenbarung ausgesprochen, da riss die Freifrau jäh die Augen auf. Sie strahlte vor Glück, packte Lovenita an den Schultern und rief fassungslos: »Etwas Schöneres hättet Ihr mir gar nicht sagen können! Aber seid Ihr Euch auch wirklich sicher? Ich meine, Ihr habt doch eben gesagt, dass mein Schoß für den Freiherrn erkaltet ist und dass sich das auch nicht mehr ändern wird?«

»Es wird eine große Veränderung eintreten, und Ihr werdet in nicht allzu ferner Zukunft guter Hoffnung sein«, versicherte Lovenita ihr nachdrücklich. Gottlob war die tiefe Lesung nun zu Ende, aber Lovenita war so ausgebrannt, dass sie die Freifrau um einen Becher Wasser bat.

»Von wegen Wasser!«, entgegnete diese launig. »Für diese Vorhersage kredenze ich Euch den besten Wein, den ich im Keller habe!« Paloma läutete sogleich nach der Magd und erteilte ihr entsprechende Anweisungen. Anschließend entnahm sie dem kunstvoll bestickten Geldbeutel an ihrem Gürtel einen Silbertaler und reichte ihn Lovenita mit den Worten, sie ahne ja gar nicht, wie glücklich sie über das Orakel sei.

»Das ist mehr als großzügig, verehrte Freifrau, aber das kann ich nicht annehmen«, erklärte Lovenita entschlossen. »Ich habe Euch ja gesagt, dass ich mich für das Wahrsagen nicht bezahlen lasse, und davon weiche ich unter keinen Umständen ab. Bitte nehmt mir das nicht übel.«

Die Freifrau überlegte kurz. »Das ist sehr ehrenwert von Euch, meine Dame.« Sie lächelte listig und erkundigte sich bei der Hellseherin, ob sie nicht irgendwelche Heiltränke in ihrem Felleisen habe, die sie ihr anbieten könne.

»Nun – vielleicht die Gemütstropfen«, erwiderte Lovenita zögernd. »Sie sind ein Extrakt aus Johanniskraut und Schafgarbe, ich stelle sie selbst her. Sie helfen bei inneren Verspannungen und gegen Niedergeschlagenheit. Ein Fläschchen kostet drei Heller.«

»Die nehme ich, bitte schön«, erklärte Paloma und ließ sich von Clara die Phiole überreichen. Anschließend drückte sie dem Mädchen den Silbertaler in die Hand und sagte: »Den nimmst du jetzt, sonst bin ich bitterböse.« Clara blickte beklommen zu ihrer Mutter, die ihr resigniert zunickte und sich noch einmal in aller

Höflichkeit bei der Freifrau für die großzügige Gabe bedankte.

»Es kommt von Herzen«, erwiderte diese huldvoll und bat Lovenita und Clara, sich mit ihr an den Tisch zu begeben, damit sie auf das freudige Ereignis anstoßen könnten. Lovenita hätte es zwar vorgezogen, sich mit Clara rasch zu entfernen, nachdem die hochverfängliche Situation noch ein halbwegs gutes Ende gefunden hatte, doch sie mochte die Freifrau nicht vor den Kopf stoßen. Während sie sich neben Clara am Tisch niederließ und ihnen die Dienstmagd die Trinkbecher aus Muranoglas mit tiefrotem Wein vollschenkte, mühte sich Lovenita trotz allen Unbehagens um ein freundliches Lächeln. *Man soll das Schicksal nicht über Gebühr herausfordern. Ein falsches Wort und die Stimmung kippt, so launisch und unberechenbar, wie die Freifrau ist*, sinnierte sie. Ein Blick auf Clara, die an der großen Tafel reichlich verloren anmutete und mit betretener Miene auf ihren Honigkuchen starrte, den sie augenscheinlich nicht einmal angerührt hatte, zeigte ihr, dass das Mädchen Ähnliches zu denken schien. Mit einem Mal bemerkte auch die Freifrau, dass Clara von dem Kuchen noch gar nicht gekostet hatte.

»Was hast du denn, meine Liebe, magst du den Kuchen nicht?«, fragte sie die Fünfzehnjährige mit hochgezogenen Brauen.

»Doch, doch, gnädige Frau«, erwiderte Clara gepresst, »ich habe nur keinen Hunger. Bitte seid mir deswegen nicht böse.«

»Wo denkst du hin!«, entgegnete die Freifrau mit

gerunzelter Stirn. »Ich wollte dir bloß eine Freude machen.« Paloma von Malkendorf erhob sich von ihrem Stuhl und trat zu Clara hin. Sie strich ihr über das langwallende dunkle Haar und schien mit einem Mal eine Idee zu haben. Sie eilte hinaus, kam bald mit einem kunstvoll dekorierten Kamm zurück und überreichte ihn Clara mit den Worten: »Bitte nimm ihn, du bist so ein wunderhübsches Mädchen, und ich möchte ihn dir schenken!«

Clara strahlte. »So etwas Schönes habe ich noch nie besessen«, murmelte sie und bedankte sich bei der Freifrau für das Geschenk. Palomas Glasmurmelaugen glitzerten gerührt. »Es ist jammerschade, dass ein so bildschönes Geschöpf wie du in solchen ... Verhältnissen leben muss!«, äußerte sie bedauernd. »Äh ... ich meine, dem unsteten Leben der Wanderschaft ausgesetzt ist«, beeilte sie sich hinzuzufügen, als sie Lovenitas entrüsteten Blick bemerkte. Sie hob ihren Trinkbecher und stieß mit Lovenita und Clara an. Während Mutter und Tochter es eilig hatten, ihre Becher zu leeren, damit sie dem charmanten Biest möglichst bald adieu sagen konnten, parlierte die Freifrau darüber, wie sehr sie sich schon immer ein Kind gewünscht habe und dass sie es gar nicht erwarten könne, das Kleine zu frisieren und ihm hübsche Kleidchen anzuziehen.

Damit es ein niedliches Kleiderpüppchen wird wie du, dachte Lovenita grimmig. Sie trank ihren Wein aus, der ihr schon in den Kopf stieg, da sie noch nichts gegessen hatte, und traf Anstalten, sich von der Freifrau zu verabschieden. Natürlich nicht, ohne sich bei ihr noch einmal gebührend für ihre Großmut zu bedanken. »Und nehmt von den Tropfen ruhig morgens und abends einen Esslöffel ein, das wird Euch guttun«, empfahl sie Paloma zum Abschied.

Erleichtert, der Adelsdame entronnen zu sein, traten Lovenita und ihre Tochter wenig später auf den Hof hinaus. Erstaunlicherweise schien der zeitraubende und anstrengende Besuch dazu beigetragen zu haben, dass sich Claras Niedergeschlagenheit verflüchtigt hatte.

»Für die nächste Zeit haben wir ausgesorgt, Mama«, bemerkte sie gutgelaunt und dachte dabei an den Silbertaler, den sie gemeinsam mit dem Hornkamm in ihrer Manteltasche verwahrt hatte. Kaum dass sie durch den Torbogen auf das freie Feld getreten waren, holte Clara den Kamm heraus und betrachtete ihn. »Er ist bestimmt sehr wertvoll und würde uns eine Menge Geld einbringen, wenn wir ihn verkauften – aber ich glaube, ich will ihn lieber behalten, denn so etwas Schönes habe ich noch nie besessen«, schwärmte die Fünfzehnjährige. »Nachher, wenn wir zu Hause sind, will ich mir unbedingt die Haare damit kämmen. Und du kannst ihn natürlich auch benutzen.«

Lovenita mochte ihrer Tochter nicht die Freude verderben, daher sagte sie nichts von dem vagen Unbehagen, das sie empfand, seit die Freifrau Clara den Kamm geschenkt hatte. *Von dieser Dame kommt nichts Gutes!*, dessen war sie sich sicher.

Ob es dem Überschwang geschuldet war, den die frohe Botschaft von der bevorstehenden Schwangerschaft bei

Paloma ausgelöst hatte, oder ihrem knurrenden Magen, der ohnehin notorisch knapp gehalten wurde, jedenfalls wurde die Freifrau von einer heftigen Heißhungerattacke heimgesucht, gleich nachdem die Ägypterinnen gegangen waren. Mit gierigen Bissen schlang sie das Stück Honigkuchen herunter, welches das Mädchen nicht angerührt hatte, und ließ sich anschließend von der Magd den restlichen Kuchen bringen, den sie binnen kürzester Zeit ebenfalls in sich hineinstopfte. Danach verspeiste sie noch zwei dicke Scheiben Roggenbrot mit Griebenschmalz, rülpste laut wie ein Bierkutscher, da sie ja allein war und es niemand hören konnte, trank die Weinflasche leer und legte sich, von der ungewohnten Völlerei müde geworden, auf den Diwan neben dem Kamin, um ein wohliges Schläfchen zu halten.

Als Paloma von Malkendorf am frühen Nachmittag erwachte, fühlte sie sich wie gerädert. Sie vermutete, dass ihr der süße Honigkuchen und die Schmalzbrote nicht bekommen waren. Die Speisen lagen ihr wie Ziegelsteine im Magen, und beim Gedanken daran wurde ihr speiübel. Ächzend erhob sie sich vom Diwan, um sich einen Becher Wasser einzuschenken, und stellte mit Befremden fest, dass ihre Arme und Beine eingeschlafen waren. Sie fühlte ein merkwürdiges Kribbeln in den Gliedmaßen, und als sie zum Tisch humpelte, waren ihre Füße so taub, dass sie fast über ihre Schleppe gestolpert wäre. Auch ihre Hände waren derart gefühllos, dass sie beim Einschenken einen Wasserfleck auf dem weißen Dammasttischtuch hinterließ. *Ich werde doch nicht krank werden*, dachte Paloma alarmiert. Sie hatte panische Angst vor Krankheiten. *Wo ich doch eigentlich allen Grund hätte, guten Mutes zu sein.*

Mit zittrigen Fingern ergriff sie das kleine braune Fläschchen mit den Gemütstropfen, welche sie der Ägypterin am Morgen für einen stolzen Preis abgekauft hatte, entkorkte es und nahm einen ordentlichen Schluck von der bitter schmeckenden Kräutertinktur. *Kann ja nicht schaden*, dachte sie und hoffte, dass sich dadurch ihr Unwohlsein verflüchtigen möge. Zumindest das Völlegefühl und die Benommenheit ließen nach. Das Kribbeln in den Extremitäten wurde zwar allmählich etwas schwächer, hörte jedoch nicht vollständig auf wie normalerweise, wenn einem die Arme und Beine eingeschlafen waren. Um nicht dauernd über mögliche Erkrankungen nachzusinnen, entschloss sich Paloma am späteren Nachmittag, einen Ausritt zu unternehmen.

Der Stallbursche Hendrik war gerade dabei, die Pferdeställe auszumisten, als ihm seine Herrin mitteilte, sie wünsche auszureiten. Sogleich unterbrach er seine Arbeit und eilte zum Stall des Araberhengstes, um ihm Sattel und Zaumzeug anzulegen. Als Hendrik der Freifrau wenig später in den Sattel half, musterte er sie beklommen.

»Ist Euch nicht wohl, Herrin?«, fragte er besorgt. Er vermutete, die Wutausbrüche des Freiherrn in der vergangenen Nacht hingen der Adelsdame noch nach. »Ihr seht so blass aus.«

»Ich glaube, ich habe mir ein wenig den Magen verdorben«, erwiderte Paloma mit tapferem Lächeln. »Deswegen habe ich mir gedacht, ein bisschen frische Luft würde mir jetzt guttun.«

Der junge Mann ergriff die Zügel, um das Pferd aus dem Stall zu führen. Er räusperte sich unsicher. »Äh … vielleicht wäre es ja besser, wenn Ihr in diesem Zustand nicht allein ausreitet«, murmelte er verlegen. »Wenn es Euch recht ist, könnte ich Euch begleiten.«

»Warum nicht?«, erwiderte die Freifrau mit leicht bebender Stimme. In einer Aufwallung von Übermut schlug sie sogar vor, er könne die Apfelschimmelstute ihres Gatten nehmen, mit der sich ihr Hengst so vortrefflich vertrage.

Als die Freifrau an der Seite ihres jungen Stallknechts durch den Torbogen ritt, hatte sie solche Schmetterlinge im Bauch, dass sie ihr Unwohlsein gar nicht mehr wahrnahm. Erst am späten Abend beim Zubettgehen verspürte sie wieder das merkwürdige Kribbeln in den Gliedmaßen. Angstvoll betrachtete sie im hellen Schein des Kerzenleuchters ihre Arme und Beine, denen jedoch nichts anzusehen war. Sie tastete ihre Füße ab, in denen das Kribbeln am schlimmsten war – doch sie blieben unter ihrer Hand besorgniserregend taub. Paloma erinnerte sich plötzlich, dass Aussätzige keinerlei Schmerzempfinden an den von der Lepra befallenen Hautstellen hatten. Sie fiel vor Furcht ins Bodenlose. Um die ausufernde Panik einzudämmen, griff sie mit flatternden Händen nach der Glasphiole mit den Gemütstropfen, die auf der Nachtkonsole stand, und nahm einen kräftigen Schluck. Der hochprozentige Weingeist in dem Heilpflanzenextrakt besänftigte ihre Nerven etwas.

Jetzt hör endlich auf, dir wieder irgendwelche Krankheiten einzubilden, ermahnte sie sich und dachte angestrengt daran, dass sie doch allen Grund hatte, guter Dinge zu sein. Und das nicht allein wegen der prophezeiten Schwangerschaft, sondern auch wegen Hendrik, der nach ihrem Ausritt im Halbdunkel des Pferdestalls zum ersten Mal ihre Hand geküsst hatte. Dieser Handkuss war ihr wie ein Blitz in die Magengrube gefahren und hatte eine ungeahnte Wollust in ihr entfacht, die selbst jetzt noch machtvoll genug war, Paloma ihre Bedrängnis einstweilen vergessen zu lassen.

2

Die sintflutartigen Regenfälle jenes Jahres ohne Sommer, die erst vor wenigen Tagen nachgelassen hatten, hatten die trüben Fluten des Mains in Frankfurt weit über die Ufer treten lassen. Das Hochwasser reichte fast bis zum Römerberg und schränkte den Messebetrieb erheblich ein. Es war, als weinte der Himmel um die zahllosen Pesttoten, da die Überlebenden keine Tränen mehr hatten.

Auch der junge Medicus Johannes Lonitzer, der im Vorjahr seine Frau und seine einjährige Tochter an die Pest verloren hatte, litt in dumpfer, tränenloser Trauer, die sein ganzes Leben überschattete. Während Johannes auf dem Weg zur Buchgasse im Buchhändlerviertel den Römerberg überquerte, wunderte er sich, wie gut er an diesem Morgen vorankam, und fragte sich erstaunt, wo die Leute geblieben waren. Normalerweise gab es während der Messezeiten auf dem Rathausplatz kaum ein freies Plätzchen – erst recht nicht am ersten Messetag.

Die Marktstände und die kargen Auslagen vermittelten dem Stadtarzt mehr und mehr den Eindruck, dass die Herbstmesse des Jahres 1596 die kläglichste war, die die freie Reichsstadt jemals erlebt hatte. Was sicherlich auch der Pest geschuldet war, die in der ersten Jahreshälfte ebenso wie im Jahr zuvor in Frankfurt gewütet hatte. Die sterbenden Läufe hatten insgesamt 2000 Stadtbürger das Leben gekostet. Für den Arzt war es unsagbar bitter gewesen, dass er seinen Liebsten nicht hatte helfen können – genauso wenig wie den anderen Pestkranken, die ihm förmlich unter den Händen weggestorben waren. In dieser schrecklichen Zeit hatte er sich nicht selten gewünscht, dass der Schwarze Tod auch ihn holen möge. Doch ein unbarmherziges Schicksal hatte ihn am Leben gelassen, und er hatte sich einzureden versucht, dass er als Arzt noch gebraucht würde. Erst im Spätsommer war die Seuche langsam abgeflaut und hatte die Überlebenden ausgebrannt und vor Leid apathisch zurückgelassen. Auf vielen, die ihrer Angehörigen beraubt worden waren, lastete eine tiefe Mutlosigkeit, verbunden mit der Angst vor der nächsten Katastrophe. Kein Arzt der Welt konnte die Menschen davon kurieren, das war dem jungen Medicus nur allzu bewusst. Das große Sterben hatte ihn gelehrt, wie begrenzt die ärztliche Kunst war, und es fiel ihm immer schwerer, mit dieser Ohnmacht zu leben und den Kranken Trost zu spenden. Das Unglück hatte ihm alles geraubt, was ihm lieb und wert gewesen war. Wie sollte er da noch in der Lage sein, den Verzagten Hoffnung zu machen?

Johannes ließ den Blick über das Messegeschehen schweifen. Unter den Besuchern herrschte eine große Anspannung. Die Menschen beäugten einander voller Argwohn. Der Arzt konnte ihre Angst förmlich riechen. Die Einheimischen fragten sich beim Anblick der fremden Händler furchtsam, ob nicht einer von ihnen die Pest im Gepäck habe, die Fremden wiederum argwöhnten, einer der Frankfurter trage noch den Keim der Seuche in sich und gebe ihn an sie weiter. Als seuchenpolizeiliche Maßnahmen waren die Badestuben geschlossen und Tanzmusiken verboten worden. Aus Furcht vor Ansteckung waren weniger Kaufleute als sonst erschienen. Selbst die Hübscherinnen, die aus allen Landesteilen anreisten, um den Messefremden zu Diensten zu sein, waren in geringerer Zahl gekommen. Zum einen wegen der gerade erst abgeebbten Seuche, zum anderen, weil es sich kaum noch jemand leisten konnte, eine Hure angemessen zu entlohnen. Außerdem, das wusste Lonitzer nur zu gut, hatten die Liebesdienerinnen aus einem anderen, bedeutenderen Grund während der Messe deutliche Einbußen zu verzeichnen. Es war die fortschreitende Ausbreitung der Geschlechterpest, die seit der Entdeckung der Neuen Welt unaufhaltsam im Abendland grassierte und die Hübscherinnen an ihrem Lebensnerv traf. Gegen sie waren die Ärzte so machtlos wie gegen die Pest.

Nicht nur Messefremde und wohlfeile Frauen waren auf dem Römerberg spärlicher vertreten, es waren auch nur wenige Bauern aus dem Umland hinter den Verkaufsständen auszumachen. Die paar Rinder, Schafe, Schweine und das Federvieh, die zum Verkauf angeboten wurden, wirkten ähnlich kümmerlich und ausgezehrt wie ihre Halter. In weiten Teilen Hessens hatte es im Sommer eine verheerende Viehseuche gegeben – von der Missernte durch Dauerregen und Hagelschlag ganz zu schweigen. Die Getreidepreise waren in die Höhe geschnellt. Die allgemeine Notlage wurde noch vergrößert durch zahlreiche Menschen aus den umliegenden Dörfern, die nach Frankfurt flüchteten und dort unter elenden Umständen dahinvegetierten. Die Hungernden fingen auf den Straßen Hunde und Katzen ein, um sie zu verspeisen. Erst gestern war ein armer Teufel ertrunken bei dem Versuch, sich Aas aus den am Mainufer befindlichen Schindkauten zu fischen, wo das verendete Vieh entsorgt wurde.

So waren auf der »Trauermesse«, wie die Messe des Jahres 1596 bald unter den Besuchern genannt wurde, auch mehr Entwurzelte, Verzweifelte und Habenichtse anzutreffen als Händler und gutbetuchte Käufer. Mit ihren greinenden Blagen im Schlepptau bettelten sie die Bessergestellten um Almosen an.

Vor einem Stand, an dem ein Mann in einem schwarzen Gelehrtentalar gewichtig mit Zirkeln und Sextanten hantierte, hatte sich eine Menschenansammlung gebildet. Mit unheilvoller Miene richtete der Astrologe das Wort an die Menge:

»Noch in diesem Jahr, dem Jahre des Herrn 1596, wird es am 31. Oktobertag im siebten Grad des Skorpions zu einer der größten Konjunktionen von Jupiter und Saturn kommen. Gleichzeitig wird es eine Verschiebung der Triplizität der Luft zu einer Triplizität des Wassers für Mars geben. Mit diesen Konjunktionen wird eine große Drangsal über die Menschheit kommen!«

Womit du bestimmt richtigliegst, dachte der junge Arzt beim Weitergehen grimmig. In dieser düsteren Epoche bastelte sich jeder Astrologe seinen eigenen Weltuntergang – und die katastrophalen Ereignisse gaben ihnen recht. So tummelten sich auch heute wieder an allen Ecken und Enden der Messe irgendwelche selbsternannten Propheten – Schäfer, Schweinehirten, arbeitslose Flickschuster, die alle ihre »Erscheinungen« gehabt hatten.

»Oh Antichrist, gekommen sind deine Boten, deine grässliche Ankunft anzukünden! Die falschen Propheten verachten die Gesetze Gottes, schon ziehen sie durch die Straßen, durch Stadt und Land und bringen Tod und Vernichtung!«, gellte ihm wenige Schritte weiter die Stimme eines ausgemergelten Bettelmönchs in den Ohren.

»Die Menschen werden auf Strömen von Blut fahren, auf Seen von Blut, auf Flüssen von Blut. Fünf Millionen Dämonen werden im Himmel losgelassen, die Menschen heimzusuchen, weil in diesem Jahrhundert mehr Böses getan wurde als in den fünftausend Jahren zuvor. Der Antichrist heißt Martin Luther! Die Zunahme der Ketzer ist ein Zeichen des Weltuntergangs, und das einzige Mittel, den Zorn Gottes abzuwenden, besteht darin, die Ketzer zu vernichten!«

Johannes Lonitzer hielt sich die Ohren zu und hastete weiter. Er hatte keine Lust, den Hasstiraden eines dahergelaufenen Mönchs zu lauschen. Mal waren die Lutheraner schuld am Elend der Menschheit, mal die Juden, mal die Zigeuner oder sogenannten Ägypter, mal andere Heiden. Die Armen hassten die Reichen und die Reichen die Armen. Man hätte die Reihe beliebig fortsetzen können. Bei dem gelehrten Humanisten und Mann der Wissenschaft obsiegte jedoch die Besonnenheit. Erleichtert, den Irrungen des Mobs endlich zu entkommen, und auf ein Klima der Vernunft im traditionellen Frankfurter Buchhändlerviertel hoffend, bog Johannes Lonitzer in die Buchgasse ein, um das Verkaufsgewölbe seines Großvaters Christian Egenolff aufzusuchen. Der drahtige alte Mann war ihm in dieser schweren Zeit eine große Stütze. Er erwartete ihn bereits vor seinem Buchkontor in der Buchgasse. Christian Egenolff war der Sohn des berühmten Buchdruckers und Schriftgießers Christian Egenolff des Älteren, der wesentlich dazu beigetragen hatte, Frankfurt zu einem der bedeutendsten Buchzentren Europas zu machen. Johannes' Großvater führte den Verlag in der humanistischen Familientradition weiter und verkehrte mit der literarischen Elite des Abendlandes. Der Stadtarzt war stolz auf seinen Großvater. Mit seinen über achtzig Jahren hatte er seine Tochter Magdalena und seinen Schwiegersohn Adam Lonitzer, Johannes' Eltern, überlebt. Seine sprühende Intelligenz und Scharfzüngigkeit machten ihn zum Inbegriff des gebildeten Verlegers. Er hatte seinem Enkel lange vor dessen Besuch des Frankfurter Gymnasiums das Lesen und Schreiben beigebracht und seinen Schwiegersohn, den Arzt und Botaniker Adam Lonitzer, in dessen Forschungen unterstützt. So hatte er das Kräuterbuch, an welchem Johannes' Vater ein Leben lang gearbeitet hatte, kurz vor dessen Tod herausgegeben. Zwischen dem Verlagsgeschäft und dem Arztberuf hin- und hergerissen, war Johannes schließlich doch in die Fußstapfen seines Vaters getreten – dabei blieb er aber auch ein leidenschaftlicher Bücherfreund.

»Du bist ja ganz hohlwangig geworden, Junge«, begrüßte der Verleger den Enkel mit besorgter Miene, ehe er ihn umarmte. »Wenn man dich drückt, kann man deine Rippen fühlen. Nein, so geht das nicht weiter!« Er bestand darauf, Johannes zu einem Imbiss im Gasthaus Zum Schwarzen Stern in der benachbarten Mainzergasse einzuladen. Er wusste, wie knapp der junge Stadtarzt bei Kasse war – viele von Johannes' Patienten waren einfach zu arm, um ihn zu bezahlen, doch verantwortungsvoll und gutmütig, wie er war, behandelte er sie trotzdem. Außerdem lastete seinem Enkel der schmerzliche Verlust von Frau und Kind noch immer wie Blei auf der Seele.

»Wenn's unbedingt sein muss«, seufzte der Medicus resigniert und folgte dem Großvater in Richtung der Mainzergasse, die gleichfalls zum Buchhändlerviertel zählte.

»Wann hast du denn das letzte Mal etwas gegessen?«, erkundigte sich der Verleger.

»Gestern … irgendwann«, erwiderte Johannes. »Ich habe nun mal keinen Appetit und esse nur, um nicht tot umzufallen. Und jetzt komme ich bloß mit, um dir einen Gefallen zu tun.«

Der widerliche Gestank der Pesttoten hing ihm noch immer in der Nase und nahm ihm die Lust aufs Essen. Hatte er früher eine herzhafte Mahlzeit durchaus genossen, so bereitete ihm heute selbst das köstlichste Gericht keine Freude mehr – genauso wenig wie alles andere. Seit dem Tod seiner Frau Elisabeth und der kleinen Annabell machte ihm das Leben keinen Spaß mehr, und er hatte zunehmend das Gefühl, eine Marionette in einem endlosen Trauerspiel zu sein. Dem Großvater war seine Schwermut bekannt, und er versuchte immer wieder, den Niedergeschlagenen aufzumuntern, wenn auch meist vergebens. So legte er auch jetzt mitfühlend den Arm um Johannes' Schultern. »Ich weiß doch, wie sehr du sie geliebt hast, mein Junge. Aber sie ist jetzt über ein Jahr tot, und das Leben geht weiter, so grausam das klingt. Du bist erst 25 Jahre alt. Irgendwann, wenn du deinen Kummer überwunden hast, wirst du eine neue Gefährtin finden, mit der du glücklich bist.«

Unwirsch schüttelte Johannes den Arm des alten Mannes ab. »Ich will aber gar nicht darüber hinwegkommen, dass ich Elisabeth und Annabell verloren habe. Ich denke jeden Tag an sie, und das soll auch so bleiben – und ich glaube nicht, dass ich jemals eine andere Frau lieben kann.«

Der alte Verleger lächelte versonnen. »Die Liebe ist schon ein eigentümliches Feuer. Genauso wenig, wie man es wieder entfachen kann, wenn es einmal erloschen ist, lässt es sich unterdrücken, wenn man lichterloh entflammt ist.«

Johannes, der davon nichts hören wollte, schwieg und blickte auf die Büchertische, die entlang der Alten Mainzergasse aufgebaut waren. Trotz der durch die Pest ausgedünnten Bevölkerung und des geringen Zulaufs herrschte ein reger Betrieb. Interessiert blieb der Stadtarzt an dem einen oder anderen Büchertisch stehen und begutachtete die Neuerscheinungen. Er liebte die

68

pulsierende Unruhe, die während der Herbstmesse im Buchhändlerviertel herrschte, die fremden Sprachen, die vergeistigten Gesichter, die dort anzutreffen waren. Hier wurden nicht nur Unmengen von Büchern verkauft, sondern auch Nachrichten, Ideen und neue geistige Strömungen diskutiert und weitergegeben. Neben bedeutenden Verlagen von nah und fern fanden sich an den Verkaufsständen auch namhafte Gelehrte und Schriftsteller, die Johannes' Großvater allesamt kannte – und nicht selten per Handschlag begrüßte und seinem Enkel vorstellte. Nachdem ihm die große Ehre zuteil geworden war, mit dem berühmten Gelehrten Erasmus von Rotterdam und dessen Freund Sir Thomas More bekannt gemacht zu werden, schlenderte Johannes an der Seite seines Großvaters weiter und war fast wieder im alten Buchmesse-Fieber, was ihn seine Mühsal einstweilen vergessen ließ. Mit einem Mal geriet ihr Flanieren jedoch ins Stocken, denn an einem der Bücherstände hatte sich eine große Menschentraube gebildet. Vor dem langgezogenen Verkaufstisch war ein Rednerpult auszumachen. Ein vornehm gewandeter Herr in einer pelzverbrämten Schaube trat vor das Pult, stellte sich als der Verleger Georg Butzinger aus Straßburg vor und kündigte dem Publikum den Referenten an, der auch schon mit strahlendem Lächeln seinen Platz am Rednerpult einnahm.

»Mein hochverehrtes Publikum, es ist mir eine ganz besondere Freude und Ehre, Euch den herausragenden Universalgelehrten Albinus Mollerus vorzustellen, einen vortrefflichen Deuter der Bibel und Astrologen.

Vor allem aber ist er eines: ein begnadeter Visionär!«
Der Verleger neigte ehrfürchtig das Haupt vor dem
hochgewachsenen Mann, der ein langwallendes weißes
Gewand mit einem gelben Kreuz auf der Brust trug
und der fürwahr eine blendende Erscheinung abgab.
Die sanft gewellten dunklen Haare reichten bis zu den
Schultern und umrahmten ein Antlitz, das erhaben und
aristokratisch anmutete.

»Ich habe schon von ihm gehört, seine Bücher sollen
sich im Elsass verkaufen wie warme Semmeln, unter Humanisten ist das Werk aber sehr umstritten, weil es zum
offenen Kampf gegen Andersgläubige anstachelt. Man
nennt diesen Schönling allenthalben den ›Engel‹, was ja
auch passt, wie es den Anschein hat«, raunte Christian
Egenolff seinem Enkel zu.

»In der Tat«, erwiderte Johannes, »da könnte sich
jeder Erzengel noch ein Scheibchen abschneiden. Im
Gegensatz zu den meisten selbsternannten Erlösern,
die in Lumpen umhergehen und sich geißeln, sieht er
wohlgenährt und adrett aus.« Johannes verzog spöttisch
die Mundwinkel und stimmte mit gemessenem Hände-
klatschen in den tosenden Beifall ein, der gleich darauf
von allen Seiten ertönte. Der Mann hinterm Rednerpult hatte noch kein Wort gesagt, schien sich aber seiner
Wirkung sehr wohl bewusst zu sein. Er lächelte huldvoll
in die Menge, und Johannes musste sich eingestehen,
dass er den Blick kaum noch abwenden konnte. Die Attraktivität des Mannes war atemberaubend, als wäre sie
nicht von dieser Welt.

»Unsere Verlagsanstalt kann sich glücklich schätzen,

dass Herr Mollerus sein famoses Erstlingswerk mit dem Titel ›Das fünfte Pferd‹ in unsere Hände gegeben hat. Es ist ein Werk von ungeheurer visionärer Kraft, das selbst dem Verstocktesten das Herz öffnet. Es strahlt wie ein Fixstern in finsterer Nacht. Das ist mehr, als wir in diesen Zeiten der Heimsuchung erwarten können. Ein gütiger Herrgott hat seinen Engel gesandt, um die Menschheit zu retten!«, verkündete der Verleger mit überschäumendem Pathos. Dann schwärmte er mit glänzenden Augen von den sensationellen Verkaufszahlen.

»Ich wage daher zu behaupten, dass die grandiose Abhandlung von Albinus Mollerus eine der vielversprechendsten Neuerscheinungen auf der diesjährigen Frankfurter Buchmesse ist. Damit übergebe ich nun das Wort an unseren hochgeschätzten Autor.«

Der vielgerühmte Mann musste nur anmutig die Lider mit den dichten schwarzen Wimpern senken, schon brandete der Beifall wieder auf.

»Der Bursche hat noch gar nichts von sich gegeben, und trotzdem sind die Leute schon aus dem Häuschen«, mokierte sich Johannes' Großvater. »Der braucht eigentlich gar nichts mehr vorzutragen, der muss nur dastehen und weiterhin hübsch lächeln und alles, was hier so rumkreucht, kauft nachher sein Buch«, murmelte der Verleger trocken und blickte in die johlende Menschenansammlung, die unaufhaltsam wuchs.

»Und die Frauenzimmer kaufen sogar zwei oder drei auf einmal, so sehr hat sie dieser schöne Teufel betört.«

Johannes stimmte ihm zu, ertappte sich jedoch dabei, wie er gebannt an den Lippen des Redners hing, als dieser mit angenehm dunkler Stimme zu sprechen anfing.

»In der Nacht von Christi Himmelfahrt im Jahre des Herrn 1595 ist mir im Traum der Erzengel Michael erschienen und hat mir die göttliche Botschaft von der Ankunft des fünften Pferdes überbracht«, verkündete der Visionär mit leicht erhobener Stimme. Er brauchte gar nicht lauter zu werden, denn er genoss bereits die ungeteilte Aufmerksamkeit der Menge, und niemand schien auch nur im Geringsten an seinen Worten zu zweifeln. Albinus Mollerus wandte die Augen himmelwärts und sprach in tiefer religiöser Versenkung weiter:

»Höret nun vorab die Offenbarung des Johannes über die vier Reiter der Apokalypse, wie sie uns im Alten Testament verkündet ward: ›Und ich sah, dass das Lamm das erste der sieben Siegel auftat und ich hörte eine der vier Gestalten sagen wie mit einer Donnerstimme: Komm! Und ich sah ein weißes Pferd. Und der darauf saß, hatte einen Bogen, und ihm wurde eine Krone gegeben, und er zog aus, um zu siegen. Und als es das zweite Siegel auftat, hörte ich die zweite Gestalt sagen: Komm! Und es kam heraus ein zweites Pferd, das war feuerrot. Und dem, der darauf saß, wurde Macht gegeben, den Frieden von der Erde zu nehmen, dass sie sich untereinander umbrächten, und ihm wurde ein großes Schwert gegeben. Und als es das dritte Siegel auftat, hörte ich die dritte Gestalt sagen: Komm! Und ich sah ein schwarzes Pferd. Und der darauf saß, hatte eine Waage in der Hand. Und ich hörte eine Stimme mitten unter den vier Gestalten sagen: Ein Maß Weizen für einen Silbergroschen und drei Maß Gerste für einen Silbergroschen. Und als es das vierte Siegel auftat, hörte ich die Stimme der vierten Gestalt sagen: Komm! Und ich sah ein fahles Pferd. Und der darauf saß, dessen Name war: Der Tod, und die Hölle folgte ihm nach. Und ihnen wurde Macht gegeben über den vierten Teil der Erde, zu töten mit Schwert und Hunger und Pest und durch die wilden Tiere auf Erden.«« Der Redner hielt inne, bekreuzigte sich und segnete die Zuhörerschaft, ehe er mit bebender Stimme fortfuhr:

»Höret nun die göttliche Botschaft, wie sie mir wortgetreu vom Erzengel Michael überbracht wurde: Und als das Lamm das fünfte Siegel auftat, da geschah ein großes Erdbeben, und die Sonne wurde finster wie ein schwarzer Sack, und der ganze Mond wurde wie Blut, und die Sterne des Himmels fielen auf die Erde, wie ein Feigenbaum seine Feigen abwirft, wenn er von starkem Wind bewegt wird, und in dem lauten Tosen hörte ich den Engel des Abgrunds sagen: Komm! Und ich sah ein grünes Pferd, das aussah wie eine Heuschrecke, und auf seinem Kopf war etwas wie eine goldene Krone, und sein Antlitz glich der Menschen Antlitz, und es hatte Haare wie Frauenhaar und Zähne wie Löwenzähne, und hatte Panzer wie eiserne Panzer und das Rasseln seiner Flügel war wie das Rasseln der Wagen vieler Rösser, die in den Krieg ziehen. Und der darauf saß, hatte Stacheln und Schwänze wie ein Skorpion und in seinen Stacheln war die Kraft, den Menschen Schaden zu tun. Und der Engel des Abgrunds sprach zu ihm, er solle nicht Schaden tun dem Gras auf Erden noch allem Grünen noch irgendeinem Baum, sondern allein den Menschen, die nicht das Siegel Gottes haben an ihren Stirnen. Und ihm ward Macht gegeben, nicht dass er sie tötete, sondern sie quälte mit dem Wahnsinn 444 Monde lang, und ihre Qual war wie eine Qual von einem Skorpion, wenn er einen Menschen sticht. Und in jenen Tagen werden die Menschen den Tod suchen und nicht finden, sie werden begehren zu sterben, und der Tod wird vor ihnen fliehen!« Hatte der Redner sachte und verhalten begonnen, so bebten seine Gesichtszüge jetzt vor Zorn, und seine Augen schleuderten Blitze ins Publikum, so dass die Zuhörer verzweifelte Schreie von sich gaben und in panischer Angst erstarrten. Einige von ihnen, vor allem Frauen, wanden sich gar in konvulsivischen Zuckungen auf dem Boden, hatten Schaum vor dem Mund und flehten außer sich, er möge sie vor dem Weltuntergang bewahren. Das schien das Stichwort gewesen zu sein, auf das der Redner gewartet hatte.

»Gott hat beschlossen, die Menschen zu strafen!«, schmetterte er vernichtend in Richtung der Wehklagenden. »Er hat bestimmt, dass eine fromme Persönlichkeit eine Vereinigung gründen soll mit tugendhaften Laien, die ein gelbes Kreuz auf ihren weißen Gewändern tragen und unter der Führung des Auserwählten zu einem großen Kreuzzug gegen die Sünde aufbrechen. Die Vereinigung der Reinen wird alle Sünder ausrotten!« Der Racheengel schien nun selbst in heiliger Ekstase zu sein.

Fassungslos beobachtete Johannes, wie vornehm gewandete Bürgerinnen vor dem Redner auf die Knie sanken und ihn lobpriesen wie den Heiland selbst. Herren von Stand und Bildung schlugen sich reumütig auf die Brust und huldigten dem Visionär als ihrem Erlöser, den der Himmel gesandt habe, die Welt zu retten, junge Patriziersöhne boten dem Auserwählten mit tränenüberströmten Gesichtern ihre Waffenbrüderschaft im Heiligen Kreuzzug an.

»Heil dem Gesandten des Herrn!«, erklang der Ruf einer tränenerstickten Stimme. Einige grölten außer sich, die Heiden gehörten alle erschlagen, andere schrien nach blutiger Vergeltung für die Taten der Ketzer und Feinde des rechten Glaubens. Eine junge Adelsdame in Begleitung ihrer beiden Kammerzofen sank vor dem Heilsbringer zu Boden und küsste ihm in ekstatischer Verzückung die Füße.

Dem Medicus stockte der Atem angesichts der grauenhaften Verwandlung der kultivierten, gebildeten Besucher des Buchhändlerviertels. *Die gebärden sich ja schlimmer als der Mob bei öffentlichen Hinrichtungen*, ging es ihm durch den Sinn. Verstört suchte er in der Menge nach Leuten, bei denen die Vernunft obsiegte, doch die Rasenden waren eindeutig in der Überzahl.

»Schnell weg von hier«, murmelte Johannes angewidert. »Das riecht ja nach Hexenjagd und Judenpogromen. Die Zeiten sind so schon schlimm genug, da brauchen wir nicht noch Volksverhetzer!«, schrie er erbost in Richtung Rednerpult. Auch sein Großvater war heillos empört über den Hassprediger und das abstoßende Gebaren des Menschenpulks. »Die Zeit der Kreuzzüge ist vorbei, junger Mann, in Frankfurt am Main herrscht der Geist der Aufklärung!«, rief der weltmännische Verleger aufgebracht.

»Schweig still, Alter! Dich hat wohl der Sensenmann vergessen«, erklang eine wütende Stimme aus dem Publikum, und sogleich wurden die Widersacher mit Unrat beworfen. Als wenig später die ersten Steine flogen, traten Christian Egenolff, Johannes Lonitzer und eine Handvoll andere, die das aberwitzige Spektakel mit Buhrufen quittiert hatten, die Flucht an.

3

Lovenita lief an der Seite ihrer Tochter über endlose Stoppelfelder. Wohin sie auch sah, weit und breit kein Baum, unter den sie hätten flüchten können, um sich zu schützen. Um sich vor der Taube zu schützen, mit dem seidigen Gefieder von zartem Blau und einem Hauch von Flieder, das in der Sonne glänzte wie die Innenseite einer Perlmuschel. Doch der schöne Schein trog. In Wirklichkeit war sie ein Ungeheuer, das mit seinem spitzen Schnabel unentwegt ihre Köpfe attackierte und es vor allem auf ihre Augen abgesehen hatte. Lovenita und Clara versuchten verzweifelt, sich mit den Händen gegen die Angriffe der Taube abzuschirmen. Von den scharfen Schnabelhieben waren ihre Hände schon ganz blutig und schmerzten höllisch. Lovenita legte schützend die Arme um Clara und barg deren Kopf an ihrer Brust.

»Mama, gib acht, sie hackt dir die Augen aus!«, schrie Clara gellend …

Lovenita erwachte von ihrem eigenen Schrei und blickte sich verstört um. Es war noch rabenschwarze Nacht, und das Innere des Planwagens wurde nur notdürftig von dem flackernden Licht einer Talgkerze beleuchtet, die Lovenita vor dem Schlafengehen immer anzündete – für ihre leibliche Mutter, die sie niemals kennengelernt hatte, und für ihre verstorbene Ziehmutter, die Zigeunerin Violetta, der sie unendlich viel verdankte.

Auch Clara und Morro waren bei Lovenitas Schrei aus dem Schlaf geschreckt. Während der Hund sich bald wieder hinlegte und den Kopf an Lovenitas Füße schmiegte, erkundigte sich Clara schlaftrunken bei ihrer Mutter, ob sie schlecht geträumt habe.

»Nicht der Rede wert«, wiegelte Lovenita ab und streichelte ihrer Tochter besänftigend übers Haar. »Schlaf schön weiter, und mach dir keine Sorgen. Du weißt doch, Träume sind Schäume.«

Seit Lovenita vor vielen Jahren bewusst geworden war, dass ihre Tochter unter der Gemütskrankheit litt, bemühte sie sich unablässig darum, alles Belastende von ihrem Kind fernzuhalten. Sie glaubte, Clara sei durch ihr Leiden schon genug strapaziert. Um die Schwermütige zu schonen, scheute sie nicht vor Lügen zurück. Dies galt auch in Bezug auf die bösen Träume, von denen die Seherin zuweilen heimgesucht wurde. »Nichts von Bedeutung«, beschwichtigte sie Clara stets, wenn sie im Schlaf aufgeschrien hatte, weil die Schrecken der Vergangenheit in ihren Träumen wieder Gestalt angenommen oder zukünftige Ereignisse ihre Schatten geworfen hatten.

Dabei kam es einer Lebenslüge gleich, Träume als belanglose Trugbilder abzutun, und es versetzte ihr jedes Mal einen Stich ins Herz, wenn sie das tat, um Clara nicht mit ihren Dämonen zu beunruhigen.

»Sind doch alles nur harmlose Trugbilder«, hatte sie

Clara, als diese noch klein gewesen war, einmal bei einer solchen Gelegenheit gesagt. »Da klatscht man laut in die Hände, und schon sind sie weg!« Lachend hatte sie es vorgemacht und die Besorgnis des kleinen Mädchens zerstreut. Währenddessen wünschte sie inständig, es möge tatsächlich so einfach sein, die bösen Geister im Traum und in der Wirklichkeit zu bannen.

In ihrer Kindheit beim Zigeunerclan der Kesselflicker hatte Lovenita gelernt, wie wichtig der Schlaf und die Träume waren. War der Schlaf eine Quelle neuer Kräfte, so war der Traum ein Füllhorn verschlüsselter Botschaften aus den Abgründen der Seele, von großer Bedeutung für Gedankenleser und Wahrsager, welche die Kraft des Blickes besaßen. Ihre Ziehmutter Violetta hatte Lovenita von klein auf gelehrt, auf ihre Träume zu achten, vor allem auf jene, die immer wiederkehrten. Sie hatte mit Violetta ausgiebig über ihre Träume gesprochen und gemeinsam mit ihr versucht, sie zu deuten. Was natürlich nicht bei jedem Traum möglich war. Viele behielten ihre Geheimnisse für sich oder sie lösten sich erst viel später auf – manchmal auch nie.

Claras tiefe Atemzüge verrieten Lovenita, dass ihre Tochter wieder eingeschlafen war, und sie sann über ihren unheilvollen Traum nach. Wie schmerzlich vermisste sie in diesem Moment den Beistand ihrer Ziehmutter, deren Ein und Alles Lovenita gewesen war. Doch seit Violettas Tod vor nunmehr fünfzehn Jahren musste die Schicksalsspäherin mit ihrer Gabe allein fertig werden.

Für Lovenita lag es auf der Hand, dass ihre unguten Gefühle und Ahnungen während der Begegnung mit der Freifrau Paloma von Malkendorf mit ihrem Alptraum zusammenhingen. Der Angriff der Taube hatte vor allem ihrem Augenlicht gegolten, welches Lovenita als Symbol der Hellsichtigkeit interpretierte. Warum aber hatte es die Taube auf ihre seherische Begabung abgesehen, fragte sie sich angespannt, denn sie hatte ihr ja das prophezeit, was sie sich so sehnlichst gewünscht hatte? Paloma war überglücklich gewesen. Lovenita fiel beim besten Willen kein Grund ein, warum die Freifrau ihr hätte gram sein sollen. Was indessen untertrieben war, denn im Traum trachtete Paloma ihr und Clara nach dem Leben. *Die Taube attackiert uns, sie will uns vernichten, sie versucht sogar, mir mit dem Schnabel die Augen auszuhacken.*

Angstvoll umklammerte Lovenita ihren Talisman, ein Silberamulett mit einem Wolfskopf, welches ihr Violetta zum Fest der Namensgebung geschenkt hatte, als sie fünf Jahre alt gewesen war, und das sie stets um den Hals trug. *Steh mir bei, Mamita*, flehte sie.

Der Morgen graute bereits, als sich Lovenita von ihrem Strohsack erhob und sich ankleidete. Sie hatte nach dem schrecklichen Traum keinen Schlaf mehr gefunden und fühlte sich müde und erschlagen. Daher hatte sie kurzerhand beschlossen, mit Morro einen Spaziergang über die Felder zu machen, um sich vom rauen Herbstwind die trüben Gedanken aus dem Kopf treiben zu lassen. Ein Blick auf Morro verriet ihr, dass das kluge Tier längst wusste, was sie vorhatte. Der Hund hatte sich erhoben und wedelte freudig. Sie streichelte dem Bonddog liebevoll über den breiten Kopf, schlich auf leisen

Sohlen, um die schlafende Clara nicht zu wecken, zu der verschnürten Segeltuchplane am Ende des Planwagens, öffnete sie und kletterte mit Morro hinaus ins Freie.

Es war kalt und windig. Lovenita schauderte, als sie mit dem Hund die abgemähten Felder entlanglief. Die Gesellschaft des Tieres und der Geruch der Erde taten ihr gut, und sie ließ ihren Blick zum bleigrauen Himmel schweifen, über den eine große Schar Krähen zog. Krähen waren, ähnlich wie Raben oder Dohlen, sehr kluge, gelehrige Vögel, die einen ausgeprägten Gemeinschaftssinn besaßen. Mit einem Mal vernahm Lovenita aus der Ferne ein durchdringendes Trompeten, das immer lauter wurde. Die ganze Luft schien davon erfüllt zu sein. Staunend gewahrte sie in der Weite des Äthers einen riesigen Schwarm Kraniche, der direkt über sie hinweg in Richtung Süden zog. Lovenita war verzaubert von dem Anblick der erhabenen Zugvögel und schaute ihnen so lange hinterher, bis sie aus ihrem Blickfeld verschwunden waren.

Bald wird der erste Schnee kommen, dachte sie. Das Naturschauspiel erfüllte sie mit tiefer Ehrfurcht. Gleichzeitig durchdrang sie das überwältigende Gefühl, mit allem wundersam versöhnt zu sein – mit bösen Träumen genauso wie mit bösen Menschen. Sie beschloss, sich guten Mutes und unverdrossen an ihr Tagwerk zu machen. *Ich habe einfach zu viel Schlechtes erlebt, das hat mich misstrauisch und bitter gemacht,* überlegte sie und entschied trotzig, sich davon nicht den Schneid abkaufen zu lassen. Die Geschäfte waren gestern, am ersten Tag der Herbstmesse, doch schon ausgesprochen gut angelaufen. Nicht zuletzt weil sich die Heilung des kleinen Bauernmädchens in Frankfurt herumgesprochen hatte wie ein Lauffeuer. Einheimische und Messebesucher gleichermaßen hatten Lovenita an ihrem Stand aufgesucht, um die heilkundige Ägypterin zu bestaunen, ihren Rat bei mannigfaltigen Gebrechen und Nöten einzuholen oder eine der Heilkräutertinkturen zu erstehen. Zu Lovenitas großer Freude waren auch Leute gekommen, denen sie früher schon einmal geholfen hatte und die sie in guter Erinnerung behalten hatten.

Als sich Lovenita mit Morro dem Planwagen näherte, kam ihnen Clara schon entgegen, in der einen Hand eine Milchkanne, in der anderen einen Korb mit Äpfeln.

»Das hat die Bauersfrau gerade vorbeigebracht, ich soll dich von ihr grüßen«, erläuterte sie lächelnd und wies mit dem Kopf auf die Gestalt, die sich in Richtung Bauernhof entfernte. »Sie hat uns auch angeboten, uns jederzeit bei ihnen in der Stube aufzuwärmen und an ihrem Brunnen Wasser zu holen.«

»Wie nett von den Leuten«, entgegnete Lovenita erfreut, »wo sie doch selbst nicht viel haben. Vielleicht sollten wir ihr Angebot annehmen und die Milch bei ihnen in der Stube trinken, einen warmen Ofen könnte ich jetzt gut gebrauchen.«

»Ich auch«, stimmte Clara ihrer Mutter zu, und sie eilten kurzentschlossen hinter der Bäuerin her.

Als sie zu ihr aufgeschlossen hatten, grüßte Lovenita die Frau mit den verhärmten Gesichtszügen freundlich und dankte ihr für ihre Hilfsbereitschaft.

»Euer Anerbieten, uns bei Euch aufzuwärmen, nehmen wir dankend an, wenn es Euch jetzt recht ist.«

»Aber selbstverständlich«, erwiderte die Frau. Im Grunde genommen war sie selbst ein wenig verwundert über ihre Hilfsbereitschaft gegenüber der fahrenden Ägypterin, der sie früher mit Argwohn begegnet wäre, aber das Erlebnis vom Sonntagabend hatte sie eines Besseren belehrt. Für die liebreizende Frau mit dem sommersprossigen Gesicht, die ihrer Jüngsten so wundersam geholfen hatte, hätte sie alles getan. Die Leute mochten sich noch so das Maul über Fahrende zerreißen, für sie war die Ägypterin mit den klugen Augen ein Engel in Menschengestalt. Martha, die normalerweise nicht so überschwänglich und gefühlvoll war, hatte die wildfremde Frau umarmt wie eine Schwester, als diese ihr zum Abschied Glück und Segen gewünscht hatte, auch für das Kind in ihrem Leib. Eine solche Herzenswärme hatte die Bäuerin im Leben nie erfahren, weder von ihrem Ehemann noch von ihren Eltern oder Geschwistern.

Sobald sie in die Küche kamen, rückte sie der Ägypterin den Holzstuhl mit der Rückenlehne an den Herd, auf dem sonst nur dem Bauern als Familienvorstand zu sitzen erlaubt war. Die Küche diente der zehnköpfigen Familie auch als Wohnstube, da sie der einzige Raum mit einer Feuerstelle war.

»Wo sind denn Euer Mann und die Kinder?«, fragte Lovenita beim Anblick der leeren Stube erstaunt. »Schlafen sie vielleicht noch?«

Die Bäuerin lachte auf. »Wo denkt Ihr hin? Die sind

alle schon längst bei der Arbeit. Ein paar sind im Stall, die Kühe melken, und der Rest ist hinten auf dem Rübenacker. Morgens um fünf ist bei uns die Nacht schon zu Ende. Ich muss auch gleich wieder in den Stall, die Arbeit muss ja gemacht werden. Das braucht Euch aber nicht zu stören, bleibt ruhig hier sitzen und trinkt in Ruhe Eure Milch, die ist nämlich noch warm, ich habe eben erst gemolken«, erklärte sie. Sie lächelte befangen und entblößte dabei ihre Zahnlücken.

Lovenita tat die einfache Frau, deren entbehrungsreiches Leben aus kaum etwas anderem als harter körperlicher Arbeit zu bestehen schien, von Herzen leid.

»Das machen wir, aber nur, wenn Ihr uns noch ein bisschen Gesellschaft leistet und einen Schluck Milch mit uns trinkt«, erklärte sie mit verschmitztem Lächeln und rückte der Bäuerin einen Holzschemel hin. »Viel Zeit haben wir ja auch nicht, denn wir müssen bald auf die Messe, unseren Stand aufbauen. Doch ein bisschen Ruhe sollte man sich zuweilen schon gönnen, erst recht, wenn man guter Hoffnung ist wie Ihr.«

Seufzend ließ sich die Bäuerin auf dem Schemel an Lovenitas Seite nieder. Während die drei Frauen in kleinen Schlucken die Milch aus Steingutbechern tranken, erkundigte sich Lovenita, wie es dem kleinen Mädchen gehe. Die Kleine könne schon wieder im Stall helfen, erwiderte Martha.

Nichts als Arbeit, sogar schon für die kleinen Kinder, dachte die Schicksalsspäherin und fragte nach Marthas Befinden.

In die Augen der Bäuerin traten Tränen. »Wenn Ihr's

genau wissen wollt – mir geht es beschissen«, murmelte sie verzagt und wischte sich über die Augenwinkel. »Da hat man schon acht hungrige Mäuler und kriegt noch eins dazu. Der Herrgott im Himmel möcht mir verzeihen, aber manchmal wünschte ich, ich tät es verlieren ...« Die Frau barg ihr Gesicht in den Händen und schluchzte auf. »Mir sind ja schon drei gestorben, sonst hätte ich elf Kinder«, stammelte sie. »Und obwohl mir jedes Mal das Herz gebrochen ist, wenn die armen Würmchen tot in der Wiege lagen, habe ich doch immer gedacht, dass sie es im Himmel besser haben als hier unten, wo sie sich von klein auf schinden müssen für jedes Stückchen Brot.«

»Und Eurem Ehemann ... ist das recht, dass Ihr so viele Kinder habt?«, fragte Lovenita vorsichtig. »Ich meine, er könnte sich doch aus Rücksicht auf Euch und die armen Geschöpfe etwas mehr zurückhalten.«

»Ihm kommt das gelegen, dass wir so viele Kinder haben. Das sind alles billige Arbeitskräfte, die schon früh auf Hof und Feld mithelfen müssen«, antwortete Martha erbittert. »Und was mich anbetrifft, kennt er sowieso keine Rücksicht. Wenn ich mich ihm versage, fängt er gleich das Schimpfen an, von wegen das wäre meine eheliche Pflicht und ob ich ihm das bisschen Spaß, das ihm bei all der Schinderei noch geblieben ist, auch noch verderben will.«

Lovenita legte mitfühlend den Arm um Marthas knochige Schultern. Sie spürte, wie müde und ausgelaugt die Frau war. Lange würde ihr ausgemergelter Körper die vielen Geburten und die kräftezehrende Arbeit nicht mehr aushalten. Irgendwann in nicht allzu ferner Zeit würde sie im Kindbett sterben oder bei der Arbeit tot zusammenbrechen. In Anbetracht von Marthas blanker Not fiel es Lovenita schwer, tröstende Worte für sie zu finden. Daher blieb ihr nur, der Geplagten auf eine stille Weise menschliche Anteilnahme und Beistand zu spenden – was der Bäuerin indessen sehr gutzutun schien. Sie blinzelte die Ägypterin aus ihren vom Weinen geröteten Augen dankbar an.

»Und Ihr … Ihr seid doch so eine vortreffliche Frau, warum habt Ihr denn keinen Mann?«, erkundigte sie sich verschämt.

»Mein Mann ist vor drei Jahren an der Pest gestorben«, entgegnete Lovenita bewegt.

»Das tut mir leid für Euch und Eure Tochter. Es ist bestimmt nicht leicht für eine Frau, sich mit einem Kind allein durchzuschlagen«, murmelte Martha mit Blick auf Clara betreten.

»Das ist wohl wahr«, erwiderte Lovenita. »Es ist bisweilen schon ein harter Kampf, sich über Wasser zu halten und dabei nicht zu verzagen. Doch für meinen Schatz ist mir nichts zu viel.« Sie streichelte Clara liebevoll über die Wange. Diese rollte daraufhin ungehalten mit den Augen. Ihre Mutter herzte sie noch immer wie ein kleines Mädchen, obgleich sie fast erwachsen war. Wenn andere es mitbekamen, war es ihr besonders unangenehm.

»So ein hübsches Mädchen bist du. Hast du auch schon einen Bräutigam?«, erkundigte sich die Bäuerin bei Clara, offenkundig froh darüber, ein wenig von ihren eigenen Nöten abgelenkt zu werden.

Clara schüttelte nur den Kopf und senkte verlegen den Blick.

»Ist sie Eure Einzige oder habt Ihr noch andere Kinder?«, wollte Martha von Lovenita wissen.

Lovenita wurde unversehens betrübt. »Clara ist mein einziges Kind, meine anderen zwei Kinder sind gestorben. Eines, ein kleines Mädchen, war eine Totgeburt, und mein Junge starb am plötzlichen Kindstod. Er war noch nicht einmal ein Jahr alt.« Lovenita konnte nicht verhindern, dass ihr beim Gedanken an ihre verstorbenen Kinder die Tränen kamen. Sie hatte viele Schicksalsschläge hinnehmen müssen. Der Tod ihrer Ziehmutter Violetta hatte sie bis in ihre Grundfesten erschüttert, und auch das Hinscheiden ihres Mannes, des fahrenden Wundarztes Hannes Schuster, dessen Gewerbe sie seit seinem Tod weiterführte und der ihr und Clara über viele Jahre Halt und Geborgenheit geschenkt hatte, war für sie ein herber Verlust gewesen. Doch der Tod ihrer beiden Kinder hatte sie am härtesten getroffen – der Schmerz war so heftig, dass sie ihn noch heute spürte.

Jetzt war es die Bäuerin, die Lovenitas Hand ergriff und sie tröstete.

»Ich kenne das – auch ich denke manchmal an meine kleinen Engel, die der Herrgott so früh zu sich gerufen hat. Aber Ihr habt doch noch Eure Große.«

»Darüber bin ich auch unsagbar froh«, bekräftigte Lovenita.

»Sie kommt wohl ganz nach ihrem Vater, denn Euch sieht sie nicht besonders ähnlich, obwohl Ihr auch so anmutig seid«, bemerkte Martha und betrachtete Clara eingehend. »Muss ein schmucker Mann gewesen sein, Euer verstorbener Gatte.«

Lovenitas Gesicht verdüsterte sich augenblicklich. »Mein Ehemann war nicht Claras Vater«, erklärte sie.

Die Bauersfrau musterte die Ägypterin verwundert, deren Offenheit schlagartig in Verschlossenheit umgeschlagen war.

»Außerdem war mein Vater auch kein fahrender Quacksalber, sondern ein studierter Apotheker!«, trumpfte die bislang schweigsame Clara auf.

»Na da schau her – und wo ist er jetzt?«, bohrte Martha neugierig nach.

»Er ist tot«, erwiderte Lovenita knapp. Mit einem Mal hatte sie es eilig, zur Messe aufzubrechen. Als sie bereits an der Tür war, drehte sie sich jedoch noch einmal zu der Bäuerin um, da es ihr leidtat, der gutmütigen Frau so schroff geantwortet zu haben.

»Nichts für ungut«, sagte sie versöhnlich. Sie bat Martha, sie doch zum Planwagen zu begleiten und ein Fläschchen ihrer Gemütstropfen entgegenzunehmen, die Martha in ihrer momentanen Verfassung sicherlich gut gebrauchen könne. Mit erfreutem Lächeln schloss sich die Landfrau Lovenita und Clara an.

4

Um die Mittagszeit verließ der Stadtarzt Johannes Lonitzer sein Wohnhaus in der Neuen Kräme, in dessen Untergeschoss sich auch seine Behandlungsräume befanden, und lief in Richtung Römerberg zur Herbstmesse. Sein Großvater hatte ihn gebeten, ihn am Nachmittag an seinem Verkaufsstand in der Buchgasse zu vertreten, da er wichtige Geschäftstermine mit einigen Autoren hatte. Johannes brach extra früher auf, um vorher noch über den Rathausplatz zu schlendern und sich den Stand der vielgerühmten Ägypterin anzuschauen, deren wundersame Heilungserfolge in aller Munde waren. Vor allem jene geheimnisvollen Gemütstropfen, die einige seiner Patienten in den höchsten Tönen gelobt hatten, hatten den jungen Medicus neugierig gemacht. Da dem kritischen Humanisten indessen hinlänglich bekannt war, dass sich diverse selbstgebraute Allheilmittel mit den abenteuerlichsten Ingredienzen in weiten Teilen der Bevölkerung großer Beliebtheit erfreuten, stand er der Heilerin und ihren Wunderwässerchen eher skeptisch gegenüber.

An dem kleinen Stand angelangt, wo ein reges Kommen und Gehen herrschte, staunte er jedoch nicht schlecht, als er die Frau genauer in Augenschein nahm, der ein anmutiges junges Mädchen assistierte. Er hatte eine exotisch gewandete Zigeunerin erwartet, die sich mit dem für geschäftstüchtige Scharlatane typischen marktschreierischen Gebaren bei den Passanten ins rechte Licht zu rücken suchte. Der Anblick der zierlichen, schlicht gekleideten Frau mit der dunkelbraunen Samthaube mit einem breiten Seidenband unter dem Kinn verwunderte ihn. Ihre unprätentiöse Aufmachung und die ruhige Art, wie sie mit den Ratsuchenden sprach, verblüfften Johannes. So beschloss er kurzerhand, sich in die Reihe der Wartenden zu stellen. Da die meisten Kunden ein Fläschchen Gemütstropfen erstanden, das ihnen von dem schwarzhaarigen Mädchen ausgehändigt wurde, ging es rasch voran. Als die vornehm gewandete Dame vor ihm mit der eleganten brokatenen Schmetterlingshaube an der Reihe war, vernahm Johannes, wie sie der Ägypterin mit gesenkter Stimme sagte, sie wünsche ihre Dienste als Wahrsagerin in Anspruch zu nehmen. Es handele sich um eine Herzensangelegenheit, fügte sie leicht verlegen hinzu.

Die Heilerin zog daraufhin ein kleines Buch unter dem Verkaufstisch hervor, schlug es auf und ließ die Dame wissen, dass sie ihr erst morgen um die fünfte Nachmittagsstunde einen Termin geben könne, denn sie habe für heute bereits etliche Anmeldungen.

»Das ist aber schade!«, äußerte die Kundin enttäuscht. »Ich hatte gehofft, gleich dranzukommen. Ich zahle Euch gerne etwas drauf, wenn Ihr es heute vielleicht doch noch bewerkstelligen könntet.« Sie zückte eine Silbermünze aus der Gürteltasche und hielt sie der Ägypterin hin. Doch die Frau mit dem feingeschnittenen Gesicht erklärte lächelnd, dass sie für das Wahrsagen grundsätzlich kein Geld nehme. Außerdem ließe sich der Zustand des Gedankenlesens auch nicht ohne Weiteres herbeirufen, sie benötige Zeit und Ruhe, um sich auf die Ratsuchenden zu konzentrieren.

Sie bat die junge Dame, sich bis morgen zu gedulden, erkundigte sich nach ihrem Namen, notierte ihn in dem Büchlein und reichte der Zerknirschten zum Abschied versöhnlich die Hand.

»Was kann ich für Euch tun?«, wandte sie sich anschließend Johannes Lonitzer zu und blickte ihn offen an. Der junge Medicus war noch viel zu verdutzt darüber, dass die Ägypterin sich für das Wahrsagen nicht bezahlen ließ und dass sein Vorurteil, sie wäre eine gewiefte Betrügerin, damit schlagartig entkräftet worden war. Zudem konnte er seinen Blick gar nicht mehr von ihren Augen abwenden, die ihn in ihrem hellen Grün an kristallklare Bergseen erinnerten. Stotternd erklärte er ihr, er interessiere sich für ihre Gemütstropfen. Die Heilerin, die etwa in seinem Alter sein musste, reichte ihm ein Fläschchen.

»Sind sie für Euch oder für einen Angehörigen?«, fragte sie den jungen Mann mit den vergeistigten Gesichtszügen, der sie noch immer verlegen anstarrte und ihr die Antwort einstweilen schuldig blieb. »Ich frage nur wegen der Dosierung, denn Erwachsene sollten morgens und abends einen Esslöffel einnehmen, während Kinder und Heranwachsende nur die Hälfte benötigen.«

»Nein, sie sind für mich«, erwiderte er befangen. »Ich … ich interessiere mich vor allem für die … die Zusammensetzung … äh … in meiner Eigenschaft als Arzt, meine ich.«

Der Mann mit dem abgewetzten schwarzen Samtbarett auf den schulterlangen braunen Haaren hielt ihr die Hand hin und stellte sich linkisch als Stadtphysikus Johannes Lonitzer vor.

Lovenita ergriff die Hand des großen, schlanken Mannes und fragte sich im Stillen, warum er so schüchtern war, so ausgesprochen gut, wie er aussah. Für gewöhnlich zeigten sich attraktive Männer viel selbstbewusster.

»Sehr erfreut«, erklärte sie und lächelte geschmeichelt. »Es ehrt mich, dass sich ein Mann der Wissenschaft für meine Gemütstropfen interessiert. Sie bestehen aus zwei Teilen Johanniskrautextrakt und einem Teil Schafgarbe, verdünnt mit Weingeist. Ich habe sie vor Jahren für meine Tochter entwickelt.« Sie wies auf Clara, die an ihrer Seite die Kundschaft bediente. »Sie leidet seit ihrer frühen Kindheit unter Gemütskrankheit. In meiner Not zog ich eine Vielzahl an Ärzten und Wunderdoktoren zu Rate, die mir zum Teil recht abenteuerliche Heiltränke empfahlen. Doch nichts davon half, also habe ich es selbst mit verschiedenen Heilpflanzen probiert. Das Johanniskraut hat sich als die wirkungsvollste erwiesen. Die Wirkung stellt sich freilich nicht sofort ein, es braucht schon einige Wochen, mitunter sogar zwei, drei Monate, bis sich die gemütsaufhellenden Kräfte der Pflanze entfalten.«

Der junge Arzt hatte ihr interessiert zugehört. »Das

Johanniskraut als wirksames Medikament gegen Schwermut hat auch mein verstorbener Vater, Adam Lonitzer, in seinem Kräuterbuch erwähnt. Er war ebenfalls Arzt und zudem passionierter Kräuterkundler«, erläuterte er angeregt und schien zunehmend seine Scheu zu verlieren. »Ich weiß noch, wie er sich immer über seine Kollegen aufgeregt hat und ihre abscheulichen Heiltränke, wie Ihr sie gerade erwähnt habt. ›Die sollten allesamt gezwungen werden, ihre Medikamente selbst einzunehmen, dann wären sie für immer kuriert‹, pflegte er zu wettern. Wenn ich dabei an eines ihrer allseits beliebten Wundermittel, die sogenannten ›Mumien‹, denke, wird mir tatsächlich ganz grün um die Nase.« Der Stadtphysikus verdrehte die Augen. »Man verwende das frische Blut eines Gesunden, fülle es in eine Eierschale, verschließe sie fest mit Fischleim und lege das Ei unter eine brütende Henne«, deklamierte Johannes theatralisch. »Sodann knete man die fleischähnliche Masse in einen Brotteig und gebe das Ganze in den Backofen. Die fertige Mumie, in der Nähe des Kranken aufbewahrt oder auch von diesem verspeist, zeitigt eine baldige Genesung!«

Lovenita prustete vor Lachen. »Ich habe sogar noch tollkühnere Rezepte vernommen, von einem selbsternannten Narrendoktor aus Tübingen«, stieß sie kichernd hervor. »Das beste Mittel gegen Fallsucht und Melancholie sind Maulwürfe‹«, suchte sie den Tonfall des besagten Narrendoktors nachzuahmen. »Man lege am Johannistag dreizehn lebende Maulwürfe in einen großen Tontopf, den man mit einem Deckel versehe und zukitte. Dann wird der Topf so lange auf glühende Kohlen gesetzt, bis die Maulwürfe gut durchgebrannt sind, woraufhin man sie zu Pulver zerstößt. Davon eine halbe Messerspitze in Milch aufgelöst, bewirkt Heilung.«‹

Johannes und Lovenita schauten einander an und lachten, bis ihnen die Tränen kamen. Clara blickte befremdet zu ihnen herüber. Die Leute, die hinter dem Stadtphysikus in der immer länger werdenden Schlange standen, schienen ihren Heiterkeitsausbruch nicht teilen zu können.

»Geht das denn auch mal weiter?!«, krähte eine verärgert dreinblickende Matrone vom hinteren Ende der Reihe, woraufhin weitere Wartende ihren Unmut bekundeten.

»Ich habe schon lange nicht mehr so gelacht«, seufzte Johannes und wischte sich die Tränen aus den Augenwinkeln. »Von daher benötige ich Euer Medikament eigentlich gar nicht mehr.«

Auch Lovenitas Zwerchfell beruhigte sich langsam. »Ich habe noch *nie* so gelacht«, murmelte sie kopfschüttelnd, ergriff kurzerhand ein Fläschchen und übergab es dem jungen Arzt. »Ein kleines Geschenk für den Mann, der mich daran erinnert hat, wie wohltuend das Lachen sein kann. Ich hatte es fast schon vergessen, glaube ich.«

»Ich danke Euch, verehrte Frau Kollegin.« Johannes drückte Lovenitas Hand. »Ihr habt an mir das reinste Wunder vollbracht.« Plötzlich wurde er ernst. »Ich habe nämlich gar nicht mehr daran geglaubt, dass ich überhaupt noch lachen kann. Ihr habt mir gezeigt, dass es geht, und dafür danke ich Euch aufrichtig!« Trotz der drängelnden Leute hinter ihm ließ es sich der junge Arzt

nicht nehmen, Lovenita zum Bücherstand seines Großvaters einzuladen, sofern es ihre Zeit erlaubte. »Dann
kann ich Euch das Kräuterbuch meines Vaters geben. Es
ist das Verkaufsgewölbe im letzten Haus auf der linken
Seite. Bitte kommt, es würde mich freuen!« Damit verschwand er schließlich in der Menge.

***

Während sie an ihrem Messestand arbeitete, musste
Lovenita den ganzen Nachmittag über immer wieder an
die Begegnung mit dem jungen Arzt denken. Dabei trat
jedes Mal ein unwillkürliches Lächeln auf ihr Gesicht.
Wie befreiend es doch sein konnte, von Herzen zu lachen. Ihre Anspannung vom Morgen war wie weggeblasen, sie war guter Dinge, und alles ging ihr leicht von der
Hand. Selbst die zurückhaltende Clara hatte sich durch
den Heiterkeitsausbruch ihrer Mutter und des jungen
Arztes zu einem Kommentar hinreißen lassen. »Wie
albern du sein kannst, Mama«, hatte sie geäußert und
indigniert den Kopf geschüttelt. »Und dieser Medicus
ist auch nicht viel besser. Ihr habt euch ja aufgeführt wie
die reinsten Kindsköpfe.«

Genauso hab ich mich auch gefühlt, dachte Lovenita und
lächelte. *Endlich wieder Kind sein – wenn auch nur für einen flüchtigen Moment!* Wie lange hatte sie eine solche
Leichtigkeit entbehrt. Mehr oder weniger ein Leben
lang, wenn sie von ihrer frühen Kindheit absah. Mit
Wehmut erinnerte sich Lovenita an ihre Kinderjahre
beim Zigeunerclan der Kesselflicker, und einmal mehr

wurde ihr bewusst, dass es die glücklichste Zeit ihres Lebens gewesen war. Weder ihre Ziehmutter Violetta noch die anderen Stammesmitglieder hatten ihr irgendwelche Vorschriften gemacht. Sie hatte alle Freiheiten genossen, die sich ein Kind nur wünschen konnte. Sie hatte nach Herzenslust im Dreck spielen, durch den Wald streunen und mit den anderen Kindern des Clans toben dürfen, wann immer ihr der Sinn danach stand. Wie alle anderen Kinder hatte Lovenita nur gegessen, wenn sie Hunger gehabt hatte, und sich schlafen gelegt, wann es ihr gerade passte. Erst ab ihrem fünften Lebensjahr, nachdem sich für Violetta und die Stammesältesten zweifelsfrei erwiesen hatte, dass Lovenita die Kraft des Blickes besaß, hatte für sie der Ernst des Lebens begonnen, und die unbeschwerten Jahre der Kindheit waren für immer vorbei gewesen. Schon damals hatte sie mit der Gabe der Hellsichtigkeit gehadert, und die Worte der Stammesmutter Esma hatten sich ihr unauslöschlich ins Gedächtnis gebrannt. *Nur wenige Menschen haben die Kraft des Blickes, die hellsichtig macht und dir die Fähigkeit verleiht, Schmerzen zu lindern oder Krankheiten zu heilen. Daher wird dich deine Mutter künftig darin unterweisen, Menschen zu ›durchblicken‹. Die Gabe verlangt einer Seherin sehr viel ab. Der Gedankenleser leidet immer mit dem Menschen, in den er sich hineinversetzt. Es ist eine unerwartete, ungewollte Anteilnahme. Es ist unmöglich, den Zustand der Hellsichtigkeit absichtlich herbeizuführen. Entweder er ist da oder er ist nicht da. Trotzdem muss die Fähigkeit des Gedankenlesens unter der Anleitung eines erfahrenen Lehrers in einem langen, umfassenden Studium ausgebildet und verfeinert werden. Die* alte Esma verzog den zahnlosen Mund zu einem mitleidigen Lächeln. *Du wirst durch eine harte Schule müssen, Liebchen. Wenn andere Kinder spielen, musst du an dir arbeiten. Dafür wirst du strahlen wie ein Stern in finsterer Nacht.*

Waren meine Lehrjahre schon entbehrungsreich genug, so hat mich die Schule des Lebens erst recht nicht geschont, dachte die Schicksalsspäherin nicht ohne Bitterkeit. *Umso wichtiger ist es, bei aller Mühsal das Lachen nicht zu verlernen.*

Nach längerem Überlegen, ob sie das freundliche Angebot des jungen Arztes annehmen und ihn an seinem Stand in der Buchgasse aufsuchen sollte, gab sie sich schließlich einen Ruck.

»Meinst du, du kannst hier für ein Weilchen die Stellung halten?«, erkundigte sie sich um die fünfte Nachmittagsstunde bei ihrer Tochter. »Ich würde mich dann mal rasch in die Buchgasse aufmachen.«

Clara schien über das Vorhaben der Mutter bass erstaunt zu sein. »Du willst zu diesem Arzt? Man könnte ja fast meinen, du hättest dich in ihn verguckt«, spöttelte sie.

»Was für ein Blödsinn!« Lovenita hatte seit ihrer Witwenschaft vor nunmehr drei Jahren keinen Mann mehr an sich herangelassen, obgleich sie mehr als genug Chancen gehabt hätte. Clara benötigte ihre ganze Aufmerksamkeit und Fürsorge, und sie wollte sie nicht wegen einer Liebesaffäre vernachlässigen. Außerdem hatte sie von Männern die Nase gestrichen voll, auch wenn Hannes Schuster immer anständig zu ihr gewesen war und sie aufrichtig geliebt hatte. Für Lovenita war der zwanzig Jahre ältere Mann hingegen eher wie der Vater gewesen, den sie ihr Leben lang schmerzlich vermisst hatte. Wirklich geliebt, mit allem, was dazugehörte, hatte sie ihn jedoch nie, und ihm körperlich nahe zu sein war für sie nicht mehr als eheliche Pflichterfüllung gewesen. Im Grunde genommen hatte sie keinen der Gefährten wirklich geliebt, die sie vor ihrer Heirat mit Hannes gehabt hatte – nur bei *ihm* war das anders gewesen. Sie hatte ihn sich qualvoll aus ihrem Herzen reißen müssen – was ihr kaum gelungen war, zumal sie seine Gesichtszüge tagein, tagaus in Gestalt ihrer Tochter vor Augen hatte. Der Mann, der Claras Vater war, war die Liebe ihres Lebens gewesen.

Nicht zuletzt deswegen wies Lovenita die Anspielung ihrer Tochter vehement von sich. Sie war sicher, dass sie so etwas mit keinem anderen Mann mehr erleben würde. Für den sympathischen jungen Arzt würde sie bestenfalls Freundschaft empfinden. Sie hatten sich auf Anhieb verstanden, hatten den gleichen Humor und schienen sich in vielem ähnlich zu sein. Sie würde ihn in der Buchgasse aufsuchen, um ihre nette Bekanntschaft zu vertiefen, gleichgültig, was Clara dazu sagte.

»Ich beeile mich und bin spätestens in einer halben Stunde wieder da. Falls etwas Wichtiges sein sollte, dann bittest du die Leute zu warten.«

»Viel Spaß bei deinem *Rendezvous*«, zog die Fünfzehnjährige ihre Mutter auf.

»Kindskopf!« Lovenita knuffte Clara in die Seite und gab ihr einen Kuss. »Bis gleich, mein Schatz!«

»Lass dir ruhig Zeit, ich komme schon zurecht. Ich

bin ja schließlich kein Kind mehr«, erklärte Clara und blickte der im Messegetümmel verschwindenden Mutter stirnrunzelnd hinterher. *Wenn sie nur nicht immer eine solche Glucke wäre*, sinnierte das Mädchen grimmig. *Kein Wunder, dass unsereiner noch keinen Bräutigam hat. Bei so einer Löwenmutter im Hintergrund traut sich doch kein Verehrer an mich ran. Davon mal abgesehen, ist ihr ja sowieso keiner gut genug. Sie hat an jedem etwas herumzukritteln, der es wagt, mir den Hof zu machen.* Die anmutige Clara war sich ihrer Attraktivität durchaus bewusst. Obgleich sie so hoffnungslos schüchtern war, schmeichelte es ihr, wenn sie allerorts die Blicke auf sich zog. *Aber wer will schon eine Frau haben, die ständig ihre Zustände hat*, dachte sie bitter. Sie ahnte, warum ihre Mutter so übervorsichtig war, was ihre Verehrer betraf: Sie wollte Clara nur vor Herzeleid und bitteren Enttäuschungen bewahren, denn ein Galan, der so etwas aushielt, musste wohl erst noch geboren werden. Dennoch sehnte sich Clara wie alle jungen Mädchen ihres Alters nach Liebesglück. Sie wünschte sich einen Mann, der sie trotz ihres Gemütsleidens liebte und begehrte. Wo sie doch schon ihren leiblichen Vater nie kennengelernt und ihn stets so bitter entbehrt hatte. Daran hatte auch ihr gutmütiger Stiefvater, der sie liebte wie sein eigenes Kind, nichts ändern können. Im Stillen hatte sie sich sogar manches Mal geschämt für den bejahrten, rundlichen Mann, der eher aussah wie ihr Großvater. Über ihren wirklichen Vater wusste sie nur, dass er in Limburg an der Lahn, wo ihre Eltern sich auch kennengelernt hatten, das Apothekerhandwerk gelernt hatte und dass er noch vor

Claras Geburt an der Pest gestorben war. Ihre Mutter musste ihn wohl sehr geliebt haben, obgleich sie immer abblockte, wenn Clara nach ihm fragte. Wahrscheinlich verletzte es sie zu sehr, über ihn zu sprechen. Mit Tränen in den Augen hatte sie ihrer kleinen Tochter manches Mal gesagt, sie sehe ihrem Vater sehr ähnlich – mehr war aber nicht aus ihr herauszukriegen. In ihrer regen Phantasie malte Clara sich aus, dass er ein vornehmer Herr in einem schwarzen Gelehrtentalar gewesen war, der an den renommiertesten Universitäten des Landes die Apothekerkunst studiert hatte. In ihren Tagträumereien sah sie ihn manchmal so deutlich, als stünde er leibhaftig vor ihr. Mit seinem Gelehrtengesicht und der hohen vergeistigten Stirn sah er stolz und erhaben aus. Er hatte dunkle, langwallende Haare wie ein Edelmann und strahlend blaue Augen, die Clara voller Zuneigung anblickten. Ab und zu träumte sie sogar von ihm, dann sah er sie mit liebevollem Blick an, in dem gleichzeitig eine tiefe Wehmut lag. In den Träumen sprach er manchmal sogar mit ihr, ganz klar und verständlich, und er sagte stets die gleichen ergreifenden Worte: »Ich bin immer bei dir, mein Herzenskind. Ich liebe dich unsagbar!«

Obgleich Clara vor ihrer Mutter eigentlich keine Geheimnisse hatte, behielt sie diese wundersamen Träume für sich und hütete sie wie ihren wertvollsten Schatz. In jeder Kirche, die sie auf ihren Reisen betraten, betete sie im Stillen für ihren so früh verstorbenen Vater.

5

Lovenita überquerte mit eiligen Schritten den Römerberg, um so schnell wie möglich in das Buchhändlerviertel zu gelangen. Sie hatte kaum einen Blick für die mannigfaltigen, zum Teil sehr verlockenden Waren an den Verkaufsständen, denn sie wollte Clara nicht so lange allein lassen. Schon jetzt plagte sie das schlechte Gewissen, weil das Mädchen ganz auf sich gestellt war. *In ihrem Alter bin ich schon über die Jahrmärkte gezogen und habe den Leuten das Blaue vom Himmel heruntergelogen, um mein Kind und mich vor dem Hungertod zu bewahren,* dachte sie beim Anblick der zahlreichen selbsternannten Propheten, die den Passanten marktschreierisch ihre Dienste anboten. *Wie schlimm hat sich das Schicksal dafür gerächt, dass ich meine Gabe verraten habe …*

An jedem Gaukler im buntscheckigen Gewand und jeder fremdländisch gekleideten Wahrsagerin, die Lovenita mit vielsagenden Blicken streiften und ihr zuraunten, sie werde bald einen reichen Mann heiraten oder eine große Erbschaft machen, hastete sie vorbei, so schnell es das dichte Menschengewimmel zuließ. Überall auf dem Römerberg boten Seher und Wahrsager ihre Künste feil. Sie gaben mit reichlich Getöse vor, das Schicksal aus den Stirnfalten oder den Handlinien lesen zu können, aus dem Zahlenwert der Buchstaben des Namens – mit oder ohne Geburtsdatum – oder aus Karten und Würfeln. Ein Mann in einer abgetragenen Schaube, der hinter einem kleinen Kohleherd stand, krähte, er könne anhand der Getreidekörner auf der heißen Herdplatte für ein ganzes Jahr das Wetter vorhersagen und dadurch auch den Preis des Weizens in Erfahrung bringen; eine korpulente Frau in einem weiten, nonnenähnlichen Gewand schwor jedem, der ihren Weg kreuzte, sie könne die Zukunft aus den Augen lesen, da sie ein geheimes Buch besitze, das die berühmte griechische Seherin Kassandra verfasst habe.

Ich war damals auch nicht besser als diese Hungerleider, sinnierte Lovenita, *obwohl ich es besser wusste – aber das macht das Ganze ja noch viel schlimmer.* Während sie schon in die Buchgasse einbog, stellte sich ihr ein kleiner, dunkelhäutiger Mann mit einem Turban in den Weg. In der Hand hielt er einen ledergebundenen Folianten.

»Noch ehe der Hahn kräht, wird er dir das Herz brechen, meine Schöne«, flüsterte er ihr zu. »Das habe ich im Gespür. Wollen wir das Los befragen?« Er hielt ihr aufdringlich das Buch hin. »Stellt eine Frage, und schlagt meine Bibel auf, die aufgeschlagene Seite wird Euch Auskunft geben. Es kostet Euch nicht mehr als zwei Kreuzer.«

Lovenita, die mutmaßte, dass es sich bei ihm um einen Zigeuner handelte, drückte dem Mann ein paar Kupfermünzen in die Hand. »So, und jetzt lass mich zufrieden, *Magarku*!«, beschied sie ihn gutmütig. Den verblüfften Wahrsager, den sie in der Zigeunersprache »alter Esel« genannt hatte, ließ sie einfach stehen und zog ihrer Wege.

An einem Stand in der Buchgasse kaufte sie ein Märchenbuch als Mitbringsel für Clara, die es liebte, wenn ihr die Mutter vor dem Einschlafen Geschichten vorlas, obgleich sie selbst lesen konnte. Lovenita hatte das Lesen und Schreiben von ihrem verstorbenen Gefährten gelernt. Sie hatte großen Wert darauf gelegt, dass auch Clara es beherrschte, damit sie, die als Tochter einer Fahrenden keinen Zugang zu einer Schulausbildung hatte, nicht ganz ungebildet blieb.

Lovenita drängte sich an den Büchertischen vorbei zum Ende der Buchgasse durch. Mit einem Mal gab es in der schmalen Gasse kein Durchkommen mehr. Zu dicht war das Gedränge an einem Bücherstand, vor dem ein Mann hinter einem Rednerpult stand und mit erhobener Stimme zu der Menge sprach.

»Das Ende naht«, hallte die sonore Stimme zu Lovenita herüber. »Die Heiden werden die Welt erobern, und der Antichrist wird herrschen! Aber die Vereinigung der Reinen wird zu einem großen Kreuzzug gegen die Sünde aufbrechen und alle Sünder ausrotten!«

Fanatische Zwischenrufe gellten aus der Menge. »Nieder mit den Gottlosen!«, grölte es hasserfüllt vom Rande des Getümmels, so dass Lovenita entsetzt zurückwich. *Was mache ich nur*, fragte sie sich verstört, da sie nicht die geringste Lust hatte, sich durch den angestachelten Pöbel zu zwängen, der ihr vorkam wie eine Meute von Bluthunden. Sie trug sich schon mit dem Gedanken, den Rückweg anzutreten, als eine junge Frau neben ihr jubilierend die Arme hochreckte.

»Heil Albinus Mollerus, dem Gesandten Gottes!«, schrie sie in Richtung des Redners.

Lovenita starrte die Frau fassungslos an, der vor Verzückung die Tränen über die Wangen strömten. Sie musste sich verhört haben, es konnte nicht anders sein. Bestürzt legte sie der Frau die Hand auf die Schulter und fragte sie eindringlich: »*Wie* war der Name?«

Sie musste die Frage mehrfach wiederholen, bis sie zu der Fanatikerin durchdrang. Die Frau blinzelte Lovenita entgeistert an.

»Das wisst Ihr nicht?!« Sie klang vorwurfsvoll. »Das ist *Albinus Mollerus*, unser Heilsbringer!« Ehe Lovenita sichs versah, hatte die junge Frau ihr Handgelenk ergriffen. Mit den Worten, »Lasst uns dem Auserwählten gemeinsam huldigen«, zog sie sie mit sich durch den Menschenpulk in Richtung Rednerpult. Hatte schon der Name, auch wenn er durch die Latinisierung verfremdet war, Lovenita getroffen wie ein Keulenschlag, so stürzte sie beim Anblick des Redners ins Bodenlose.

»Albin ...!«, brach es aus ihr heraus. Dann schwanden ihr die Sinne.

»Der Gesandte Gottes wird kommen und die Auserwählten um sich scharen, die den Heiligen Geist empfangen haben, und sie werden die Gottlosen vernichten, woraufhin das Tausendjährige Reich der Glückseligkeit anbrechen wird!«, verkündete der Redner mit bebender Stimme und verklärtem Blick. Plötzlich gewahrte er eine

Frau in der Menge, die ihn mit versteinerter Miene anstarrte, bevor sie ohnmächtig zusammenbrach. Normalerweise tangierte es ihn nicht sonderlich, wenn seine Anhänger, vornehmlich die weiblichen, während seiner Ansprachen zusammenbrachen oder derart in Taumel gerieten, dass sie Schaum vor dem Mund hatten, denn er war solcherlei Begeisterungsstürme inzwischen hinlänglich gewohnt. Doch in diesem Fall unterbrach er seine Rede, um nach der Ohnmächtigen zu schauen. Er wollte sich die Frau genauer ansehen, denn er mochte seinen Augen nicht trauen. Gefolgt von seinem ergebenen Gehilfen, dem jungen Patriziersohn Waldemar Immolauer, einem Getreuen der ersten Stunde, eilte er zu der Frau hin, die bewusstlos am Boden lag. Er beugte sich zu ihr herunter, um das bleiche Gesicht unter der dunkelbraunen Samthaube genauer zu betrachten. *Sie ist es, sie sieht noch genauso aus wie damals*, stellte er erstaunt fest, und innerhalb von Sekunden stiegen all die Erinnerungen in ihm auf, die er schon lange aus seinem Gedächtnis verbannt hatte.

In jener längst vergangenen Zeit war er sechzehn Jahre alt gewesen und hatte als Apothekergehilfe bei Meister Greverus in der Limburger Domapotheke gearbeitet. Es war Mittagszeit, und er war allein im Laden, als eine junge Frau mit schüchternem Gruß in den Verkaufsraum trat und ein Fläschchen Theriak bei ihm bestellte. Sein Meister hatte sich gerade in seine Wohnräume zurückgezogen, um Mittagspause zu machen, und ihm solange das Geschäft überlassen. Was Albin sehr gelegen kam, da er in diesen anderthalb Stunden end-

lich tun konnte, was er wollte. Beispielsweise in den Schriften des Alchimisten und Schwarzkünstlers Agrippa von Nettesheim lesen, die er sorgsam in einem Geheimversteck unter der Ladentheke deponiert hatte, oder sich heimlich etwas von den Heilkräutern und Pulvern abzweigen, um sie unter der Hand weiterzuverkaufen; nicht zuletzt konnte er auch bei der einen oder anderen Kundin, vorausgesetzt, sie war hübsch, ein wenig den gelehrten Apotheker geben. Der er bedauerlicherweise nicht war, denn als Sohn eines armen Lateinlehrers, der nebenbei noch als Nachtwächter arbeiten musste, um die sechsköpfige Familie durchzubringen, fehlten ihm leider die Mittel für den Besuch der medizinischen Fakultät. Er konnte froh sein, dass sein Meister ihn überhaupt als Gehilfen eingestellt hatte. Zwei Jahre arbeitete er nun schon in der Apotheke unweit des Limburger Doms. Genau wie sein Vater, der eigentlich die geistliche Laufbahn hatte beschreiten wollen und der sich stattdessen mit dem Hungerlohn als Privatlehrer wohlhabender Sprösslinge durchschlagen musste, strebte auch Albin nach Höherem. Seit einem Jahr war er so gut wie verlobt mit der ältesten Tochter des Hauses. Pummelig und unscheinbar, wie sie war, war Agnes zwar alles andere als beliebt bei den jungen Herren aus den besseren Limburger Familien, doch in Ermangelung eines Stammhalters würde ihr Zukünftiger in den väterlichen Betrieb einheiraten und diesen später einmal übernehmen. Dann hätte Albin genug Geld, um sich ganz und gar seiner Leidenschaft, der Alchimie, widmen zu können und das große Geheimnis zu enträtseln, wie man aus Blei Gold machte. Und was sein unansehnliches Eheweib anbetraf, da würde er sich schon zu helfen wissen. Selbstredend war Agnes sofort auf sein Werben eingegangen und hatte sich glühend in ihn verliebt, so dass sie ihren Eltern gegenüber bekundete, es breche ihr das Herz, wenn der Vater sich ihrem Glück in den Weg stelle – und Albins Kalkül war aufgegangen. Im September, an Agnes' Geburtstag, sollte die Verlobungsfeier stattfinden, und dann würde einer Hochzeit nichts mehr im Wege stehen. Für das Auge und die Lendenlust gab es ja genügend andere willfährige Frauen, die einem kleinen Abenteuer nicht abgeneigt waren. Denn dass er blendend aussah und bei Frauen gut ankam, dessen war sich Albin sehr wohl bewusst. Und die hier, die könnte ihm auch gefallen.

»Eine große oder kleine Phiole?«, fragte er die junge Frau in dem bunten, fremdländischen Gewand und musterte mit Wohlgefallen ihre graziöse Gestalt und das anmutige Gesicht. Sie war gekleidet wie eine Ägypterin, doch der blasse Teint und die kastanienbraunen Haare passten nicht zu diesem Eindruck.

»Eine große Phiole«, erwiderte die Jungfer und senkte züchtig den Blick.

»Dann muss ich nach hinten in die Aufbewahrungskammer«, entgegnete Albin, »ich bin gleich wieder bei Euch.«

Als er wenig später mit einem braunen Glasflakon des opiumhaltigen Allheilmittels zurückkehrte, hatte er längst beschlossen, die geheimnisvolle Schöne nicht so ohne Weiteres ziehen zu lassen, sondern sie in ein Gespräch zu verwickeln – bei dem er sie nach allen Regeln der Kunst umgarnen würde. Sie ist eher scheu und zurückhaltend, bei der muss man behutsam vorgehen, riet ihm sein Instinkt. Er erkundigte sich mit besorgtem Seitenblick, ob sie das Medikament für sich selbst benötige.

Die junge Frau schüttelte betrübt den Kopf. »Nein, es ist für unsere Stammesmutter, sie liegt im Sterben und hustet sich regelrecht die Seele aus dem Leib.«

»Das Opium wird sie betäuben und vor sich hin dämmern lassen – nur gebt ihr nicht zu viel davon, sonst wird sie aus ihrem Dämmerschlaf nicht mehr erwachen.« Albin musterte das Mädchen vor der Ladentheke ernst. »Es tut mir leid um Eure Stammesmutter«, erklärte er mitfühlend.

In den Augen der jungen Frau schimmerten Tränen. »Sie hatte ein langes, erfülltes Leben – doch wir sind alle sehr traurig, dass sie bald von uns gehen wird.«

Albin räusperte sich. »Das kann ich gut verstehen. Kann ich vielleicht irgendetwas für Euch tun?« Er blickte die Frau fragend an.

»Danke für Eure Anteilnahme«, erwiderte die Jungfer mit brüchiger Stimme und rang sichtlich um Fassung.

»Das ist doch selbstverständlich«, sagte er, trat an ein Regal, auf dem Gewürze und andere Spezereien standen, und ergriff einen Steinguttiegel, den er der Jungfer überreichte.

»Das ist Waldhonig, der hilft gut gegen Husten. Gebt Eurer Großmutter einen großen Löffel davon ein, dann schmeckt das Theriak auch nicht ganz so bitter.«

»Vielen Dank, dann nehme ich den noch mit dazu«, erwiderte die junge Frau und erkundigte sich bei Albin, was sie ihm schuldig sei.

»Zehn Kreuzer für den Theriak – der Honig ist ein Geschenk des Hauses.«

Über das anmutige Gesicht des Mädchens breitete sich ein Lächeln. »Das ist sehr freundlich von Euch, habt Dank.« Sie entnahm dem ledernen Geldbeutel an ihrem Gürtel eine Handvoll Kupfermünzen und legte sie vor Albin auf die Ladentheke. Ihre Hände zitterten, und Albin hatte den Eindruck, dass sich über ihre bleichen, sommersprossigen Wangen eine zarte Röte breitete – was indessen ihren Liebreiz nur erhöhte. Er sog den Geruch ihrer Haare ein, die ihr fast bis zur Taille reichten. Sie dufteten nach Wiesenkräutern, und er spürte mit einem Mal Begehren in sich aufsteigen. Auch seine Hände bebten, als er das Geld in die Kasse zählte. Anschließend eilte er zur Tür und hielt sie galant für die Jungfer auf.

»Alles Gute!«, verabschiedete er sich und streckte der jungen Frau seine Hand entgegen, welche sie zaghaft ergriff, wobei sie tief errötete. Er spürte ihre zierliche Hand in der seinen. Sie vibrierte verhalten wie der feine Herzschlag einer Schwalbe.

»Vielen Dank, das wünsche ich Euch auch«, murmelte sie und lächelte befangen. Für einen flüchtigen Moment blickten sie einander in die Augen und vergaßen dabei, ihre Hände voneinander zu lösen.

»Ich ... ich bin jederzeit für Euch da, wenn Ihr meine Hilfe benötigt«, murmelte Albin, als die Jungfer sachte ihre Hand wegzog. »Ich meine, falls Ihr noch ein Medikament für Eure Stammesmutter braucht.« Er räusperte sich verlegen. »Oder wenn ich Euch irgendwie beistehen kann in dieser schweren Zeit.« Er schaute ihr tief in die meergrünen Augen, in die ein warmer Glanz getreten war.

»Sehr gerne«, raunte die Jungfer atemlos und stakste ungelenk über die Türschwelle. Auf der Gasse wandte sie sich noch einmal zu Albin um, der noch immer im Türrahmen stand und ihr hinterherblickte.

Sie hob die Hand und winkte ihm.

»Kümmere dich um sie, und sieh zu, dass sie wieder zu sich kommt«, flüsterte der Mann im weißen Gewand mit dem gelben Kreuz auf der Brust seinem Gehilfen zu, ehe er sich in Richtung Rednerpult entfernte. »Und hab ein Auge auf sie – ich will wissen, wo sie hingeht.«

Als Lovenita die Augen aufschlug und die besorgten Gesichter um sich herum sah, begriff sie zunächst gar nicht, was geschehen war. Erst als sie sich benommen aufrichtete und ihr Blick auf Albin fiel, der eifrig am Debattieren war, umringt von seinen Anhängern, wurde es ihr schlagartig bewusst. Sie bedankte sich mit brüchiger Stimme bei dem jungen Mann, der ihr beim Aufstehen geholfen hatte, und hastete auf wackligen Beinen davon wie von Hunden gehetzt. Sie lief durch das Messegetümmel und nahm die Menschen um sich herum gar nicht wahr. Ihre Gedanken überschlugen sich, während sie noch einmal die süße Zeit ihrer ersten Liebe durchlebte, die ihr zur bittersten Enttäuschung ihres Lebens geworden war.

Nach ihrer ersten Begegnung mit Albin hatte sie ein leichtes und erhabenes Gefühl, als schwebte sie über dem Boden. Es durchdrang sie bis in die Haarspitzen, und sie hätte tanzen können vor Glück. Alles erschien ihr wie verzaubert, und sogar ihre dumpfe Niedergeschlagenheit wegen der Stammesmutter hatte sich verflüchtigt. Unentwegt kreisten ihre Gedanken um die Begegnung mit dem jungen Mann aus der Apotheke, und jedes Detail erstrahlte vor ihrem inneren Auge in wundersamem Glanz. Deutlich sah sie sein Gesicht vor sich mit den dunklen Augen, die schimmerten wie tiefbrauner Samt, und sie

war sich sicher, nie zuvor in schönere Augen geblickt zu haben.
Während Lovenita gedankenversunken am Lahnufer entlang-
geschlendert war, hatte sie plötzlich wie aus dem Nichts die
Stimme ihrer Mutter vernommen, die ihr von dem Lagerplatz
ein Stück entgegenkam. Sie war heftig zusammengeschreckt.

»Was hast du denn, mein Schatz?«, fragte Violetta erstaunt.
»Du schwebst ja ganz im Wolkenkuckucksheim und hast mich
gar nicht kommen sehen.« Sie musterte ihre Ziehtochter forschend. »Ist alles in Ordnung mit dir, mein Kind? Du wirkst
so aufgewühlt.«

»Alles in Ordnung, Mamita«, antwortete Lovenita unwirsch. Es widerstrebte ihr, so jäh aus ihren Tagträumen gerissen
zu werden. Sie reichte Violetta den Korb mit den Einkäufen.
»Wie du siehst, habe ich das Medikament bekommen – und Honig für die alte Esma habe ich auch noch mitgebracht. Der ist gut
gegen Husten, hat der Apotheker gesagt.« Bei der Erwähnung
des jungen Mannes musste Lovenita unwillkürlich lächeln.

»Hat er dir etwa den Honig aufgeschwatzt für viel Geld?
›Die Apotheke ist eine teure Küche‹, sagt man bei uns.«

»Jetzt hör aber auf!«, entgegnete Lovenita entrüstet. »Er hat
ihn mir geschenkt … und er war überhaupt sehr freundlich zu
mir.« Sie vermied es, die Mutter anzuschauen.

»Du wirst ja ganz rot! Hat er dir vielleicht irgendwelche
unziemlichen Anträge gemacht?«

»Nein, hat er nicht, Mamita!«, murrte Lovenita. »Und jetzt
hör endlich auf, mich auszufragen. Du hörst ja schon wieder
die Flöhe husten. Der Mann war einfach nur nett zu mir, mehr
nicht!«

Anstatt sich mit der Erklärung zufriedenzugeben, schlug
Violetta entgeistert die Hände zusammen.

»Du hast dich in ihn verliebt!«, rief sie fassungslos. »Da muss man keine Hellseherin sein, um das zu erkennen.«

Lovenita hatte noch nicht einmal protestiert, als ihre Ziehmutter das sagte, sondern nur gedankenversunken gemurmelt:

»Ich glaube, ich muss ihn unbedingt wiedersehen, sonst werde ich verrückt!«

Noch am selben Abend hielt sie es vor Sehnsucht nicht länger aus und brach unter dem Vorwand, einen kleinen Abendspaziergang zu machen, in Richtung Domplatz auf. Mit weichen Knien überquerte sie die alte Lahnbrücke und senkte betreten den Blick. An dem lauschigen Sommerabend waren überall verliebte Paare und frohgemute junge Leute unterwegs, schon am Lahnufer hatte es von ihnen gewimmelt. Es war für sie ein Spießrutenlauf, an den jungen Burschen vorbeizugehen, die sie einluden, sich zu ihnen zu gesellen. Nicht selten folgten anzügliche Rufe wie etwa: ›So eine schöne Jungfer muss doch nicht allein bleiben!‹ Sie fühlte sich tatsächlich allein, verdammt allein sogar, umgeben von den vielen jungen Leuten, die unbeschwert miteinander scherzten oder einander verliebt an den Händen haltend über die Brücke zogen. Doch das war nicht die Gesellschaft, die sie sich wünschte. Dann hätte sie auch bei ihren Leuten am Lagerfeuer bleiben können, wo getanzt und musiziert wurde bis spät in die Nacht. Ivain, der schon seit Jahren in sie verliebt war, hätte sie mit offenen Armen aufgenommen. Er sah blendend aus, war ein begnadeter Musiker – und verehrte sie abgöttisch.

»Was ihr zwei Hübschen mal für schöne Kinderchen haben werdet«, hatte die alte Esma immer gesagt und vergnügt mit den Augen gezwinkert, wenn Ivain und Lovenita als Kinder Braut und Bräutigam gespielt hatten. Für Ivains Eltern, Violetta und alle anderen im Clan schien es entschieden zu sein, dass die beiden füreinander bestimmt waren. In den letzten Jahren hatten sich die Blicke verändert, mit denen Ivain sie ansah. Auch die Art, wie er sie berührte, war eine andere geworden. Aus allem sprach eindeutiges Begehren. Mehrfach hatte er in letzter Zeit versucht, sie zu küssen. Es befremdete Lovenita. Schockiert hatte sie ihn weggeschoben. Sie fand die Vorstellung geradezu abstoßend, als müsste sie ihren Bruder küssen. Es war unmöglich für sie, Ivain zu begehren – und das raubte Ivain den Verstand.

Man kann nichts erzwingen, hatte ihre Mutter dazu gesagt und bedauernd die Stirn gerunzelt. Vielleicht findest du ja noch einen anderen jungen Mann in der Sippe, dem du dein Herz schenkst. Aber dem war nicht so. Es gab viele stille Verehrer, die sich nur zurückhielten, weil sie Ivain nicht in den Rücken fallen wollten. Doch unter ihnen war keiner, der Lovenita wirklich interessiert hätte.

Selbstredend musste es ein Zigeuner aus dem Clan der Kesselflicker sein, der sie einmal ehelichen würde. Alles andere war undenkbar – und sie begehrte mehr und mehr dagegen auf. Vielleicht hängt es ja damit zusammen, dass ich selbst keine Zigeunerin bin. Solche Gedanken gingen Lovenita häufig durch den Sinn, seit Violetta ihr alles über ihre leiblichen Eltern erzählt hatte. Sie sah ihrer Mutter angeblich sehr ähnlich, die eine Dame von vornehmer Herkunft war und leider unter Schwermut litt. Ihr Vater war ein verwegener Wilderer und Bogenschütze gewesen. Unter Räubern und Wilddieben nannte man ihn Goldfinger-Balthasar, weil er so ein begnadeter Schütze war. Seitdem der Schleier über ihrer wahren Herkunft gelüftet worden war, grenzte sich Lovenita zunehmend von den

Ägyptern ab, obgleich sie unter ihnen aufgewachsen war und alles mit ihnen geteilt hatte. Auch ihre Ziehmutter Violetta, die sie mit Liebe und Fürsorge großgezogen hatte, verglich sie im Stillen mit ihrer Mutter, die zart und schön wie eine Elfe war, wie ihr Violetta gesagt hatte. Theresa Guth hieß ihre Mutter, und sie war die jüngste Tochter eines wohlhabenden Mainzer Kaufmanns. Vielleicht lebte sie ja noch. Lovenita brannte darauf, sie zu finden. Sie fing an, die Gadschos, wie die Nicht-Zigeuner von Zigeunern genannt wurden, mit anderen Augen zu sehen, und ertappte sich zuweilen dabei, wie sie sich danach sehnte, unter ihnen zu leben, eine von ihnen zu sein – was sie ja tatsächlich auch war. Dann hatte sie nagende Schuldgefühle gegenüber ihrer Ziehmutter und dem Zigeunerclan, die ihr Halt und Geborgenheit schenkten und sie so selbstverständlich in ihre Herzen geschlossen hatten. Aber es zog sie unaufhaltsam zu den Gadschos hin, ihre fremde, unbekannte Welt faszinierte sie. Sicherlich hatte der junge Apotheker sie auch deshalb so in seinen Bann gezogen. Ihre Begegnung hatte höchstens eine Viertelstunde gedauert – doch sie war ihm verfallen. Es war Liebe auf den ersten Blick, genau wie bei ihren Eltern.

Der oder keiner!, sagte sie sich und schlug den Weg zum Domplatz ein, wo sich die Domapotheke befand.

Als sie die Apotheke am Rande des Platzes fast erreicht hatte, verließ Lovenita plötzlich jeglicher Mut. Sie war sich sicher, dass sie es nicht über sich bringen würde, einen Fuß über die Schwelle zu setzen. Davon abgesehen hatte sie auch kein Geld dabei, um etwas zu erstehen. Alleine beim Gedanken daran, dass sie ihm gegenübertreten würde, ohne zu wissen, was sie sagen sollte, schämte sie sich in Grund und Boden. Nein, diese Blöße würde sie sich nicht geben. Sie konnte nur hoffen, ihm zufällig zu begegnen, wenn er Feierabend machte. Sofern er das nicht schon längst getan hatte, denn es fing bereits an zu dämmern. Unschlüssig ging sie auf dem Domplatz auf und ab. Wenn er mich direkt vor der Apotheke antrifft, ist das viel zu auffällig, überlegte sie. Das sieht doch eindeutig danach aus, als würde ich ihn abpassen – was ich ja auch tue. ›Eine Frau darf einem Mann niemals hinterherrennen‹, erinnerte sie sich an Violettas Mahnung. Doch sie tat es trotzdem, weil der Drang, ihn wiederzusehen, stärker war als jegliche Vernunft.

›Aus euch beiden wird doch sowieso nichts. Oder meinst du, der feine Herr Apotheker würde einer Fahrenden ernsthafte Avancen machen? Höchstens vielleicht, um sich die Hörner ab-zustoßen, denn dafür sind wir Zigeunerinnen solchen Herren gerade gut genug‹, hatte sich Violetta ereifert und ihr dringend geraten, bloß die Finger von diesem Gadscho zu lassen. Und wenn sie recht hatte? Lovenita war sich am Mittag sicher ge-wesen, dass er für sie das Gleiche empfand wie sie für ihn, das hatte sie in seinem Blick gesehen, doch inzwischen war sie sich dessen längst nicht mehr gewiss. Es war ihre eigene törichte Ver-liebtheit gewesen, die sie hierhergetrieben hatte, und jetzt irrte sie über den Platz wie ein kopfloses Huhn.

Schweren Herzens kehrte Lovenita der Apotheke den Rü-cken. Als sie wenig später über die Brücke ging, musste sie sich sehr beherrschen, um nicht inmitten der Passanten in Tränen auszubrechen. Während sie bemüht war, den Menschen aus-zuweichen, wäre sie um ein Haar einem Reiter vor das Pferd gelaufen.

»Könnt Ihr denn nicht aufpassen!«, erklang eine verärgerte Stimme. Sie blickte unwillkürlich zu dem Mann auf – und traute ihren Augen nicht, als sie den jungen Apotheker erkannte. Er zügelte sogleich das Pferd. »Entschuldigt bitte, meine Dame, das war mein Fehler«, murmelte er. Dann trat ein gewinnendes Lächeln auf sein Gesicht, und er fragte sie, ob sie noch einen kleinen Abendspaziergang unternehme.

Lovenita spürte, wie ihr das Blut in den Kopf schoss. Sie stand da wie vom Donner gerührt. »Ja«, erwiderte sie, »ich wollte mir ein wenig die Stadt anschauen.«

»Bei dem schönen Wetter bietet sich das an. Wie geht es Eurer Großmutter?«, erkundigte er sich höflich.

»Seit meine Mutter ihr heute Nachmittag den Theriak gegeben hat, schläft sie. Ich denke, das wird ihr guttun.« Lovenita wusste nicht recht, was sie sagen sollte. »Und Ihr ... unternehmt noch einen Ausritt am Feierabend?« Ihre Stimme kam ihr wie eine verstimmte Violine vor, so schrill und misstönend hörte sie sich an.

Der junge Mann seufzte. »Schön wär's«, erwiderte er grimmig. »Ich muss noch Medikamente ausliefern. Hier in der Stadt bin ich Gott sei Dank schon fertig. Jetzt habe ich noch einen Kunden etwas außerhalb. Aber es ist immerhin die letzte Bestellung.« Er warf Lovenita einen Seitenblick zu und fragte sie mit einem Mal, ob sie es eilig habe.

Verwundert verneinte sie.

»Ich weiß ja gar nicht, ob ich Euch so etwas überhaupt fragen darf«, murmelte er verlegen, »und ich möchte Euch keineswegs kompromittieren ...« Er lächelte entwaffnend, und Lovenita hielt es vor Anspannung kaum noch aus. »Aber ich freue mich so, Euch getroffen zu haben, und würde mich gerne noch weiter mit Euch unterhalten. Deswegen möchte ich Euch fragen ... ob Ihr vielleicht Lust hättet, mich zu begleiten?«

Lovenita konnte kaum fassen, was sie soeben vernommen

116

hatte. *Viel zu schön, um wahr zu sein,* ging es ihr durch den Sinn, und sie fürchtete, schon im nächsten Moment aus einem Traum zu erwachen.

»Bitte verzeiht, ich wollte Euch nicht zu nahe treten«, murmelte der junge Mann zerknirscht und schickte sich an, weiterzureiten, als Lovenita jäh aus ihrer Versunkenheit auftauchte.

»Wartet bitte, ich komme mit!«, stieß sie hervor und blickte ihn entschlossen an.

»Wunderbar!« Behände schwang er sich vom Pferd und half Lovenita beim Aufsteigen. »Wir haben uns ja noch gar nicht miteinander bekannt gemacht«, fiel es ihm plötzlich auf. Er stellte sich Lovenita als Albin Müller vor.

»Mein Name ist Lovenita … Guth«, erwiderte sie und entschied sich spontan, den Nachnamen ihrer leiblichen Mutter und nicht wie sonst den ihrer Ziehmutter Violetta Metz anzugeben. Sie hatte das überwältigende Gefühl, dass sich in ihrem Leben ein neues, bedeutsames Kapitel auftat, das mit der Aufdeckung ihrer Herkunft begonnen hatte und sich nun fortsetzte, faszinierender, als sie es sich jemals vorzustellen vermocht hätte.

»Ich hoffe, es macht Euch nichts aus, wenn Ihr vor mir sitzt. Ihr seid doch sicherlich schon mal geritten?«, erkundigte sich Albin entgegenkommend.

Lovenita lachte. »Ich bin schon geritten, da konnte ich noch nicht mal richtig laufen.« Sie streichelte dem Braunen sanft über die Mähne und war viel zu aufgeregt, um zu fragen, wohin der Ritt ging. Sie erwähnte auch nicht, dass sie bis zum Einbruch der Dunkelheit wieder zu Hause sein musste, denn das war eine unumstößliche Vorschrift. Es war ihr vollkommen egal, wohin er mit ihr ritt, und es interessierte sie auch nicht, wann sie zurück sein würde. Als sie seinen Körper an ihrem

*Rücken spürte und er den Arm um ihre Taille legte, durchfuhr
sie ein Blitzschlag. Lovenita sah weder das Wehr auf der linken
Seite noch die Ansammlung der Planwagen, die sich im Hintergrund abzeichneten, sie war viel zu geblendet von den rot-
goldenen Strahlen der untergehenden Sonne und berauscht vom
Zauber des Augenblicks.*

*Damals bin ich ihm noch hinterhergelaufen – und jetzt ren-
ne ich ihm davon,* dachte Lovenita und beschleunigte
ihr Tempo, obgleich ihre Beine noch immer so wacklig waren, dass sie sie kaum tragen mochten. Als sie
atemlos ihrem Stand auf dem Römerberg zustrebte und
Clara hinter dem Verkaufstresen sah, zog sich ihr Herz
schmerzhaft zusammen. Sie musste sich unbedingt in
den Griff bekommen, Clara durfte ihr auf keinen Fall
etwas anmerken. Sie hatte ihr bewusst die Unwahr-
heit über ihren Vater gesagt und behauptet, dass er tot
wäre – und das war auch gut so. Im Grunde genommen
war er tot gewesen für sie, nachdem er damals ihre Liebe
so schmählich verraten hatte. *Er ist Luft für mich, er könnte
sterbend vor mir auf dem Boden liegen, und ich würde über
ihn hinwegschreiten, als wäre er gar nicht vorhanden,* hatte
sie sich früher gebetsmühlenartig einzureden versucht,
wenn sie an ihn gedacht hatte. Sie war beinahe besessen
gewesen von ihm, erst im Laufe der Jahre war er ihr tatsächlich gleichgültig geworden, zumindest hatte sie das
die ganze Zeit angenommen. *Und warum hast du dann
vorhin weiche Knie bekommen und bist ohnmächtig geworden,
wenn er dich wirklich so kaltlässt? Egal, reiß dich jetzt zusammen,* ermahnte sich Lovenita streng.

»Da bin ich wieder«, begrüßte sie Clara betont munter und bemerkte erst jetzt, dass sie das Märchenbuch für sie nicht mehr hatte. Sie musste es verloren haben, als sie ohnmächtig geworden war.

»Und wo ist das Buch?«, fragte Clara stirnrunzelnd.

Lovenita musterte sie verstört. »Ach, das meinst du«, murmelte sie zerstreut und presste die Lippen zusammen, als ihr einfiel, worauf Clara hinauswollte. »Ich war gar nicht an dem Bücherstand. In der Buchgasse herrschte ein solches Getümmel, dass ich keine Lust hatte, mich hindurchzuzwängen.« Sie bemühte sich um einen beiläufigen Ton und erkundigte sich dann rasch bei Clara, ob noch etwas Wichtiges anstehe.

»Es waren ein paar Leute da, die deinen Rat einholen wollten, denen habe ich gesagt, sie sollten später wiederkommen«, erwiderte die Fünfzehnjährige, »sonst war nichts weiter.«

Lovenita seufzte. Ihr stand momentan überhaupt nicht der Sinn danach, auf die Sorgen und Nöte anderer Menschen einzugehen, denn das unerwartete Wiedersehen mit Albin hatte sie bis in ihre Grundfesten erschüttert. Doch das durfte sie sich Clara gegenüber keinesfalls anmerken lassen. Ein hektischer Blick in ihr Notizbuch verriet ihr, dass schon bald eine Frau namens Gesine Wittlich zu einer Konsultation erscheinen würde.

»Was hast du denn, Mutter, du bist ja ganz blass?«, riss sie die Frage ihrer Tochter aus ihren Überlegungen. Lovenita blickte zu ihr auf und lächelte gequält.

»Mir ist nicht wohl, ich habe Kopfschmerzen«, erklärte sie und massierte sich die Schläfen. Es kostete sie viel Mühe, nicht in Tränen auszubrechen. Am liebsten hätte sie auf der Stelle alles zusammengepackt und wäre mit Clara davongefahren – weit, weit weg von diesem Schurken, der ihr die Hölle auf Erden bereitet hatte. Aber sie konnte die Menschen, die ihre Hilfe brauchten, nicht einfach im Stich lassen. Andererseits war sie in ihrem jetzigen Zustand tatsächlich nicht in der Lage, den Hilfesuchenden beizustehen. *Am besten sage ich für heute alle Termine ab und verschiebe sie auf einen anderen Tag*, überlegte Lovenita.

»Ich habe schlimme Kopfschmerzen und kann mich auf nichts mehr konzentrieren«, erläuterte sie ihrer verwunderten Tochter. Clara hatte es bei der Mutter nur selten erlebt, dass sie ihren Verpflichtungen nicht nachkam. Oft genug hatte sie sich um andere gekümmert, obwohl sie selbst erkrankt war, und hatte ihre eigenen Gebrechen stets als unbedeutende Zipperlein abgetan. Daher mutmaßte Clara, dass es ihrer Mutter ziemlich schlechtgehen müsse und erkundigte sich besorgt, ob sie etwas für sie tun könne.

»Wenn du willst, kannst du schon mal anfangen, die Sachen in den Planwagen zu räumen, damit wir aufbrechen können, sobald ich mit den Leuten neue Termine vereinbart habe«, erklärte Lovenita. »Die Gemütstropfen kannst du aber noch stehen lassen, die räume ich nachher selbst weg.« Während Clara sich anschickte, die Waren einzupacken, bediente Lovenita weiter die Laufkundschaft. Ihre Hände zitterten, und ihre Stimme bebte, was allerdings nur eine schwache Äußerung dessen war, was sich in ihrem Inneren abspielte. Doch sie gab sich alle Mühe, freundlich zu den Menschen zu sein, die ihr Vertrauen schenkten. Den Enttäuschten, denen sie für heute eine Absage erteilen musste, begegnete sie mit besonderer Geduld, wozu sie sich als Heilerin gegenüber den Hilfesuchenden verpflichtet fühlte. Dennoch tobte in ihrem Kopf immer noch ein Orkan. Die Erinnerungen an ihre erste große Liebe bestürmten sie, und es war einzig der eisernen Selbstdisziplin geschuldet, die ihre Ziehmutter sie gelehrt hatte, dass sie nicht die Fassung verlor. *Eine Ohnmacht reicht*, sagte sie sich grimmig. Eine unbändige Wut wallte in ihr auf, wenn sie an ihren ersten Abend mit Albin dachte, an dem sie ihm vertrauensvoll ihr Herz geöffnet hatte. Wie sie später erkennen musste, hatte er das bereits damals mit kalter Berechnung ausgenutzt. *Von der ersten Minute an hast du mich belogen und betrogen und warst immer nur auf deinen eigenen Vorteil aus, du verfluchter Schurke*, dachte sie zornig.

Albin und Lovenita hatten sich an einem freien Tisch im Innenhof der Gastwirtschaft niedergelassen und aßen und tranken mit regem Appetit. Der kühle Riesling trug dazu bei, die ohnehin schon gehobene Stimmung zu lockern, und sie gingen bald zum Du über. Obwohl sie sich erst heute kennengelernt hatten, waren sie einander vertraut wie alte Freunde. So sprachen sie ganz offen über ihr Leben, ihre Hoffnungen und alles, was für sie von Bedeutung war. Albin berichtete Lovenita von seinen Studien der Alchemie und seinem sehnlichsten Wunsch, den er auch als seine große Mission ansah: das Geheimnis zu enträtseln, wie man Gold machte – und dadurch unermesslich reich und berühmt zu werden. Lovenita vertraute Albin an, wer ihre wirklichen Eltern waren und dass sie es erst im vorigen Jahr an ihrem vierzehnten Geburtstag erfahren hatte. Als sie mit einigem Stolz erwähnte, dass ihre Mutter einer wohlhabenden Kaufmannsfamilie aus Mainz entstamme, riet Albin Lovenita dringend, die Familie aufzusuchen, da sie ihr ja rechtmäßig angehöre. Vielleicht könne sie dort mehr über ihre Mutter in Erfahrung bringen und diese dann gar ausfindig machen.

»Das wünsche ich mir so sehr«, sagte Lovenita und war derart berührt, dass Albin ausgesprochen hatte, was ihr auf der Seele brannte, dass ihr die Tränen kamen. Albin legte einfühlsam den Arm um sie.

»Wenn du möchtest, helfe ich dir dabei«, erbot er sich.

Lovenita ergriff dankbar seine Hand. »Das würdest du tun?« Sie blickte ihn aus tränenverschleierten Augen an und lächelte.

»Selbstverständlich würde ich das tun, von Limburg nach Mainz ist es nur ein Tagesritt. Lass es dir in Ruhe durch den Kopf gehen, und dann sprechen wir noch mal darüber.«

Lovenitas Tränen waren versiegt. »Das mache ich«, gelobte sie und konnte es kaum glauben, welch glückliche Wendung ihr Schicksal seit der Begegnung mit Albin genommen hatte. Verliebt musterte sie sein feingeschnittenes Gesicht. Noch nie hatte sie sich einem Menschen so öffnen können. Obwohl sie sich erst seit Kurzem kannten, vertraute sie ihm blind. Das liegt daran, dass wir Seelenverwandte sind, ging es ihr durch den Sinn. Mit ihm habe ich mein Glück gefunden!

Das war nicht mehr als eine schöne Illusion, dachte Lovenita abgeklärt. Sie währte nur einen Sommer lang. Als er hörte, dass meine Mutter einer Patrizierfamilie entstammte, war ich *auf einmal mehr als ein flüchtiges Abenteuer für ihn, denn ich hätte ja eine gute Partie sein können.*

Voller Bitterkeit erinnerte sich Lovenita, wie sie zwei Wochen später nach Mainz geritten waren. Es war nicht schwer gewesen, das Stammhaus der Kaufmannsfamilie Guth in der Stadt auszumachen. Mit klopfendem Herzen hatte Lovenita an der Tür geläutet und darum gebeten, von den Herrschaften empfangen zu werden. Nach einer angemessenen Wartezeit wurden sie und Albin tatsächlich in die Wohnstube geführt, wo der Hausherr und seine Gemahlin sie erwarteten. Sobald sie sich jedoch als die Tochter von Theresa Guth vorgestellt hatte, war die Unterredung beinahe schon wieder beendet gewesen. Eine Theresa Guth gebe es in seiner Familie nicht, hatte ihr der Familienvorstand eisig mitgeteilt, und damit schien die Angelegenheit für ihn erledigt. Als Lovenita daraufhin das schwere Schicksal und die Gemütskrankheit ihrer Mutter erwähnte, schnitt ihr der Patriarch das Wort ab mit der Bemerkung, sie möge ihn doch bitte nicht wieder belästigen, und ließ sie von der Dienerin hinausbegleiten.

Das war's dann, von da an war ich für Albin nicht mehr interessant, von unseren Schäferstündchen einmal abgesehen – und das wurde mein Verhängnis ... Lovenitas Blick fiel unversehens auf das feine Profil von Clara, die neben ihr die Heilkräutertiegel in einen Korb räumte. *Aber es hat mir auch mein Herzenskind beschert, und dafür bin ich dem Himmel unendlich dankbar.*

»Wenn Ihr nicht zu mir kommt, dann muss ich halt zu Euch kommen!«, vernahm sie plötzlich eine Stimme aus der Nähe und sah sich Auge in Auge mit dem jungen Stadtarzt. Er legte einen dicken Folianten vor sie auf den Verkaufstresen.

»Das Kräuterbuch von meinem Vater, Adam Lonitzer, zu Eurer erbaulichen Lektüre«, erklärte er mit freundlichem Lächeln. Seine Miene wurde jedoch unversehens ernst, als er Lovenita anschaute.

»Ihr seht ja aus, als hättet Ihr einen Geist gesehen«, konstatierte der Medicus irritiert.

Einen Geist nicht gerade, eher den Teufel, ging es Lovenita durch den Sinn.

»Ich habe Kopfschmerzen«, erklärte sie knapp und bedankte sich für das Buch.

»Dagegen habe ich ein gutes Mittel, Kampfersalbe mit Pfefferminzöl. Ihr braucht sie nur dünn auf die Stirn und die Schläfen zu streichen, das kühlt angenehm und lindert den Schmerz.« Er bot Lovenita an, ihr einen Tiegel vorbeizubringen, er wohne nämlich ganz in der Nähe.

»Danke, das ist nicht nötig, ich habe alles da, was ich brauche«, erwiderte Lovenita reserviert und begann, Clara beim Einräumen der Heilkräuter zu helfen. Johannes musterte Lovenita verstört. *Sie ist ja wie ausgewechselt*, dachte er, *vorhin war sie noch offen und humorvoll, und jetzt verhält sie sich unnahbar, geradezu abweisend. Das kann nicht nur an den Kopfschmerzen liegen. Ich hätte gar nicht gedacht, dass sie so launenhaft ist*. Johannes musste sich eingestehen, dass ihn Lovenitas kalte Art nicht nur erstaunte, sondern auch verletzte.

»Dann will ich nicht länger stören«, empfahl er sich förmlich und wünschte Lovenita gute Besserung.

»Na, den hast du jetzt aber vergrault«, bemerkte Clara stirnrunzelnd.

»Damit kann ich leben«, sagte Lovenita lapidar, obgleich sie es im Stillen bereits bedauerte, den jungen Arzt derart vor den Kopf gestoßen zu haben.

»Ich dachte, du magst ihn?«

Lovenita zuckte unwillig mit den Achseln. »Wir haben uns angenehm unterhalten, mehr nicht.«

»Na, dann ist es ja gut«, mokierte sich Clara, »denn der kommt bestimmt nicht wieder.«

»Und wenn schon«, schnaubte Lovenita und verstaute den letzten Korb im Planwagen.

Die Römeruhr schlug die sechste Abendstunde, der Römerberg hatte sich schon deutlich geleert, und mehrere Händler bauten bereits ihre Stände ab. Lovenita wollte gerade zu Clara auf den Kutschbock steigen, als sie von einem jungen, vornehm gewandeten Mann angesprochen wurde.

»Ihr habt vorhin etwas verloren, was ich Euch wiedergeben möchte«, erklärte er mit höflicher Verbeugung und überreichte Lovenita das Märchenbuch, welches ihr bei ihrem Zusammenbruch abhandengekommen war.

»Ach, das ist aber freundlich von Euch, vielen Dank«, erwiderte sie leicht befangen und nahm das Buch entgegen.

»Geht es Euch wieder besser, kann ich noch irgendetwas für Euch tun?«, erkundigte sich der junge Mann entgegenkommend und bedachte auch Clara mit einem gefälligen Lächeln.

»Nein danke, es ist alles in Ordnung«, versicherte Lovenita eilig. Auf keinen Fall durfte Clara von ihrer Ohnmacht erfahren. »Wir wollten gerade aufbrechen.« Sie wandte sich wieder dem Wagen zu.

»Darf ich fragen, was Ihr für einen Stand betreibt?«, erkundigte sich der junge Mann in der Schaube interessiert.

»Wir verkaufen Heilkräuter und selbsthergestellte Tinkturen, und ich bin außerdem als Heilerin tätig«, antwortete Lovenita. Ihr war daran gelegen, endlich wegzukommen, das plötzliche Auftauchen des Mannes war ihr unangenehm.

»Das ist ja interessant«, erklärte der junge Mann angetan. »Seid Ihr morgen auch wieder da? Dann würde ich Euren Stand aufsuchen.«

»Ich denke schon«, erklärte Lovenita, die nicht unhöflich zu dem hilfsbereiten Mann sein wollte, und lächelte gezwungen.

Er verbeugte sich daraufhin vor den beiden Frauen und stellte sich als Waldemar Immolauer vor.

»Lovenita Metz«, erwiderte Lovenita, »und das ist meine Tochter Clara.«

»Sehr erfreut, Eure Bekanntschaft zu machen. Dann wünsche ich den Damen noch einen angenehmen Feierabend!« Mit einem Diener wandte er sich zum Gehen.

Endlich, dachte Lovenita und war mehr als erleichtert, dass ihr Zusammenbruch nicht zur Sprache gekommen war und sie den wohlerzogenen, aber auch aufdringlichen Mann los war.

»Na, heute kannst du dich ja vor Verehrern kaum retten«, spöttelte Clara, als sich die Mutter zu ihr auf den Kutschbock gesellte.

»Halt bloß den Schnabel.« Lovenita übergab ihr das Buch. »Das ist ein Geschenk für dich, ich habe es vorhin an einem Bücherstand gekauft und muss es im Gedränge verloren haben.«

»Und der Herr Kavalier hat es aufgehoben und dir hinterhergetragen?«, flachste Clara. »Erstaunlich, dass er dich überhaupt gefunden hat, unter den vielen Leuten hier – du musst ja schwer Eindruck auf ihn gemacht haben.« Sie kicherte.

Lovenita ergriff mit einer Hand die Zügel und legte den anderen Arm um ihre Tochter. Sie freute sich, dass Clara guter Dinge war und nichts von dem Drama ahnte, das sich in Lovenita abspielte. *So soll es auch bleiben,* dachte sie entschlossen und lenkte das Gefährt vorsichtig an den Verkaufsständen vorbei in Richtung Neue Kräme, um über die Zeil in die ländliche Region am Eschenheimer Tor zu gelangen – wo sie hoffentlich zur Ruhe kommen würde.

———

Albin Müller hatte seinem Adlatus aufmerksam zugehört. »Sie ist also diese Wahrsagerin und Wunderheilerin, die in aller Munde ist«, konstatierte er mit breitem Grinsen. »Hat es ja weit gebracht, die Dame.« Er erinnerte sich noch sehr gut daran, wie ihm Lovenita an ihrem ersten gemeinsamen Abend auf sein Drängen hin die Zukunft vorhergesagt hatte.

Die Dämmerung war bereits hereingebrochen, der Wirt entzündete Talgkerzen auf den Gästetischen und läutete mit einer Schelle die letzte Runde ein. Albin bestellte bei ihm einen weiteren halben Krug Riesling und beglich die Zeche. Gerade noch drei Kreuzer blieben danach in seinem Geldbeutel übrig. Er verscheuchte die Gedanken, wie er seinem Meister den Verlust des Geldes plausibel erklären sollte, und stieß mit Lovenita auf den Abend an – dem hoffentlich noch weitere folgen würden, wie er mit wonnetrunkenem Blick hinzufügte.

»Es gibt nichts, was ich mir mehr wünsche«, erwiderte Lovenita. Während die beiden noch übermütig miteinander scherzten, kam Albin plötzlich eine Idee. »Du hast doch bei den Zigeunern die Wahrsagekunst erlernt? Kannst du nicht auch mir einmal aus der Hand lesen? Ich wüsste so gerne, was das Schicksal noch alles für mich bereithält.«

Lovenita wurde schlagartig ernst. »Ich weiß nicht recht, ob dies der richtige Zeitpunkt dafür ist, denn der Wein ist mir ganz schön in den Kopf gestiegen«, erklärte sie ausweichend.

»Ach, mach mir doch bitte die Freude!«, suchte Albin sie zu überreden. Da Lovenita ihm nur schwer etwas abschlagen konnte, bat sie Albin schließlich, ihr seine Handflächen zu zeigen. Nachdem sie eingehend seine Handlinien betrachtet und berührt hatte, wies sie ihn an, die Augen zu schließen, da sie sich seine Gesichtszüge einprägen müsse. Albin lehnte seinen Kopf zurück und tat wie geheißen. Lovenita strich behutsam über sein Gesicht und musste unversehens kichern. »Ich kann nichts erkennen. Ich bin viel zu geblendet … von deiner Schönheit.«

»Danke für das Kompliment, aber so einfach kommst du mir nicht davon«, insistierte er in gespielter Empörung. »Und konzentriere dich, damit dir bloß nichts entgeht.«

Für unbestimmte Zeit herrschte Schweigen, dann stöhnte Lovenita plötzlich auf und schlug sich entsetzt die Hände vors Gesicht.

»Ist es denn so schlimm?«, fragte Albin mit bangem Unterton.

»Nein, nein«, wiegelte sie ab. »Es war nur ein … seltsames Bild, das mir in den Sinn gekommen ist.«

Daraufhin drängte Albin sie, ihm haarklein davon zu berichten. »Ich will alles genau wissen, egal, wie schrecklich es ist.«

»Es war nur ein flüchtiger Eindruck«, wich Lovenita aus. »Vielleicht hat mir meine Phantasie einen Streich gespielt, weil … weil du so schön bist und mich irgendwie an einen Engel erinnerst«, erläuterte sie verlegen. »Für den Bruchteil einer Sekunde hatte ich eine Vision von dir. Du trugst ein langwallendes weißes Gewand und warst umgeben von Menschen, die dir begeistert zujubelten. Du gemahntest mich an einen Engel. In deiner Hand hieltest du ein Schwert, und aus deinen Augen sprach ein unbändiger Hass – und das hat mich wohl ziemlich erschreckt.«

»Wie groß war denn die Menge?«, fragte Albin nachdenklich.

»Das kann ich nicht so genau sagen, aber schon ziemlich groß.«

»Waren es Dutzende von Leuten oder Hunderte? Vielleicht sogar Tausende?«, fragte er erregt.

»Es war eine große Schar, die sich um dich versammelt hat. In Zahlen kann ich das leider nicht sagen.«

»Und was waren das für Leute? Waren es einfache Leute oder Standespersonen?«

»Das vermag ich ebenfalls nicht zu sagen, sie spielten auch

nicht so eine tragende Rolle, die Hauptfigur warst eindeutig
du.«

»Bist du dir sicher, dass sie mich umjubelt haben?«, drang
er weiter in sie.

»Absolut!«, bestätigte Lovenita. »Sie haben dir regelrecht
gehuldigt wie einem Heilsbringer.«

»Oder etwa einem Goldmacher?«, murmelte Albin und geriet immer mehr außer sich. »Und das Schwert, das ich in den
Händen hielt, war das vielleicht aus Gold?«

Lovenita zuckte die Achseln. »Das konnte ich nicht deutlich
erkennen.«

»Und ich trug ein langes weißes Gewand?«, bohrte er nach,
»keinen schwarzen Talar, wie ihn die Gelehrten und Alche-
misten tragen?«

»Nein, es war blütenweiß, und du sahst darin aus wie ein
Engel.«

»Ein Engel mit hasserfüllten Augen … also eine Art Racheengel?« Albin musste sich die Schweißperlen von der Stirn wi-
schen, so sehr hatte ihn Lovenitas Vision in Aufruhr versetzt.

Die versteht ihr Handwerk, dachte Albin anerkennend. Es
war genau das eingetreten, was sie ihm vorhergesagt hatte, wenn auch fünfzehn Jahre später. Eine wie sie könnte
mir bei meiner Mission durchaus von Nutzen sein. Außerdem hatte es ihn hellhörig werden lassen, als Waldemar
von Lovenitas Tochter gesprochen hatte. Einem hübschen jungen Mädchen mit blasser Haut und dunklem
Haar. Wenn das nicht am Ende meine Tochter ist, ging es ihm
durch den Sinn, und er wurde fast sentimental. Jedenfalls brannte er darauf, das Mädchen kennenzulernen.

Außerdem stünden ihm Frau und Kind auch ganz gut zu Gesicht – als Anführer der Gemeinschaft der Reinen, die ja aus verheirateten Laien bestehen sollte. So hatte es der anonyme Verfasser aus dem Elsass in seinem »Buch der hundert Kapitel« aus dem Jahre 1500 bestimmt, welches Albin für seine Zwecke ausgeschlachtet hatte.

Es würde indessen nicht so leicht sein wie damals, Lovenita für sich einzunehmen, dessen war sich Albin gewiss. Nach allem Verdruss, den er ihr bereitet hatte, wäre es sogar ein hartes Stück Arbeit, doch er freute sich schon jetzt auf die Herausforderung.

6

Als Johannes Lonitzer am frühen Donnerstagmorgen durch den Torbogen in den Innenhof von Gut Malkendorf ritt und schrille Schreie aus dem Wohnhaus zu ihm herunterdrangen, schwante ihm nichts Gutes. Nach der Konsultation der Freifrau würde er in der Umgebung des Eschenheimer Tors noch drei weitere Patienten aufsuchen müssen, die über ähnliche Symptome klagten. Kribbeln in Armen und Beinen, plötzliche Anfälle von Geistesverwirrung – das deutete auf die gefürchtete Kribbelkrankheit hin, die vor Jahren schon einmal in Frankfurt gewütet hatte. *Eine schreckliche Heimsuchung mehr für die ohnehin Gepeinigten*, dachte der Stadtarzt und hoffte inständig, dass sich seine Vorahnungen als falsch erweisen würden.

Nachdem er den Türklopfer betätigt hatte, öffnete ihm der Hausherr persönlich die Tür und geleitete ihn in das freiherrliche Schlafgemach. »Gut, dass Ihr da seid, es wird immer schlimmer mit ihr.«

Beklommen folgte ihm der Arzt. Die Behandlung der Freifrau würde ihm einiges abverlangen. Sie hatte ihn in der Vergangenheit schon häufig wegen irgendwelcher eingebildeten Gebrechen, in die sie sich bis zur Manie hineingesteigert hatte, an den Rand der Verzweiflung getrieben.

Als die sich wild auf dem Bett hin und her windende Adelsdame den Medicus gewahrte, wurden ihre schrillen Schreie einige Oktaven höher.

»Das verfluchte Weib hat mich verhext mit dem teuflischen Gebräu, das es mir eingetrichtert hat!«, schrie Paloma von Malkendorf gellend. Ihr schweißüberströmtes Gesicht war verzerrt vor Hass und gemahnte Johannes an eine Teufelsfratze.

Er ließ sich auf dem Bettrand nieder und legte der Rasenden beschwichtigend die Hand auf den Arm.

»Ganz ruhig, meine Liebe.« Er wies den Freiherrn an, den Wasserbecher auf der Nachtkonsole aufzufüllen. Anschließend entnahm er seinem Felleisen eine Phiole mit zerstoßenen Schlafmohnsamen und füllte eine Messerspitze davon in den Trinkbecher. Mit der Bemerkung, das werde sie ruhiger machen, gab er der Kranken die Flüssigkeit ein. Nachdem Paloma den Becher geleert hatte, bat er sie um eine genaue Schilderung ihrer Beschwerden.

»Ein ganz schlimmes Kribbeln in Armen und Beinen, als hetzte der Teufel eine Schar von Ameisen durch meinen Körper«, stieß die Freifrau unter Tränen hervor und umklammerte verzweifelt die Hand des Arztes. »Und ich sehe so schreckliche Dinge … als würde ich den Verstand verlieren. Bitte, bitte helft mir, damit das endlich aufhört! Ich kann es nicht länger ertragen«, wimmerte sie.

Der Medicus musterte die Kranke besorgt und bat sie, ihr Nachtgewand anzuheben, damit er ihre Beine untersuchen könne. *Diesmal ist es keine Einbildung,* dachte er. Die eiskalten, bläulich verfärbten Füße der Freifrau und die steifen Beine, die keinerlei Reflexe zeigten, bestätigten den Verdacht. Bei den Händen und Armen verhielt es sich ähnlich.

»Seit wann verspürt Ihr denn dieses Kribbeln?«, erkundigte sich Johannes ernst. Das Opiat schien bereits zu wirken, denn Paloma war merklich ruhiger geworden.

»Seit letztem Montag«, erklärte sie leicht benommen, doch schon im nächsten Moment funkelte wieder der Hass in ihren Augen. »Seitdem diese verfluchte Ägypterin bei mir war!«

Johannes merkte auf. »Meint Ihr etwa die Ägypterin, die dem Mädchen aus den Gärten die verbrühten Füße kuriert hat?«

»Genau die meine ich, diese Hexe!«, zischte die Freifrau. »Diese Teufelin kam am Vormittag, um mir die Zukunft aus der Hand zu lesen, zusammen mit ihrem verstockten Töchterlein, das so tut, als wär es ein Kräutchen Rührmichnichtan, aber schon genauso verschlagen ist wie die Alte. Am Anfang habe ich mich noch dagegen verwahrt, weil ich mich als gläubiger Christenmensch derlei heidnischen Zauberkünsten nicht aussetzen möchte. Ich wollte dem Gesindel sogleich die Tür weisen, was im Nachhinein ja auch das Klügste gewesen wäre«, seufzte Paloma. Ihr Gesicht gemahnte zunehmend an das leidvolle Antlitz einer Pietà. »Doch die Ägypterin war so dreist und aufdringlich, dass ich nicht gegen sie ankam – vermutlich hatte sie mich da schon mit einem Zauber gefügig gemacht. Ehe ich michs versah, ergriff

das Weibsstück meine Hände, besah sich meine Handlinien und log das Blaue vom Himmel herunter, ohne
mit der Wimper zu zucken. Zuerst versuchte sie, mich
gegen meinen Mann aufzuhetzen, dann erzählte sie mir,
dass ich schon in Bälde guter Hoffnung sein würde –
wahrscheinlich, weil sie irgendwo aufgeschnappt hatte,
dass ich mir sehnlichst ein Kind wünsche. Der ganze
hanebüchene Unfug, mit dem sie mich zuschwallte,
diente nur dazu, mir das Geld aus der Tasche zu ziehen.« Paloma presste erbittert die Lippen zusammen.
»Zu guter Letzt hat sie mir noch so ein selbstgebrautes
Elixier aufgeschwatzt, wofür sie mir nicht weniger als
einen Silbertaler abgeknöpft hat, und dann hat sie sich
davongeschlichen. Vertrauensselig, wie ich nun einmal
bin, habe ich die Tropfen noch am selben Tag eingenommen – und seither bin ich todkrank!« Der Freifrau
entrang sich ein Wimmern, und sie blickte angstvoll den
Arzt an, der ihr mit wachsender Anspannung zugehört
hatte. »Was ist das denn für eine schreckliche Krankheit,
die mir diese Ägypterin an den Hals gehext hat?«

Johannes Lonitzer, der ihren Redeschwall schweigend
hatte über sich ergehen lassen, holte tief Luft. Es fiel ihm
nicht leicht, der überdrehten Freifrau, deren panische
Angst vor Krankheiten ihm nur zu bekannt war, eine
derartige Diagnose zu nennen. Auch die bösartigen Unterstellungen gegenüber der Ägypterin empörten ihn so
sehr, dass es ihm schwerfiel, die Contenance zu wahren.

»Möglicherweise handelt es sich um eine epidemische
Erkrankung, die von Zeit zu Zeit in weiten Kreisen der
Bevölkerung auftritt und plötzlich wieder abklingt. Die

Ursachen dieser Krankheit sind noch weitestgehend unerforscht. Man nennt sie im Volksmund die Kribbelkrankheit, auch bekannt als das Antoniusfeuer ...« Beim letzten Satz hatte der Arzt unwillkürlich die Stimme gesenkt und den Kopf eingezogen in Erwartung des tosenden Orkans, der sich gleich über ihm entladen würde – und seine Ahnung hatte ihn nicht getäuscht. Die Entsetzensschreie der Freifrau schmerzten in den Ohren, der Arzt und der Ehemann hatten das Gefühl, sie würden ihnen den Verstand rauben. Der Medicus tat das Einzige, was bei derlei Formen von Tobsucht half, und schlug der Freifrau mit der flachen Hand ins Gesicht.

»Beruhigt Euch doch bitte, meine Gute. Auch bei dieser Erkrankung kann man Abhilfe schaffen«, sagte Johannes eindringlich zu Paloma, die ihn anstarrte, als wäre er der Gottseibeiuns. »Ich werde Euch ins Antoniterhospital in Höchst einweisen, dort seid Ihr in den besten Händen. Die Antoniter sind seit Jahrhunderten auf die Pflege und Behandlung der am Antoniusfeuer Erkrankten spezialisiert und leisten auf diesem Gebiet hervorragende Arbeit. Ich bin mit dem Vorsteher, Pater Melchior, sehr gut bekannt. Gegen die brennenden Schmerzen in den Gliedmaßen hilft fürs Erste diese Salbe.« Der Medicus entnahm seinem Felleisen einen Tiegel mit einer scharf riechenden Paste aus Tollkirschen-Extrakt und fing an, sie auf die erkrankten Hautstellen an den Armen und Beinen seiner Patientin zu streichen. »Außerdem – und das möchte ich nachdrücklich betonen, verehrte Freifrau – solltet Ihr unbedingt davon Abstand nehmen, Eure Erkrankung der besagten Ägypterin anzulasten«, erklärte

Johannes in strengem Tonfall. »Derlei abergläubischen Unfug, dass sie Euch mit ihren Gesundheitstropfen verhext hätte und schuld wäre an Eurer Krankheit, möchte ich nicht hören aus dem Munde einer gebildeten, weltgewandten Adelsdame, wie Ihr es zweifellos seid. Da es beim Antoniusfeuer bedauerlicherweise auch zu Geistesverwirrungen und Wahnvorstellungen kommen kann, die jedoch nachlassen, wenn sich die Krankheit zurückzieht, nehme ich an, dass Eure Verleumdungen der Krankheit geschuldet sind. Ich lege Euch darum ans Herz, dies zu bedenken, ehe Ihr wieder dem Wahn verfallt und die schlimmsten Verunglimpfungen von Euch gebt, die einer befähigten Heilerin nur schaden.«

»Sie ist aber keine Heilerin, sondern eine elende Hexe, die mich mit ihren Tropfen vergiftet hat!«, schrie Paloma außer sich und stieß den Arzt vom Bettrand. »Und wenn Ihr für diese Teufelin eintretet, seid Ihr auch nicht besser als sie und könnt nicht länger mein Leibarzt sein!«

»Mäßige dich doch bitte, meine Liebe«, mischte sich nun der Freiherr ein. Die Ausbrüche seiner Gattin zermürbten ihn, und so war er äußerst erleichtert über den Vorschlag des Stadtarztes, Paloma im Antoniterhospital in Höchst unterzubringen. Er läutete sogleich nach der Dienstmagd und wies sie an, rasch etwas Wäsche für ihre Herrschaft zusammenzupacken und dem Kutscher Bescheid zu geben. Dann wandte er sich an seine Gattin und zwang sich zu einem aufmunternden Lächeln. »Je eher du bei diesen vortrefflichen Ordensleuten bist, desto besser, meine Liebe. Ich wünsche mir nichts mehr, als dass du bald wieder gesund wirst, und bei den Antonitern weiß ich dich in guten Händen. Selbstverständlich begleite ich dich dorthin. Ich werde täglich nach dir sehen und dich mit allem versorgen, was du brauchst.« Er trat an Palomas Krankenlager und streichelte ihr begütigend über die Wange, dann hauchte er ihr einen Kuss auf die Stirn.

Der Arzt wirkte sichtlich mitgenommen, als der Freiherr ihn hinausbegleitete. Im Flur musterte er den Doktor nachdenklich und erkundigte sich bei ihm, ob er der Sache mit der Hexerei tatsächlich keine Bedeutung beimesse. »Ich habe nämlich schon in Erwägung gezogen, die Angelegenheit beim Magistrat zur Anzeige zu bringen. Es wäre ja nicht das erste Mal, dass dieses Zigeunerpack einem Christenmenschen Schaden zufügt.«

Johannes stockte der Atem. Er hatte schon befürchtet, dass die Verunglimpfungen der Freifrau von ihrem Mann bereitwillig aufgenommen würden. Daher gab er sich alle Mühe, die Anschuldigungen zu entkräften, und versicherte dem Freiherrn, dass die Ägypterin seine uneingeschränkte Loyalität genieße. Er habe sich unlängst auf der Messe ein Bild von ihr gemacht. Sie sei weder eine Betrügerin noch eine Zauberin, sondern gehe ihrem Gewerbe verantwortungsvoll und ernsthaft nach.

»So, so«, murmelte der Freiherr und taxierte den Stadtarzt argwöhnisch. »Wenn Ihr Euch als Arzt und Ehrenmann für diese Wunderheilerin verwendet, will ich einstweilen von derartigen Schritten absehen. Zumal meine Gattin seit ihrer Erkrankung die Dienerschaft und sogar mich bezichtigte, sie vergiften zu wollen«, räumte er ein. »Was ja, wie ich soeben von Euch erfuhr, ihren krankhaften Wahnvorstellungen zuzuschreiben ist. Da liegt es nahe, dass die Geschichte mit der Wahrsagerin auch nur eine Ausgeburt ihrer Phantasie ist.«

»Mit Sicherheit, Herr Freiherr!«, bekräftigte Johannes fast beschwörend. Er bat den Hausherrn um Papier und Feder, damit er ein Schreiben an den Vorsteher des Antoniterhospitals verfassen könne, um den Kollegen über seine Patientin in Kenntnis zu setzen.

Wenig später wurde Paloma von Malkendorf von ihrem Gatten und einem Diener zur Kutsche geführt. Ein Großteil des Gesindes hatte sich auf dem Hof versammelt, um der Herrin eine baldige Genesung zu wünschen. Auch die Stallburschen hatten sich in einer Reihe aufgestellt und entboten der Freifrau ihre guten Wünsche, unter ihnen der junge Pferdeknecht Hendrik. Als Paloma ihn unter den Domestiken gewahrte, füllten sich ihre Augen mit Tränen, und sie richtete spontan das Wort an die Dienerschaft:

»Meine aufrechten Hofleute, euch allen ist ja sicherlich bekannt, dass eine Ägypterin in unserer Gegend ihr Lager aufgeschlagen hat. Am vergangenen Montag suchte mich die Kanaille in Begleitung ihrer Tochter im Herrenhaus auf, um mir die Zukunft vorherzusagen. Die Alte schwallte mir die Ohren voll, indessen nutzte die Tochter geschickt die Gelegenheit, um lange Finger zu machen.«

Während der Freiherr seine Gattin noch verdutzt anschaute und ihr zuraunte, davon habe sie ihm ja gar nichts erzählt, waren seitens der Hofknechte und Dienstmägde empörte Zwischenrufe zu vernehmen. »Diebisches Zigeunerpack!«, und »Was für ein Gesindel!«, hallte es über den weiten Innenhof. Voller Genugtuung stachelte die Freifrau die Feindseligkeiten weiter an.

»Die durchtriebene Diebin hat meinen kostbaren Hornkamm entwendet, den mir mein Gatte zu unserer Verlobung geschenkt hatte!« Sie warf dem Freiherrn einen bekümmerten Blick zu. »Ich habe mich gar nicht getraut, es meinem Gemahl zu sagen, weil ich wusste, dass er mir die schlimmsten Vorwürfe machen würde, weil ich so gutgläubig war, die Ägypterinnen überhaupt ins Haus zu lassen ...« Der Freifrau versagte mit einem Mal die Stimme, und über ihren Alabasterteint rannen Tränen – wobei sie es vortrefflich verstand, anmutig zu weinen. Was seine Wirkung auch nicht verfehlte, die Flüche der Dienerschaft gegen die Ägypterinnen wurden immer unflätiger. Dem Freiherrn war der ganze Wirbel unangenehm, hielt er doch die Anschuldigungen seiner Gattin für einen neuerlichen Anfall von Geistesverwirrung. Er versuchte, den Aufruhr zu beenden.

»Meine Gattin ist sehr krank«, wandte er sich mit betretener Miene an das Gesinde, doch die Freifrau schnitt ihm das Wort ab.

»Ich bin sterbenskrank – weil diese Ägypterin mich mit ihrem Zaubertrank verhext hat. Und bedauerlicherweise stehe ich in meinem Unglück mutterseelenallein da«, schluchzte sie und ließ ihren Blick über die Reihen der Domestiken schweifen. »Noch nicht mal mein Ehemann will mir Glauben schenken. Er hört lieber auf den Stadtarzt, der dieser Hexe die Stange hält. Aber zum

Glück habe ich ja noch euch, meine treue, aufrechte Dienerschaft!«

»Nieder mit dem Zigeunerpack!«, »Dem Lumpengesindel werden wir den Garaus machen!«, tönte es hasserfüllt aus Dutzenden Kehlen.

»Die Hexe mache ich kalt, die Euch das angetan hat!«, schrie der junge Hendrik seiner Herrin zu und zückte ein Messer, das er in einer Lederscheide am Gürtel trug.

»Recht so, mein Guter!«, rief die Freifrau in seine Richtung und bedachte ihren Recken mit einem glutvollen Blick.

Lovenita stellte Morro das Fressen an seinen Platz im Planwagen, der mit Stroh ausgepolstert war, und füllte seinen Wassernapf auf. Dann streichelte sie dem Bonddog noch einmal über das Fell und stieg zu Clara auf den Kutschbock, um zur Messe aufzubrechen. Sie hatte in der vergangenen Nacht fast gar nicht geschlafen, weil ihre Gedanken unentwegt um die verhängnisvolle Begegnung mit Albin gekreist waren und sie einfach nicht zur Ruhe hatten kommen lassen. Jetzt, an diesem grauen, verregneten Morgen mit dichten Nebelschwaden über den Wiesen und Feldern, verursachte es ihr ein mulmiges Gefühl in der Magengrube, an den Ort zurückzukehren, wo sich wahrscheinlich auch Albin aufhielt. *Noch ein Zusammentreffen mit ihm verkrafte ich nicht*, dachte sie und hoffte inständig, dass es ihr erspart bliebe. Sie riskierte es überhaupt nur, weil sie die Herbstmesse nicht vorzeitig verlassen wollte. *Morgen ist der letzte Tag, gebe Gott, dass wir uns nicht noch einmal über den Weg laufen!* Auf jeden Fall würde sie das Buchhändlerviertel, wo der große Heilsbringer seine Auftritte hatte, meiden wie die Pest. Es war wohl eher unwahrscheinlich, dass der allseits gefeierte Prophet sich auf dem Römerberg unters gemeine Volk mischen würde. Außerdem war sich Lovenita ziemlich sicher, dass Albin sie in der Menschenmenge gar nicht bemerkt hatte. Er war viel zu sehr mit sich selbst und seinen jubelnden Anhängern beschäftigt. *Schon damals hat er nur sich selbst gesehen, dieser eitle, selbstverliebte Pfau, und sich darin gesonnt, dass ich ihn vergöttert habe – solange ihm das nicht mehr abverlangt hat, als einer verliebten jungen Törin Liebe vorzugaukeln. Dabei bist du gar nicht fähig zu lieben, du eiskaltes Aas!* Lovenita fühlte einen mächtigen Groll in sich aufsteigen, den sie am Beginn eines langen, anstrengenden Messetags überhaupt nicht gebrauchen konnte. Vor allem der Umgang mit den hilfesuchenden Menschen erforderte Gelassenheit. *Gelassen bleiben, erst recht, wenn man ein Heißsporn ist*, hatte ihre Ziehmutter Violetta sie immer ermahnt. *Gelassen bleiben – auch wenn alles lichterloh in Flammen steht*, beschwor sie sich mit Galgenhumor.

Lovenita lenkte den Planwagen auf den Feldweg, der zur Eschenheimer Gasse führte, die in die belebte Zeil mündete. In den Nebelschwaden gewahrte sie plötzlich eine schemenhafte Gestalt, die ihnen entgegenkam, einen Reiter. Sie lenkte den Haflinger weit nach rechts, um den schmalen Feldweg nicht zu blockieren, doch der Reiter sprengte auf sie zu.

»Gott zum Gruße!«, rief Lovenita höflich. Im nächsten Moment erkannte sie erstaunt, wer der Mann auf dem Pferd war. Das markante Gesicht des jungen Arztes, mit dem sie sich am Vortag auf der Messe so angeregt unterhalten hatte, war ihr lebhaft in Erinnerung geblieben.

»Das ist ja eine Überraschung«, stieß sie hervor und spürte zu ihrem Unmut, dass sie errötete. Gleichzeitig rührte sich ihr schlechtes Gewissen, weil sie so unfreundlich zu ihm gewesen war, als er ihr das Buch vorbeigebracht hatte. *Na, den hast du jetzt aber vergrault*, hatte Clara angemerkt. Sie schien recht gehabt zu haben, denn Johannes Lonitzer grüßte mit einem förmlichen »Gott mich Euch« zurück und senkte reserviert den Blick.

»Gut, dass ich Euch treffe, Doktor Lonitzer!«, sagte Lovenita. Sie zügelte das Kaltblut, schwang sich vom Kutschbock und ging auf den Stadtarzt zu, der ebenfalls sein Pferd zum Stehen gebracht hatte und sie verwundert anblickte. Als Lovenita vor ihm stand, streckte sie ihm lächelnd die Hand entgegen. »Ich möchte mich nämlich bei Euch für meine Unhöflichkeit entschuldigen, als Ihr mir gestern Abend das Kräuterbuch Eures Vaters vorbeigebracht habt. Es … es tut mir wirklich leid, Euch vergrämt zu haben, und ich bedanke mich ganz herzlich für das wunderbare Buch, in dem ich schon eifrig geblättert habe.« Diese Lüge schien Lovenita gerechtfertigt, um den jungen Arzt zu versöhnen. Sie lächelte ihn entwaffnend an. »Ich … ich habe auch ein kleines Präsent für Euch, gewissermaßen als Wiedergutmachung, weil ich so schroff zu Euch war. Ich wollte es nachher an Eurem Stand in der Buchgasse abgeben, aber jetzt, wo ich Euch treffe, kann ich es Euch ja auch gleich aushändigen. Wartet bitte einen Augenblick, ich hole es rasch aus dem Planwagen.«

Wenig später kehrte Lovenita mit einer bauchigen Flasche zurück, die mit einer goldfarbenen Flüssigkeit gefüllt war. Um den Flaschenhals war eine rosafarbene Seidenschleife gebunden, in der eine getrocknete Rose steckte. Sie reichte dem Stadtarzt die Flasche und erläuterte ihm, dass es sich um selbsthergestellten Rosenlikör handele, den er nach einem langen, anstrengenden Arbeitstag vielleicht einmal genießen könne.

»Ich hoffe, Ihr habt in Eurer Arzttasche noch Platz dafür?« Sie wies auf das Felleisen an seinem Sattel.

»Ich denke schon«, erwiderte Johannes erfreut, bedankte sich und verstaute den Likör. »Das wäre doch nicht nötig gewesen.« Er lächelte befangen. »Ich nehme es Euch überhaupt nicht übel, dass Ihr gestern so ... so kratzbürstig wart. Es kann einem schon gehörig die Laune verhageln, wenn man Kopfschmerzen hat.« Er hielt kurz inne und musterte die Heilerin ernst. »Ich hatte sowieso vor, Euch später an Eurem Stand aufzusuchen, da ich mit Euch etwas zu besprechen habe ...«

Lovenita sah den Arzt alarmiert an, den offensichtlich etwas bedrückte.

»Ich habe zwar hier in der Gegend zwei Krankenbesuche zu machen, aber so viel Zeit muss sein.« Johannes stieg vom Pferd. Nach einem Blick auf Clara erkundigte er sich mit gesenkter Stimme, ob sie irgendwo ungestört miteinander reden könnten.

»Gehen wir doch einfach ein Stück die Felder entlang«, schlug Lovenita vor und zog ihr Wolltuch enger um den Hals, da sie ein plötzlicher Schauder überkam. Was auch immer der sympathische Arzt mit ihr zu besprechen hatte, war bestimmt nichts Gutes. Während Johannes sein Pferd an einen Baum band, sagte Lovenita Clara Bescheid, dass sie etwas mit dem Doktor zu bereden habe, aber gleich wieder zurück sei.

»Lass dir ruhig Zeit«, entgegnete Clara und verzog spöttisch die Mundwinkel. »Ihr habt euch doch bestimmt einiges zu sagen ...«

»Schweig still, du Lästermaul«, flüsterte Lovenita ihr zu und stieß zu Johannes, der hinter dem Planwagen auf sie wartete.

Während sie an den gepflügten Äckern und Stoppelfeldern vorbeiliefen, berichtete der Arzt Lovenita von seinem Krankenbesuch bei der Freifrau von Malkendorf und von den üblen Anschuldigungen, die Paloma gegen Lovenita erhoben hatte. Die Heilerin reagierte bestürzt.

»Nicht ich habe mich der Dame aufgedrängt, sondern sie hat mich ausdrücklich zu sich bestellt, damit ich eine tiefe Lesung bei ihr vornehme. Ich hatte von Anfang an kein gutes Gefühl dabei, und nach allem, was Ihr mir sagt, hätte ich darauf hören sollen.« Sie berichtete dem Arzt, was sich bei der Freifrau zugetragen hatte. »Sie lügt und verdreht, was sie nur kann. Ich frage mich, warum sie mich auf einmal so sehr hasst. Sie hat Clara den Silbertaler für die Gemütstropfen regelrecht aufgedrängt, nachdem ich ihr mitgeteilt hatte, dass ich für meine Prophezeiung kein Geld annehme. Sie war überglücklich, als ich ihr gesagt habe, dass sie bald schwanger sein

würde, hat mit uns auf das freudige Ereignis angestoßen
und zum Schluss hat sie Clara sogar noch einen Kamm
geschenkt. Clara hat sich unheimlich darüber gefreut,
und ich wollte ihr die Freude nicht verderben, aber
ich hatte das untrügliche Gefühl, dass von der Freifrau
nichts Gutes kommen würde. Es wäre mir lieber gewesen, wenn Clara das Geschenk nicht angenommen hätte.« Lovenita war stehen geblieben und schaute den Arzt
bekümmert an. »Und jetzt behauptet sie auch noch, ich
hätte ihr das Antoniusfeuer an den Hals gehext. Was für
ein schrecklicher Vorwurf ...«

»In der Tat – deswegen wollte ich Euch ja auch warnen«, erwiderte Johannes mit finsterer Miene.

»Dafür kann ich Euch gar nicht genug danken, das
war überaus anständig von Euch!«

»In diesen schlimmen Zeiten haben viele vor Leid
den Verstand verloren. Seuchen, Hungersnöte und alle
erdenklichen Plagen suchen die Menschen heim – und
selbst das Wetter spielt verrückt, mit seinen langen,
klirrend kalten Wintern und den kurzen, verregneten
Sommern. Die Herzen vieler sind zu Stein geworden,
und dagegen wehre ich mich nach Leibeskräften«, erklärte Johannes kämpferisch. »Obgleich mich zuweilen
Zweifel plagen, ob mir das tatsächlich gelingt.«

Lovenita sah den Arzt eindringlich an. »Ihr habt die
Kraft dazu, davon bin ich überzeugt«, sagte sie leise und
war mit einem Mal tief berührt.

»Manche Leute sind einfach nur bösartig, obwohl es
ihnen viel besser geht als den meisten anderen«, sinnierte Johannes. »Das trifft auch auf die Freifrau zu. Sie hat

ein boshaftes und gehässiges Naturell. Sie ist schon lange meine Patientin, und ich kenne sie nicht anders. Niemand kann ihr etwas recht machen, sie bildet sich ein, dass alle sie hintergehen und belügen. Sie hat panische Angst vor Krankheiten oder sich bei irgendjemandem anzustecken, das Küchenpersonal frisst ihr angeblich die Haare vom Kopf, weil alle sich heimlich auf ihre Kosten die Bäuche vollstopfen, und die Scheuermägde haben Angst, sich die Hände dreckig zu machen. Paloma von Malkendorf ist eine innerlich zerrissene Person. Mir scheint, die Wahnvorstellungen, die mit dem Antoniusfeuer einhergehen, fördern nur das zutage, was ohnehin schon in ihr schlummert. Das Schlimme ist – und das ist typisch für den Wahnsinn –, dass sie selbst glaubt, was sie Euch vorwirft. Wenn die Funken überspringen, ich meine, wenn ihre Verleumdungen auf die falschen Ohren treffen, kann das sehr gefährlich für Euch werden.« Er legte Lovenita, die während seiner Ausführungen kreidebleich geworden war, mitfühlend die Hand auf die Schulter.

»Ich möchte Euch wirklich keine Angst einjagen, aber Ihr solltet Euch vorsehen. Der Freiherr hat es bereits in Erwägung gezogen, Euch beim Magistrat anzuzeigen. Gott sei Dank ist es mir gelungen, ihn davon abzubringen. Die Freifrau habe ich bei den Antonitern in Höchst einweisen lassen. Dort ist sie gut untergebracht und kann keinen Schaden anrichten.« Die tiefen Sorgenfalten auf seiner Stirn wollten jedoch nicht weichen. »Mir ist zu Ohren gekommen, dass Ihr hier draußen in den Gärten Euer Nachtlager haltet. Es wäre vielleicht besser, wenn Ihr von hier verschwindet – so abgelegen, wie das ist. Man weiß nie, was Palomas Bezichtigungen noch für Kreise ziehen …«

Lovenita wurde es mit einem Mal schwarz vor Augen, und sie wankte, als übermächtige böse Ahnungen ihr das Gemüt verdunkelten und ihr den Atem raubten.

»Schnell weg von hier, solange es noch geht!«, murmelte sie gehetzt. In ihren grünen Augen flackerte Panik, und sie hastete zurück zum Planwagen. Johannes Lonitzer hatte Mühe, mit ihr Schritt zu halten.

»Wo wollt Ihr denn jetzt hin?«, fragte er atemlos.

»Zu unserem Winterquartier in den Vogelsberg. Nach der Herbstmesse wollten wir sowieso dorthin, um zu überwintern. Dann fahren wir halt zwei Tage früher, darauf kommt es auch nicht mehr an.«

Der Arzt ergriff Lovenitas Arm und redete behutsam auf sie ein. »Ihr solltet Ruhe bewahren. Es ist zwar Vorsicht geboten, aber Ihr müsst nicht davonstürmen wie von Hunden gehetzt. Über die beiden Messetage könnt Ihr doch noch bleiben, Ihr solltet Euch nur ein anderes Nachtlager suchen, in der Nähe der Innenstadt. Ich hätte da eine Idee …« Der Stadtarzt sah Lovenita an und räusperte sich betreten. Es fiel ihm sichtlich schwer, die Worte über die Lippen zu bringen. »Ich möchte Euch keineswegs zu nahe treten … mit meinem Angebot, aber seit … seit dem Tod meiner Ehefrau und meiner Tochter, die letztes Jahr an der Pest gestorben sind, lebe ich allein in unserem Haus in der Neuen Kräme. Ich könnte Euch und Eurer Tochter ohne Weiteres eine Schlafkammer zur Verfügung stellen. Dort wärt Ihr jedenfalls sicher.«

Johannes lächelte schüchtern, ehe er hinzufügte: »Ich würde mich über Eure Gesellschaft sehr freuen.«

Lovenita war gerührt über das Angebot des jungen Arztes, und sie spürte deutlich, wie schwer ihn der Verlust von Frau und Kind getroffen hatte. Obwohl sie Johannes Lonitzer kaum kannte, war er ihr fast schon ein Freund geworden. Daher willigte Lovenita nach kurzem Zögern in seinen Vorschlag ein. Es war vernünftig, das Messegeschäft mitzunehmen, das Geld konnten sie in der langen Winterpause gut gebrauchen. Aber sie fühlte sich auch ausgesprochen wohl in seiner Nähe.

»Ich hoffe, es stört Euch nicht, dass wir auch noch einen Hund dabeihaben?«, fragte Lovenita.

»Keineswegs, er ist mir so willkommen wie Ihr.«

Als sie sich wenig später am Planwagen verabschiedeten, schlug der Arzt vor, sie am Abend an ihrem Messestand abzuholen, und wünschte Lovenita gutes Gelingen für den Tag.

»Das wünsche ich Euch auch – und vielen Dank, dass Ihr uns Gastfreundschaft gewährt. Ich freue mich schon auf den Abend«, erwiderte Lovenita.

»Ich auch«, bekräftigte Johannes und erwähnte, dass er sich nun auf den Weg zum Bauernhof mache, da seine Patienten bestimmt schon auf ihn warten würden, ehe er sich auf sein Pferd schwang.

Lovenita runzelte verwundert die Stirn. »Ist dort jemand krank geworden? Das täte mir aber leid.«

»Leider ja«, sagte Johannes mit ernster Miene. »Die Bäuerin und ihre jüngste Tochter. Der Bauer hat mich schon im Morgengrauen verständigt. Ihren Beschwerden nach zu urteilen handelt es sich womöglich auch um die Kribbelkrankheit.«

Lovenita presste sich die Hand an den Mund. »Das ist ja schrecklich! Safran und Rhabarberwurzel, die lindern das Brennen«, murmelte sie. »Und gegen die Krämpfe hilft Tollkirschensalbe, die fördert die Durchblutung.«

»Richtig, diese Medikamente wirken am besten, auch ich wende sie bei der Kribbelkrankheit an«, stimmte ihr der Arzt zu und war einmal mehr beeindruckt von den umfangreichen Kräuterkenntnissen der Heilerin.

»Bestellt den Kranken gute Besserung von mir«, rief Lovenita dem Arzt hinterher und stieg mit beklommener Miene zu Clara auf den Kutschbock.

7

Als der vornehme Herr mit der pelzgefütterten Schaube und dem Biberhut auf den schulterlangen braunen Haaren an den Verkaufsstand trat und sich bei Clara nach den verschiedenen Heiltränken erkundigte, war sie zunächst so befangen, dass sie auf die Fragen des weltgewandten Mannes nur mit einsilbigen Erklärungen reagierte. Doch sein Lächeln und sein gewinnendes Wesen trugen dazu bei, dass die Fünfzehnjährige zunehmend ihre Scheu verlor und ihm mit geröteten Wangen sämtliche Fragen über sie und ihre Mutter beantwortete, so dass sie dabei vergaß, die anderen Leute zu bedienen, die bereits mit ungeduldigen Mienen am Verkaufstresen warteten. Clara war allein am Stand, da ihre Mutter im Planwagen Patienten betreute.

»Kümmert Euch ruhig erst um Eure Kundschaft, junge Dame, ich habe Zeit«, ließ sie der Herr wissen und trat zur Seite, um die Wartenden vorzulassen.

Während Clara die Leute bediente, bemerkte sie, dass der Mann in der Schaube sie die ganze Zeit musterte. Aus seinen dunklen Augen sprach unverhohlenes Wohlwollen, das sie bis zu den Haarwurzeln erröten ließ. Trotz ihrer Schüchternheit schmeichelte es ihr jedoch,

151

dass ein so feiner Herr, der noch dazu umwerfend gut aussah, Gefallen an ihr fand, und sie fühlte sich mit einem Mal unsagbar zu ihm hingezogen. Er verkörperte alles, was sie von Kindesbeinen an fasziniert hatte, wirkte klug, schien Lebensart und Herzenswärme zu besitzen – und er war mit Sicherheit der attraktivste Mann, den Clara je gesehen hatte. Wenig später wickelte sie sechs Glasphiolen, die er erworben hatte, sorgsam für ihn in Papier. Er wollte ihr einen Gulden reichen, doch sie zuckte bedauernd die Schultern.

»Habt Ihr es nicht etwas kleiner? Auf so viel Geld kann ich nicht rausgeben.«

»Das ist nicht nötig, der Rest ist für Euch«, erklärte der vornehme Herr. Dann ergriff er unversehens Claras Hand, führte sie an seine Lippen und küsste sie.

»Mein Name ist Albinus Mollerus – und ich glaube, ich bin dein Vater«, murmelte er mit belegter Stimme. »Ich … ich vermag gar nicht zu sagen, wie glücklich ich darüber bin, dich endlich gefunden zu haben, mein über alles geliebtes Kind …« Albin versagte die Stimme, er eilte hinter den Verkaufstresen, schloss die völlig verdatterte Clara in seine Arme und ergab sich einer Ergriffenheit, wie er sie noch nie zuvor erlebt hatte. Das bildhübsche Mädchen mit der blassen Haut und dem dunklen Haar war sein Ebenbild. Wenn er in ihre strahlenden Augen sah, überkam ihn das erhabene Gefühl, als blicke er in einen Spiegel.

Claras Erstarrung begann sich allmählich zu lösen.

»Ich habe es immer gespürt, dass du irgendwo bist«, murmelte sie und schlang die Arme um den hochgewachsenen Mann. Mit jeder Faser ihres Herzens spürte sie, dass er ihr Vater war. »Mein Leben lang habe ich mich nach dir gesehnt … und jetzt, wo ich dich endlich gefunden habe, gebe ich dich niemals wieder her«, flüsterte sie überwältigt. Alles um sie herum verschwamm, selbst das Grölen der Marktschreier drang nicht mehr zu ihr durch. Sie fühlte sich eins mit ihrem Vater, und es kam ihr so vor, als wäre sie mit ihm allein auf der Welt. Nichts anderes zählte mehr.

»Lass sofort meine Tochter los, sonst vergesse ich mich!«, hörte Clara plötzlich die Stimme ihrer Mutter. Zu ihrem Unmut nahm sie wahr, wie ihr Vater erbebte und die Arme von ihr löste, was Clara ungeheuer schmerzte.

»Bitte, bleib hier! Du darfst nicht weggehen!«, flehte sie.

»Ich bleibe bei dir und werde dich nie mehr verlassen, so wahr ich Albinus Mollerus heiße!«, beschwor sie der Vater und zog Clara wieder an seine Brust.

»Du elender Lügner!«, spie Lovenita Albin ins Gesicht. »Genau das hast du mir vor fünfzehn Jahren auch geschworen und mich dann schmählich im Stich gelassen, als ich mit Clara schwanger wurde. Und jetzt treibst du mit meiner Tochter das gleiche Spiel!« Sie funkelte Albin vernichtend an.

»Sie ist auch meine Tochter«, stieß er hervor.

»Das fällt dir aber früh ein, du herzloser Halunke!« Lovenita geriet so in Rage, dass es ihr einerlei war, dass die Messebesucher allenthalben schon sensationsgierig die Köpfe nach ihnen reckten. Doch als sich Clara im nächsten Moment schützend vor Albin stellte und ihre Mutter beschwor, sie möge auf der Stelle aufhören, ihren Vater zu beschimpfen, verstummte sie wie vom Blitz getroffen und rang keuchend nach Atem. Sie verstand die Welt nicht mehr – und am wenigsten sich selbst. Wie hatte ihr das nur passieren können, dass sie vor ihrem Kind derart die Fassung verlor? Immerzu war sie darauf bedacht, Clara zu schonen und sie vor den Widrigkeiten des Lebens zu bewahren, und jetzt machte sie vor ihrer Tochter so ein Theater. Lovenita legte den Arm um Clara.

»Es tut mir leid, mein Herz«, murmelte sie zerknirscht. Doch Clara schüttelte unwirsch ihren Arm ab.

»Lass mich!«, fauchte sie ihre Mutter an. »Du hast mich die ganze Zeit belogen! Du hast mir erzählt, mein Vater wäre tot, obwohl das nicht stimmt. Du bist eine Lügnerin, und ich hasse dich dafür!«

Lovenita entrang sich ein gequälter Aufschrei. »Dein Vater hat mich verlassen, als ich schwanger war. Das hat mir das Herz gebrochen. Ich wollte einfach nicht, dass du mit so einer schrecklichen Wahrheit aufwachsen musst.«

»Die Vorstellung, dass mein Vater tot ist, war für mich sehr viel schrecklicher«, brach es aus Clara heraus.

»Lass es gut sein, mein Kind – es ist alles meine Schuld«, mischte sich plötzlich Albin ein. »Ich weiß, dass es unverzeihlich ist, dass ich dich damals in deiner Not im Stich gelassen habe«, wandte er sich an Lovenita und senkte schuldbewusst den Blick. »Ich war ein junger, unreifer Hallodri, der davor zurückschreckte, Verantwortung für Frau und Kind zu übernehmen. Doch das war ein großer Fehler, den ich mein Leben lang bitter bereut habe«, beteuerte er mit Tränen in den Augen. »Bitte vergib mir, Lovenita, was ich dir und Clara durch meine Gewissenlosigkeit angetan habe.« Albin hielt Lovenita reumütig die Hand hin, die sie jedoch ausschlug.

»Das Leid und den Schmerz, die ich durch dich erfahren habe, kannst du nicht ungeschehen machen«, erwiderte die Heilerin bitter, »und wenn du mich mit noch so schönen Worten um Verzeihung bittest.«

Albin nickte zerknirscht. »Das weiß ich. Aber ich möchte dich trotzdem um eine Unterredung bitten, denn hier, inmitten der Menschenströme, ist der denkbar schlechteste Ort für ein so wichtiges Gespräch.«

»Ich wüsste nicht, was wir zu besprechen hätten«, erwiderte Lovenita abweisend. »Damals, als ich von dir schwanger war, bin ich dir hinterhergerannt und habe dich auf Knien angefleht, mir noch ein letztes Mal Gehör zu schenken – auch um unseres Kindes willen. Doch du hast dich kaltherzig von mir abgewandt und sogar noch behauptet, es wäre nicht dein Kind, obwohl du genau wusstest, dass es bei mir nie einen anderen Mann gab als dich, dazu habe ich dich viel zu sehr geliebt …«

Albin bat Lovenita noch einmal, an einem anderen Ort über diese intimen Dinge mit ihm zu sprechen.

»Eigentlich will ich überhaupt nicht mit dir reden, weder hier noch irgendwo anders«, zischte sie erbost. »Am liebsten wäre mir, du verschwändest auf Nimmerwiedersehen – so wie du es damals getan hast.«

Doch Albin ließ sich auch von dieser Abfuhr nicht

entmutigen und entschied sich, seine letzte Trumpfkarte ins Spiel zu bringen.

»Aber vielleicht ist unserer Tochter ja daran gelegen, mit mir zu reden? Ich denke nämlich, dass wir uns einiges zu sagen haben. Meinst du nicht auch, Clara?«

Sein Kalkül ging auf. Er hatte kaum zu Ende gesprochen, als Clara auch schon bekundete, dass sie ihren Vater unbedingt wiedersehen wolle. Sie brannte offensichtlich darauf, ihn näher kennenzulernen. Daher erklärte sich Lovenita, für die das Glück ihres Kindes stets Vorrang hatte, schließlich mit einem Treffen einverstanden.

»Was haltet ihr von einem Mittagessen in meinem Hotel Zum Alten Limpurg? Es ist nur einen Steinwurf von hier entfernt.« Er wies auf ein mehrstöckiges, schmuckes Fachwerkhaus links des Römerrathauses. »Ich bewohne dort in der ersten Etage die Suite Zum Greif mit einem begehbaren Balkon zum Römerberg hin. Die Räume sind alle beheizt und aufs Komfortabelste ausgestattet, ihnen ist sogar noch eine kleine Badestube angegliedert, wenn ihr euch vielleicht vor dem Mahl ein wenig frisch machen möchtet. Das Essen ist hervorragend, und ihr könnt euch bestellen, was euer Herz begehrt, ich werde es uns in meiner Suite servieren lassen, dann sind wir vollkommen ungestört«, erläuterte er.

Clara hatte während seiner Ausführungen glänzende Augen bekommen. »Bitte, Mama, lass uns dort hingehen!«, wandte sie sich an ihre Mutter.

Lovenita ließ sich von Albins Prahlerei nicht so leicht beeindrucken. Sie schüttelte unwirsch den Kopf.

»Das ist leider nicht möglich, mein Kind«, erklärte sie Clara entschieden. »Wir können unseren Stand nicht einfach so abbrechen, nur weil wir zum Mittagessen gehen wollen. Die Standgebühr ist viel zu hoch, als dass wir uns diesen Geschäftsverlust leisten könnten.«

Die Fünfzehnjährige murrte enttäuscht. »Ach, hör mir doch mit deiner Kleinkrämerei auf, ich will bei meinem Vater sein!«

Albin warf dem Mädchen einen verschwörerischen Blick zu. »Und wenn ich euch die Auslagen erstatte?« Er zückte seinen prall gefüllten Geldbeutel, den er an einem Lederriemen um den Hals trug, und entnahm ihm zwei Silbertaler. »Das sollte doch euren Verlust wettmachen.« Er wollte Lovenita die Münzen zustecken.

»Untersteh dich!«, fuhr ihn die Heilerin an. »Wir verdienen unser Geld selbst und nehmen keine Almosen an. Das war schon so, als es uns noch weitaus schlechter ging und ich mich mit einem kleinen Kind allein durchschlagen musste.«

»Du glaubst gar nicht, wie leid es mir tut, dass ihr so darben musstet«, äußerte Albin mitfühlend. »Lass mich euch doch wenigstens jetzt helfen. Ich habe Geld genug, und die zwei Taler tun mir weiß Gott nicht weh.«

»Wie schön für dich«, entgegnete Lovenita und beschied ihn, das Geld wieder einzustecken.

Etwas gekränkt erkundigte sich Albin bei ihr, ob er sie dann vielleicht am Abend um die sechste Stunde, direkt nach dem Ende der Messe, in seinem Hotel erwarten dürfe. Lovenita dachte an den jungen Arzt, der sie abends am Stand abholen wollte und sicherlich enttäuscht wäre, wenn sie sich gleich wieder davonmachen würden.

»Nein, das geht nicht, das ist mir zu früh«, ließ sie Albin wissen.

»Warum denn, Mama?«, begehrte Clara auf.

»Weil ich mich nach der Messe erst ein wenig ausruhen und frisch machen möchte«, erwiderte ihre Mutter.

»Von mir aus …«, seufzte die Fünfzehnjährige verdrossen. »Aber das wird ja hoffentlich nicht so lange dauern. Dürfen wir zu dem Treffen unseren Hund mitbringen?«, erkundigte sich Clara bei ihrem Vater. »Er heißt Morro und ist ein dickköpfiger, alter Bonddog, der total verfressen ist und gerne herumstreunt, aber Mama und ich lieben ihn über alles.«

»Selbstverständlich, dann bringt Morro heute Abend mit! Ein Suppenknochen wird sich schon für ihn finden lassen«, willigte Albin ein und fragte Lovenita, ob ihr die achte Stunde gelegener käme.

Nachdem Lovenita nun endlich zugestimmt hatte, verabschiedete sich Albin mit einem Händedruck, der ihr durch Mark und Bein ging, dann umarmte er Clara innig und raunte ihr zu, dass er sich schon riesig freue, sie wiederzusehen.

»Und ich erst!«, erwiderte das Mädchen mit glückstrahlenden Augen und küsste seinen Vater auf die Wange.

Während sich Albin im Messegetümmel entfernte, blickte Clara ihm hinterher. »Was für ein vornehmer Herr er doch ist, genau so habe ich ihn mir immer vorgestellt«, murmelte sie. »Ob er noch Apotheker ist? Er muss jedenfalls sehr reich sein, wenn er in so einem feinen Hotel absteigen kann.«

»Wahrscheinlich«, erwiderte Lovenita grimmig und erinnerte sich daran, wie trefflich es Albin am Tag zuvor gelungen war, die Menschenmenge in der Buchgasse für sich zu begeistern. *Wenn er etwas kann, dann die Leute für sich einnehmen, dafür bin ich ja ein trauriges Beispiel. Das nutzt er aus bis zum Gehtnichtmehr, dieser gewiefte Drecksack – und jetzt spielt er den großen Erlöser und Menschheitsretter und lebt davon offenbar nicht schlecht …* Selbstredend vermied sie es, diese Gedanken mit Clara zu teilen, die der Vater vom ersten Augenblick an bezaubert hatte und die daher für jegliche Kritik völlig unzugänglich gewesen wäre.

Sowohl Clara als auch Lovenita fiel es schwer, nach den tiefgreifenden Ereignissen wieder in die Arbeit hineinzufinden. Zerstreut gingen Mutter und Tochter ihrem Messegeschäft nach. In jeder freien Minute bestürmte Clara ihre Mutter mit Fragen nach ihrem Vater. Sie wollte haarklein wissen, wie sich ihre Eltern kennengelernt hatten und warum sie sich getrennt hatten.

Wenngleich Lovenita ihr geduldig Auskunft erteilte und sich viel Mühe gab, Albin in ihren Schilderungen nicht zu schlecht dastehen zu lassen, so konnte sie doch ihre Verbitterung darüber, von der Liebe ihres Lebens schmählich im Stich gelassen worden zu sein, nicht gänzlich unterdrücken. Auf die wiederholten heftigen Vorwürfe der Fünfzehnjährigen, weil Lovenita ihr nicht die Wahrheit über ihren Vater gesagt hatte, entgegnete die Heilerin schließlich, sie hätte vermeiden wollen, dass Clara sich ebenso verschmäht, ungeliebt und verlassen fühlte wie zuvor ihre Mutter.

»Ich dachte immer, es sei leichter für dich, wenn du glaubst, dein Vater wäre tot, als wenn du weißt, dass er sich einfach aus dem Staub gemacht hat«, erklärte Lovenita.

»Aber es ist ja gar nicht so, dass er kein Interesse an mir hätte, sonst wäre er ja heute nicht gekommen«, erwiderte Clara trotzig. »Im Gegenteil, er liebt mich und hat mir versprochen, dass er mich nie mehr verlassen wird – und das glaube ich ihm auch!« Sie warf ihrer Mutter einen ärgerlichen Blick zu. »Und du solltest nicht so garstig zu ihm sein«, sagte sie tadelnd. »Er hat sich doch mehrfach bei dir entschuldigt und gesagt, wie leid es ihm tut und dass er es bitter bereut, damals weggegangen zu sein.«

Lovenita entgegnete nichts darauf. Sie streichelte Clara nur zärtlich über die Wange, und in ihren Augen spiegelte sich tiefe Bekümmerung wider. Auftrumpfend erklärte Clara:

»Ich freue mich jedenfalls schon riesig auf den Abend mit Papa und hoffe nur, dass du ihn uns mit deinen ewigen Vorhaltungen nicht verdirbst!«

»Es soll ein schöner Abend für dich werden, das verspreche ich dir«, sagte Lovenita mit gequältem Lächeln und versuchte einmal mehr, die bangen Stimmen im Zaum zu halten, die ihr unaufhörlich zuraunten: *Er wird Clara genauso das Herz brechen wie dir!*

Nachdem Johannes Lonitzer die Bäuerin Martha und ihre Jüngste, die dreijährige Anna, untersucht und verarztet hatte, folgte er dem Bauern Eberhard Weck in die Küche, wo der ausgemergelte Mann mit dem krummen Rücken dem Doktor am Küchentisch einen Stuhl zurechtrückte und ihm einen Humpen Milch anbot. Anschließend ging Eberhard zur Speisekammer, um das letzte Stück Speck und ein paar Eier zu holen, die der Zehntvogt des Freiherrn ihnen gelassen hatte, nachdem er etliche Hartwürste und einen großen Tiegel Schweineschmalz für den Grundherrn, den Freiherrn von Malkendorf, einkassiert hatte. Die Lebensmittel wollte der Bauer dem Arzt als Bezahlung geben, auch wenn ihm der Anblick der leeren Speisekammer erheblich aufs Gemüt drückte. *Wässriger Haferbrei am Morgen und am Abend, morgens mit einer Handvoll Steckrüben und abends mit gerösteten Zwiebeln – und das Greinen der Kinder, wenn die Teller leer sind und es keinen Nachschlag mehr gibt,* grübelte der Landmann düster.

»Es ist nicht viel, was ich Euch geben kann, Herr Doktor«, erklärte er verlegen und hielt dem Arzt die Lebensmittel hin, ehe er sie sorgsam in ein kleines Körbchen legte.

Johannes Lonitzer blickte in das verhärmte, hohlwangige Gesicht von Eberhard, der wegen der harten Arbeit und der kargen Ernährung mit seinen vierzig Jahren anmutete wie ein alter Mann. Er fühlte Mitleid mit dem armen Teufel.

»Der Speck genügt, behaltet die Eier mal schön hier, die gehen mir unterwegs auf dem Pferd sowieso nur kaputt«, beschied er den Familienvorstand und bedankte sich.

»Gott vergelt's, Herr Doktor«, grummelte Eberhard und ließ sich auf einem Holzschemel an Johannes' Seite nieder. »Die Kribbelkrankheit haben sie also, meine Martha und das Ännchen. Dadurch hat meine alte Gote, die Walters Lina, vor Jahren etliche Finger und Zehen verloren. Die haben ausgesehen wie getrocknete Zwetschgen, dann sind sie brandig geworden und abgefallen.«

»Das muss nicht sein mit dem Wundbrand, es gibt verschiedene Verlaufsformen beim Antoniusfeuer. Die einen klagen über Krampfanfälle, andere leiden unter Geistesverwirrung, und bei nicht wenigen beschränkt sich die Krankheit auf das brennende Kribbeln in Armen und Beinen«, versuchte der Doktor den Familienvater zu trösten. »Die Gangrän, bei der die Gliedmaßen brandig werden, ist oftmals das Endstadium. Aber so weit muss es nicht zwangsläufig kommen, häufig klingt die Krankheit genauso unvermittelt wieder ab, wie sie begonnen hat – und da wollen wir doch für Eure zwei Weibsleute das Beste hoffen!«

Eberhard Weck bekreuzigte sich und streifte den Medicus mit einem seltsamen Blick. »Der Zinsvogt, der vorhin hier war, um den Zehnten für den Freiherrn abzuholen, hat erzählt, dass die Freifrau auch die Kribbelkrankheit hat«, begann er stockend. »Sie behauptet, dass die Ägypterin ihr die Krankheit angehext hätte, die hätte ihr so ein Heilwässerchen gegeben, und als sie das genommen hätte, wär sie krank geworden.« Der Bauer

162

stand auf und holte eine Glasphiole vom Wandbord, welche er dem Doktor aushändigte. »Die Medizin stammt auch von der Ägypterin«, erläuterte er. »Die hat sie vorgestern der Martha geschenkt und gesagt, sie soll sie gleich nehmen, die würde ihr guttun. Und was dabei rausgekommen ist, das sehn wir ja jetzt …«

Johannes war schockiert, dass sich die bösartigen Verunglimpfungen der Freifrau gegen die Heilerin in so kurzer Zeit unter den Landbewohnern ausgebreitet hatten. Die einfachen, ungebildeten Leute hier draußen in den Gärten waren für solche abergläubischen Bezichtigungen besonders empfänglich, dafür war Eberhard Weck das beste Beispiel. Es war nur eine Frage der Zeit, bis sich das Gerücht, Lovenita sei eine Hexe, in der ganzen Stadt ausbreiten würde. Dem Arzt wurde bewusst, dass sein Rat an die Heilerin, nicht sofort die Stadt zu verlassen, sondern ruhig noch die beiden Messetage mitzunehmen, vielleicht doch nicht der beste gewesen war. Er bemühte sich, das Feuer einzudämmen.

»Diese Gemütstropfen sind ein gutes Medikament gegen die Schwermut, die kann Eure Frau unbesorgt weiternehmen. Sie haben mit Sicherheit nichts damit zu tun, dass Martha an der Kribbelkrankheit leidet – dafür verbürge ich mich«, erklärte er dem Landmann nachdrücklich. »Im Übrigen habe ich die Freifrau von Malkendorf heute Morgen selbst behandelt. Sie leidet unter schlimmen Wahnvorstellungen, wie sie häufig mit dem Antoniusfeuer einhergehen. Ihr solltet ihren Behauptungen, die Heilerin habe sie verhext, daher keine Beachtung schenken und sie vor allem nicht weiterverbreiten. Außerdem solltet Ihr Euch vor Augen halten, dass Eure Jüngste ja auch an der Kribbelkrankheit erkrankt ist, und sie hat die Gemütstropfen doch mit Sicherheit nicht genommen.«

»Das nicht«, brummte der Bauer, »aber das Ännchen ist doch auch mit der Ägypterin in Berührung gekommen, letzten Sonntag, als die ihm die Füßchen behandelt hat.«

»Schluss jetzt mit diesem abergläubischen Unfug!«, schimpfte der Arzt und schlug energisch mit der Hand auf die Tischplatte. »Die Ägypterin ist keine Hexe – und alles andere sind böswillige Unterstellungen!«

Eberhard schreckte zusammen und murmelte kleinlaut: »Ich will der Heilerin gar nix Übles nachreden, sie hat ja unserer Kleinen auch geholfen, ich war selbst dabei. Das reinste Wunder war das, und irgendwie kam mir das vor wie Zauberei.«

Johannes schnaubte entrüstet. »Das hat alles seine natürlichen Ursachen. Nur weil Ihr Euch das nicht erklären könnt, ist es noch lange keine Hexerei!«, wetterte er. »Wenn ich Euch Fenchelsud gegen Eure Bauchschmerzen verordne und sie dadurch besser werden, ist das auch keine Zauberei, sondern die Wirkung einer Heilpflanze.«

»Ihr seid aber auch ein richtiger Arzt und nicht so eine …« Eberhard sprach den Satz nicht zu Ende. »Nix für ungut, Herr Doktor«, erklärte er abschließend. Er versicherte dem Medicus, dass er die beiden Kranken so versorgen werde, wie es ihm der Arzt aufgetragen hatte, und geleitete Johannes zur Tür.

»Wenn Ihr mir schon nicht glaubt, so hütet wenigstens
Eure Zunge und behaltet Eure wilden Mutmaßungen
bezüglich der Ägypterin für Euch«, beschwor der Doktor
den Landmann eindringlich, ehe er durch die Tür trat.
»Sonst haben wir hier bald die reinste Hexenjagd.«

———————

Obgleich Paloma von Malkendorf bei den Bauern wegen ihrer kalten Überheblichkeit nicht sehr beliebt war,
schlossen sich den Domestiken und Hofknechten von
Gut Malkendorf, die um die sechste Abendstunde zu
Fuß oder zu Pferde grölend und kampfeslustig mit ihren
Dreschflegeln, Mistgabeln und Knüppeln über die Feld-
wege zum Lagerplatz der Ägypterin zogen, immer mehr
Landarbeiter an. In ihrem monotonen, von harter körperlicher Arbeit geprägten Alltag passierte sonst nicht
viel, und als Christenmensch konnte man es keinesfalls
hinnehmen, dass die zauberische Nomadin ungeschoren
davonkam, nachdem sie der Freifrau, der Bäuerin Martha, deren Tochter und drei weiteren Bewohnern in den
Gärten die heimtückische Kribbelkrankheit angehext
hatte. Auch der niederträchtige Diebstahl der Tochter
der Ägypterin, welche die Arglosigkeit der Freifrau ausgenutzt hatte, durfte nicht ungesühnt bleiben. Zu dem
angeblich entwendeten Hornkamm waren inzwischen
drei Schmuckstücke hinzugekommen, und die Anzahl
schien von Dörfler zu Dörfler zu steigen. So herrschte in
dem fast dreißig Mann starken bäuerlichen Stoßtrupp
mehr und mehr eine Stimmung vor wie bei dem ein

halbes Jahrhundert zurückliegenden Bauernkrieg. Die stiernackigen Burschen stachelten sich untereinander an, und der mitgebrachte Branntwein tat sein Übriges. Als sich der Tross dem Lagerplatz der Ägypterin näherte, war die Kampfesstimmung auf dem Höhepunkt. Wie groß aber war die Enttäuschung der Männer, als sie feststellten, dass das Lager auf der Wiese unweit des Weck'schen Bauernhofs wie leergefegt war. Nichts als die Spuren der Ägypterinnen war auf dem Feld zurückgeblieben. Das Gras war heruntergetreten, die Abdrücke von Wagenrädern und Pferdehufen waren zu sehen und ein Häufchen kalter Asche vom Lagerfeuer.

»Das verfluchte Lumpenpack hat sich davongeschlichen!«, schimpfte ein rotgesichtiger Knecht mit schwerer Zunge.

»Das kann doch wohl nicht wahr sein, dass sich die Bagage einfach so vom Acker gemacht hat!«, wetterte ein anderer wehrhafter Gesell und trat wütend gegen einen Baumstamm.

»Vielleicht sind sie ja noch auf der Messe und kommen später zurück«, warf der Oberknecht des freiherrlichen Gutshofs ein, der in stillschweigender Übereinkunft die Rolle des Heerführers übernommen hatte. »Ich denke, wir sollten in jedem Fall warten.« Er spähte zu dem benachbarten Bauernhof. »Gehen wir doch solange rüber zum Weck, die Kanaille muss ja nicht unbedingt mitkriegen, dass wir sie erwarten. Dann können wir sie nachher richtig schön überraschen«, schlug er mit tückischem Grinsen vor.

Als Martha Weck die lauten Schläge des Türklopfers und die erregten Stimmen von draußen vernahm, richtete sie sich mühsam von ihrem Strohsack auf, schlüpfte in ihre Holzpantinen und stakste auf steifen Beinen zur Haustür.

»Grüß Gott, Martha. Ist denn dein Mann nicht da?«, richtete der Oberknecht das Wort an sie.

»Der ist draußen auf den Viehweiden, um die morschen Lattenzäune zu reparieren. Die Arbeit muss ja gemacht werden«, erwiderte die Bäuerin mit brüchiger Stimme und erkundigte sich, was passiert sei. Sie hatte Mühe, sich aufrecht zu halten. Während sich ein Redeschwall über sie ergoss, in dem die Heilerin und ihre Tochter als Hexen und Diebinnen verunglimpft wurden, musste Martha sich am Türrahmen abstützen.

»Das kann ich gar nicht glauben, wo die Ägypterin doch so gut zu unserem Ännchen war«, murmelte die Bauersfrau bestürzt. Das sähe der Freifrau ähnlich, solche böswilligen Lügen über die beiden in Umlauf zu bringen. Denn um nichts anderes konnte es sich handeln. Obgleich es Martha hundsmiserabel ging und ihr die bohrenden Blicke der angetrunkenen Mannsbilder immer unangenehmer wurden, da sie nur mit einem alten, fadenscheinigen Nachtgewand bekleidet war, gab sich die Bäuerin einen Ruck und erklärte: »Die Heilerin ist eine grundgute Frau, die niemandem was Böses will. Und ich glaube auch nicht, dass ihre Tochter die Freifrau bestohlen haben soll.«

»Weil das durchtriebene Weibsstück dich auch schon verhext hat«, schnaubte der Oberknecht entrüstet.

»Ihr habt doch auch die Kribbelkrankheit, du und dein Töchterchen. Ist dir da noch nicht in den Sinn gekommen, dass die Ägypterin euch die angehext hat?«, fragte der rotgesichtige Knecht höhnisch.

»Die Frau ist nur gut zu uns gewesen, und etwas anderes kann ich über sie nicht sagen«, entgegnete Martha entschieden. »Und wenn das stimmen tät, was ihr da erzählt, dass sie uns die Kribbelkrankheit an den Hals gehext hat, dann frag ich mich, wieso die Walters Grit auch die Krankheit hat, wo sie doch noch nie was mit der Ägypterin zu tun hatte.«

»Frau – mach dich sofort wieder ins Bett!«, vernahm die Bäuerin plötzlich die Stimme ihres Mannes, der soeben durch den Torbogen auf den Hof getreten war.

Als sie etwas darauf erwidern wollte, schnitt ihr der Bauer das Wort ab. »Halt dich da raus, das ist Männersache!«, raunzte er barsch, komplimentierte seine Frau ins Haus und schlug von außen die Tür zu.

8

Erschöpft vom langen Arbeitstag und in Sorge über drei weitere Patienten, diesmal aus der Innenstadt, die am Antoniusfeuer erkrankt waren, verließ Johannes Lonitzer um die sechste Abendstunde seine Behandlungsräume in der Neuen Kräme, um Lovenita und ihre Tochter von der Messe abzuholen. Aus Erfahrung wusste er, wie heimtückisch die Kribbelkrankheit war. Anders als die Pest fing sie gelinde und mit einzelnen Fällen an, um sich langsam, aber stetig auszubreiten. Dann stagnierte die Zahl der Kranken eine Zeitlang, nahm mitunter sogar ab – in einem Zeitraum von einem halben bis zu drei Jahren. Ihre Folgen waren jedoch immer verheerend. Zurück blieb eine Vielzahl verstümmelter Menschen, denen die Seuche einige Gliedmaßen und in schlimmen Fällen auch den Verstand geraubt hatte.

Obgleich ihn diese Gedanken bedrückten, freute er sich auf das Wiedersehen mit der Heilerin. Gleich nach seinen Krankenbesuchen am Vormittag hatte er seine Haushälterin angewiesen, die Betten in der Schlafkammer frisch zu beziehen und alles für die Besucherinnen herzurichten. Er selbst würde auf dem Diwan im ehemaligen Kinderzimmer nächtigen. Außerdem hatte er der Magd aufgetragen, einen Kapaun zu braten und einen Gugelhupf zu backen, damit er seinen Gästen am Abend nach dem Messetag eine Stärkung anbieten konnte. Als er daran dachte, nachher mit Lovenita gemeinsam zu speisen und sich bei einem Becher Wein mit ihr zu unterhalten, war er trotz aller Widerwärtigkeiten guter Dinge. *Wenn Großvater wüsste, dass ich heute Abend Damengesellschaft habe, wäre er aus dem Häuschen*, überlegte er und war froh, dass der alte Knabe darüber nicht im Bilde war. Er musste an den Ausspruch des alten Mannes denken, als sie sich das letzte Mal gesehen hatten: *Die Liebe ist schon ein eigentümliches Feuer. Genauso wenig, wie man es wieder entfachen kann, wenn es einmal erloschen ist, lässt es sich unterdrücken, wenn man lichterloh entflammt ist.* Johannes hatte vor drei Tagen nichts davon hören wollen – und er wollte es auch jetzt nicht. Er war nicht in die Heilerin verliebt, da war er sich ganz sicher. Er fühlte sich einfach wohl in ihrer Gegenwart, und es tat ihm gut, mit ihr zusammen zu sein. Sie hatten sich auf Anhieb verstanden und miteinander gelacht wie alte Freunde, das war alles. Doch es war weitaus mehr, als er in diesen traurigen Zeiten mit anderen Menschen erlebte. Er musste sich eingestehen, dass Lovenita Metz ihm gefiel. Sie war zweifellos eine schöne Frau, aber das spielte für ihn keine tragende Rolle. Es war vor allem ihre Wesensart, die es ihm angetan hatte.

Als der Medicus sich wenig später ihrem Stand näherte und Lovenitas Gesicht sah, bemerkte er irritiert, dass sein Herz einen Sprung machte. Auch seine Stimme zitterte, als er sie begrüßte. Die Heilerin lächelte ihn an, doch ihr Lächeln wirkte seltsam verkrampft, und ihr Blick war betrübt.

»Geht es Euch gut?«, fragte Johannes. »Ihr nehmt Euch doch hoffentlich die Geschichte von heute Morgen nicht zu sehr zu Herzen?«

Lovenita musterte ihn verstört. Das Zusammentreffen mit Albin hatte alles andere in den Hintergrund gedrängt. Selbst die böswilligen Verleumdungen der Freifrau, von denen ihr Johannes am Morgen berichtet hatte, waren in weite Ferne gerückt angesichts der Erschütterung, die Albins Besuch bei Lovenita ausgelöst hatte.

»Ach, das mit der Freifrau«, sagte sie leicht betreten, »daran habe ich gar nicht mehr gedacht.«

Erneut wunderte der Arzt sich, wie wetterwendisch die Heilerin war. Heute Morgen war sie schockiert gewesen, dass die Freifrau sie der Hexerei bezichtigt hatte, und jetzt schien sie es schon fast vergessen zu haben. Seltsam, diese Sprunghaftigkeit passte so gar nicht zu ihr.

»Na, dann ist's ja gut«, murmelte er. Unversehens ergriff die alte Befangenheit, die er anfangs in ihrer Gegenwart empfunden hatte, wieder Besitz von ihm.

»Wir sind gleich so weit«, ließ ihn Lovenita wissen und packte eilig die Sachen zusammen. Clara, die die Waren in dem Planwagen verstaute, grüßte den Stadtphysikus nur flüchtig und würdigte ihn kaum eines Blickes. Obwohl sich Johannes sagte, dass eine derartige Schnoddrigkeit bei jungen Leuten ihres Alters nichts Ungewöhnliches war, kränkte ihn Claras Missachtung doch.

Als alles verstaut war, kam Clara plötzlich mit einem

schwarzweißen, gedrungenen und freudig wedelnden Hund an der Leine aus dem Planwagen und erklärte ihrer Mutter beiläufig, sie werde mit Morro einen kleinen Spaziergang unternehmen.

»Aber doch nicht jetzt!«, rief Lovenita entrüstet. »Doktor Lonitzer ist hier, um uns abzuholen, wir wollen jetzt zu ihm in die Neue Kräme fahren.«

»Das macht doch nichts, fahrt ihr schon los, ich kann ja nachkommen«, erwiderte Clara unbeirrt.

Lovenita musterte ihre Tochter ungehalten. »Du weißt gar nicht, wo das ist.«

Das Mädchen zuckte aufsässig mit den Achseln. »Der Doktor kann es mir ja vielleicht sagen.«

»Es ist das ›Haus zum Kräutchen‹ und grenzt direkt an den Liebfrauenberg«, gab Johannes Lonitzer zur Antwort. »Kommt nicht so spät, Jungfer Clara«, fügte er augenzwinkernd hinzu, »es gibt nämlich nachher noch was Gutes zu essen.«

»Wir sind aber heute Abend schon zum Essen eingeladen«, erwiderte Clara patzig. »Wir speisen im Hause Limpurg – mit meinem Vater!«

Als Johannes das vernahm, versetzte es ihm einen Stich ins Herz.

»Clara!«, rief Lovenita empört, doch das Mädchen hatte es offenbar eilig, davonzukommen. Sie murmelte ein hastiges »Bis nachher« und verschwand mit dem Hund im Messegetümmel, wo bereits ein reges Gewimmel von Ochsenkarren und Pferdefuhrwerken herrschte, da die Händler auf dem Römerberg allenthalben ihre Stände abbauten.

»Ich weiß genau, was sie im Schilde führt«, murmelte die Heilerin und fing unvermittelt an zu weinen.

Johannes war viel zu erstaunt und betroffen, um angemessen darauf zu reagieren. Er stand nur da und blickte Lovenita hilflos an. Als er aber ihre Verzweiflung spürte, wusste er auf einmal, was zu tun war. Er ging auf Lovenita zu und schloss sie in die Arme.

»Es war die schrecklichste Zeit meines Lebens«, erklärte die Heilerin. Sie saß neben Johannes am Kamin, nahm einen Schluck heißen Würzwein und blickte in das lodernde Feuer. »Ich lernte Claras Vater vor fünfzehn Jahren in Limburg an der Lahn kennen. Ich war damals so alt wie meine Tochter jetzt. Er war meine erste große Liebe, und ich war ihm von der ersten Minute an hoffnungslos verfallen.« Sie lächelte bitter. »Als ich von ihm schwanger wurde, ließ er mich im Stich. Ich war damals nahe daran, mir das Leben zu nehmen, tat es jedoch aus Zuneigung zu dem ungeborenen Kind nicht.«

Im Stillen wunderte sie sich über ihre Offenheit gegenüber Johannes Lonitzer, einem Mann, den sie kaum kannte. Die schmerzhaften Erfahrungen, die sie im Laufe ihres Lebens mit Menschen gemacht hatte, hatten sie verschlossen und misstrauisch werden lassen. Noch nicht einmal mit ihrem verstorbenen Gefährten, dem Wundarzt Hannes Schuster, hatte sie so offen über diese schlimme Zeit gesprochen. Gleichzeitig spürte sie, wie gut es ihr tat, dem jungen Arzt ihr Herz auszuschütten, und sie hätte nicht genau sagen können, warum, aber sie vertraute ihm blind.

»Und als ich diesen Mann, der meine große Liebe gewesen war und der mich so enttäuscht hatte, gestern plötzlich auf der Messe sah, kamen schlagartig all die alten schmerzhaften Erinnerungen hoch – an meine Ziehmutter, die Zigeunerin Violetta, die mich als Findelkind bei sich aufnahm, mich die Wahrsagekunst lehrte und mir als Einzige in dieser schweren Zeit beistand. Denn der Zigeunerclan der Kesselflicker, dem wir angehörten, schloss mich damals aus, weil ich das Kind eines Nicht-Zigeuners erwartete. Doch Violetta hielt treu zu mir, da sie mich von Anfang an geliebt hatte wie ihr leibliches Kind. Ohne den Schutz des Clans zogen wir über die Lande wie Vogelfreie und waren mannigfaltigen Anfeindungen und Übergriffen ausgesetzt. Kurz vor der Niederkunft starb meine Ziehmutter an Typhus, und ich war mit meinem Neugeborenen ganz auf mich gestellt.«

Der Gedanke daran ließ Lovenita unwillkürlich aufstöhnen, und sie gestand Johannes, der ihr die ganze Zeit zuhörte und mitfühlend ihre Hand ergriffen hatte, auch ihr finsterstes Geheimnis, welches wie ein Fluch über ihrem Leben lastete. »Für mich schien es nur zwei Möglichkeiten zu geben, um mich und meine kleine Tochter vor dem Hungertod zu bewahren«, begann sie mit bebender Stimme. »Zu betteln, wie tausend andere Entwurzelte auch – oder der Prostitution nachzugehen. Da beides für mich unerträglich war, zog ich es gar in Erwägung, gemeinsam mit Clara in den Tod zu gehen – wie meine leibliche Mutter es seinerzeit auch tun wollte, als Violetta ihr begegnete –, doch dann kam mir eine andere Idee. Aus blanker Not entschied ich mich, meine seherischen

Fähigkeiten gewinnbringend einzusetzen. Da ich in den Seelen der meisten Menschen lesen konnte, wusste ich, was sie sich wünschten. So sagte ich meinen Kunden genau das, was sie hören wollten, und verschwieg die Wahrheit oder die unbequemen Wege, die zur Erfüllung ihrer Wünsche nötig gewesen wären. Ich wurde zu einer Schwindlerin, die den Hilfesuchenden das Geld aus der Tasche zog, aber es bescherte mir ein Einkommen und ließ uns überleben. Doch ich hasste mich unsagbar dafür. Als ich Hannes Schuster, einen verwitweten Wundarzt und Bartscherer, kennenlernte, der es ehrlich mit mir meinte, schloss ich mich ihm an und gab die Wahrsagerei auf. Ich schwor mir damals, niemals wieder meine hellseherischen Fähigkeiten in Anspruch zu nehmen – und das Erstaunliche war: Ich verlor plötzlich meine Gabe. Die gerechte Strafe für mein Vergehen, glaubte ich. So half ich dem gutmütigen Wundarzt, der wesentlich älter war als ich und mich aufrichtig liebte, bei seinen Geschäften, sammelte Kräuter und stellte Heiltränke her. Obwohl er mir Halt und Geborgenheit gab und auch gut zu Clara war, schien mein Leben unter einem unglückseligen Stern zu stehen. Ich verlor zwei Kinder und musste feststellen, dass Clara anders war als andere Kinder. Als mir das zum ersten Mal auffiel, war sie etwa neun Jahre alt. Sie lebte in ihrer eigenen Welt und war häufig seltsam entrückt. Ich mutmaßte, dass Clara die Gemütskrankheit ihrer Großmutter geerbt hatte, denn wie ich von Violetta wusste, war meine leibliche Mutter auch gemütskrank. Ich sah darin eine Strafe des Schicksals, das ich durch meine Scharlatanerie so heimtückisch betrogen hatte.«

Lovenita blickte den Stadtarzt an. »Ich weiß nicht, ob es ein Segen oder ein Fluch war, aber aus heiterem Himmel kehrte meine Gabe zurück. Ich hielt daraufhin eine innere Zwiesprache mit meiner Ziehmutter Violetta, die auch über die Kraft des Blickes verfügte, und gelobte ihr und mir selbst, aus meiner Begabung nie wieder Gewinn zu schlagen. Das halte ich bis heute so.«

»Deswegen nehmt ihr kein Geld für das Wahrsagen. Ich habe mich nämlich schon darüber gewundert«, bemerkte Johannes. Er schenkte sich und Lovenita heißen Würzwein nach, denn die wohltuende Wirkung des Alkohols konnte er nach den aufwühlenden Bekenntnissen der Heilerin gut gebrauchen. Dann forderte er Lovenita auf, weiterzuerzählen.

»Als mein Gefährte vor zwei Jahren an der Pest starb, waren meine inzwischen dreizehnjährige Tochter und ich wieder ganz auf uns gestellt«, fuhr sie fort. »Wir reisten mit unserem Planwagen über die Märkte im ganzen Land und führten das Gewerbe des Wundarztes fort. Meine Kräuterkenntnisse, die ich an der Seite des Feldschers erworben hatte, erlaubten es mir, eine Tinktur aus Johanniskraut und Schafgarbe zu entwickeln, die Claras Schwermut ein Stück weit aufzuhellen vermag. Da die Menschen in diesen schrecklichen Zeiten allerorts wegen der Katastrophen, Seuchen und Hungersnöte unter einer tiefen Mutlosigkeit leiden, verschaffen die Gemütstropfen und die anderen Feldscherdienste uns ein bescheidenes Auskommen – und der Wahrsagerei gehe ich nebenbei auch noch nach, aber natürlich unentgeltlich.« Lovenita nahm einen tiefen Zug aus ihrem

Trinkbecher und lächelte den jungen Arzt dankbar an. »Ich hoffe, ich habe Euch mit meinen Geschichten nicht zu viel zugemutet«, bemerkte sie und seufzte.

Johannes Lonitzer verneinte dies mit Nachdruck. »Im Gegenteil, ich bewundere Euren Mut und Eure Aufrichtigkeit«, erklärte er. »Ich verstehe nun auch, warum Ihr gestern Abend so seltsam wart, als ich Euch das Buch vorbeibrachte. Das muss für Euch ja ein großer Schock gewesen sein, den Mann wiederzusehen, der Euch so unsagbar enttäuscht hat.«

Lovenita nickte. »Meine Ziehmutter Violetta hat mir vorausgesagt, dass das Schicksal mich dereinst wieder mit Albin zusammenführen würde – doch ich wollte davon nichts hören. Mein Herz war vor Enttäuschung und Bitterkeit verhärtet. Allein die Liebe zu meiner Tochter gab mir die Kraft zum Weiterleben. Ich wollte diesen Schurken, der meine Liebe mit Füßen getreten hatte, nur noch vergessen – und jetzt, wo mir das nach vielen Jahren endlich gelungen ist, musste ich ihm gestern in der Buchgasse über den Weg laufen. Ich war nämlich gerade unterwegs, um Euch an Eurem Stand aufzusuchen.« Sie lächelte verschmitzt. »Doch als ich ihn dann plötzlich gesehen habe, wollte ich nur noch die Flucht ergreifen. Meiner Tochter habe ich selbstverständlich nichts davon erzählt, weil ich nicht wollte, dass Clara sich falsche Hoffnungen macht. Ich hatte sie immer in dem Glauben gelassen, ihr Vater wäre tot. Ich hielt das für klüger, als sie mit dem ganzen Elend zu belasten.« Lovenita runzelte nachdenklich die Stirn. »Ich bin eigentlich davon ausgegangen, dass er mich gar nicht wahrgenommen hat, doch da muss ich mich wohl getäuscht haben. Er muss mir gefolgt sein und mich ausgespäht haben, jedenfalls tauchte er heute an unserem Stand auf und teilte Clara keck mit, dass er ihr Vater ist. Mich bat er wortreich um Vergebung und bestand auf einer Unterredung.« Lovenitas grüne Augen funkelten erbost. »Wenn Clara nicht dabei gewesen wäre, hätte ich diesem Halunken unmissverständlich klargemacht, dass er mir aus den Augen gehen soll. Aber sie ist von ihrem Vater hellauf begeistert, und so bin ich schließlich darauf eingegangen.«

Johannes musterte sie verständnisvoll. »Das hätte ich an Eurer Stelle auch getan.« Er seufzte. »Das ist eine ausgesprochen schwierige Angelegenheit. Zum einen wollt Ihr Eurer Tochter gerecht werden, die natürlich darauf brennt, mit ihrem Vater zusammen zu sein, den sie wahrscheinlich ein Leben lang schmerzlich vermisst hat – und zum anderen wollt Ihr nichts mehr mit dem Mann zu tun haben, der Euch in Eurer Not alleingelassen hat, was ich absolut verstehen kann.«

Lovenita gab ihm zerknirscht recht. »Wo Clara nur bleibt?«, murmelte sie dann. »Ich hatte gleich so ein mulmiges Gefühl, als sie sagte, sie wolle mit Morro spazieren gehen. Sie ist bestimmt bereits bei ihrem Vater. Ich sollte auch dorthin fahren.« Die Heilerin erhob sich vom Stuhl und ging schon zur Tür, als unten an der Haustür die Glocke läutete. Gemeinsam mit Johannes lief sie die Treppe hinunter.

»Hoffentlich nicht noch ein Kranker, ich habe genug für heute«, murmelte Johannes unwirsch.

Vor der Tür stand jedoch ein livrierter Diener, der sich höflich für die Störung entschuldigte. »Ich bin der Hausknecht vom Hotel Zum Alten Limpurg und habe Frau Lovenita Metz eine Nachricht von Herrn Albinus Mollerus zu überbringen«, erklärte er und neigte devot den Kopf.

»Ich bin Lovenita Metz!«, sagte sie aufgeregt und nahm die Nachricht mit zitternden Händen in Empfang. Noch im Türrahmen riss sie das Kuvert aus feinem Büttenpapier auf und entfaltete ungeduldig den Briefbogen.

»›Meine verehrte Lovenita‹«, las sie halblaut vor, »›Ich möchte Dir nur Bescheid geben, dass unsere Tochter bereits bei mir im Hause Limpurg ist, du brauchst Dir also keine Sorgen zu machen. Clara, Morro und ich nicht ausgenommen freuen uns schon sehr, dass du nachher kommst. Dein Dir stets ergebener Albinus.‹« Lovenita lehnte sich an den Türrahmen, fuhr sich über die Stirn und rang nach Atem.

Johannes war wie vom Donner gerührt. »Albinus Mollerus? Das ist doch dieser Hetzprediger, der zum Kreuzzug gegen Heiden, Ketzer und all jene aufruft, die nicht ›reinen Blutes‹ sind«, murmelte er. »Mein Großvater, der Verleger Christian Egenolff, hat einiges über ihn herausgefunden – aber dazu fehlt uns jetzt die Zeit.« Unwillkürlich ergriff er Lovenita, die es offenkundig eilig hatte aufzubrechen, am Handgelenk und musterte sie ernst. »Der Mann ist gefährlich.«

Aus seiner Besorgnis sprach Zuneigung, und Lovenita war davon derart berührt, dass sie den hochgewachsenen Arzt spontan umarmte.

»Seid unbesorgt, mit diesem selbstverliebten Gecken werde ich schon fertig«, erwiderte sie kämpferisch. »Ich muss verhindern, dass Clara bei alledem Schaden nimmt.«

»Das verstehe ich«, sagte Johannes leise, »aber es wäre mir trotzdem lieber, Ihr würdet hierbleiben.« Er sah plötzlich wieder den umjubelten Propheten vor sich und erinnerte sich daran, dass er selbst für kurze Zeit wie geblendet gewesen war von seiner atemberaubenden Attraktivität – und wie ihm die Frauen zu Füßen gelegen hatten.

»Am Ende verliebt Ihr Euch wieder in ihn«, brach es unvermittelt aus ihm heraus, und er schämte sich sogleich für die eigene Offenheit.

»Niemals – ich hasse und verabscheue ihn!«, entgegnete Lovenita. In Windeseile warf sie sich ihren Wollumhang über, verabschiedete sich von Johannes und versprach, bald zurück zu sein.

Ein Hausdiener geleitete Lovenita in das Esszimmer der Suite, in dem die Tafel bereits festlich gedeckt war. Clara eilte ihrer Mutter überglücklich entgegen, gefolgt von Morro. »Schau mal, Mama, was ich anhabe!« Stolz wies Clara auf ihr elegantes Gewand aus weinrotem Samt, das vortrefflich ihre schlanke Gestalt betonte. »Papa hat es mir vorhin geschenkt«, erzählte sie. »Er hat es heute Mittag einem venezianischen Tuchhändler abgekauft, der es als Schaustück für seine Kunden hat anfertigen lassen – nach den gängigen weiblichen Idealmaßen, wie Papa mir gesagt hat. Und wie du siehst, passt es mir wie angegossen!«

Lovenita war sprachlos bei Claras Anblick. »Du siehst ja aus wie eine … Prinzessin. Es ist wunderhübsch und steht dir famos.« Sie wollte Claras Freude nicht trüben, dachte sich jedoch im Stillen, dass eine so kostbare Robe für ein einfaches Mädchen wie sie eher unpassend war. *Wann soll sie dieses Kleid denn tragen*, fragte sie sich. *Als Tochter einer Fahrenden hat sie wohl kaum die Gelegenheit dazu.* Während Lovenita noch bemüht war, sich ihr Hadern nicht anmerken zu lassen, eilte Albin auf sie zu und küsste ihr galant die Hand.

»Schön, dass du da bist, meine Liebe!«, begrüßte er sie mit unverhohlenem Wohlgefallen. »Du siehst phantastisch aus!«

Lovenita verzog die ungeschminkten Lippen zu einem säuerlichen Lächeln. *Aufs Süßholzraspeln verstehst du dich wie kein Zweiter – wie konnte ich das vergessen*, dachte sie höhnisch. Sie hatte sich für den Abend kein bisschen hergerichtet, was zum Teil dem überstürzten Aufbruch geschuldet war, zum Teil aber auch dem Widerwillen, mit dem sie Albins Einladung gefolgt war. Es widerstrebte ihr, sich für den Schurken auch noch schönzumachen. Dennoch erfüllte es sie mit Unbehagen, als ihr der leicht verschwitzte Geruch ihres Kleides in die Nase stieg, welches sie den ganzen Tag getragen hatte. Sie strich sich unwillkürlich die Haare glatt, die sie in der Früh zum letzten Mal gekämmt hatte.

Clara schien ihre Gedanken erraten zu haben und

bemerkte tadelnd: »Ein wenig mehr Mühe hättest du dir schon geben können für so einen feierlichen Anlass! Man könnte ja meinen, du hättest nur das eine Kleid, weil du es schon tagelang anhast. Und warum hast du dich nicht frisiert, wo du doch heute Mittag noch zu Papa gesagt hast, du wolltest dich nach der Messe frisch machen? Davon sieht man nichts.«

»Sei doch nicht so ungnädig, Prinzessin, deine Mutter ist schön wie eine blühende Rose, und das kann weder ein zerknittertes Kleid noch eine lose Haarsträhne schmälern«, unterbrach Albin sie charmant. Er bot Lovenita und Clara jeweils einen Arm und führte die Damen zu Tisch. Nachdem er ihnen formvollendet zu seiner Rechten und Linken an der Tafel einen Stuhl vorgerückt hatte, läutete er nach dem Diener und befahl ihm, die Suppe reichen zu lassen. Daraufhin servierte ihnen ein weiterer, livrierter Diener eine köstlich duftende Eiersuppe mit Safran und Pfefferkörnern in einer silbernen Terrine, während ein Weinkellner gekühlten Gewürztraminer in die Glaspokale schenkte.

Albin hob feierlich sein Glas und brachte einen Toast aus: »Auf meine über alles geliebte Prinzessin und ihre wunderbare Mutter – die noch immer die Königin meines Herzens ist!« Mit glänzenden Augen stieß er mit seinen Tischdamen an.

»Auf den besten Vater der Welt!«, sagte Clara. »Ich danke Gott, dass wir uns gefunden haben!«

Lovenita verzichtete auf einen Trinkspruch, nippte an ihrem Wein und schnappte ärgerlich: »Du nennst Clara ›Prinzessin‹? Wenn ihr das nur nicht zu Kopfe steigt.«

»Schau dir deine Tochter doch an, sieht sie nicht aus wie eine Prinzessin, so wunderhübsch, wie sie ist?«, konterte Albin. »Dieser Tag, an dem wir uns das erste Mal begegnet sind, wird immer der glücklichste Tag meines Lebens bleiben.«

Clara stimmte ihm überschwänglich zu und löffelte mit regem Appetit ihre Suppe.

Wie aus einem Guss, die beiden, dachte Lovenita angesichts der unerschütterlichen Harmonie zwischen Vater und Tochter. Gegen so viel Eintracht kam sie nicht an, und es schmerzte sie, dass Clara nur noch Augen für ihren Vater hatte. Während des Hauptgangs, bestehend aus Perlhuhn mit Zwetschgen und Honig, Rehragout mit karamellisierten Äpfeln, gebackenem Hecht mit Pfefferkuchen und Rosinen und in Weinbeeren, Knoblauch und Salbei gesottenem Rindfleisch, schmausten die beiden nach Herzenslust, plauderten miteinander und wurden nicht müde, sich gegenseitig zu bekunden, wie angetan sie voneinander waren. Lovenita hingegen stocherte nur lustlos in den Speisen herum. Der Kloß in ihrem Hals wurde immer dicker und ließ sich auch mit dem exquisiten Wein nicht herunterspülen, den sie ausgiebig zu sich nahm.

Zum Dessert servierte man kandierte Früchte, gebrannte Mandeln und heiße Maronen, und Lovenita ergab sich schließlich ihrem Drang, Albins Glanz ein paar Kratzer zu versetzen.

»Und, hat dir die Apothekertochter, mit der du damals verlobt warst, deinen Fehltritt mit mir verziehen?«, fragte sie Albin.

Im ersten Moment war Albin verdattert von der Frage, die ihn eiskalt erwischt hatte. Doch rasch fand er seine Eloquenz wieder und erzählte eine erbauliche Anekdote darüber, was sich zugetragen hatte.

»Ich habe der Guten ihre Hässlichkeit nicht verziehen – so wird ein Schuh draus.« Er grinste hämisch. »Und dann zog ich in die weite Welt hinaus. Da ich es bei meinem Meister trefflich gelernt hatte, Pillen zu drehen und Salben zu mischen, erwarb ich mir in der Fremde durch den Verkauf von Schönheitswässerchen und Schminke ein kleines Vermögen. Ihr glaubt ja gar nicht, wie viel manche Damen zu geben bereit sind, wenn es um ihre Eitelkeit geht!«

»Das kann ich mir lebhaft vorstellen«, erwiderte Lovenita. »Was ist eigentlich aus deiner großen Mission geworden, mit Hilfe der Alchemie Gold zu machen?«

Albin zuckte bedauernd die Achseln. »Das ist mir leider verwehrt geblieben. Nach zahllosen vergeblichen Versuchen gab ich es schließlich auf und wandte mich stattdessen einer anderen, nicht weniger faszinierenden Disziplin zu: der Astrologie, der hohen Kunst der Prophezeiung. Und ich darf behaupten, dass ich damit in den vergangenen Jahren recht erfolgreich war. Mein Ruf als Sterndeuter verbreitete sich unter den Adelshöfen im ganzen Abendland und drang sogar bis zum Vatikan durch, wo sich Kardinäle und andere hohe Kleriker von mir das Horoskop stellen ließen.«

Clara hing förmlich an Albins Lippen. »Was ich für einen berühmten Vater habe«, äußerte sie bewundernd.

Zumindest ist er ein talentierter Scharlatan, der alle für sich einzunehmen weiß, dachte Lovenita. Verstohlen musterte sie Albin. Sein markantes Profil, die dunkle, samtige Stimme, sein ungeheures Charisma vermochten sie nicht länger in ihren Bann zu ziehen. Sie durchschaute seine geschickte Selbstbeweihräucherung. *Wie konnte ich nur auf diesen Schaumschläger hereinfallen*, fragte sie sich ernüchtert und nahm noch einen Schluck Wein, um das Drama, das sich vor ihren Augen abspielte, halbwegs ertragen zu können. Clara war ihrem Vater, der weltmännisch um ihre Gunst buhlte, mit Haut und Haaren ergeben – und Lovenita konnte nichts dagegen tun. *Wie abgrundtief wird erst ihr Schmerz sein, wenn er sich ihr entzieht – weil er ein anderes Faszinosum gefunden hat.* Lovenita mochte gar nicht daran denken, und die Angst, dass Clara ähnliches Leid widerfahren würde wie ihr, raubte ihr fast den Verstand. *Sie wird das nicht verkraften, ihre Schwermut wird sie verschlingen.*

Mit derartigen Grübeleien beschäftigt, war sie Albins schillernder Darstellung seiner abenteuerlichen Vita gar nicht mehr gefolgt. Erst als seine Stimme jenen fanatischen Beiklang bekam wie gestern im Buchhändlerviertel, wurde sie hellhörig.

»Meine große Erfüllung fand ich allerdings erst im vergangenen Jahr«, erläuterte Albin seiner Tochter. »In der Nacht von Christi Himmelfahrt im Jahre des Herrn 1595 ist mir im Traum der Erzengel Michael erschienen und hat mir die göttliche Botschaft von der Ankunft des fünften Pferdes überbracht. Gott hat beschlossen, die Frevler zu strafen, und der fünfte Reiter der Apokalypse wird den Wahnsinn über die Menschheit bringen!«

Während Clara angstvoll aufschrie, bemerkte Lovenita, dass Gott den Wahnsinn doch schon längst unter den Menschen verbreitet habe und gewisse selbsternannte Propheten sich das zunutze machten, indem sie die Leute durch ihre Weltuntergangsvisionen in Angst und Schrecken versetzten. Doch weder Clara noch Albin nahmen Notiz von ihr. Albin legte stattdessen mit großer Geste seinen Arm um die Schultern seiner Tochter.

»Fürchte dich nicht, mein Kind«, sagte er salbungsvoll. »Denn der Herr im Himmel hat bestimmt, dass eine fromme Persönlichkeit eine Vereinigung tugendhafter Laien gründen soll, die ein gelbes Kreuz auf ihren weißen Gewändern tragen. Diese Mitglieder der Vereinigung der Reinen werden von dem Wahnsinn verschont bleiben und unter der Führung des Auserwählten zu einem Kreuzzug gegen die Sünde aufbrechen.«

»Wie schön das klingt, ›Die Vereinigung der Reinen‹«, schwärmte Clara ergriffen. »Dieser Vereinigung möchte ich auch angehören!«

Albin küsste seine Tochter auf die Stirn. »Es macht mich unglaublich glücklich, dass du das sagst, mein Herz«, murmelte er. »Nichts würde ich mir mehr wünschen, als dass du und deine Mutter der Gemeinschaft der Reinen angehört, zu deren Anführer ich dank Gottes Gnade berufen wurde.« Er erhob sich und ging unvermittelt vor Lovenita auf die Knie.

»Seit unserem Wiedersehen bete ich zu Gott, dass du mir meine Schändlichkeit verzeihen und mir noch eine Chance geben mögest! Ich bitte dich, Lovenita, verzeih mir!«, flehte er mit tränenüberströmtem Antlitz. »Ich liebe dich, und ich liebe unsere Tochter, und ich kann und will nicht mehr ohne euch leben!«

Clara kauerte sich sogleich zu Albin auf den Boden und sank ihm weinend in die Arme. »Ich möchte auch nie wieder ohne dich sein«, schluchzte sie.

Claras Wehklagen traf Lovenita ins Mark. Sie streichelte ihr übers Haar und raunte ihr zu: »Bitte, beruhige dich – wir werden schon eine Lösung finden.«

Schlagartig wandte Clara ihr das Gesicht zu. Ihre Augen sprühten Funken.

»Dann sei nicht so hartherzig und verzeih Papa!«, schrie sie die Mutter an. »Du siehst doch, wie viel ihm daran liegt, dass ihr wieder zusammenkommt!«

Während Lovenita von Claras Ausbruch bis in ihre Grundfesten erschüttert war, schien Albin nur auf dieses Stichwort gewartet zu haben. Er ergriff Lovenitas Hand.

»Im Beisein unserer Tochter Clara möchte ich dich fragen, willst du meine Frau werden?«, sagte er feierlich. »Ich werde dich lieben und ehren und unserem Kind ein guter Vater sein.« Sein Atem roch nach Wein, als er sich unversehens vorbeugte und Lovenita auf den Mund küsste. »Komm, sag ja, dann sind wir endlich eine richtige Familie«, flüsterte er ihr zu.

Früher hätte ein Blick von ihm genügt, und sie wäre dahingeschmolzen und hätte alles, wirklich *alles* für ihn getan. *Er ist dein Abgott, das hat mit Liebe nichts mehr zu tun. Du bist ihm verfallen, und er kann mit dir machen, was er will*, vernahm Lovenita plötzlich die mahnenden Worte ihrer Ziehmutter aus der Tiefe ihrer Seele – für die sie damals leider taub gewesen war. *Heute kann er mir nichts mehr anhaben, Mamita, weil mein Herz für ihn erkaltet ist*, antwortete sie ihr in Gedanken. Doch das konnte sie Albin natürlich nicht so offen sagen – obgleich sie große Lust dazu gehabt hätte. Sie sah keinen Grund, ihn zu schonen, aber um Claras willen musste sie unbedingt behutsam vorgehen.

»Ich danke dir für deinen Antrag«, erwiderte sie daher förmlich. »Aber bitte hab Verständnis, dass ich mir das erst in Ruhe überlegen möchte. Das kommt alles ein bisschen plötzlich und ist auch viel zu bedeutsam, um darauf eine rasche Antwort zu geben.«

Albin verzog enttäuscht die Mundwinkel. Er war es augenscheinlich nicht gewohnt, auf Zurückhaltung zu stoßen, wenn er einer Frau Avancen machte. Da Gekränktheit aber überhaupt nicht zu der Rolle des generösen Weltmannes passte, die er momentan spielte, riss er sich zusammen.

»Aber natürlich, meine Liebe – gut Ding will Weile haben. Schlaf erst mal drüber, und dann sehen wir weiter. Aber warte nicht zu lange, sonst überlege ich es mir noch anders«, fügte er scherzend hinzu.

Im Gegensatz zu ihrem Vater machte Clara keinen Hehl aus ihrem Verdruss über das Verhalten ihrer Mutter. Bis Lovenita schließlich der Geduldsfaden riss und sie zum Aufbruch mahnte – wogegen das Mädchen erst recht protestierte. Erst als ihr Vater, zu Lovenitas Verwunderung, Clara ermahnte, auf ihre Mutter zu hören, fügte sie sich missmutig.

»Wo wohnt ihr eigentlich während der Messe?«, erkundigte er sich beiläufig. Beim Diener bestellte er eine

188

Kutsche, um Lovenita und Clara zu ihrer Unterkunft zu bringen.

»Wir wohnen in der Neuen Kräme, im Haus Zum Kräutchen«, erwiderte Lovenita ausweichend.

»Aha, und seid ihr mit eurer Unterkunft zufrieden?«, fragte Albin mit Blick auf Clara.

»Keine Ahnung«, schnaubte das Mädchen. »Wir schlafen heute zum ersten Mal da, bei irgend so einem Kräuterdoktor, den Mama auf der Messe kennengelernt hat.«

Albin runzelte indigniert die Stirn. »Ich verstehe.«

»Er ist ein guter Freund«, erläuterte Lovenita, »und außerdem ist er auch nicht *irgend so ein Kräuterdoktor*, sondern der Frankfurter Stadtarzt.«

»So, so, ein guter Freund, obwohl du ihn erst seit ein paar Tagen kennst?«, hakte Albin in einem Anfall von Eifersucht nach und hätte sich am liebsten auf die Zunge gebissen, dass er sich diese Blöße gab.

Als er die beiden hinausbegleitete, erkundigte er sich, ob er sie am Morgen zu einem kleinen Frühstück erwarten dürfe. Lovenita entschuldigte sich wegen der Arbeit, da sie Clara aber nicht schon wieder enttäuschen wollte, willigte sie schließlich ein, dass Clara allein zu ihrem Vater ging. Zum Abschied ließ Lovenita Albin wissen, dass sie ihm ihre Entscheidung morgen Abend nach der Messe mitteilen werde. Sie verabredeten sich für die achte Abendstunde in seiner Suite.

Als Lovenita in die Kutsche steigen wollte, versuchte er erneut, sie auf den Mund zu küssen. Sie drehte den Kopf zur Seite und wünschte ihm kühl eine gute Nacht.

Der Abgewiesene war daraufhin so wütend, dass er anschließend in seiner Suite das Geschirr zerschlug.

»Er hat den ganzen Sermon, den er in der Buchgasse Tag für Tag vor seiner immer größer werdenden Anhängerschaft verkündet, komplett aus einer anderen Schrift abgekupfert«, erklärte Johannes Lonitzer verächtlich und schenkte sich und Lovenita Wein nach. Obgleich es bereits eine Stunde nach Mitternacht geschlagen hatte, waren die Heilerin und der Arzt viel zu aufgewühlt, um zu schlafen. Nachdem Clara unmittelbar nach ihrer Rückkehr ins Bett gegangen war, hatte Lovenita Johannes erzählt, was sich beim Treffen mit Albin zugetragen hatte. Nun berichtete er ihr, was sein Großvater über den angeblichen Visionär herausgefunden hatte.

»Das Machwerk, welches Mollerus kopiert hat, erschien unter dem Titel ›Das Buch der hundert Kapitel‹, um 1500 im Elsass und wurde von einem Anonymus verfasst, der sich der ›Oberrheinische Revolutionär‹ nannte. Gottlob wurde diese Hetzschrift niemals gedruckt und in Umlauf gebracht – bis jetzt zumindest.« Er lachte trocken. »Der Autor hatte ebenfalls eine göttliche Botschaft vom Erzengel Michael erhalten, wonach Gott angeblich beschlossen hätte, die Menschen zu strafen. Dann ist die Rede von einem fünften Reiter der Apokalypse, der den Wahnsinn über die Menschheit bringen würde. Aber den ganzen Zinnober kennt Ihr ja bereits, es ist eins zu eins das, was Albinus Mollerus in seinem *visionären* Werk ›Das fünfte Pferd‹ verkündet, welches sich im Buchhändlerviertel verkauft wie geschnitten Brot.« Er blätterte in einer Sammlung vergilbter, zusammengehefteter Papiere, die er sich von seinem Großvater ausgeborgt hatte, um Lovenita Albins geistigen Diebstahl zu dokumentieren.

»Herr Mollerus hat sich noch nicht einmal die Mühe gemacht, seine Plünderung zu kaschieren, er verwendet haargenau den gleichen Wortlaut«, murmelte Johannes kopfschüttelnd. Dann las er einige Passagen des anonymen Verfassers vor: »Die Vereinigung der Reinen wird dann unter ihrem Anführer zu einem großen Kreuzzug gegen die Sünde aufbrechen und alle Sünder ausrotten‹ und so weiter und so fort. Ersparen wir uns diesen Unfug. Das Original ist der Erguss eines kranken Geistes, aber was Herr Mollerus daraus macht, das ist selbst für unsere verrückten Zeiten absoluter Wahnsinn! Er gibt diesen Bockmist dreist als seinen eigenen aus und schlägt ordentlich Profit daraus, indem er zum großen Kreuzzug bläst und seinen Anhängern das Geld aus der Tasche zieht. Soweit ich weiß, sind sogar schon namhafte Frankfurter Ratsherren der Vereinigung der Reinen beigetreten.«

»Das wundert mich nicht«, entgegnete Lovenita. »Dummheit ist an keinen Stand gebunden. Was mache ich nur mit Clara?« Sie seufzte und rang die Hände. »Das arme Ding himmelt seinen Vater an und ist wie Wachs in seinen Händen. Aber ich kann ihr den Umgang mit Albin schlecht verbieten.«

Johannes musterte sie betroffen. »Da weiß ich auch

keinen Rat, so leid es mir tut. Man kann nur hoffen, dass sie irgendwann dahinterkommt, was ihr Vater für ein Blender ist.« Er stockte und stieß einen Fluch zwischen den Zähnen aus. »Allerdings weiß ich nicht, ob ich ihr das tatsächlich wünschen soll, denn es würde sehr schmerzhaft für sie werden.«

»Wenn ich doch nur etwas dagegen tun könnte«, stieß Lovenita hervor. »Aber seit sie ihrem fabelhaften Vater begegnet ist, der fünfzehn Jahre lang kein Interesse an ihr hatte, bin ich bei ihr abgemeldet.«

»Das wird sich schon wieder legen. Jetzt ist nun einmal ihr Vater der große Held für sie, damit werdet Ihr einstweilen leben müssen. Die Frage ist nur, wie wird das Mädchen die Trennung von ihm verkraften, denn Ihr wollt ja auf seinen Heiratsantrag nicht eingehen. Die Messe ist übermorgen vorüber, dann ist das große Abschiednehmen angesagt, und Clara wird Euch die Schuld an ihrem Leid geben.«

»Dessen bin ich mir gewiss. Aber um Claras Schmerz ein wenig abzumildern und ihre Sehnsucht nach ihrem Vater zu lindern, werde ich Albin morgen Abend vorschlagen, mit Clara weiterhin Kontakt zu halten. Ich hoffe nur für sie, dass er diesbezüglich nicht nach der Devise ›Aus den Augen, aus dem Sinn‹ handelt, die sehr gut zu ihm passen würde.«

»Das wäre eine herbe Enttäuschung für sie, andererseits verdirbt der Kontakt mit diesem Demagogen, der sie hofiert und mit Geschenken überhäuft, möglicherweise ihren Charakter«, bemerkte Johannes nachdenklich. »Aber vielleicht wird dem Scharlatan ja bald das

Handwerk gelegt. Mein Großvater will beim Magistrat Anzeige gegen ihn erstatten wegen Betruges und Volksverhetzung, und dann verliert er für seine Tochter und seine Anhänger hoffentlich seinen Heiligenschein …«

»Ich bete zum Himmel, dass dies geschehen möge, um mein Kind und die anderen Narren davor zu bewahren, dass sie diesem falschen Propheten weiterhin auf den Leim gehen«, bekräftigte die Heilerin inständig.

Lovenita und Johannes leerten ihre Becher und schickten sich an, zu Bett zu gehen, um wenigstens noch ein paar Stunden zu schlafen. Als sie sich im Halbdunkel des Flurs eine gute Nacht wünschten und einander die Hände drückten, spürte Lovenita den Drang, dem jungen Arzt in die Arme zu sinken und ihn zu küssen. Das Bedürfnis wurde derart mächtig, dass ihr der Atem stockte. Der Blick, mit dem Johannes sie ansah, verriet ihr, dass es ihm ebenso erging.

»Du bedeutest mir sehr viel«, flüsterte er dicht an ihrem Ohr und war unwillkürlich zum »Du« übergegangen. Lovenita bekam am ganzen Körper eine Gänsehaut.

»Du mir auch«, murmelte sie heiser. »Du bist mein Licht in der Dunkelheit.« Noch während sie das aussprach, wurde ihr schwindlig vor Verlangen. Sie ahnte, dass der Schutzwall gegen den Schmerz der Liebe, den sie um sich errichtet hatte, jeden Moment bersten würde.

»Nicht jetzt«, brach es aus ihr heraus, und sie küsste Johannes zärtlich auf die Wange. »Lass uns noch ein wenig warten.«

»Solange du willst«, stieß Johannes mit bebender Stimme hervor und presste Lovenitas Hand an seine Brust, ehe er sich abrupt zum Gehen wandte.

2. TEIL – Der Wahn

Freitag, 16. Oktober, bis Samstag, 17. Oktober 1596

»Jene, deren Inneres das Heilige Feuer verzehrte, verfaulten an ihren zerfressenen Gliedern, die schwarz wie Kohle wurden. Sie starben entweder elendig oder sie setzten ein noch elenderes Leben fort, nachdem die verfaulten Hände und Füße abgetrennt waren. Viele aber wurden von nervösen Krämpfen gequält und verfielen dem Wahn. Gegen diese Höllenqualen, diese Geißel der Menschheit, weiß man kein besseres Mittel, als die Hilfe des heiligen Antonius zu erflehen und sich unter seinen Schutz zu stellen.« (Aus der Chronica des Siegebert von Gembloux, um 1100)

9

An jenem bitterkalten Oktobermorgen, an dem es schon den ersten Schnee gegeben hatte, saß Wolfram von Malkendorf mit einem gewaltigen Brummschädel am Frühstückstisch und versuchte vergebens, seinen Kater in kalter Milch zu ersäufen. Er hatte sich in der Nacht einem Saufgelage mit seinen Kumpanen und gewissen Frauenzimmern aus einem Bornheimer Bordell hingegeben. Als der Oberknecht des freiherrlichen Gutshofes, Matthias Hasenhöfl, an die Tür klopfte und seinen Herrn mit beklommener Miene um eine Unterredung bat, hätte der Freiherr nicht übel Lust gehabt, dem lästigen Störenfried eine Abfuhr zu erteilen. Doch der Ernst in der Stimme des Oberknechts hielt ihn davon ab.

»Was gibt es denn?«, knurrte der Landjunker und bemerkte erst jetzt, dass noch weitere Domestiken in der offenen Stubentür standen.

»Wie Ihr ja wisst, ist bei uns in den Gärten seit ein paar Tagen die Kribbelkrankheit ausgebrochen«, begann der breitschultrige Mann mit dem blonden Stoppelhaar und knetete nervös die Krempe seiner Filzkappe, die er aus Ehrerbietung vor seinem Dienstherrn abgenommen hatte. »Zuerst hat es unsere Herrin, Eure werte Gemah-

197

lin, getroffen und gleich hernach die Wecks Martha und ihr Töchterlein, das kleine Ännchen. Dann hat es den Beckers Willi vom Eschenheimer Pförtchen erwischt.« Er hielt inne und schluckte heftig, ehe er mit bebender Stimme fortfuhr. »Und jetzt ist auch noch meine Renata, unsere zweitälteste Tochter, krank geworden, die Euch und Eurer werten Gemahlin seit drei Jahren im Gutshaus als Magd dient.« Der Oberknecht räusperte sich und fuhr mit unheilvollem Unterton fort: »Diese Heimsuchung, die da über uns hereingebrochen ist, kommt nicht von ungefähr, und deswegen möchte ich Euch untertänig bitten, dass Ihr so gnädig sein möget, uns anzuhören.« Der Oberknecht senkte ergeben den stoppeligen Kopf.

»Von mir aus«, grummelte der Freiherr missmutig. »Dann sag Er doch gefälligst, was Er zu sagen hat!«

Matthias Hasenhöfl gab den Wartenden auf der Türschwelle einen Wink, und daraufhin führten zwei Männer eine Frau in die Stube, die so hinfällig war, dass sie sie stützen mussten.

»Darf ich Euch vielleicht bitten, dass Ihr dem Mädel erlaubt, sich zu setzen? Die ist nämlich arg malad, unsere arme Renata, und nur mitgekommen, um dem Herrn Freiherrn das zur Anzeige zu bringen, was ihr am vergangenen Dienstag widerfahren ist«, erkundigte sich der Oberknecht devot.

Der Freiherr wies auf einen Fußhocker unweit des Kamins, da er es für unpassend erachtete, einer Gesindemagd einen Lehnstuhl anzubieten.

Nachdem sich die junge Frau, deren rundes Gesicht vor Röte glühte, ächzend auf dem Hocker niedergelassen hatte und die beiden Männer und der Oberknecht mit finsteren Mienen an ihrer Seite Aufstellung genommen hatten, forderte Matthias Hasenhöfl den Bauern Eberhard Weck auf, als Erster zu sprechen. Der Bauer stotterte vor Aufregung, als er seinem Herrn berichtete, dass seine Ehefrau ebenso wie die ehrenwerte Freifrau die Gemütstropfen der Ägypterin eingenommen habe und bald darauf am Antoniusfeuer erkrankt sei.

»Und damit nicht genug, das elende Weibsbild hat auch noch unsere Jüngste verhext«, erläuterte er aufgebracht. »Wir wollten das Zigeunerweib ja gestern Abend wegen seiner Schandtaten zur Rede stellen, wo es mit seiner Tochter doch in der Nähe von unserem Hof kampiert. Aber das Aas muss wohl den Braten gerochen haben. Die sind nicht mehr aufgetaucht. Und jetzt ist die Renata auch noch von der verhext worden. Es muss endlich etwas gegen die Hexe unternommen werden, ehe die noch weiter ihr Unwesen treibt!« Er warf sich in die Brust.

Der Freiherr massierte sich die Schläfen und fühlte sich so hundeelend, als brütete er eine Krankheit aus. *Was, wenn diese Ägypterin auch mir die Kribbelkrankheit an den Hals gehext hat*, überlegte er panisch. Der Oberknecht erteilte schließlich der stupsnasigen Renata das Wort, und ihre schrille, piepsige Stimme schmerzte ihm in den Ohren. Er hoffte nur, die Litanei möge bald ein Ende finden.

»Die Ägypterin ist ja direkt hinter mir gegangen, als wir an dem Morgen über die Felder zum Gutshof gelaufen sind. Und dann ist es mir plötzlich ganz schwindelig geworden, und ich hatte so schlimmes Ohrensausen, dass ich mir die Ohren zugehalten habe. ›Oh Herr im Himmel, steh mir bei‹, habe ich in meiner Verzweiflung zum Heiland gebetet, und als hätte mich eine Hand von oben gelenkt, habe ich mich mitten im Laufen umgedreht. Da hab ich gesehen, wie sich das Zigeunerweib im Kreis gedreht hat, aber nicht rechts herum, wie man es auf dem Tanzboden kennt, sondern linksrum wie eine rollige Katze. Als die dann aber gemerkt hat, dass ich das gesehen habe, hat sie Knall auf Fall damit aufgehört.« Renata japste nach Luft. »Der Schwindel und das Ohrensausen haben sich gelegt, ich war aber den ganzen Tag über so trübsinnig, dass ich immer wieder heulen musste, ohne dass es dafür einen Grund gegeben hätte. In der Nacht hatte ich einen fürchterlichen Traum.« Renatas Blick war voller Angst. »Ich habe vom Gottseibeiuns geträumt, wie er mit einem langen, feurigen Schweif aus dem Schornstein vom Gutshaus geschossen kam, dann ist er dreimal ums Haus geflogen, hat einen feuerroten, glühenden Faden darum gewickelt und geschrien, dass es einem durch Mark und Bein ging: ›Meine Buhle, die Feuerheilerin, wird euch alle mit dem Höllenfeuer verbrennen!‹«

»Genug!«, schrie der Freiherr mit schreckensbleicher Miene und wischte sich die Schweißperlen von der Stirn. »Ich werde noch heute zum Rathaus fahren und beim Magistrat Anzeige gegen die Hexe erstatten.«

Während Albinus Mollerus sein morgendliches Bad nahm, war er noch immer in Rage. Wie Lovenita jedes Mal den Kopf weggedreht hatte, als er sie zu küssen versuchte, und ihr Zaudern, als er um ihre Hand angehalten hatte! Das hatte ihn derart in seiner Mannesehre gekränkt, dass er unentwegt darüber nachsann, wie er es ihr heimzahlen könnte. Was bildete sich diese dahergelaufene Wurzelkrämerin eigentlich ein? Sie hätte stolz sein sollen, dass jemand, der so berühmt und erfolgreich war, einer Frau wie ihr überhaupt einen Antrag machte! Selbstredend würde er ihn umgehend zurückziehen – von wegen, *Morgen Abend gebe ich dir Bescheid!*

Albinus lachte auf, während er sich die Brust und die Arme mit einem Meerschwamm einschäumte. »Das kannst du dir sonst wohin stecken, du Schnepfe!«, stieß er zwischen den Zähnen hervor. »Ich hab's mir nämlich anders überlegt. Einem Albinus Mollerus gibt keine einen Korb! Ich brauche doch nur mit dem Finger zu schnippen, und die Weiber kommen angekrochen – und da sind etliche dabei, die jünger und schöner sind als du und die im Gegensatz zu dir den besten Kreisen angehören und Geld wie Heu haben!«

Während Albinus noch am Fluchen war, klopfte es an die Tür, und eine hübsche junge Magd erkundigte sich verschämt, ob der Herr noch heißes Wasser wünsche. Nachdem er das bejaht hatte, kehrte die Dienerin mit einem Holzbottich zurück und fragte den vornehmen Gast aus Gründen des Anstands, ob sie ihm das heiße Wasser in den Badezuber füllen solle oder ob er das lieber selbst übernehmen wolle.

»Nur rein damit!«, erwiderte Albinus aufgekratzt. Mit einem Mal wusste er, wie er sein Mütchen kühlen konnte. Als die Magd, die nicht viel älter war als seine Tochter, neben ihn an den Zuber trat, um das Wasser hineinzuschütten, packte er sie am Arm und zog sie zu sich in die Wanne. Ihr Sträuben und ihre Hilfeschreie stachelten ihn nur noch mehr an. Er dachte an Lovenita, als er gewaltsam in sie eindrang.

Nachdem er sich an dem jungen Mädchen vergangen hatte – das blutige Badewasser verriet ihm, dass sie noch jungfräulich gewesen war –, gab er der weinenden Magd einen Gulden. Das war mehr, als sie im ganzen Jahr verdiente, und er erkaufte sich damit ihr Stillschweigen. In ihrem notdürftig ausgewrungenen Dienstgewand hastete sie zur Tür, doch er hielt sie zurück, da ihm spontan eine Idee kam.

»Ich möchte, dass Sie nachher, wenn ich nach Ihr läute, mit Kamm und Frisierzeug kommt und einer jungen Dame, die bei mir zu Gast sein wird, die Haare frisiert.«

Die Dienerin schlug ihm sein Ansinnen zwar nicht ab, ließ es aber in Anbetracht seiner großzügigen Spende am angemessenen Entgegenkommen mangeln.

»Sag einmal, Clara, gesetzt den Fall, dass deine Mutter und ich nicht mehr zusammenkommen, weil … weil deine Mutter es nicht will, würdest du mich dann trotzdem noch sehen wollen?«, fragte Albin plötzlich seine Tochter, nachdem sie über eine Stunde gemeinsam getafelt und sich angeregt unterhalten hatten.

Clara, die eben noch übermütig gelacht hatte, starrte

ihren Vater fassungslos an. »Wenn Mama *das* macht, will ich nichts mehr mit ihr zu tun haben!«, brach es aus ihr heraus, und Tränen der Wut glitzerten in ihren Augen. »Dann kann sie sich allein davonmachen, und ich bleibe bei dir! Mit dir verstehe ich mich sowieso viel besser, und überhaupt, seitdem wir uns gefunden haben, geht es mir so gut wie nie zuvor. Meine Schwermut, unter der ich sonst immer leide, ist wie weggeblasen. Ich bin unsagbar glücklich, wenn ich mit dir zusammen bin!«

Sie liebt mich, dachte Albin voller Genugtuung. *Und dir begegnet sie mit wachsender Feindseligkeit*, sagte er innerlich zu Lovenita, *das kann mir doch nur recht sein!*

»Ist es vielleicht möglich, Clara, dass deine Mutter … einen anderen Mann liebt? Ich meine, vielleicht diesen Stadtarzt?«, fragte er, da ihn dieser Gedanke schon länger beschäftigte.

Clara runzelte die Stirn. »Das kann ich mir nicht vorstellen. Da müsste sie ja belämmert sein, wenn sie diesen Langweiler dir vorzieht, wo du doch tausendmal besser aussiehst und zudem noch eine Berühmtheit bist!«

Obgleich Albin Schmeicheleien gewohnt war, freute ihn das Kompliment aus dem Munde seiner Tochter. Er konnte ihr nur beipflichten, was indessen seine Erbitterung über Lovenitas Gebaren keineswegs schmälerte. *Das wirst du mir büßen, du undankbares Miststück* – und er wusste auch schon, wie.

Als sein Adlatus Waldemar Immolauer erschien, um den Meister zu seinem Verlagsstand in der Buchgasse zu begleiten und vorher noch seinen Tagesablauf mit ihm durchzugehen, stellte ihm Albin stolz seine Tochter vor.

Formvollendet küsste der junge Mann Claras Hand und bekundete ihr seine Verehrung. Das Mädchen errötete und äußerte erstaunt:

»Ihr seid doch der Mann, der Mutter vorgestern Abend das verlorene Buch vorbeigebracht hat!«

Waldemar lächelte. »Der bin ich, meine Dame.«

»Auf mein Geheiß hin, meine Liebe, denn ich bat ihn, Euch im Messetreiben auszumachen«, fügte Albin hinzu. »Glücklicherweise ist es ihm gelungen, sonst hätte ich dich am Tag darauf nicht an eurem Stand aufsuchen können.«

Er läutete nach der Dienstmagd und trug ihr auf, Clara im benachbarten Ankleidezimmer zu frisieren. »Und gib Sie sich gefälligst Mühe!«, rief er der Magd hinterher.

Als die beiden Männer allein im Raum waren, setzte der Adlatus Albin mit ernster Miene über die Gerüchte in Kenntnis, welche in der Stadt die Runde machten und wonach die Heilerin eine Hexe sei. »Sie soll angeblich mehrere Landbewohner aus den Gärten mit ihren Heiltropfen vergiftet haben. Eine Adelsdame gehört auch zu den Betroffenen. Es wird behauptet, dass die Leute alle am Antoniusfeuer erkrankt seien, nachdem sie die Tropfen der Ägypterin zu sich genommen hätten – und einige seien bereits mit dem Wahnsinn geschlagen, der mit der Krankheit einhergeht. Wie mir unterwegs zu Ohren gekommen ist, sollen auch schon mehrere Leute in der Altstadt und in den Frankfurter Vororten die Kribbelkrankheit haben. Die Stimmung auf der Messe ist jedenfalls am Brodeln, und Ihr solltet Eure Bekannte unbedingt warnen oder besser noch an einen sicheren Ort bringen, denn es ist nur eine Frage der Zeit, bis sich der Unmut des Pöbels gegen die Ägypterin Bahn bricht – und dann Gnade ihr Gott.«

Mit einigem Erstaunen stellte der junge Mann fest, dass sein Meister angesichts der unguten Neuigkeiten keineswegs betroffen war. »Sieh einer an!«, sagte Albin mit einer gewissen Häme, während um seine Mundwinkel ein schadenfrohes Grinsen spielte. Waldemar fragte ihn irritiert, ob er denn seine Heiratspläne geändert habe.

Albin musterte den Patriziersohn verschlagen. »Nur weil mir die Pantoletten einer Dame gefallen, muss ich doch nicht das ganze Weib kaufen.« Als sein Adlatus ihn daraufhin nur begriffsstutzig anschaute, erläuterte er ihm, dass er nach wie vor großes Interesse an seiner Tochter habe, dass das an der Mutter jedoch versiegt sei.

»Das ist vielleicht auch besser so«, bemerkte Waldemar mit nachdenklicher Miene. »Denn es würde Eurem Ruf erheblich schaden, wenn Ihr Euch mit einer Frau verbandeltet, die der Hexerei bezichtigt wird.«

Albin stimmte ihm zu. »Es wird höchste Zeit, sich von dieser Kanaille abzugrenzen, ehe sie unserer Sache schadet!«

Waldemar nickte. »Unbedingt! Habt Ihr denn diesbezüglich schon eine Idee?«

»Da verlasse ich mich ganz auf meine Intuition«, erwiderte Albin mit hintergründigem Lächeln.

»Und wie wollt Ihr es bewerkstelligen, dass sich Eure Tochter von ihrer Mutter löst, um sich Euch und der Vereinigung der Reinen anzuschließen?«, gab der Adlatus zu bedenken.

»Indem ich den Dingen ihren Lauf lasse – und natürlich meinen Teil dazu beitrage, dass sie sich in die richtige Richtung entwickeln.« Albinus griente in sich rein.

Als Clara aus der Tür des Ankleidezimmers trat, klatschten er und der Patriziersohn mit echter Begeisterung. Ihr langes dunkelbraunes Haar, das glänzte wie poliertes Ebenholz, war zu Zöpfen geflochten und zu einer kunstvollen Hochfrisur aufgetürmt.

»Meine Prinzessin!«, rief Albin, fasste Clara an der Hand und führte sie zu dem großen, goldgerahmten Spiegel in der Diele. »Schau dir nur an, wie schön du bist.« Er war hingerissen von dem, was er in dem hohen Kristallspiegel sah, von dem Spiegelbild seiner Tochter genauso wie von seinem eigenen. *Sie ist mein Ebenbild, mit ihr an meiner Seite wird uns die ganze Welt zu Füßen liegen*, dachte Albin und fühlte sich so euphorisch wie lange nicht mehr.

Er bot seiner Tochter an, sie zum Verkaufsstand ihrer Mutter zu begleiten, bevor er sich zur Buchgasse begebe, doch Clara sagte ihm unumwunden, dass sie lieber mit ihm gehen würde. Da Albin es für angemessen hielt, dass Clara ihre Mutter um Erlaubnis fragte, kamen sie schließlich überein, den Adlatus zu Lovenita zu entsenden.

Am Bücherstand seines Elsässer Verlegers wurde Albin bereits von einer Schar Anhänger erwartet. Während er Bücher signierte und interessierte Käufer für seine Mission zu gewinnen suchte, wurde Clara von Verleger Butzinger und Albins Getreuen hofiert. Wohlhabende Standespersonen und vornehme Damen überschütteten sie mit Komplimenten. Claras größte Freude aber war, dass ihr Vater ihr nicht nur ein eigens für sie signiertes Buch, sondern auch ein Ordensgewand der Vereinigung der Reinen überreichte. Clara legte es an, ohne zu zögern, obgleich sie bedauerte, dass es ihr elegantes Samtkleid bedeckte. Die Getreuen ihres Vaters behandelten Clara, als wäre sie eine Berühmtheit oder eine hochrangige Standesperson. An der Seite ihrer Mutter hatte sich die Fünfzehnjährige eher an eine gewisse Geringschätzung gewöhnt, die die meisten den Fahrenden entgegenbrachten, wenngleich ihre Mutter als Heilerin und Wahrsagerin sehr geschätzt wurde. Eine derartige Ehrerbietung war ihr völlig fremd – und sie genoss sie in vollen Zügen.

Die Stunden vergingen wie im Flug, und Clara schob die Gedanken an ihre Mutter weit von sich. Als der Verleger ihres Vaters Albin und seine Tochter zu einem Mittagessen im Schwarzen Stern einlud, einem der vornehmsten Gasthäuser Frankfurts, sagte sie bereitwillig zu.

So müsste es immer sein, dachte Clara nach einem opulenten Hauptgang beim Dessert, dem berühmten Frankfurter Mandelkäse, einer Süßspeise aus Mandeln, Reis, Honig, Südfrüchten und ausgesuchten exotischen Gewürzen, wozu ein schwerer, süßer Marsalawein gereicht wurde, der dem Mädchen gehörig in den Kopf stieg.

Draußen, im Menschengetümmel des Buchhändlerviertels, musste Clara sich haltsuchend bei ihrem Vater unterhaken. Schweren Herzens verabschiedete sie sich am Verlagsstand von Albin und seiner Gefolgschaft.

»Bis heute Abend, Prinzessin«, rief Albin hinter Clara her und warf ihr zum Abschied eine Kusshand zu.

Clara presste das Felleisen aus braunem Wildleder, eines der zahlreichen Geschenke von den Anhängern ihres Vaters, fest an sich. Beim Gedanken daran, dass sie gleich wieder in den grauen Alltag zurückkehren und ihrer Mutter am Verkaufsstand helfen musste, verdüsterte sich ihre Stimmung.

Als Clara den Stand erreichte, bot sich ihr ein Bild des Schreckens. Die Fläschchen und Tiegel auf dem Tisch waren kurz und klein geschlagen, der Boden war übersät von Glassplittern und ausgelaufenen Flüssigkeiten, und diverse Heilkräuter schwammen, mit Straßendreck vermischt, in den Pfützen. Clara entrang sich ein Entsetzensschrei. Von ihrer Mutter war weit und breit nichts zu sehen. Panisch hastete sie zum Planwagen, dessen Plane in Fetzen über dem Gestänge hing, und warf angstvoll einen Blick hinein. Auch hier herrschte Verwüstung.

»Was ist nur geschehen?«, stammelte Clara und stützte sich auf ein Wagenrad, da ihre schlotternden Beine sie kaum noch trugen. Da erst entdeckte sie neben dem Rad den leblosen Körper von Morro, der in einer Blutlache am Boden lag. An seinem Kopf klaffte eine tiefe Wunde.

»Bitte nicht!«, schrie Clara verzweifelt, sank auf die Knie, barg den Hund in ihren Armen, während ihre Tränen auf sein Fell fielen.

»Das Schandweib haben die Büttel vorhin abgeholt, die wo den Leuten die Kribbelkrankheit an den Hals gehext hat – und dich werden sie auch noch einkassieren, du Hexenbalg!«, drang mit einem Mal eine

208

wütende Frauenstimme zu Clara durch. Im nächsten Moment wurde sie von der Obst- und Gemüsehändlerin am Nachbarstand mit angefaulten Kohlstrünken und Äpfeln beworfen. In haltloser Panik flüchtete Clara über den Römerberg. Wohin sie schaute, sah sie nur hämische, boshafte Blicke, von allen Seiten vernahm sie Flüche und üble Verwünschungen. Es war ihr, als renne sie um ihr Leben.

Einzig der Gedanke an ihren Vater, der ihr in ihrer Not beistehen würde, hielt sie davon ab, sich der Verzweiflung hinzugeben. Zur Buchgasse war es ja gottlob nicht weit, doch in dem dichten Gedränge kam sie nur langsam vorwärts. In ihrer Bedrängnis hätte Clara am liebsten um sich geschlagen. Es brach ihr das Herz, was Morro widerfahren war, und der Gedanke, was die Schurken ihrer Mutter angetan hatten, schnürte ihr die Kehle zu. *Was habt ihr nur mit ihr gemacht, ihr Rohlinge*, dachte Clara bange, und ihr wurde bewusst, wie sehr sie ihre Mutter liebte – auch wenn diese in letzter Zeit häufig ihren Unmut erregt hatte. Sie fühlte eine unbändige Sehnsucht nach der Mutter und bekam ein schlechtes Gewissen, weil sie sie in ihrer Zwangslage alleingelassen hatte. Doch sie zweifelte keinen Moment daran, dass ihr Vater mit seinen glänzenden Beziehungen der Mutter aus der Klemme helfen würde – obgleich die Gräueltat an Morro nicht ungeschehen gemacht werden konnte.

Als sie endlich das Ende der Buchgasse erreichte und aus der Ferne den Vater am Rednerpult ausmachen konnte, wo er, umgeben von einem Menschenpulk, eine Ansprache hielt, rannen ihr vor Erleichterung die Tränen über die Wangen. So schnell es das rege Kommen und Gehen an den Büchertischen erlaubte, bahnte sich Clara einen Weg zu ihm. Es widerstrebte ihr zwar, den Vater während seiner Rede zu stören, aber die Katastrophe, die so jäh über sie hereingebrochen war, und die Not der Mutter, die zweifellos um ihr Leben bangen musste, machten es unvermeidlich. Die sonore Stimme ihres Vaters drang zwar zu ihr durch, doch erst nach einer Weile war sie nahe genug, um seine Worte zu verstehen.

»In der vergangenen Nacht ist mir wieder der Erzengel Michael erschienen, wie damals, als ich meine erste Vision hatte. Der Engel sprach zu mir: ›Der Antichrist wird in Gestalt einer Frau kommen. Hütet euch vor einer falschen Heilerin, die eine heimtückische Krankheit über die Menschen bringen wird, die ihnen die Glieder abfaulen lässt und alle in den Wahnsinn treibt …‹«

»Das Antoniusfeuer ist ausgebrochen – die Hexe wird uns alle vernichten!«, schrie eine Frau außer sich und raufte sich die Haare. Clara stand inmitten der Zuhörer und war, wie die meisten von ihnen, vor Schreck erstarrt. Sie konnte nicht glauben, was sie aus dem Munde ihres Vaters vernommen hatte. Sie musste sich verhört haben!

Während sich Claras Gedanken überschlugen, ging die Hetzpredigt weiter. Die vernichtende Erkenntnis, dass ihr Gehör ihr keinen Streich gespielt hatte, traf sie wie ein Peitschenhieb.

»›Hütet euch vor ihrem hübschen Lärvchen und dem gefälligen Wesen, sie wird versuchen, euch zu umgarnen‹, warnte mich der Engel mit dem Flammenschwert, ›denn er selbst, der Satan, verstellt sich als Engel des

Lichts!«< Albin legte eine Pause ein und bekreuzigte sich, die Menschen aus dem Publikum taten es ihm gleich. Clara war noch immer außerstande, sich zu rühren. Die Hasstiraden gegen ihre Mutter verletzten sie wie Giftpfeile und lähmten sie.

»Zweiter Korinther elf, vierzehn – genau so steht es auch in der Bibel!«, ertönte plötzlich eine Männerstimme aus dem Hintergrund. »Das hast du doch genauso abgekupfert wie deine anderen Prophezeiungen, du gottverdammter Volksverhetzer und Betrüger! Vor Demagogen wie dir muss man sich hüten, die zur Hexenjagd blasen und die Leute aufwiegeln!«

Der zornige Zwischenruf hatte Clara unversehens wachgerüttelt. Sie drehte sich um und gewahrte mit Bestürzung, wie sich mehrere Leute aus dem Publikum auf den Rufer stürzten, einen grauhaarigen Mann im schwarzen Gelehrtentalar. Clara sah ihre hasserfüllten Gesichter und verstand die Welt nicht mehr. Dieselben Menschen, die sie vorhin noch hofiert hatten, gebärdeten sich wie die Berserker – und ihr Vater, den sie so bewundert hatte, war nichts als ein elender Verräter. Unwillkürlich schweiften Claras Blicke zum Rednerpult. Die wutverzerrten Züge ihres Vaters gemahnten sie an eine Teufelsfratze.

»Erschlagt den Frevler!«, schrie er, um die Meute anzustacheln. Mit einem Mal grauste es Clara vor ihm. Tränen der Enttäuschung schossen aus ihren Augen.

»Ich will dich nie mehr wiedersehen!«, stammelte sie und hastete davon.

Johannes Lonitzer behandelte gerade einen Wald-
arbeiter aus dem Sachsenhäuser Forst, der unter höllischen Schmerzen litt, da sich seine Fußnägel zu lösen
begannen. Da schellte unten an der Haustür die Glocke. Seitdem sich das Antoniusfeuer in der Stadt ausbreitete, rannten ihm die Leute regelrecht die Tür ein.
Bei einigen Patienten entpuppten sich die Beschwerden
als harmlose Hautausschläge, Gichtanfälle oder Bauch-
krämpfe durch den Verzehr verdorbener Lebensmittel,
doch knapp ein Drittel zeigte deutliche Symptome des
Antoniusfeuers. Auch hier offenbarte sich dem Arzt
wieder, wie unterschiedlich sich die Krankheit äußerte.
Die einen litten unter Krampfsucht, die dem Veitstanz
ähnelte und Schlaganfälle nach sich ziehen konnte, andere bekamen Gelbsucht, hatten Lähmungserscheinun-
gen oder verfielen dem Irrsinn. Etliche Kranke klagten
über Melancholie und Ohrensausen oder erkrankten am
Wundbrand, der ihnen die Glieder schließlich absterben
ließ. Was nicht selten mit dem Ablösen von Fuß- und
Fingernägeln begann. Daher schaute sich der Doktor die
bläulich verfärbten Zehen des Forstarbeiters besorgt an
und reagierte recht ungehalten auf die Störung seiner
Haushälterin, die nach kurzem Anklopfen in das Be-
handlungszimmer stürzte.

»Entschuldigung, Herr Doktor, dass ich mitten in
Eure Behandlung platze«, erklärte die bejahrte Dienstmagd aufgeregt. »Aber unten vor dem Haus steht ein
junges Mädchen, das einen verletzten Hund dabeihat.
Die besteht darauf, dass ich sie zu Euch lasse, obwohl
ich ihr deutlich zu verstehen gegeben habe, dass Ihr

kein Viehdoktor seid. Doch sie lässt sich einfach nicht abwimmeln und plärrt mir schon das ganze Haus zusammen.«

Johannes trat ans Fenster und spähte hinunter. »Lasst sie sofort rein, Änni, und führt sie in die Wohnstube. Sagt ihr, dass ich gleich zu ihr komme, sobald ich hier fertig bin«, beschied er seine Haushälterin barsch. Das Herz schlug ihm bis zum Halse, da ihm bei Claras desolatem Anblick die schlimmsten Befürchtungen kamen.

Clara zitterte wie Espenlaub und brachte vor Aufregung kaum einen zusammenhängenden Satz hervor. Das Bündel mit dem reglosen Hundekörper, der in ein blutverschmiertes Leinentuch gewickelt war, presste sie an sich wie ihren letzten Halt. Johannes wies seine Haushälterin an, dem Mädchen eine heiße Milch mit Honig zu bereiten. »Und gebt einen ordentlichen Schluck Branntwein dazu, damit sich die Jungfer etwas beruhigt.«

»Die Bestien haben unseren Morro erschlagen«, wimmerte Clara. Der Doktor holte eine Wolldecke von der Ofenbank und breitete sie dem Mädchen über die Schultern.

Mit tränenerstickter Stimme berichtete Clara dem Arzt von dem Drama, welches sich auf der Messe zugetragen hatte. Obgleich Johannes über Claras Schilderungen erschüttert war, versuchte er doch, sich seine Sorge um Lovenita nicht allzu sehr anmerken zu lassen – auch wenn sie ihm fast den Verstand raubte.

»Hoffentlich haben sie mit Mama nicht das Gleiche gemacht wie mit Morro«, schluchzte Clara auf.

»Das glaube ich nicht«, erwiderte Johannes. Er rang um Fassung, damit Clara nicht merkte, dass ihm vor diesem Gedanken ebenso grauste. Als die Magd die Milch brachte, erteilte er ihr krächzend den Befehl, die Branntweinflasche herbeizuholen. Auch er konnte sehr wohl einen Schluck gebrauchen. Er versprach Clara, sich im Rathaus nach Lovenitas Inhaftierung zu erkundigen, und bat sie eindringlich, sich einstweilen auf die warme Ofenbank zu setzen und ihre heiße Milch zu trinken, damit sie wieder zu Kräften komme. »Und Morro legen wir solange auf den Boden, damit du deine Hände frei hast.« Doch Clara sperrte sich dagegen, den Hund loszulassen. Johannes sah am Kopf des Tieres eine tiefe Wunde, aus welcher unablässig Blut sickerte.

»Seltsam«, murmelte er, »die Wunde blutet noch. Lass mich ihn mal anschauen, vielleicht ist er ja gar nicht tot.«

Unversehens flackerte Hoffnung in Claras geröteten Augen auf, und sie reichte dem Arzt das Bündel mit dem Hund, das ein beträchtliches Gewicht hatte.

Johannes bettete den Hundekörper behutsam auf die Holzdielen und löste das Tuch, bei dem es sich offenbar um ein Ordensgewand handelte, um das Tier genauer zu untersuchen. Als er seine Hand eine Weile auf die Brust des Hundes presste, konnte er tatsächlich einen verhaltenen Herzschlag spüren.

»Er lebt noch«, erklärte er und sah sich als Nächstes die Kopfwunde an.

Clara gab einen Jubelschrei von sich und kniete sich an seine Seite.

»Er hat viel Blut verloren und ist sehr geschwächt. Ich

werde die Wunde reinigen und zunähen, damit der Blutverlust gestoppt wird, und dann werden wir weitersehen«, erläuterte der Arzt. »Vielleicht erholt er sich ja wieder, er scheint mir doch ein sehr robuster Bursche zu sein, aber versprechen kann ich nichts. Wenn die Wunde sich entzündet und Fieber auftritt, könnte es kritisch werden.«

Clara ergriff die Hand des Arztes und dankte ihm bewegt. »Was für ein Glück, dass ich auf meine innere Stimme gehört habe und noch einmal zum Stand zurückgekehrt bin, um Morro zu holen – auch wenn ich mich vor dem Marktweib gefürchtet habe. Aber ich konnte doch den treuen Hund nicht einfach im Dreck liegen lassen, wo wir ihn so geliebt haben.« Sie streichelte behutsam über das schwarzweiße Fell des Tieres. »Ihn immer noch lieben«, setzte sie hinzu. Johannes lächelte das Mädchen aufmunternd an und legte ihm die Hand auf den Arm.

»Die Lage ist bedrohlich, aber nicht aussichtslos«, erklärte er. »Ich werde jetzt den Hund versorgen, und dann mache ich mich auf zum Rathaus – und du setzt dich auf die Ofenbank und trinkst deine Milch.«

Widerspruchslos folgte Clara seiner Anweisung. Mit dem jungen Arzt, der Güte und Bedachtsamkeit verströmte, fühlte sie sich auf wundersame Weise verbunden – ganz entgegen ihrer früheren Gleichgültigkeit. In ihrer Verwirrung und dem Schmerz über die Treulosigkeit des Vaters war ihr rasch klargeworden, wo sie wahre Hilfe finden würde. *Wenigstens hat mich mein Gefühl diesmal nicht getäuscht*, dachte sie, während sie in kleinen Schlucken die Milch trank. Sie verbreitete eine wohltuende Wärme in ihrem Bauch und beruhigte ihre angespannten Nerven, obgleich sie von der Hinterhältigkeit des Vaters, den sie regelrecht vergöttert hatte, nach wie vor tief enttäuscht war. Die Aufregung legte sich allmählich, stattdessen verdüsterte eine mächtige Woge der Schwermut ihr Gemüt. Mit leerem Blick starrte Clara vor sich hin. Nachdem er die Kopfwunde des Hundes genäht hatte, musste der Doktor seine Anweisung, wie Clara den Hund zu versorgen hatte, dreimal wiederholen, bis sie zu dem Mädchen durchdrang.

»Du musst von Zeit zu Zeit mit einem Lappen seine Zunge befeuchten, damit sie nicht austrocknet.« Clara vernahm die Stimme des Arztes wie aus weiter Ferne. Sie erhob sich von der Ofenbank und ging auf den bewusstlosen Hund zu, über dessen Körper der Doktor eine alte Decke gebreitet hatte. Sie kam sich vor wie eine Marionette, deren Bewegungen von fremder Hand gelenkt wurden, wie eine leere Hülle ohne jegliche Empfindung. Die große Leere hatte wieder von ihr Besitz ergriffen und zog ihre Seele hinab in einen gähnenden schwarzen Abgrund. Der Anblick von Morro, der mit offenem Maul und heraushängender Zunge vor ihr lag, holte sie nicht aus ihrer Apathie. Die Freude darüber, dass der totgeglaubte Hund noch am Leben war, wurde genauso von der Schwermut überschattet wie das Hoffen und Bangen um ihn. Wie eine Schlafwandlerin befeuchtete Clara den Lappen in der bereitgestellten Wasserschale und betupfte die Zunge des Tieres.

10

Es war ein milder, leicht nebliger Herbsttag, als Lovenita und die anderen Kinder des Zigeunerclans mit Körben in den Wald gingen, um Pilze zu sammeln. Die größeren Kinder kannten sich hinlänglich mit Pilzen aus und waren in der Lage, die essbaren von den ungenießbaren zu unterscheiden, doch die Kleinen sammelten nicht selten auch giftige Pilze ein, weil sie ihnen hübsch und farbenfroh vom Waldboden entgegenlachten. Wobei es ihnen strengstens verboten war, von den Pilzen zu kosten und während des Pflückens die Finger an den Mund zu führen. Lovenita hatte im Spätsommer miterlebt, wie die Männer und Frauen des Clans mit eigens dazu abgerichteten Hundewelpen in einem Eichenwäldchen Trüffel gesucht hatten. Sie war beeindruckt gewesen von dem feinen Geruchssinn der Tiere, die die aromatischen Knollen unter der Erde gewittert hatten, und so ließ sie sich bei der Auswahl der Pilze ebenfalls von deren Geruch leiten.

Als die Kinder um die Mittagszeit zum Lager zurückkehrten, nahm die Stammesmutter die Körbe entgegen, breitete eine Decke auf dem Boden aus und schüttete die Pilze darauf. Im Beisein der Stammesältesten und Violettas richtete sie das Wort an Lovenita.

»Du betrachtest dir jetzt in aller Ruhe die Pilze und legst

dann nur die essbaren in die Körbe zurück. Die Pilze, die giftig oder ungenießbar sind, lässt du auf der Decke liegen. Konzentriere dich dabei auf jeden einzelnen Pilz und lass dir Zeit, die guten von den schlechten zu unterscheiden.« Die Stammesmutter streichelte Lovenita übers Haar. »Gib dir alle Mühe, Kind, und stell dir bei der Auswahl vor, dass der ganze Clan deine Pilze essen wird.« Esma lächelte listig und forderte Lovenita auf, anzufangen.

Lovenita kniete sich neben die Decke und prüfte sorgfältig jeden Pilz, indem sie ihn betrachtete, anfasste und an ihm roch. Bei manchen dauerte es länger, bis sie sich entschloss, sie in die Körbe zurückzulegen, bei anderen dagegen war sie sich schnell sicher, dass sie bekömmlich waren – oder ungenießbar, wie im Falle eines halben Dutzends hellgrüner Pilze, die einen süßlichen Geruch verströmten. Lovenita wusste nichts über Pilze und brauchte mehr als zwei Stunden, bis sie mit der Prüfung fertig war. Nur ein kleiner Haufen blieb auf der Decke übrig. Die Phuri dai, Violetta und die anderen Stammesältesten hatten Lovenita die ganze Zeit aufmerksam beobachtet. Die Stammesmutter bedankte sich bei ihr, erhob sich aus dem mit Rosshaar gepolsterten Korbstuhl mit der hohen Lehne, der nur ihr vorbehalten war, und schlurfte zur Decke, um die aussortierten Pilze in Augenschein zu nehmen. Sie schob sie hin und her, bis sie in drei Haufen aufgeteilt waren. Sie deutete auf den ersten und krächzte unheilvoll: »Dieses Häufchen ist der Tod! Das sind Knollenblätterpilze, von denen schon ein einziger ausreichen würde, unseren ganzen Clan zu töten. Und die hier«, sie wies auf ein paar bräunliche, weiß gesprenkelte Pilze, »sind die gefährlichen Pantherpilze, die gleichfalls tödlich sind.« Die alte Frau deutete auf den zweiten Haufen. »Die hier liegen, sind zwar giftig, aber nicht tödlich. Der Fliegenpilz und der kleine spitzkegelige Kahlkopf können bei sachgerechter Zubereitung und in entsprechender Dosierung sogar als Medizin verwendet werden, die seltsame Träume beschert, aber als Mahlzeit sind sie ungeeignet.« Sie begutachtete das letzte Häuflein. »Hier haben wir den Gallenröhrling, der ähnlich aussieht wie ein Steinpilz, aber so bitter schmeckt, dass schon ein einziger davon ausreicht, ein ganzes Pilzgericht zu verderben.« Sie wies mit ihren gichtigen Fingern auf mehrere helle, trichterförmige Pilze, die daneben lagen. »Der Tintling kann, vor allem wenn er noch jung ist, sehr wohlschmeckend sein – verträgt sich aber nicht mit Alkohol. Schon wenige Schlucke Wein zur Mahlzeit genügen, dass man Bauchgrimmen mit Übelkeit und Erbrechen bekommt. Da der eine oder andere von uns ja gerne mal einen Becher Wein trinkt, ist es besser, wenn der Tintling nicht in unserem Kochtopf landet.«

Anschließend begutachtete die alte Frau die Pilze in den Körben, die Lovenita für genießbar hielt, und grummelte zufrieden. Dann ging sie auf Lovenita zu und schloss sie in die Arme.

»Das hast du gut gemacht, mein Mädchen. Du hast dich bei der Auswahl der Pilze ganz auf dein Gefühl verlassen – und es hat dich nicht getäuscht. Diese Prüfung hat uns gezeigt, dass du die Kraft des Blickes besitzt. Auch deine Mutter Violetta verfügt über diese besondere Gabe. Sie ist Segen und Fluch zugleich für denjenigen, der sie innehat.« Die Stammesmutter blickte Lovenita eindringlich an. »Die Frauen unseres Stammes haben von klein auf gelernt, Leuten aus der Hand zu lesen und ihnen mit Hilfe der Linien die Zukunft vorherzusagen. Doch nur wenige Menschen haben wie du und deine Mutter die Kraft, hellsichtig *zu sein, die Gefühle und Gedanken anderer Menschen zu lesen, Schmerzen zu lindern oder Krankheiten zu heilen. Daher wird dich deine Mutter künftig in der Technik des Blickes unterweisen. Die Gabe verlangt einer Seherin sehr viel ab.«*

Lovenita war noch ganz benommen, als sie jäh aus ihrem Traum gerissen wurde. Seltsam, dass sie von der Pilzprobe geträumt hatte, einer Art Initiation, die lange zurücklag. Sie war damals fünf Jahre alt gewesen, aber im Traum war ihr alles so real erschienen, als hätte sie es gerade erst erlebt. Sie verspürte höllische Kopfschmerzen, ihre Haare und das Gesicht troffen vor Nässe. Wie durch einen Schleier gewahrte sie eine gedrungene Gestalt mit einem Wassereimer in der Hand, und sie begriff, was sie aufgeweckt hatte.

»Aufwachen, du Hexe«, vernahm sie die hämische Stimme des Büttels, »hast lang genug gepennt, jetzt geht's zum Verhör!«

Verstört blickte sich Lovenita um. Beißender Gestank von Urin, Fäkalien und Blut stieg ihr von dem fauligen Stroh, auf dem sie lag, in die Nase. Die groben Felswände mit der Gittertür verrieten ihr, dass sie sich in einem Kerkerverlies befand. Sie richtete sich auf und fasste sich unwillkürlich an die Stirn, wo der rasende Kopfschmerz herkam. Sie ertastete eine dicke Beule, aus der Blut sickerte, wie sie an ihren blutigen Fingerkuppen erkannte, und schlagartig spukten ihr die Schreckensbilder ihrer Festnahme im Kopf herum. Sie sah Morro vor sich, der sich mit hochgezogenen Lefzen auf den Stangenknecht stürzte, der Lovenita überwältigt hatte. Im nächsten

Moment traf ein Schlag mit der harten Holzstange den Hund auf den Kopf, und er sank leblos zu Boden. Der Zorn über die grausame Tat hatte Lovenita ungeahnte Kräfte verliehen, so dass es ihr gelungen war, sich aus der Umklammerung des Schergen loszureißen und ihn mit den Fäusten zu attackieren. Dann war sein Schlagstock gegen ihre Stirn gekracht, und ihr wurde schwarz vor Augen.

Lovenita keuchte vor Erregung. Sie tastete nach ihrem Talisman, dem Amulett mit dem Wolfskopf, doch ihre Finger griffen ins Leere. Die plötzliche Erkenntnis, dass sie ihr Schutzmedaillon nicht mehr trug, das sie ihr Leben lang begleitet hatte, erfüllte sie mit Panik. Ohne ihren Glücksbringer fühlte sie sich der Grausamkeit ihrer Häscher vollkommen schutzlos ausgeliefert.

»Wo ... wo ist mein Halskettchen?«, stieß sie hervor.

»Dein Hexenamulett mit dem Werwolf haben wir konfisziert, damit du damit keinen Schaden mehr anrichten kannst«, raunzte der Scherge mit gehässigem Grinsen. Er beugte sich zu Lovenita herunter, drehte ihr grob die Arme auf den Rücken und fesselte ihre Handgelenke. Sie schrie vor Schmerz laut auf, als die Schnüre in ihre Haut schnitten. Der Gewaltdiener packte sie am Oberarm und zerrte sie durch die Kerkertür auf einen langen, dunklen Gang hinaus, der vom flackernden Licht einer Wandfackel notdürftig erleuchtet wurde. Das kuttenartige Gewand aus grobem Sackleinen war klatschnass und klebte an Lovenitas Körper. Sie schlotterte vor Kälte und vor Angst. *Steh mir bei, Mamita, steh mir bei,* flehte sie im Stillen.

Wir sind alle bei dir, kleine Wölfin, vernahm sie die vertraute Stimme ihrer Ziehmutter. *Wir halten schützend unsere Hand über dich, deswegen hast du ja auch eben von uns geträumt. Wir werden dir in dieser schweren Zeit beistehen. Sie werden deinen Körper peinigen, mein armes Mädchen, aber die große Kraft, die in dir ist, können sie nicht brechen!*

Während Lovenita im Klammergriff des Gefängnisbüttels den schmalen Gang entlangstolperte, wurde sie plötzlich vom Schmerz über den Verlust von Morro derart überwältigt, dass sie in haltloses Schluchzen ausbrach. Er hatte sein Leben gegeben, um seine Herrin zu verteidigen.

»Hör auf zu flennen, du Miststück!«, herrschte sie der Scherge an. »Heb dir deine Tränen lieber für die peinliche Befragung auf.«

Lovenita musterte den groben Gesellen verstohlen von der Seite. Womöglich war es derselbe, der sie auf der Messe unter den johlenden Beifallsrufen der Meute in Gewahrsam genommen und Morro erschlagen hatte. Aber sie war sich nicht ganz sicher, denn die Büttel glichen einander wie ein Ei dem anderen, mit ihren feisten, kurzgeschorenen Schädeln und den grobschlächtigen Gesichtern. Dennoch hätte sie ihren Bewacher windelweich prügeln können für die grausame Gewalttat an Morro. Aber aufgrund ihrer Fesseln war sie dazu leider nicht imstande. In Anbetracht der wehrhaften Statur ihres Bewachers hätte sie bei einem Kampf mit ihm ohnehin erneut den Kürzeren gezogen. Ihre Wut brodelte indessen weiter. Trotz allem war sie unendlich froh darüber, dass Clara die Hatz erspart geblieben war.

Nicht auszudenken, wenn die rohen Stangenknechte auch das Mädchen festgenommen hätten! *Alles, nur das nicht*, dachte sie beschwörend und sandte Stoßgebete zum Himmel, dass ihre Tochter auch weiterhin vom Unheil verschont bliebe.

Der Büttel führte sie in ein Gewölbe voller Folterwerkzeuge. An der Seite stand ein langer Tisch mit Schreibutensilien. Ein großer, hagerer Mann in einer grünroten Amtstracht erwartete die Gefangene bereits.

»Ich bin Meister Kurt, der städtische Züchtiger«, stellte er sich Lovenita vor. In seinen kalten Augen erkannte sie, dass ihn sein schauerliches Gewerbe zum Zyniker gemacht hatte. Er führte Lovenita zu einer Seilwinde, die an der Gewölbedecke befestigt war, löste ihre Fesseln und legte ihr mit routinierten Handgriffen lederne Daumenschlingen an.

»Ich kann dir nur raten, kleines Frauchen, leg so schnell wie möglich ein Geständnis ab – damit ersparst du mir viel Arbeit und dir eine lange, qualvolle Tortur«, zischte er ihr zu. Sein Atem roch so übel nach faulen Zähnen und Branntwein, dass sich Lovenita der Magen umdrehte. Wenig später wurde die Tür geöffnet, und ein kleiner, drahtiger Mann in schwarzer Richterrobe mit einem Samtbarett auf dem hellblonden Haar trat ein, ihm folgte ein schlaksiger Beamter in einem dunkelgrauen Kittel. Der städtische Untersuchungsrichter Claas Ohlenschlager nahm hinter dem Schreibtisch Platz, während der Schlaksige sich an seine Seite setzte und mit den Schreibutensilien hantierte.

Nachdem der Henker Lovenitas Daumen an der Hal-

terung fixiert und sie an dem Flaschenzug so weit nach
oben gezogen hatte, bis sich ihre Füße eine Handbreit
über dem Boden befanden, erklärte der Untersuchungsrichter die peinliche Befragung der Angeklagten Lovenita Metz für eröffnet. Sogleich begann er in amtlichem
Tonfall, mit kehligem niederländischem Akzent, mit der
Verlesung der Anklageschrift:

»Die Angeklagte Lovenita Metz, genannt ›Die Ägypterin‹, von Beruf Wahrsagerin und fahrende Wurzelkrämerin, ohne festen Wohnsitz, Eltern unbekannt, wird
vom ehrwürdigen Rat der freien Reichsstadt zu Frankfurt am Main der folgenden Verbrechen beschuldigt:
Sie soll gemeinsam mit ihrer Tochter Clara die Freifrau
Paloma von Malkendorf auf ihrem Hofgut in den Gärten aufgesucht und ihr für einen Silbertaler ein selbstgebrautes Elixier verkauft haben, nach dessen Gebrauch
die Freifrau am Antoniusfeuer erkrankt ist. Desgleichen
wird sie von dem Landwirt Eberhard Weck aus den
Gärten, bei dessen Hof sie ihr Quartier aufgeschlagen
hat, bezichtigt, seiner Ehefrau Martha mit ebendiesem
Elixier die Kribbelkrankheit angehext zu haben. Damit
nicht genug, die Angeklagte schreckte auch nicht vor
der Freveltat zurück, einem unschuldigen Kinde, dem
dreijährigen Töchterlein der Eheleute Weck mit Namen
Anna, durch Handauflegen ebenfalls die gefürchtete
Seuche beigebracht zu haben. Des Weiteren soll die Beklagte die Dienstmagd Renata Hasenhöfl, die bei dem
freiherrlichen Paar in Stellung ist, mit einem bösen Zauber versehen haben, wodurch auch bei ihr das Antoniusfeuer ausgebrochen ist.«

Der Richter streifte Lovenita mit einem vernichtenden Blick und fragte sie in schneidendem Tonfall, ob sie sich der ihr vorgeworfenen Vergehen für schuldig bekenne.

Trotz der pochenden Schmerzen in ihren Daumen machte der Zorn über die böswilligen Bezichtigungen Lovenita hellwach.

»Nichts von alledem ist wahr!«, schrie sie aufgebracht. »Das sind alles üble Verleumdungen. Ich bin keine Hexe, sondern eine Heilerin, und meine Gemütstropfen sind kein krankmachendes Teufelszeug, sondern ein allseits geschätztes und bewährtes Heilmittel, das gegen die Schwermut hilft.«

»Schweig Sie still!«, schnitt ihr der Untersuchungsrichter das Wort ab. »Sie hat mit ihrem teuflischen Schadenszauber verheerendes Unheil über unsere Stadt gebracht! Die grauenhafte Seuche breitet sich schon in ganz Frankfurt aus und wird uns bald alle heimsuchen, deswegen beschwöre ich Sie nun zum letzten Mal: Gestehe Sie ihre Schandtaten, die Sie im Auftrag des Teufels an unschuldigen Menschen begangen hat, gehe Sie in sich und bereue Sie, auf dass Sie ihrem Richter im Himmel mit geläutertem Herzen entgegentreten kann!«

Wenngleich Lovenita von zierlicher Statur war, waren ihre Daumen inzwischen von der Last ihres Körpergewichts aus den Gelenken gerissen, und sie konnte die Tortur kaum noch ertragen. Der letzte Rest an klarem Verstand bäumte sich in ihr auf, und sie beteuerte verzweifelt ihre Unschuld.

Der Untersuchungsrichter fixierte sie tückisch. »Sie hat doch eine Komplizin, wie ich gehört habe, ihr Töchterlein, das bei der gutgläubigen Freifrau von Malkendorf lange Finger gemacht und ihr einen kostbaren Haarkamm gestohlen hat, während Sie die arglose Adelsdame geschickt mit ihrem Heidenzauber abgelenkt hat. Sie verrate mir jetzt auf der Stelle, wo sich die Diebin versteckt hält oder ich vergesse mich!« Die Stimme des Richters überschlug sich beinahe.

Aus Furcht um Clara setzte Lovenitas Herzschlag aus. Untersuchungsrichter Ohlenschlager, der ihr Schweigen für Verstocktheit hielt, erhob sich von seinem Stuhl und stolzierte wie ein Kampfhahn auf sie zu.

»Das Frankfurter Recht schreibt vor, dass die erste Vernehmung ohne Blutvergießen durchgeführt werden soll, und in den meisten Fällen genügt die allerleichteste Befragung auch schon, die Beklagten zur Einsicht zu bringen, woraufhin sie ein umfassendes Geständnis ablegen. Aber glücklicherweise bleibt es mir in meiner Funktion als Untersuchungsrichter unbenommen, bei besonders verstockten Gemütern gleich nach der ersten Vernehmung mit der zweiten Stufe der Tortur fortzufahren. Angstmann, hol die Daumenschrauben!«, bellte er in Richtung des Henkers, der sich im Hintergrund gehalten hatte.

»Ich … ich möchte ein Geständnis ablegen«, stammelte Lovenita mit schmerzverzerrtem Gesicht.

»Na also, geht doch«, erwiderte der Richter und grinste triumphierend. Er gab dem Henker die Anweisung, innezuhalten, setzte sich wieder hinter seinen Schreibtisch und forderte die Angeklagte zum Sprechen auf.

»*Ich* habe den Hornkamm der Freifrau gestohlen

226

und nicht meine Tochter!«, erklärte Lovenita und mühte sich, ihrer Aussage trotz ihrer Qualen den nötigen Nachdruck zu verleihen. »Meine Tochter ist unschuldig und hat mit alledem nichts zu tun.«

»Na, das ist ja immerhin ein Anfang«, bemerkte Richter Ohlenschlager höhnisch. »Sie ist also nicht nur eine Erzhexe, sondern auch noch eine Diebin. Wir werden das bei der Urteilsfindung entsprechend berücksichtigen. Und was hat Sie mir sonst noch zu sagen?« Er musterte Lovenita lauernd. »Wie hinlänglich bekannt ist, hat doch ein Schwarzkünstler immer einen Zauberlehrling und eine Hexe eine Gehilfin. Hat Ihr nicht ihr Töchterlein geholfen, den Samen des Bösen unter den Leuten auszustreuen? Den Zeugenaussagen zufolge könnte das nämlich durchaus so gewesen sein. Ich zitiere: ›Die Junge sieht mit ihrem hübschen Lärvchen zwar harmlos aus, aber sie hat es faustdick hinter den Ohren. Als ich ihr das Geld für das Elixier geben wollte, hat sie charmant gelächelt und mir in die Augen geschaut. Währenddessen hat sie etwas geflüstert, was ich nicht genau verstehen konnte. Es hat sich aber angehört wie ein Zauberspruch. Wie von einer fremden Macht gelenkt habe ich dann meinem Geldbeutel einen Silbertaler entnommen und ihn ihr gegeben, obwohl das Wässerchen, das sie mir angedreht hat, höchstens ein paar Pfennige wert war.‹ Eine andere Zeugin bekundet: ›Das bleiche, verstockte Mädchen war mir von Anfang an unheimlich. Hinter ihrer Unschuldsmiene schien sie beständig etwas auszubrüten. Sie wirkte böse und hinterhältig. Als sie mit ihrer Mutter hinter mir ging, hat sie die ganze Zeit vor sich hin gesummt. Davon ist mir ganz schwindelig geworden, und ich sah lauter rote Punkte, die wie Funken ausgesehen haben.«« Der Untersuchungsrichter blickte von dem Schriftstück auf und sah Lovenita hämisch an. »Gibt Sie es also endlich zu, dass ihre Tochter ihre Zaubergehilfin ist?«

Mit letzter Kraft schleuderte Lovenita ihm entgegen: »Ich würde lieber sterben, als mein Kind solcher Abscheulichkeiten zu bezichtigen! Meine Tochter ist in jeder Hinsicht unschuldig – und wer etwas anderes behauptet, der lügt. Dabei bleibe ich, selbst wenn Ihr mich zu Tode foltert!«

»Das werden wir ja sehen«, erwiderte der Richter eisig. Dann wies er den Henker an: »Lasst sie noch zwei, drei Stunden so hängen, Angstmann, vielleicht ist sie ja dann zum Geständnis bereit.« Er erhob sich von seinem Stuhl und strebte gemeinsam mit dem Amtsschreiber der Tür zu.

»Da kann ich leider nichts machen, mein lieber Johannes«, sagte der Stadtschultheiß Christoph Stalburg bedauernd. »Dem Hexereiverdacht gegen die Heilerin Lovenita Metz muss gerichtlich nachgegangen werden, so leid es mir tut. Ich kann die Anzeigen eines rechtschaffenen Frankfurter Landjunkers und der arbeitsamen Landbevölkerung aus den Gärten nicht einfach so als Hirngespinste abtun.« *Auch wenn ich das am liebsten täte, denn bei diesen hanebüchenen Schauergeschichten stellen sich einem die Haare zu Berge*, sinnierte Stalburg, vermied es jedoch, diesen Gedanken auszusprechen. Er war ein gebildeter Humanist und Angehöriger eines alten Frankfurter Patriziergeschlechts und außerdem ein guter Freund von Johannes' Großvater. Als er das bekümmerte Gesicht des jungen Stadtarztes gewahrte, kam er als Mann von Geist und Bildung nicht umhin, ihm ein gewisses Zugeständnis zu machen.

»Ich will dein Engagement für die Heilerin ja gar nicht von mir weisen, lieber Johannes, und du weißt genau, dass ich kein Anhänger von derlei abergläubischem Hexenspuk bin, aber als Stadtschultheiß bin ich verpflichtet, allen Anzeigen strafrechtlich nachzugehen.«

Johannes seufzte resigniert. »Das ist mir schon klar. Aber ich hatte gehofft, dass meine Meinung als Arzt nicht auf taube Ohren stößt. Ich glaube, dass dieses böswillige Gerücht gegen eine unbescholtene Heilerin mit hoher Wahrscheinlichkeit auf Wahnvorstellungen infolge des Antoniusfeuers zurückzuführen ist.«

»Deine Meinung stößt nicht auf taube Ohren«, beeilte sich der Stadtvorsteher zu versichern. »Ich werde gleich den Untersuchungsrichter benachrichtigen, damit er deine Aussagen zu Protokoll nimmt.«

»Wer ist denn mit dem Fall betraut worden?«, erkundigte sich Johannes.

»Die Aufklärung von Fällen des sogenannten Schadenszauber- und Hexerei-Verdachts obliegt Untersuchungsrichter Claas Ohlenschlager«, erwiderte der Stadtvorsteher unbehaglich.

»Ach Gott – dieser verknöcherte Calvinist!«, platzte

229

Johannes heraus. »Für den ist doch alles Sünde und Verderbtheit, was außerhalb von Beten und Arbeiten liegt.«

»Man kann über Ohlenschlager sagen, was man will, aber nicht, dass er es an der notwendigen juristischen Sorgfalt mangeln ließe, wenn es um strafrechtliche Belange geht«, wandte der Stadtschultheiß ein.

»Ich glaube, hier gilt eher das geflügelte Wort, dass in Frankfurt die Katholiken die Kirchen, die Lutheraner die Macht und die Reformierten das Geld haben«, konterte der Stadtarzt sarkastisch.

»Geld haben wir auch«, grummelte der Schultheiß ungehalten.

»Das schon, aber die Reformierten aus Flandern und den Niederlanden haben den Juwelenhandel, mit dem sie sich ins Stadtparlament einkaufen.«

»Öffentliche Ämter dürfen aber nach wie vor nur von Lutheranern bekleidet werden«, hielt der Stadtvorsteher dagegen.

»Das mag ja sein, aber eine solide Beamtenlaufbahn ist ja auch nicht zu verachten«, stichelte Johannes weiter.

»Ihr habt leicht reden!«, empörte sich der Schultheiß. »Unsere Stadt steht vor dem Bankrott, da können wir es uns nicht leisten, so zahlungskräftige Steuerpflichtige wie die Holländer aus Frankfurt zu vertreiben.«

»Dann möchte ich den Herrn Schultheiß nicht länger aufhalten«, erklärte Johannes spitz und erhob sich von seinem Stuhl.

»Jetzt warte doch mal, Junge. Ich kann einen lutherischen Prädikanten in den Fall mit einschalten, einen gewissen Jakobus Spahn. Er ist Vorstand des lutherischen Prediger-Ministeriums und gilt als besonnener Mann.«

»Einen solchen können wir fürwahr gut gebrauchen in diesen schlimmen Zeiten, wo sich die Hexenprozesse und Hexenbrände im Umland von Frankfurt häufen. Sonst brennen auch hier bald die Scheiterhaufen«, konstatierte der Stadtarzt.

»An diesem ganzen Teufels- und Hexenglauben ist nur dieser vermaledeite Doktor Faust schuld!«, fluchte der Schultheiß. »In seinem Machwerk ›Historia‹, das 1587 erstmals auf der Herbstmesse erschienen ist und sich fast so gut verkauft hat wie die Lutherbibel, berichtet er in einer Tour von ominösen Teufelsbündnissen und Teufelsbuhlschaften. Er will uns glauben machen, dass mitten unter uns Zauberer und Hexen im Verborgenen ihr Unwesen treiben und ihr Schadenszauber einen jeden zu jeder Zeit treffen kann. Angeblich sollen auch in Frankfurt Agenten des Satans vertreten sein. Die ›Historia‹ berichtet von einer Reihe von Zauberern, mit denen sich Doktor Faust in Frankfurt getroffen haben will – bezeichnenderweise in der Judengasse.« Der Würdenträger schüttelte entrüstete das ergraute Haupt. »Der gemeine Mann ist nun mal besonders empfänglich für dergleichen Schreckensbilder, das ist leider so.«

»Nicht nur der gemeine Mann, auch die Begüterten und Gebildeten fallen auf diesen Hexenspuk herein – oder auf die Hasspredigten eines selbsternannten Propheten namens Albinus Mollerus, der in der Buchgasse gegen die Ungläubigen hetzt.«

Der Bürgermeister nickte bekümmert. »Ich habe

schon von ihm gehört, der Kerl ist ja in aller Munde, auch in unserer Trinkstube auf dem Alten Limpurg ist häufig die Rede von ihm. Das Schlimme ist, dass er selbst unter den Mitgliedern unserer Stubengesellschaft seine Anhänger hat.«

»Großvater hat einiges über diesen Scharlatan in Erfahrung gebracht und will beim Magistrat Anzeige gegen ihn erstatten – und das wird auch höchste Zeit«, bemerkte Johannes.

»Soll er nur, der Christian. Meinen Segen hat er jedenfalls«, grummelte der Schultheiß.

Im nächsten Moment drangen laute Schreie vom Römerberg hinauf in die Amtsstube. »Nieder mit der Feuerheilerin!« und »Brennen soll die Feuerheilerin!« war zu vernehmen. Die beiden Männer wechselten alarmierte Blicke und eilten zum Fenster. Unten vor dem Rathaus befand sich ein großer Menschenpulk, in dem Bauern mit Mistgabeln und Knüppeln auszumachen waren. Johannes erkannte unter ihnen auch den Bauer Eberhard Weck, und er spürte eine mächtige Wut in sich aufsteigen.

»Diese hinterhältigen Bauerntölpel soll doch der Teufel holen!«, stieß er zwischen den Zähnen hervor. Er hätte nicht übel Lust gehabt, den einen oder anderen zu packen und ihm eine ordentliche Backpfeife zu verpassen.

»Also so was kann ich in meiner Stadt nicht dulden!«, erklärte Stalburg, der kreidebleich geworden war. »In unserem Frankfurt ist bislang noch keine Frau den Flammentod gestorben, und das soll auch so bleiben. Ich

232

werde sofort einen Trupp Stangenknechte nach unten beordern, die sollen die Aufwiegler zerstreuen. Wer renitent wird, wird festgenommen.« Der Schultheiß läutete nach dem Amtsdiener und erteilte den entsprechenden Befehl.

———

Es war bereits später Nachmittag, als sich Albin endlich eine Pause gönnte und seinen Adlatus anwies, sich um die Scharen neuer Anhänger zu kümmern, die zahlreicher denn je dem Bündnis der Reinen zuströmten. Der Ausbruch des Antoniusfeuers bescherte Albin einen ungeheuren Zulauf, da sich durch den Wahn, der mit der Krankheit einherging, seine Prophezeiung erfüllte. Etwas Besseres hätte einem Visionär gar nicht passieren können! Zufrieden und erschöpft ließ er es mit mildem Lächeln zu, dass ihm seine Aspiranten die Hand oder den Saum seines Gewandes küssten, während er sich aus der Menge zurückzog. Seine Geldkatze, die er dezent verhüllt von den Falten seines Ordensgewands um den Leib trug, war prall gefüllt mit Gulden und Silbertalern von seinen Getreuen. Das Geld war bestimmt für die Anschaffung von Harnischen und Waffen, mit denen sich die Vereinigung am Dienstagmorgen unter Albins Führung zu einem ersten Kreuzzug gegen die Ungläubigen aufmachen würde. Unter Albins *geistiger* Führung, versteht sich. Der Visionär dachte nämlich gar nicht daran, sich an den Heiden die Hände schmutzig zu machen und sich womöglich noch sein gutes Aussehen von Narben und Verletzungen verunzieren zu lassen. Er würde von einem sicheren Ort aus die Fäden lenken und der Gemeinschaft der Reinen als Spiritus Rektor den Rücken stärken.

Auch wenn Albin es vortrefflich verstand, die Menschen von seiner Mission zu überzeugen, so behielt er doch stets einen kühlen Kopf. Er glaubte nicht an das, was er den Massen so glühend verkündete, sondern war getrieben von kaltem Kalkül. Das war von Anfang an so gewesen. Auf der Suche nach Prophezeiungen berühmter Astrologen, deren Zukunftsvisionen er in abgewandelter Form als seine eigenen ausgeben konnte, war er auf die alte Schrift eines anonymen Verfassers mit dem Titel »Das Buch der hundert Kapitel« gestoßen. *Das ist es*, hatte ihm sein untrüglicher Instinkt gesagt, als er die Blättersammlung studiert hatte. *Eine fromme Persönlichkeit soll die Vereinigung der Reinen gründen, in der das Privateigentum abgeschafft wird und gemeinsam mit jenen, die reinen Blutes sind, zu einem Kreuzzug gegen die Sünde aufbrechen …* Nicht, dass Albin an so einen Humbug geglaubt hätte, aber er glaubte an sich und sein ungeheures Charisma, welches ihn für eine solche Führerrolle prädestinierte. *Die Abschaffung des Privateigentums klingt vielversprechend – ich werde es verwalten!*, hatte er sich damals gedacht.

Die Schrift bescherte dem gefeierten Visionär immerhin seit ihrem Erscheinen vor gut einem Jahr ein komfortables Leben – und es stand nirgendwo geschrieben, dass die vollständige Gütergemeinschaft, in welcher die Mitglieder des Bundes der Reinen zu leben hatten, auch ihren Anführer einschließen musste.

Guter Dinge passierte er das Römerrathaus auf dem Weg zum Hause Limpurg, wo er sich ein Stündchen hinlegen würde. Da kam ihm vom Rathaus Claas Ohlenschlager entgegen, ein Anhänger der ersten Stunde. Die missmutige Miene des Untersuchungsrichters hellte sich sogleich auf, als er Albin erblickte.

»Was für eine Freude, Euch hier so unerwartet zu begegnen, verehrter Meister!«, begrüßte er Albin untertänig.

»Ganz meinerseits, Herr Richter«, entgegnete der Visionär und reichte dem Getreuen die Hand. »Macht Ihr gerade Feierabend?«

Das käsige Gesicht des Mannes mit dem blonden Haar verdüsterte sich. »Schön wär's«, murrte er. »Ich muss noch mal rüber in den Brückenturm, eine peinliche Befragung fortsetzen, an einer zauberischen Ägypterin ...« Er hielt plötzlich inne und sah den Heilsbringer mit großen Augen an.

»Das muss die Teufelin sein, vor der Ihr uns heute Morgen noch gewarnt habt! ›Der Antichrist wird in Gestalt einer Frau kommen‹«, deklamierte Ohlenschlager. »Eure Worte sind mir noch gut im Gedächtnis geblieben.«

Albin musterte ihn irritiert. »Ach, habt Ihr sie schon arretiert? Das ging aber schnell.«

Zwar hatte er Lovenita, nachdem sie ihm gestern Abend einen Korb gegeben hatte, die Pest an den Hals gewünscht und sie in seiner Rede als Hexe verunglimpft, aber er hatte dabei nicht bedacht, dass auch Clara als Lovenitas Tochter in die Mühlen der Justiz geraten konnte.

»Der Freiherr von Malkendorf und eine Reihe seiner Untergebenen haben am Vormittag Anzeige gegen das Luder erstattet, daraufhin hat der Magistrat die Ägypterin an ihrem Messestand inhaftieren lassen«, erläuterte der Untersuchungsrichter mitteilsam. Als hätte er Albins Gedanken erraten, fügte er hinzu: »Jetzt muss sie uns nur noch das Versteck ihrer Zaubergehilfin, ihres Töchterleins, verraten, und wir haben die beiden Übeltäterinnen.« Der Richter blinzelte mit seinen semmelblonden Wimpern. »So kann auch ich auf meine bescheidene Weise einen Beitrag leisten, damit unser Land von Heiden, Ketzern und Hexen gesäubert wird«, erklärte er seinem Meister, der jedoch unversehens aschfahl geworden war.

»Herr Richter – darf ich Euch vielleicht um eine Unterredung bitten?«, erkundigte sich Albin mit belegter Stimme bei seinem Gefolgsmann.

Ohlenschlager lächelte geschmeichelt. »Wann immer es Euch beliebt, Meister! Ich habe zwar noch ein Verhör durchzuführen, aber das kann warten, Eure Belange haben Vorrang.«

»Gut, dann würde ich vorschlagen, wir ziehen uns in meine Suite im Hause Limpurg zurück, dort sind wir ungestört.«

Nachdem er für sich und seinen Besucher bei der Dienerin eine heiße Rindsbrühe bestellt hatte, ließ Albin den Richter in ernstem Tonfall wissen, dass das, was er ihm zu sagen habe, streng vertraulich und nicht fürs Protokoll bestimmt sei. Ohne zu zögern, sicherte ihm Ohlenschlager seine Diskretion zu.

»Es ereignete sich in meiner Heimatstadt, Limburg an der Lahn«, erläuterte Albin. »Ich war damals ein junger Grünschnabel von gerade erst siebzehn Jahren und arbeitete als Apothekergehilfe in der Domapotheke. Dort begegnete ich ihr zum ersten Mal. Sie kaufte ein Medikament bei mir, wir kamen ins Gespräch und verabredeten uns miteinander.« Albin seufzte vernehmlich. »Die Rede ist von Lovenita Metz, die zu dieser Zeit mit ihrem Zigeunerclan an der Lahn campierte. Am Anfang dachte ich mir nichts Böses dabei, wir waren junge Leute, die Gefallen aneinander fanden. Sie war ungewöhnlich hübsch, und ich verliebte mich in sie. Erst im Nachhinein wurde mir bewusst, dass mich diese Ägypterin von Anfang an mit ihren Zauberkünsten betört hatte – und so war ich in meiner Gutgläubigkeit zu ihrem willenlosen Opfer geworden. Sie hat mich verführt und mein Leben zerstört! Hat meinem Meister vorgelogen, ich hätte ihr Gewalt angetan, und sie erwarte nun ein Kind von mir. Daraufhin hat er mich auf die Straße gesetzt, auch meine Familie hat mir die Tür gewiesen, und ich musste mich als vogelfreier Gesell auf die Wanderschaft machen. Trotz der Verleumdungen, die meine Angebetete gegen mich ausgestoßen hatte, stand ich noch immer unter ihrem Zauber und war ganz geblendet vor Liebe. Ich wollte ihr für immer angehören und unserem Kind ein guter Vater sein. Doch sie und ihre Zigeunersippe waren plötzlich wie vom Erdboden verschwunden. Jahrelang zog ich durch die Lande und suchte sie, aber ich konnte sie nirgendwo finden. Der Herrgott hat schließlich ein Einsehen mit mir gehabt und mich dem rechten Glauben zugeführt.

Ich widmete mich dem Studium der Bibel und wurde zum Verfechter der lutherischen Lehre. Fortan weihte ich mein Leben dem Gebet und der religiösen Versenkung und fand meine Berufung, als es Gott in seiner grenzenlosen Güte gefiel, mich zu seinem Visionär zu machen. Auf ewig bin ich dem Herrn im Himmel dankbar dafür. Der Herrgott hat es auch gefügt, dass meine geliebte Tochter und ich uns vor wenigen Tagen trafen. Ihr hattet ja heute Morgen das Vergnügen, sie an meinem Verlagsstand in der Buchgasse kennenzulernen.«

Dem Richter dämmerte langsam, dass es sich bei der Tochter und vermeintlichen Zaubergehilfin der Heilerin um jene tadellose Jungfer handelte, die der Meister seinen Getreuen heute Morgen stolz als seine Tochter präsentiert hatte und die ihrem Vater wie aus dem Gesicht geschnitten war.

»Das unschuldige Geschöpf kann doch nichts für die Verderbtheit seiner Mutter!«, rief Albin aus. »Clara hat sich schon lange von dieser Teufelin abgewandt und wünscht, mir und der Gemeinschaft der Reinen anzugehören. Ich habe meine ganze Kraft darauf verwendet, das arme Kind aus den Klauen des Satans zu befreien – und nach langem Ringen mit den Mächten des Bösen ist mir das mit Gottes Hilfe gelungen. Das böse Weib konnte in Gewahrsam genommen werden und wird für seine Schandtaten büßen. Dank sei Gott dem Herrn!«

»Dank sei Gott dem Herrn!«, stimmte der Richter in tiefer Frömmigkeit ein und bekreuzigte sich. »Ich … ich hatte ja keine Ahnung, Meister, was Euch in Eurer Jugend widerfahren ist und dass Eure bedauernswerte

Tochter, dieser reine Engel, solch eine verabscheuungs-
würdige Mutter hat.« Er entschuldigte sich bei seinem
Meister, dass er der über jeden Tadel erhabenen Jungfer
derart unrecht getan und sie mit ihrer schandbaren Mutter über einen Kamm geschoren habe.

»Auch ich habe gefehlt, mein Guter. Mein Fleisch war
so schwach, und ich ließ mich mit dieser Teufelin ein«,
gestand Albin gepresst.

»Daran tragt Ihr keine Schuld, Meister!«, schmetterte
der Richter. »Das hinterhältige Weibsbild hat Euch verhext – und dafür wird es büßen!« Seine wasserblauen
Augen funkelten tückisch.

———

Während Johannes Clara erläuterte, was er beim Schultheißen über ihre Mutter erfahren hatte, gab er sich
alle Mühe, dem ohnehin schon sehr mitgenommenen
Mädchen nicht den Eindruck zu vermitteln, die Lage sei
aussichtslos. Auch sich selbst musste er unentwegt vor
Augen halten, dass sie einen Ausweg finden würden. Johannes konnte sich des Gefühls nicht erwehren, gegen
eine Wand zu sprechen. Clara starrte nur mit leerem
Blick vor sich hin und verzog keine Miene. Der Arzt
befürchtete, der Schock habe einen Anfall von Schwermut bei ihr ausgelöst, und erkundigte sich, ob sie heute
schon ihre Gemütstropfen genommen habe.

»Heute Morgen«, antwortete sie so leise, dass Johannes Mühe hatte, sie zu verstehen. Er fragte sie, ob sie
ihre Tropfen dabeihabe.

»Die sind oben«, sagte sie, und es klang so gedämpft, als wäre sie umgeben von meterdicken Mauern. Johannes ging in die Schlafkammer, die er Lovenita und Clara zur Verfügung gestellt hatte. Er fand das Fläschchen auf dem Wandregal und nahm es an sich. Als er den Raum wieder verlassen wollte, fiel sein Blick auf das Bett mit dem aufgeschüttelten Daunenkissen, und der Schmerz schnürte ihm die Kehle zu. Das Kissen hatte seiner verstorbenen Frau gehört, die er immer noch schmerzlich vermisste. Tränen stiegen ihm in die Augen, als er an das Bett trat und liebevoll seine Hand auf das Kissen legte.

»Verzeih mir, Elisabeth«, flüsterte er, sank auf das Bett und vergrub sein Gesicht in dem Kissen. Schuldgefühle gegenüber der Verstorbenen nagten an ihm, weil das eingetreten war, was er noch vor Kurzem für absolut unmöglich gehalten hatte: Er hatte sich in eine andere Frau verliebt. In diesem Moment fühlte sich Johannes Elisabeth so nah, als hielte er sie wie früher in den Armen. *Ich werde nie aufhören, dich zu lieben*, erinnerte er sich an seinen Liebesschwur, den Elisabeth mit Leidenschaft erwidert hatte. *Unsere Liebe wird dadurch nicht geschmälert*, meinte er mit einem Mal die Stimme seiner Frau zu hören. Sie schien ihm keineswegs gram zu sein und klang unsagbar gütig. *Die Liebe ist ein mächtiger Strom, lass ihn fließen …*

Johannes richtete sich auf, er fühlte sich wundersam getröstet und von jeglichem Schuldgefühl befreit. *Ich werde für meine Liebe kämpfen*, dachte er.

Er kehrte in die Wohnstube zurück und stellte gerührt fest, dass sich Clara zu Morro auf den Boden gelegt und den Hund in den Arm genommen hatte. *Ein Tier kann einem Unglücklichen mitunter ein größerer Halt sein als ein Mensch*, ging es ihm durch den Sinn. Fürsorglich breitete er eine Decke über das Mädchen und unterließ es einstweilen, ihm die Gemütstropfen zu verabreichen, um seinen friedvollen Zustand nicht zu stören. Das laute Schellen der Hausglocke erinnerte Johannes jäh daran, dass er sich auch noch um seine Patienten kümmern musste, die seiner bestimmt schon zahlreich vor seinem Behandlungsraum harrten, und er eilte aus dem Zimmer. Im Treppenhaus kam ihm seine Haushälterin in Begleitung eines Mannes entgegen. Erstaunt darüber, dass sie den Besucher in seine Privaträume, anstatt in die Arztpraxis führte, musterte er den Mann und war verblüfft, als er erkannte, um wen es sich handelte.

»Herr Albinus Mollerus wünscht seine Tochter Clara zu sehen«, erläuterte die Dienerin. Beim Anblick des Scharlatans schwoll Johannes der Kamm. Am liebsten hätte er ihn gleich wieder vor die Tür gesetzt. Es widerstrebte ihm zutiefst, den Geck in seiner protzigen Schaube zu dem Mädchen zu lassen.

»Die Jungfer schläft – und das ist auch das Allerbeste für sie, nach dem, was sie heute mitgemacht hat«, erklärte er abweisend.

»Ich habe eben davon gehört und bin jetzt hier, um meinem Kind in seinem Unglück beizustehen«, erwiderte Albin. Er blickte den Arzt herausfordernd an. »Unten wartet eine Kutsche, damit ich Clara mit zu mir nehmen kann, denn ich denke, bei ihrem Vater ist sie momentan am besten aufgehoben.«

»Da bin ich mir nicht so sicher«, entgegnete Johannes.

»Was erlaubt Ihr Euch!«, fuhr ihn Albin an. »Bringt mich auf der Stelle zu meiner Tochter oder ich verschaffe mir ohne Eure Hilfe Zutritt zu ihr!«

»So könnt Ihr vielleicht mit Euren Lakaien in der Buchgasse sprechen, aber nicht mit mir!«, trumpfte Johannes auf. »Ihr habt mir gar nichts zu befehlen, und wenn Ihr Euch nicht auf der Stelle mäßigt, rufe ich die Gewaltdiener herbei.«

»Das wäre ganz in meinem Sinne, denn dann kann ich ihnen gleich berichten, dass Ihr ein Kind heimtückisch seinem Vater vorenthaltet!«

Johannes presste erbittert die Lippen zusammen und rang um Fassung, da er nicht mehr weit davon entfernt war, die Hand gegen den Eindringling zu erheben. »Dann kommt halt mit, aber benehmt Euch gefälligst, sonst mache ich vom Hausrecht Gebrauch.« Er ging voran in Richtung Wohnstube.

Als Albin hinter Johannes ins Zimmer trat und sah, wie Clara bei dem Hund am Boden lag, war er entsetzt.

»Meine arme Prinzessin muss auf dem Boden liegen wie eine Bettlerin!«, echauffierte er sich. »Aber jetzt bin ich ja da und nehme dich mit.« Er kauerte sich an Claras Seite und wollte ihr übers Haar streichen.

»Fass mich nicht an!«, fauchte da die Fünfzehnjährige und zog sich die Decke über den Kopf.

Albin, der fest davon ausgegangen war, von seiner Tochter mit offenen Armen empfangen zu werden, war völlig perplex.

»Was ist nur mit dir geschehen?«, murmelte er. Sein

Blick wanderte von Clara zu dem Stadtarzt, und schlagartig verzerrten sich seine Züge. »Was hast du mit ihr gemacht, du verdammter Kurpfuscher?«, schrie er wutentbrannt. Er war drauf und dran, sich auf Johannes zu stürzen, als ein bedrohliches Knurren unter der Decke ihn aufhorchen ließ. Gleich darauf wand Morro seinen Kopf hervor und knurrte Albin mit hochgezogenen Lefzen an. Das Tier war augenscheinlich noch zu schwach und benommen, sich auf die Beine zu stellen, präsentierte sich aber in seiner ganzen, dem mutigen Bonddog eigenen Kampfbereitschaft, so dass Albin unwillkürlich zurückwich.

»Gut gemacht, Morro!« Clara umarmte den Hund. »Geh weg, ich will dich nicht mehr sehen!«, zischte sie ihrem Vater zu. »Du bist mit dran schuld, dass sie Mama der Hexerei bezichtigt und verhaftet haben.« Ihre Augen blitzten vor Wut.

Albin war verblüfft über diese Anschuldigung. Konnte es sein, dass Clara zugegen gewesen war, als er seine Zuhörer vor einer ominösen Heilerin gewarnt hatte, die das Antoniusfeuer über sie bringen würde? Möglicherweise war es ihr zugetragen worden, am Ende gar von diesem verfluchten Doktor! Er konnte nur noch versuchen, zu retten, was zu retten war. Er setzte seinen ganzen Charme und seine Eloquenz ein, um Clara zu besänftigen.

»Aber mein liebes Kind, damit war doch nicht deine Mutter gemeint!«, erklärte er. »Wie kommst du nur darauf, mir so etwas zu unterstellen? Hat man etwa versucht, dir das einzureden? Wieso sollte ich über die Frau, die ich liebe, die Mutter meiner Tochter, die Frau, der ich überdies einen Heiratsantrag gemacht habe, eine derartige Abscheulichkeit verbreiten? Das würde ich doch niemals tun! Wer so etwas behauptet, der lügt!« Er streifte den Arzt mit einem vernichtenden Blick.

»Niemand hat versucht, mir das einzureden!«, widersprach Clara heftig. Der Zorn hatte sie von ihrer Apathie befreit. »Das wäre auch gar nicht nötig gewesen, denn ich habe es mit eigenen Augen gesehen, wie du die Menge gegen Mama aufgehetzt hast! Deine gemeinen Verleumdungen klingen mir noch in den Ohren. ›Hütet euch vor einer falschen Heilerin, die eine heimtückische Krankheit über die Menschen bringen wird, die ihnen die Glieder abfaulen lässt und alle in den Wahnsinn treibt.‹ Natürlich hast du Mama nicht namentlich erwähnt, aber es war klar, dass sie gemeint war!«

Albin war kreidebleich geworden.

»Das stimmt nicht, Clara, du tust mir unrecht. Die Rede war von einem alten Kräuterweib, das den Leuten auf der Messe sein selbstgebrautes Pestelixier aufschwatzt, in dem der Keim der Krankheit steckt. Da musst du dich verhört haben.«

»Sei still, ich glaube dir kein Wort!«, unterbrach ihn Clara. »Du versuchst nur, alles zu verdrehen, aber ich weiß, was ich gehört habe. Du hast auch gesagt, dass sich die Leute hüten sollen vor ihrem hübschen Lärvchen, also kann es ja nicht um ein altes Kräuterweib gegangen sein.« Claras Augen füllten sich mit Tränen. »Du hast Mama verraten, du Judas! Geh weg, ich hasse dich! Ich will dich nicht mehr sehen, ich bin unsagbar enttäuscht von dir!«

Das Mädchen sank schluchzend zu Boden, rollte sich zusammen und zog sich erneut die Decke über den Kopf. Morro knurrte immer bedrohlicher. Er kauerte mit gesträubtem Fell und gefletschten Zähnen an Claras Seite und ließ keinen Zweifel daran, dass er Albin zerfleischen würde, wenn dieser Clara zu nahe käme.

»Clara, bitte, ich liebe dich doch! Bitte, komm mit mir, das ist alles nur ein Missverständnis!«, versuchte Albin es noch einmal. Doch seine Tochter hielt sich nur die Ohren zu.

»Ich glaube auch, dass es besser ist, wenn Ihr jetzt verschwindet!«, sagte plötzlich Johannes in scharfem Ton zu Albin, nachdem er sich die ganze Zeit angespannt zurückgehalten hatte. Er wies ihm nachdrücklich die Tür.

»Das wird Folgen für Euch haben, darauf könnt Ihr Euch verlassen! Was meine Tochter anbetrifft, ist das letzte Wort noch nicht gesprochen. Ich werde es keinesfalls zulassen, dass sie bei Euch bleibt!«, warnte ihn Albin, ehe er sich davonmachte.

Als Albin weg war, beschied Johannes seine Haushälterin, ihm ein Stück Wurst für den Hund zu bringen, da er den tapferen Rüden belohnen wollte. Er füllte Wasser in eine Tonschale und stellte sie Morro hin, der gierig daraus trank. Nachdem der Hund die Wurst heruntergeschlungen hatte, leckte er Johannes dankbar die Hand. Johannes tätschelte den Rücken des Tieres und freute sich, dass er ihm hatte helfen können.

»Dein breiter Schädel hält schon was aus, mein Dicker«, murmelte er zufrieden. »Was bist du doch für ein robuster Bursche. Ein Mensch hätte nach so einem Schlag eine gute Woche flachgelegen – wenn er ihn überhaupt überlebt hätte.«

Clara richtete sich langsam auf und streifte sich die Decke vom Kopf. »Ist er weg?«, fragte sie mit verweinten Augen.

Johannes nickte und erklärte mitfühlend, wie leid es ihm tue, dass ihr Vater sie so enttäuscht habe.

»Mir auch«, entgegnete die Fünfzehnjährige niedergeschlagen.

»Wenn du darüber sprechen möchtest, ich bin jederzeit für dich da«, erklärte der Arzt.

»Danke, darauf komme ich gerne zurück, aber momentan steht mir nicht der Sinn danach. Ich muss das erst mal selbst für mich verkraften.«

Clara empfand mit einem Mal Zuneigung zu dem Mann, der ihr noch vor wenigen Tagen als Störenfried erschienen war und von dem sie geglaubt hatte, er könnte ihrem famosen Vater nicht annähernd das Wasser reichen. Doch von der Illusion von ihrem Vater war sie nachhaltig kuriert – wenngleich es sie höllisch schmerzte.

»Danke, dass Ihr Euch so für meine Mutter einsetzt – und dass Ihr Morro gerettet habt«, murmelte sie kleinlaut.

Johannes lächelte erfreut. »Das ist doch selbstverständlich, und ich werde mich auch weiterhin für sie einsetzen. Doch was Morro anbetrifft, den hast vor allem du gerettet. Denn wenn du ihn nicht mitgenommen und hierhergebracht hättest, wäre er jetzt mit Sicherheit nicht mehr am Leben.«

»Ein Glück, dass er lebt!« Clara schmiegte ihren Kopf an das Tier, das sie anblickte, als hätte es sie genau verstanden.

Der Doktor verabreichte Clara ihre Gemütstropfen und fragte sie, ob sie sich nicht ins Bett legen wolle, um ein wenig zu schlafen.

»Ich will lieber bei Morro bleiben«, erwiderte das Mädchen.

Johannes erklärte, er müsse sich nun wieder um seine Patienten kümmern, wenn sie etwas brauche, solle sie der Haushälterin Bescheid geben. Dann machte er sich auf zu seinem Behandlungsraum.

Johannes war gerade dabei, den letzten Kranken zu verarzten – einen schwerhörigen, alten Fuhrknecht, den die Gicht plagte –, als unten die Türglocke schellte. Es war bereits Abend und begann zu dämmern. Johannes fühlte sich müde und erschöpft nach dem zermürbenden Tag. Er eilte zur Tür, um seiner Dienerin mitzuteilen, er nehme für heute nur noch absolute Notfälle an. Von unten vernahm er aufgeregte Stimmen, die mit Sicherheit nichts Gutes zu bedeuten hatten. Er mutmaßte sogleich, dass Claras Vater zurückgekehrt war, um seine Drohung wahr zu machen, und stürmte die Treppe hinunter. Unten im Flur war seine Hausmagd im Gespräch mit einem grauhaarigen Mann. Beim Näherkommen erkannte Johannes den Diener seines Großvaters.

»Entschuldigt die späte Störung, Herr Doktor, aber es ist ein Notfall«, wandte sich der bejahrte Mann aufgeregt an den Arzt. »Euer Großvater ist heute Mittag in der

Buchgasse angegriffen und aufs Übelste malträtiert worden. Er kam mit einer blutigen Nase und einem blauen Auge nach Hause, hat sich von mir kalte Umschläge machen lassen und sich hingelegt. Er wollte ausdrücklich nicht, dass ich Euch Bescheid gebe, weil er Euch nicht beunruhigen wollte. Hat behauptet, das wären doch nur Lappalien, und durch die Umschläge würde die Schwellung schon zurückgehen. Aber jetzt ist die Nase so geschwollen, dass er kaum noch Luft bekommt, und auch die Augen sind völlig verquollen. Er hat schreckliche Schmerzen, und ich mache mir die schlimmsten Sorgen um ihn. Deswegen bin ich jetzt auch zu Euch gekommen, obwohl der Herr nichts davon weiß und mir bestimmt die Hölle heißmachen wird ...«

Die neuerliche Hiobsbotschaft traf Johannes wie ein Keulenschlag. »Ich hole nur schnell meine Arzttasche«, murmelte er atemlos und stakste auf wackligen Beinen davon.

Nachdem er die Verletzungen seines Großvaters verarztet hatte, stand für Johannes außer Frage, dass der alte Mann ins Hospital musste.

»Du hast einen Nasenbeinbruch und eine schwere Gehirnerschütterung«, sagte er ihm. Trotz des Protests seines uneinsichtigen Patienten wies Johannes den Diener an, sogleich mit der Kutsche vorzufahren, um seinen Großvater ins Heiliggeistspital zu bringen. Murrend ließ sich der Verleger von seinem Enkel und dem Domestiken zu dem Gefährt führen. Angesichts seines Schwindels und der hämmernden Kopfschmerzen musste er sich eingestehen, dass Johannes' Entscheidung bestimmt nicht verkehrt war.

Als Christian Egenolff mit kalten Heilumschlägen auf dem geschwollenen Gesicht in seinem Spitalbett lag, blieb Johannes an seinem Krankenlager sitzen, bis der Großvater eingeschlafen war. Ehe er ging, streichelte er dem alten Mann über den behaarten Handrücken und musste schlucken, weil der Schmerz ihn zu überwältigen drohte. *Was sind das nur für schreckliche Zeiten, in denen ein wehrloser, alter Mann vom Pöbel krankenhausreif geprügelt wird, weil er zur Vernunft mahnt,* dachte er. Er würde sogleich Anzeige gegen Albinus Mollerus und seine gewalttätigen Anhänger erstatten und nicht bis zum Morgen damit warten. *Je eher diese gemeingefährlichen Fanatiker hinter Schloss und Riegel kommen, desto besser,* ging es dem Medicus durch den Sinn, und er hatte es plötzlich eilig, aus dem Spital hinauszukommen.

Er ignorierte seine Erschöpfung und den knurrenden Magen – er hatte seit dem Frühstück nichts mehr zu sich genommen – und beauftragte den Diener, ihn zum Römerrathaus zu fahren.

»Da ist doch jetzt keiner mehr«, warf der Domestik ein, »es hat eben zur neunten Stunde geschlagen.«

»So, so«, murmelte Johannes geistesabwesend. Bei dem Aufruhr war ihm entgangen, dass es schon so spät war. Er zog unwirsch die Stirn in Falten. *Freitagabends treffen sich doch der Schultheiß und die Herren des Rates immer in ihrer Trinkstube im Alten Limpurg,* überlegte er. Das wusste er von seinem Großvater, der selbst dem illustren Kreis der Stubengesellschaft im Hause Limpurg angehörte.

»Wir fahren trotzdem zum Römerberg«, beschied er den Diener. »Aber nicht zum Rathaus, sondern zum Alten Limpurg.« Entschlossen stieg er in die Kutsche. *Der Anlass rechtfertigt, dass ich die Herren bei ihrem Stubentreffen störe*, dachte er. Unterwegs legte er sich die entsprechenden Worte zurecht, um die Stadtoberen in der Angelegenheit zu raschem Handeln zu bewegen.

11

»Ich erwarte von Euch, dass Ihr diesen Volksauf-
wiegler sofort inhaftieren lasst und ihn einem
Verhör unterzieht! Ist das klar?«, schmetterte Christoph
Stalburg aufgebracht. Der sonst so dienstbeflissene
Untersuchungsrichter ließ es am nötigen Eifer mangeln, als der Schultheiß ihn am Samstagmorgen mit Johannes Lonitzers Aussagen über die Gewalttätigkeiten,
die seinem alten Freund und Stubengenossen Christian
Egenolff widerfahren waren, konfrontierte.

»Ich habe doch jetzt ein peinliches Verhör zu führen«,
warf Ohlenschlager verstört ein.

»Das hat Zeit bis nachher!«, fuhr ihn der Schultheiß
an. »Der Fall Mollerus hat momentan Vorrang. Kümmert Euch erst mal darum, dass dieser Betrüger und
Volksverhetzer endlich in Gewahrsam genommen und
seine Schlägertruppe aus dem Verkehr gezogen wird.
Habt Ihr mich verstanden?«

»Sehr wohl, Herr Schultheiß!«, schnarrte der Untersuchungsrichter mit hochrotem Kopf. Er hüstelte nervös. »Aber wenn ich mir die Bemerkung erlauben darf«,
er vermied es, den Schultheißen anzusehen, »vielleicht
ist er ja gar nicht mehr hier, denn die Messe ist ja vor-

bei, und da kann es gut sein, dass er bereits abgereist ist.«

»Als unsere Stubengesellschaft gestern Abend im Hause Limpurg tagte, trug er sich nicht mit irgendwelchen Abreiseplänen, wie mir der Hausknecht des Alten Limpurg mitteilte«, erwiderte der Würdenträger. »Außerdem haben wir Grund zu der Annahme, dass der feine Herr nicht ohne seine Tochter abreisen wird, so wie er sich gestern bei unserem geschätzten Stadtarzt Johannes Lonitzer aufgeführt hat. Dieser war so großherzig, die Jungfer bei sich aufzunehmen. Die übrigens auch die Tochter der Ägypterin ist, aber das wisst Ihr ja sicher schon längst. Ich erwarte von Euch, dass Ihr umgehend einen Schergentrupp zum Hause Limpurg entsendet und diesen Schlawiner einkassieren lasst, um ihn anschließend im Leinwandhaus einem ersten Verhör zu unterziehen. Dort mag er auch einstweilen im Kerker bleiben, solange die Untersuchung noch nicht abgeschlossen ist. Lasst ihn auf gar keinen Fall wieder laufen, habt Ihr mich verstanden? So, und jetzt macht Euch endlich an die Arbeit, ich erwarte um die Mittagszeit Euren Rapport.« Stalburg wandte sich demonstrativ den Schriftstücken zu, die sich vor ihm auf dem Schreibtisch stapelten.

»Jawohl, Herr Schultheiß!«, erwiderte der Untersuchungsrichter markig, dienerte vor seinem Vorgesetzten und verließ im Stechschritt die Amtsstube.

Ohlenschlagers Gedanken überschlugen sich, während er zum Leinwandhaus in der nahegelegenen Saalgasse ging, wo sich die Wachstube der Stangenknechte und auch sein Dienstzimmer befanden. Für ihn bestand nicht der geringste Zweifel, dass die haarsträubenden Unterstellungen des alten Querulanten Christian Egenolff und dessen freigeistigen Enkels gegen seinen Meister nichts als böswillige Verleumdungen waren. Er grübelte fieberhaft, wie er den großen Visionär schützen konnte. Leider war es ihm unmöglich, selbst im Hause Limpurg vorstellig zu werden, um Albinus zu warnen. Wenn das ruchbar werden würde, wäre er für alle Zeiten ruiniert. Doch er musste etwas unternehmen, er konnte es keinesfalls zulassen, dass jemand dem Anführer der Reinen schadete. Die anderen Mitglieder würden ihn teeren und federn, wenn er so etwas nicht verhindern würde. In seiner Bedrängnis kam dem Untersuchungsrichter plötzlich eine Idee. Er hastete in einen offenen Hofeingang, holte mit fliegenden Fingern seine Schreibutensilien aus der Aktentasche und kritzelte mit der hektisch ins Tintenfass getauchten Feder eine Nachricht auf einen Papierbogen. Dann faltete er den Bogen zusammen und schrieb den Namen *Waldemar Immolauer* darauf. Er wusste, dass dieser gleichfalls im Hause Limpurg untergebracht war.

Der Untersuchungsrichter trat aus dem Hofeingang zurück auf die Saalgasse und ließ seinen Blick über die Passanten schweifen, auf der Suche nach einem, der zuverlässig wirkte und für ihn als Bote in Frage käme – nicht gerade ein leichtes Unterfangen. Die gediegen und ehrbar anmutenden Bürger konnte er schwerlich mit irgendwelchen Botendiensten behelligen. Die zahlreichen Bettler und anderen verlotterten Gesellen, die sich in der Hoffnung auf milde Gaben in der Nähe des Kaiserdoms herumtrieben, waren für sein Unterfangen völlig ungeeignet und hätten überdies keinen Zutritt zu einem der vornehmsten Hotels Frankfurts erhalten. Da entdeckte er einen Knaben, der einen Einkaufskorb trug und einen ordentlichen Eindruck machte. Claas Ohlenschlager zog einen Heller aus seiner Geldbörse hervor und trat zu dem Jungen. Nach einem kurzen Wortwechsel wurde der Mann in der schwarzen Richterrobe mit dem Knaben handelseinig, übergab ihm den Brief mitsamt dem Obolus, erteilte ihm genaue Anweisungen und folgte ihm bis zum angrenzenden Römerberg, um sicherzustellen, dass er seine Aufgabe auch sofort erledigte. Nachdem der Junge im Hause Limpurg verschwunden war, wartete Ohlenschlager ungeduldig, bis er wieder herauskam und ihm zuwinkte. Dies war das vereinbarte Zeichen, dass der Brief von einem Hotelangestellten in Empfang genommen und umgehend an den Adressaten weitergeleitet worden war.

Der Richter hielt es für unabdingbar, erst abzuwarten, bis der Meister das Hotel verlassen hatte, ehe er den Schergen den Befehl erteilte, ihn in Arrest zu nehmen. Kurzerhand suchte er ein Gasthaus am Rande des Römerbergs auf, von dessen Fenster aus er einen optimalen Blick auf das Hotel hatte. Nachdem er an einem freien Tisch vor einem der bleiverglasten Fenster Platz genommen hatte, bestellte er einen Becher Wasser, um seine trockene Kehle zu befeuchten.

»Und meinethalben auch noch eine heiße Brühe, wenn Ihr so etwas dahabt«, fügte er unwillig hinzu, als er die sauertöpfische Miene des Schankwirts bemerkte, der es augenscheinlich nicht gewohnt war, dass sich ein Gast mit Brunnenwasser begnügte.

Obgleich Claas Ohlenschlager einer wohlhabenden Familie angehörte, die seit Generationen Diamantenhandel betrieb, war er doch in seinen Lebensgewohnheiten mehr als bescheiden. Im Hause Ohlenschlager speiste man ausgesprochen frugal, denn der Glaube lehnte jegliche Völlerei ab. Lediglich an Sonn- und Feiertagen gab es Fleischgerichte und für den Hausherrn und seine Gattin Genoveva ein Gläschen Wein. Seine aus Flandern stammende Gemahlin, die wie er der calvinistischen Glaubensgemeinschaft angehörte und überdies eine Anhängerin des Bundes der Reinen war, übertraf ihn sogar noch, was Mäßigkeit, Pflichtbewusstsein und Frömmigkeit anbetraf. Die zierliche Frau hatte ihm bereits acht Kinder geboren, allesamt artig, wohlerzogen und fleißig. In dem perfekt geführten Haushalt war alles tadellos in Schuss, nirgendwo fand sich ein Krümelchen oder Stäubchen. Genovevas emsige kleine Hände beseitigten rasch und zuverlässig jedweden Schmutz. Selbstredend hätte sich seine Gemahlin in Anbetracht ihres Wohlstands ein ganzes Heer von Domestiken leisten können, doch keine Scheuermagd hätte ihren hohen Ansprüchen genügt. Lediglich die Wäsche wurde von einer Magd erledigt, und die alte Köchin, die schon Ohlenschlagers Eltern gedient hatte, bereitete die Speisen zu und servierte sie den Herrschaften.

So verlief das Leben des Untersuchungsrichters in streng geregelten, festgefügten Bahnen, lediglich seine

Mitgliedschaft bei der Vereinigung der Reinen und das Streben nach dem Tausendjährigen Reich des Glücks erschütterten die gewohnte Gleichförmigkeit – zuweilen mehr, als ihm lieb war. Andererseits hatte er noch nie ein solches Feuer in sich gespürt, eine so leidenschaftliche Begeisterung wie für die erhabene Mission des rechten Glaubens, für die er bereit war, sein Leben zu geben wie einst die Kreuzritter im Kampf gegen die Heiden. So musste er seine Amtspflichten jetzt auch hinter dieser großen Aufgabe zurückstellen.

Der Untersuchungsrichter wurde immer unruhiger, während er unentwegt den Eingang des Hauses Limpurg beobachtete. Auf einmal ging alles sehr schnell. Albinus trat mit seinem Adlatus durch die Pforte, gefolgt von einem Hausknecht, der das beträchtliche Gepäck zusammen mit dem Kutscher auf das Dach einer vorgefahrenen Kutsche lud, während Albinus und sein Getreuer einstiegen. Den Untersuchungsrichter durchlief ein Beben. Wenig später setzte sich das Gefährt in Bewegung und verschwand in der Limpurger Gasse. Vor Aufregung kleckerte sich Ohlenschlager etwas von der inzwischen kalten Brühe auf den Ärmel seines Amtstalars, was den stets auf Reinlichkeit Bedachten ärgerlich fluchen ließ. Sogleich ersuchte er den Wirt um Wasser und Lappen. Während er dann auf den Pfennig genau seine Zeche auf den Tisch zählte, fühlte er sich erleichtert, dass diese Hürde genommen war.

Im Schlenderschritt begab er sich zur Wache, wo er einem der Schergen befahl, im Brückenturm Bescheid zu geben, dass er etwas später komme. Danach beorderte er drei Stangenknechte zum Hause Limpurg, um einen gewissen Albinus Mollerus in Gewahrsam zu nehmen und zur Wache zu bringen. Er habe mit ihm ein Verhör zu führen, erläuterte er und zog sich in seine Amtsstube zurück.

————

In Lovenitas geschwollenen Daumen tobte der Schmerz. Stundenlang hatte sie der Untersuchungsrichter an der Seilwinde hängen lassen, bis ihr vor Qual die Sinne geschwunden waren. Irgendwann war sie in ihrem Kerkerverlies wieder zu sich gekommen. Vor dem kleinen Mann mit dem hellblonden Haar und den kalten Fischaugen grauste es sie sogar noch mehr als vor dem Henker. Während dieser in der stumpfen Abgebrühtheit, die ihm sein schauderhaftes Gewerbe abverlangte, lediglich seinen Pflichten nachkam, schien es dem Richter grausames Vergnügen zu bereiten, Lovenita leiden zu sehen. In dem Mann mit dem weißen, gestärkten Kragen, der sich über seinem Adamsapfel spannte, schwelte ein so unbändiger Hass, dass es der Heilerin den Atem verschlug. Sie war sich nur allzu gewiss, dass er alles dransetzen würde, sie zu einem Geständnis und auf den Scheiterhaufen zu bringen. Doch den Gefallen würde sie diesem Teufel in Menschengestalt nicht tun. Solange noch ein Funken Leben in ihr glomm, würde sie leugnen, jene Abscheulichkeiten, derer man sie bezichtigte, begangen zu haben. Sie würde auf der Wahrheit beharren, wenn es sein musste bis zum Tod. Das gelobte sie sich wieder und wieder. Dieser eiserne Vorsatz schien sie am Leben zu halten und sie davor zu bewahren, vollends den Verstand zu verlieren. Was beileibe nicht einfach war in dem finsteren, feuchtkalten Kerker, in dem es von Ratten und anderem Ungeziefer wimmelte. Die irrsinnigen Schreie der anderen Insassen, die zu ihr herüberdrangen, erinnerten sie daran, dass auch sie nur ein schmaler Grat vom Wahnsinn trennte. Schmerzhaft vermisste sie in diesen Momenten den Beistand ihrer Ziehmutter Violetta. Nie wieder in ihrem Leben war ihr eine so bedingungslose Liebe zuteilgeworden, wie sie sie von Violetta erfahren hatte. Seit ihrer Gefangenschaft dachte Lovenita oft an sie und durchlebte noch einmal wie im Traum die unbeschwerte, glückliche Zeit ihrer Kindheit beim Zigeunerclan der Kesselflicker. Ihre Tagträume waren so real, dass sie sich zuweilen fragte, ob sie nicht schon erste Anzeichen des Wahnsinns darstellten. In der furchterregenden Dunkelheit ihres Kerkers vermochte sie kaum noch zwischen Wahn und Wirklichkeit zu unterscheiden. Dennoch flüchtete sie immer häufiger in ihre Kindheitserinnerungen, die sie die grauenhafte Realität eine Zeitlang vergessen ließen.

Lovenita war umgeben von Hunden, mit denen sie ausgelassen herumtollte und denen sie drollige Kunststückchen beibrachte. Die Hunde des Clans waren ihr vollkommen ergeben. Selbst die scharfen Wachhunde, die eigens zum Schutze der Stammesmitglieder von einem Tierbändiger ausgebildet worden waren, fraßen ihr förmlich aus der Hand und wichen ihr nicht von der Seite, was ihre Mutter durchaus unterstützte.

Überhaupt war Violetta für sie die beste Mutter der Welt, auch wenn sie älter war als die anderen Mütter des Clans und schon ein paar silberne Fäden ihre vollen pechschwarzen Haare durchzogen. In Lovenitas Augen war sie so schön wie eine Märchenprinzessin, und sie liebte es, der Mutter in der Abgeschiedenheit des Planwagens das prächtige, hüftlange Haar zu kämmen und ihre bronzefarbenen Wangen mit Küssen zu bedecken oder sich beim Schlafen an ihren warmen Körper zu kuscheln, der nach Honigseife duftete.

Lovenita unterschied sich äußerlich von den anderen Kindern des Clans. Ihre Haut war viel heller, und von der Sonne bekam sie jede Menge Sommersprossen. Im Gegensatz zu den dunkelbraunen Augen der Stammesmitglieder waren ihre von hellem Grün. Die Mutter hatte ihr schon früh beigebracht, dass bei ihnen beiden manches anders war als bei den meisten Leuten und dass sie sich dafür keinesfalls schämen müssten. Dennoch kam es Lovenita zuweilen seltsam vor, dass sie keinen Vater hatte wie all die anderen Kinder. Nicht dass sie ihn vermisst hätte, sie war mit ihrer Mutter rundum glücklich. Im Grunde hatte sie ja auch viele Väter und Mütter, weil es für die Stammesmitglieder eine Selbstverständlichkeit war, jedem Kind mit der gleichen Zuneigung zu begegnen wie dem eigenen. Wenn sie die Mutter auf ihren Vater ansprach, erklärte ihr Violetta immer, er sei ein wunderbarer Mensch gewesen, der leider viel zu früh gestorben sei und im Himmel über sein Töchterchen wache. Sie versprach, ihr mehr über ihn zu erzählen, wenn sie größer sei. Schmollend akzeptierte Lovenita dies, wusste sie doch, dass sie der Mutter stets vertrauen konnte. In ihrer Phantasie dachte sie sich die abenteuerlichsten Geschichten über ihn aus – mal war er ein wilder, verwegener Räuberhauptmann, mal ein tollkühner Bogenschütze, der sich von seiner Tochter fernhalten musste, weil er steckbrieflich gesucht wurde.

Im Sommer hatte das Fest der Namensgebung stattgefunden, ein bedeutendes Ereignis für sie. Sie war sich sicher, dass ihr Vater an diesem großen Tag bei ihr gewesen war, wenn auch für jedermann unsichtbar. Gemeinsam mit drei gleichaltrigen Kindern aus dem Clan hatte sie in einem feierlichen Akt ihren Namen erhalten. Es war der Name ihres Schutztiers, dessen Bedeutung nur den Stammesmitgliedern bekannt war. Ein paar Tage zuvor hatte die Mutter ihr einen Tonklumpen gegeben und sie aufgefordert, daraus eine Figur zu formen, die ihr gerade in den Sinn komme. Lovenita entschloss sich kurzerhand, aus dem Ton ihren Lieblingshund Prinzo zu kneten, einen jungen Rüden, der echtes Wolfsblut in sich trug. Noch am selben Tag übergab ihre Mutter die Figur der Stammesmutter, die gemeinsam mit den ältesten Frauen des Clans die Werke der Kinder entschlüsselte. Sie erhielt daraufhin den Namen »Lovenita«, welcher in der Zigeunersprache »kleine Wölfin« bedeutete.

»Von nun an sollst du dich so verhalten wie das Tier, dessen Namen du trägst«, erklärte die Phuri dai bei der Namensgebung. »Die Wölfin soll fortan dein Vorbild sein in allem, was du tust. Du sollst alle ihre Eigenschaften kennenlernen, ihren Ehrenkodex und die Gesetze, denen ihr Leben gehorcht. Der Wolf tötet nie seine Artgenossen, er hat eine ungeheure Widerstandskraft und Ehre. Er tötet nur, um zu fressen oder um einen Liebesrivalen auszuschalten. Bei Rangkämpfen innerhalb des Rudels täuscht er das Töten nur vor und zeigt seine Überlegenheit. Wenn er alt und schwach wird, überlässt er einem Jüngeren den Platz und wird zum Einzelgänger.«

Die Stammesmutter legte Lovenita ein Silberamulett mit ei-

nem Wolfskopf an einem Kettchen um den Hals, das Lovenita ihr Leben lang als Talisman tragen sollte. Dann forderte sie ihre Mutter auf, Lovenita bis zu ihrer Volljährigkeit im Alter von vierzehn Jahren eine Erziehung zukommen zu lassen, die ihrer persönlichen Eigenart entspreche. Violetta gelobte dies mit einem feierlichen Schwur. Von da an wurde sie von ihrer Mutter und den anderen Stammesmitgliedern nur noch mit ihrem Tiernamen angesprochen, was sie sehr begrüßte. Ihren alten Namen, Undine, hatte sie ohnehin nie besonders gemocht, er klang so fremdartig und anders als die Namen ihrer Spielgefährten. Und es gab noch etwas außer ihrem Aussehen und den Familienverhältnissen, was Lovenita von den anderen Kindern des Clans unterschied ...

»Schon damals ist mir aufgefallen, wie gut du dich mit Tieren verständigen konntest«, vernahm Lovenita plötzlich die Stimme ihrer Ziehmutter. Sie spähte erstaunt in die Dunkelheit, und tatsächlich konnte sie Violetta in ihrer Kerkerzelle ausmachen. Sie kauerte auf dem Stroh, direkt an Lovenitas Seite. Ihre dunklen Augen waren voller Zuneigung, als sie weitersprach.

»Du hattest schon ein Gespür für Tiere, als du noch nicht mal richtig sprechen konntest. Das war auch gar nicht nötig, denn die Tiere konntest du mit deinem Blick und deiner Stimme lenken. Deshalb suchten sie deine Nähe. Ich sah darin einen deutlichen Hinweis, dass du über die Kraft des Blickes verfügst: Du konntest in den Tieren lesen, weshalb es nahelag, dass du das auch bei Menschen zu tun vermochtest. Und ich habe mich nicht getäuscht.«

»Leider«, seufzte Lovenita. »Denn ohne diese schwere Bürde hätte ich mit Sicherheit ein leichteres Leben gehabt.«

»Das ist wohl wahr«, stimmte ihr Violetta zu und lächelte versonnen.

Der Geruch nach Salz und Algen stieg Lovenita in die Nase, und es erfüllte sie mit einem unglaublichen Glücksgefühl, am Meer zu sein. Den ganzen Tag über war sie ausgebrannt und niedergeschlagen gewesen. Sie war heute zum ersten Mal in die Gefühle und die Gedankenwelt eines anderen Menschen eingetaucht, eines bedauernswerten Fallsüchtigen, der sein Leben lang von seinen Eltern misshandelt worden war. Mit Betrübnis hatte sie erkennen müssen, dass dem Mann nicht zu helfen war, obgleich sie sich unter Violettas Anleitung darum bemüht hatte, dem Kranken Mut zu machen, ihm Hoffnung auf ein besseres Leben zu geben, auch wenn dies nie eintreten würde.

Während sie an diesem Abend an der Seite ihrer Ziehmutter an der Steilküste saß, auf das Meer hinausblickte und ihr der raue Seewind ins Gesicht wehte, spürte sie bei aller Verzauberung auch eine Wehmut in sich aufsteigen.

»An Tagen wie heute kommt mir die Gabe, das Schicksal anderer Menschen zu erspähen, wie ein Fluch vor«, klagte Lovenita. »Dann wünsche ich mir nichts sehnlicher als ein schlichtes Gemüt, das mich nachts gut schlafen lässt und mich in die Lage versetzt, mich über törichte Dinge freuen zu können.«

»Das kenne ich«, erwiderte Violetta. »Als ich jung war, habe ich oft damit gehadert, die Kraft des Blickes zu besitzen. Für den Seher oder die Seherin ist sie eine schwere Last, die man am liebsten abschütteln möchte, um leichter und unbedarfter durchs

Leben zu gehen. Aber bei all unseren Klagen dürfen wir doch nie vergessen, warum uns die Vorsehung diese Gabe verliehen hat – nämlich, um den Menschen in ihrer Mühsal beizustehen, um Licht in ihr Dunkel zu bringen.«

»Man spricht vom Wahrsagen, als würden wir den Leuten das Wahre sagen, wenn sie uns darum bitten. Heute Morgen bei dem Fallsüchtigen haben wir das aber tunlichst vermieden. Deshalb frage ich mich: Wie viel Wahrheit verträgt der Mensch?« Lovenita musterte ihre Ziehmutter eindringlich.

»Diese Frage, mein liebes Kind, können selbst die größten Gelehrten nicht eindeutig beantworten. Meiner Erfahrung nach – und ich bin nur eine einfache, ungebildete Frau – vertragen die Leute überhaupt keine Wahrheit, wenn es um die Vorhersage ihres baldigen Todes, den Verlust nahestehender Menschen oder das Ende einer Liebe geht.«

»Es ist ja auch entsetzlich, einen Menschen seiner letzten Hoffnung zu berauben. Niemals möchte ich so etwas tun müssen!«, bekundete Lovenita nachdrücklich.

»Das sollte eine Seherin auch unbedingt vermeiden«, erwiderte Violetta. »Als Heilerin habe ich oft mit Sterbenden zu tun. Das sind die bittersten Momente für uns, wenn wir spüren, dass wir die Hoffnung der Kranken auf Gesundung nicht erfüllen können. Am Ende seines Weges können wir den Kranken nur noch mit der Kraft der Liebe stärken, um ihm den Schritt über die Schwelle erträglicher zu machen. Das Ende einer Liebe ist ähnlich erschütternd wie der Tod. Die Menschen können sich nicht damit abfinden, einen geliebten Menschen zu verlieren, und wenn man ihnen das prophezeit, raubt es ihnen den Verstand.«

»Also wäre es für die Ratsuchenden besser, wenn wir sie

*belögen, anstatt ihnen die Wahrheit zu sagen, die sie nicht ver-
kraften können«, wandte Lovenita ein.*

*Violettas Miene verdüsterte sich. »Es ist manchmal ein
schmaler Grat dazwischen, jemandem die Wahrheit schonend
beizubringen und sie schönzureden. Die Kunst einer Schicksalsspäherin besteht darin, den Verzagten Mut zu machen und
sie behutsam mit einer Zukunft zu konfrontieren, die nicht
unbedingt ihren Wünschen entspricht. Die Ratsuchenden hingegen mit zuckersüßen Lügen einzulullen, wie manche schwarze Schafe der Wahrsagekunst es auf den Jahrmärkten zu tun
pflegen, ist nichts als Scharlatanerie.«*

*»Die die Ratsuchenden aber erfreut – und sie glücklicher
nach Hause gehen lässt, als wenn sie ihrer Illusionen beraubt
werden«, trumpfte Lovenita auf.*

*»Diese Schwindler haben nichts anderes im Sinn, als den
Leuten das Geld aus der Tasche zu ziehen. Sie haben unseren
ganzen Berufsstand in Verruf gebracht.«*

*»Aber die Scharlatane haben es leichter als wir«, beharrte
Lovenita. »Sie erzählen den Leuten schöne Märchen, lassen
sich von ihnen bezahlen – und alle sind froh.«*

*»Und spätestens wenn all die süßen, vorgegaukelten Träume
nicht in Erfüllung gehen, fängt das große Kotzen an«, konstatierte Violetta abgeklärt. Sie legte den Arm um ihre Ziehtochter.*

Lovenitas Vision löste sich unversehens auf. Sie fand sich
allein auf dem fauligen Stroh in ihrer Kerkerzelle wieder
und schlotterte vor Kälte. Mit dumpfen Schuldgefühlen
erinnerte sie sich daran, wie sie ihre seherischen Fähigkeiten in den Zeiten schlimmster Not gewinnbringend
eingesetzt hatte. Das Schicksal hatte sie dafür hart be-

straft. Sie hatte plötzlich ihre Gabe verloren – als gerechte Strafe für ihre Vergehen, wie sie glaubte. Lovenita presste reuevoll die Lippen zusammen. Auf wundersame Weise war die Kraft des Blickes zurückgekehrt. Damals hatte sie sich geschworen, für ihre Weissagungen kein Geld mehr zu nehmen, und das war bis heute so geblieben.

Lovenita musste plötzlich an ihre beiden verstorbenen Kinder denken, und ihr entrang sich ein Schluchzen. Sie hatte auch deren Tod und Claras Gemütskrankheit immer als Strafe für ihre Verfehlungen betrachtet – so dachte sie noch immer.

»Die Große Mutter straft ihre Kinder nicht, sie nährt alle an ihrer Brust, egal, ob sie böse oder gut, arm oder reich, schön oder hässlich sind«, vernahm sie mit einem Mal Violettas Stimme. »Die Sternenkönigin hält das Rad des Schicksals in den Händen und greift nicht ein in sein grausames Spiel – sie spendet Trost den Verzagten, und in ihrer grenzenlosen Güte vereint sie uns am Ende unseres Weges wieder mit denen, die vor uns gegangen sind ...«

»Du bist die Schönheit der grünen Erde und die weiße Mondin unter den Sternen und das Mysterium der Wasser«, stimmte Lovenita ein in die uralte Lobpreisung der Erdenmutter.

Das laute Knirschen des Kerkerschlüssels holte sie jäh aus ihrer Versenkung. Erschrocken riss sie die Augen auf und gewahrte im Fackelschein die Gestalt eines Gewaltdieners, der geräuschvoll das Schloss entriegelte und in die Zelle trat.

»Schluss jetzt mit dem Heidenkram!«, herrschte er Lovenita an und verpasste ihr eine schallende Ohrfeige. »Das kannst du gleich alles dem Untersuchungsrichter erzählen, der hat bestimmt ein offenes Ohr für deine Teufelsanbetungen.« Er grinste so hinterhältig, dass Lovenita ihm am liebsten in sein feistes Gesicht gespuckt hätte. Doch sie begnügte sich damit, einen Fluch in der Zigeunersprache zwischen den Zähnen hervorzustoßen, den der Wärter nicht verstehen konnte:

»*Te cérnol có mas pa tu.*« Das bedeutete in etwa: »Das Fleisch soll dir herunterfaulen!«

»Halt's Maul, du Miststück!«, keifte der Büttel, holte aus und schlug ihr heftig mit dem Handrücken auf den Mund. Lovenita spürte einen stechenden Schmerz und schmeckte Blut, als sie sich mit der Zungenspitze über die Lippen fuhr. Ein dünnes Rinnsal tropfte auf ihre Kutte aus grobem Sackleinen. Der Gewaltdiener zerrte sie durch den langen Gang, bis sie vor der Folterkammer anlangten. Er riss die Tür auf und stieß die Gefangene mit einem Fußtritt hinein.

»Hier hast du das Aas, Angstmann«, raunzte er dem Henker zu, der auf einem Holzschemel saß und gerade einen tiefen Zug aus einer Taschenflasche nahm. »Ärger du dich mit der rum, mir hat sie schon genug Verdruss bereitet.«

Meister Kurt grinste. »Da machen wir kurzen Prozess«, nuschelte er mit schwerer Zunge, »uns tanzt keine auf der Nase herum.« Er hielt dem Gewaltdiener die Schnapsflasche hin, wohl wissend, dass noch nicht einmal ein Turmwärter, der selbst zu den Verachteten zählte und niedere Dienste für die Stadt versah, mit dem Henker aus einer Flasche getrunken hätte. Der Mann des Todes war mit dem Makel der Schande behaftet wie kein anderer der verfemten und ehrlosen Berufe.

Der Scherge ignorierte das Angebot des Züchtigers. »Stopf ihr das Schandmaul, Angstmann«, knurrte er stattdessen und empfahl sich mit kameradschaftlichem Gruß.

Als Lovenita in die glasigen, blutunterlaufenen Augen des Henkers blickte, fühlte sie mit einem Mal einen Druck auf dem Scheitel, der sich von ihrem Hals und den Schultern bis über ihre Brust ausbreitete und ihr die Luft abschnürte wie ein schwerer Eisenpanzer. Sie konnte unversehens in dem Henker lesen, und was sie in seinem finsteren, kalten Herzen sah, ließ ihr vor Grauen die Haare zu Berge stehen. Da war der Geruch nach Blut, vermengt mit dem beißenden Gestank menschlicher Ausscheidungen, aus zahllosen gepeinigten Kehlen vernahm sie Wimmern und durchdringende Schmerzensschreie, vor ihrem inneren Auge sah sie glühende Eisen und bluttriefende Klingen. Inmitten des tosenden Infernos vernahm sie plötzlich die leise Stimme eines Knaben, so verzagt und mutlos, dass ihr Herz sich vor Mitleid zusammenzog. »*Ich will sterben*«, flüsterte die Stimme. »*Lieber will ich sterben, als den Leuten so was anzutun!*« Lovenita sah das bekümmerte Gesicht eines Jungen, der etwa in Claras Alter war. Aus seinen Augen sprach die blanke Angst. Obgleich sich die Züge deutlich verhärtet hatten und die Lippen des Knaben vor zynischer Verbitterung zu einem verkniffenen Strich geschrumpft waren, erkannte Lovenita, dass es sich bei dem Jungen um den Henker handelte. »*Sauf das aus, und mach mir keine Schande!*«, erklang eine schroffe Männerstimme. Sie sah, wie der Junge mit zitternden Händen einen Trinkbecher ergriff und ihn in einem Zug leerte, ehe ihm der Mann in der grünroten Henkerstracht, offenbar sein Vater, ein mächtiges Schwert überreichte, in dessen Klinge die Worte *Soli Deo Gloria* eingraviert waren. Das Gesicht des Jungen glänzte vor Schweiß, und Lovenita konnte seine Angst förmlich riechen. Ihn erfüllte eine ungeheure Panik vor dem Töten – und gleichzeitig davor, dass ihm sein Streich misslingen würde. Denn das Opfer bei der Hinrichtung mit dem Schwert zu verfehlen, war das Tragischste, was einem Scharfrichter widerfahren konnte. Es hatte stets zur Folge, dass das blutrünstige Hinrichtungspublikum über den gescheiterten Henker herfiel und ihn niedermetzelte.

»Seitdem saufe ich«, hörte Lovenita den Züchtiger sagen. »Bei meinem ›Meisterstück‹, der ersten Hinrichtung, musste ich mir noch Mut antrinken, damit ich mir nicht vor Schiss ins Hemd seiche – und obwohl mir das Töten längst nichts mehr ausmacht, bin ich beim Saufen geblieben.«

Plötzlich wurde die Tür aufgerissen, und ein Gewaltdiener meldete dem Henker, dass sich der Untersuchungsrichter noch in einer Besprechung befinde und etwas später komme.

»Soll ich die solange wieder in ihre Zelle bringen?«, erkundigte sich der Büttel mit Blick auf Lovenita.

»Das ist nicht nötig«, grummelte der Scharfrichter.

»Wird ja keine Stunden dauern, bis Ohlenschlager hier ist.«

Nachdem sich der Büttel wieder entfernt hatte, musterte der Henker Lovenita betreten. Sie blickte ihn an und empfand unversehens Mitleid mit dem Mann des Todes, der sich mit seinem Zynismus gegen das schwere Schicksal gewappnet hatte, das grausame Gewerbe seines Vaters weiterführen zu müssen.

»Ihr trinkt Euch zu Tode, weil Ihr des Lebens überdrüssig seid«, bemerkte sie.

Der Henker gab ein trockenes Lachen von sich. »Ich kann mein Leben nicht ausstehen, das war schon immer so und ich habe den Eindruck, das beruht auch auf Gegenseitigkeit.«

Bei allem Lebensüberdruss nahm die Heilerin doch einen Funken Hoffnung in seinem erloschenen Blick wahr.

»Die Ehrlichmachung wäre ein Ausweg für Euch«, murmelte sie unvermittelt. »Dann könnte der Fluch, der Mann des Todes sein zu müssen, von Euch genommen werden, und Ihr könntet endlich ein neues Leben beginnen.«

»Darüber habe ich mir auch schon den Kopf zerbrochen«, erwiderte Meister Kurt gepresst. »Die hundert Hinrichtungen, die Voraussetzung für eine Ehrlichmachung sind, habe ich schon lange hinter mir. Ich könnte beim Schultheißen einen Antrag stellen, damit er sich beim Kaiser für mich verwendet, denn nach dem alten Brauch kann die Berührung mit dem Schwert eines Herrschers einen Scharfrichter ehrlich machen. Ich könnte dann einem anderen Gewerbe nachgehen, das aber immer noch einer der verachteten Berufe sein müsste, denn in eine rechtschaffene Zunft kann ein ehemaliger Henker niemals aufgenommen werden. Ich würde ja den feinen Pinkeln vom Rat lieber heute als morgen den Bettel vor die Füße werfen, das könnt Ihr mir glauben«, knurrte er. »Sollen sie sich doch einen anderen Dummen suchen, der die Drecksarbeit für sie macht. Doch dann geht mir auch die ganze Kohle flöten, die ich verdiene, denn der Magistrat zahlt mir einen Haufen Geld für die Piesackerei und das Töten. Aber Geld ist bekanntlich auch nicht alles.«

Lovenita konstatierte verwundert, dass sich eine Zuneigung hinter dem dicken Panzer regte, den das grausame Handwerk um seine Seele gewebt hatte und plötzlich begriff sie.

»Ihr habt einen Sohn mit Namen Willibald«, sagte sie. »Er ist acht Jahre alt, und Ihr habt ihn sehr gerne.«

Der Henker nickte. »Der Bub ist mein Ein und Alles«, krächzte er. »Er ist auch der Einzige in der Familie, der an mir hängt. Mein Weib und meine vier Töchter wollen nichts von mir wissen, und das geht mir umgekehrt genauso. Nur wegen Willibald hab ich mir das überlegt mit der Ehrlichmachung, ansonsten wär es mir egal. Ich könnte mein Gewerbe noch so lange machen, bis der Suff mich ins Grab bringt, denn das dauert bestimmt nicht mehr allzu lang. Aber dass dem Jungen das Gleiche blüht, das macht mir zu schaffen. Ich möchte nicht, dass Willibald die ganzen Widerwärtigkeiten tun muss, die ich im Laufe meiner Dienstjahre getan habe – und dass er am Ende noch so wird wie ich.«

Wenngleich der Henker in seiner Abgestumpftheit außerstande war, zu weinen, so spürte Lovenita die Seelenpein, die ihn auf einmal so menschlich erscheinen ließ.

»Dann tut es Eurem Sohn zuliebe – aber wartet nicht zu lang«, ermahnte ihn Lovenita. Die Tage des Angstmannes, das spürte sie, waren gezählt.

»Das mache ich«, gelobte der Henker und musterte Lovenita mit einem sonderbaren Blick. »Ich glaub ja nicht an diese Ammenmärchen von Hexen, Teufeln und Gespenstern«, murmelte er. »Die Teufel, die ich kennengelernt habe, waren Menschen aus Fleisch und Blut. Und mit den Hexen verhält es sich ähnlich. Oft sind diejenigen, die sich über andere das Maul zerreißen und sie aus Gemeinheit oder Missgunst der Hexerei bezichtigen, die wirklichen Hexen, und nicht die armen Weiber, die ich im Auftrag des Untersuchungsrichters bis aufs Blut quälen muss. Ihr seid auch eine von denen, die wegen übler Nachrede auf der Folterbank gelandet sind. Denn Ihr habt ein Herz aus Gold, und es ist überhaupt das erste Mal in meinem Leben, dass ich mit jemandem so offen sprechen kann.« Er räusperte sich und verzog den schmallippigen Mund zu einem Grinsen. »Deswegen gebe ich Euch jetzt auch etwas, was Eure Schmerzen erträglicher machen wird.« Der Henker nestelte unter seinem blutroten Wams eine kleine Phiole hervor und träufelte Lovenita rasch einige Tropfen auf die Zunge.

»Trotzdem kann ich Euch nur dringend raten, nachher bei der Tortur zu gestehen, dann bleibt Euch vieles erspart. Ich sorge schon dafür, dass Ihr keinen qualvollen

Tod habt, darauf könnt Ihr Euch verlassen. Wenn Ihr wieder nicht bekennt, muss ich die Folter wiederholen, zweimal, dreimal, viermal, so lange, bis Ihr gestanden habt. Und glaubt mir, früher oder später gestehen alle Delinquenten. Sie gestehen alles, was der Richter von ihnen hören will, nur damit ihre Qual ein Ende hat. Oder sie sterben an der Folter, und das sind auch nicht wenige.« Im Blick des Henkers zeigte sich ein Anflug von Mitgefühl. »Ihr seid eine zarte Frau, Heilerin, mit feinen Knochen und einer dünnen Haut. Ihr werdet die Marter nicht lang ertragen. Unzählige haben mich während ihrer Tortur schon um den Tod angefleht. Der Tod ist gar nicht so schlimm, die Folterqualen sind viel schlimmer. Für die meisten ist der Tod sogar eine Gnade, eine Erlösung von der Höllenpein.«

»Ich will aber noch nicht sterben, ich bin unschuldig!«, stieß Lovenita verzweifelt hervor. Plötzlich waren vom Flur her Schritte zu vernehmen. Hastig zückte der Henker die Phiole und gab Lovenita noch ein paar Tropfen ein.

»Peinvoll wird es trotzdem für Euch werden, denn ich kann Euch auch nicht zu viel geben, sonst seid Ihr gleich nicht mehr vernehmungsfähig«, flüsterte er Lovenita zu und zerrte sie hektisch zu einem Tisch, auf dem verschiedene Folterinstrumente angeordnet waren. Allein beim Anblick der schauderhaften Gerätschaften sträubten sich der Heilerin die Haare, und eine panische Angst ließ ihr das Blut in den Adern stocken. Gleichzeitig breitete sich jedoch eine angenehme Wärme von ihrer Magengrube in ihrem ganzen Körper aus, und sie war erfüllt von wohliger Müdigkeit. *Schlafmohn*, ging es ihr durch den Sinn. Die Droge des Vergessens, welche bei entsprechender Dosierung eine tiefe Glückseligkeit bewirkte, die nicht von dieser Welt zu sein schien und einen die Mühsal des Lebens vergessen ließ. Sie verwendete zerstoßene Schlafmohnsamen für Tinkturen gegen Schmerzen, Schlaflosigkeit und plötzliche Anfälle von Tobsucht. Sie selbst hatte in schweren Zeiten auf die Droge zurückgegriffen, wusste aber, dass der Schlafmohn große Gefahr barg, vor allem das Opium, das aus dem Saft der Pflanze gewonnen wurde und sehr viel intensiver wirkte als die Samen. Violetta hatte sie davor gewarnt. *In entsprechender Dosierung kann dieses Teufelszeug bewirken, dass du glücksstrahlend zu deiner eigenen Hinrichtung marschierst und dem Henker auch noch die Hand schüttelst. Man gewöhnt sich schnell an dieses Glücksgefühl und kann nicht mehr ohne es sein ...*

Doch in ihrer jetzigen Lage war Lovenita dankbar für die Medizin. Sie nahm die Ankunft des Untersuchungsrichters mit erstaunlicher Gelassenheit hin, und es störte sie wenig, dass der kleine Mann noch um einiges übellauniger wirkte als beim zurückliegenden Verhör. Die Befragung verlief wie am Vortag, nur dass der Henker für heute angewiesen wurde, der Gefangenen Daumenschrauben anzulegen. Wie durch einen dichten Schleier hindurch gewahrte Lovenita, dass Meister Kurt ihr das Schraubeisen an den geschwollenen, von Blutergüssen verdunkelten Daumen ansetzte, aber sie schrie vor Schmerzen laut auf, als er die Schrauben anzog. Das Blut quoll ihr aus den Fingernägeln, als der Untersuchungsrichter sie fragte, ob sie denn endlich ihre Schuld eingestehen wolle.

»Neiiin!«, schrie Lovenita. »So wahr mir Gott helfe, ich bin unschuldig!«

»So ein stures Miststück!«, zeterte Ohlenschlager. »Aber dich kriegen wir schon weich. Züchtiger, dreh Er die Schrauben so fest, dass die Knochen brechen!«

Als Meister Kurt die Schrauben anzog – er drehte sie nur ein kleines Stück fester und längst nicht so weit, wie ihm der Richter befohlen hatte –, gingen Lovenitas Schreie in ein Winseln über, wie ein weidwundes Tier es von sich gibt.

Nach gut einer Stunde, als in ihren Daumen kein Knochen mehr heil war, wurde Lovenita ohnmächtig. Trotz der Höllenqualen war sie bis zum Schluss standhaft geblieben und hatte weiterhin ihre Unschuld beteuert. Der Henker fluchte, und dem Untersuchungsrichter hatte es vollends die Laune verhagelt.

»Sieh zu, dass du sie wieder wach kriegst, Angstmann!«, bellte er aufgebracht. »Dann werden wir dem Luder nämlich härtere Bandagen anlegen, damit es endlich mit der Wahrheit rausrückt. Die verfluchte Hexe ist zäher, als ich erwartet hätte, aber da wird mir schon was einfallen, um ihre Verstocktheit zu lösen.«

12

Albin war kreidebleich vor Wut, dass der verfluchte Kurpfuscher, der ihm Frau und Tochter abspenstig gemacht hatte, jetzt auch noch die Stirn besaß, ihn beim Magistrat anzuzeigen. *Wegen Volksverhetzung und Betruges!*

»Was kann ich denn dafür, dass während meiner Rede gestern irgendwelche Leute aus dem Publikum gewalttätig gegen den alten Krakeeler geworden sind?«, wetterte er. »Ich verurteile die Taten ja gar nicht, im Gegenteil, es ärgert mich, dass diese Leute nicht gleich ganze Arbeit geleistet haben. Genau das müssen wir nämlich mit allen machen, die sich der Gemeinschaft der Reinen in den Weg stellen, dann ersparen wir uns eine Menge Ärger, und die anderen Nörgler überlegen es sich beim nächsten Mal, ob sie sich mit uns anlegen wollen.«

»Recht habt Ihr, Meister!«, pflichtete ihm sein Adlatus bei. »Aber sobald wir mit unserem Kreuzzug begonnen und die ersten Heiden erschlagen haben, werden wir uns schon Respekt verschaffen. Wer nicht für uns ist, ist gegen uns und muss aus dem Weg geräumt werden – so lautet die Botschaft des Erzengels Michael.« Der junge Mann in der nerzverbrämten Schaube bekreuzigte sich und musterte seinen Meister nachdenklich. »Es erbittert mich, dass die Frankfurter Obrigkeit nicht geschlossen hinter uns steht. Dank Eurer ergreifenden Ansprachen hat unsere Bewegung zwar regen Zulauf aus weiten Kreisen der Bevölkerung, auch Standespersonen gehören inzwischen dem Bund der Reinen an. Doch ein paar von den alten Pfeffersäcken, zu denen bedauerlicherweise auch der Schultheiß zählt, zeigen uns die kalte Schulter und geben sich als weltoffene Humanisten. Anstatt sich ihren Landsleuten anzuschließen, verherrlichen sie eine fremde, längst untergegangene Kultur und bilden sich sogar noch was drauf ein, Latein oder Griechisch zu sprechen, was keiner in unserem Land versteht. Sie verraten unsere Sprache und unser Brauchtum, das viel älter ist als das der Lateiner und der Griechen. Daher denke ich, wir sollten unser Betätigungsfeld besser in eine andere Stadt verlegen, wo uns die Obrigkeit wohlgesinnt ist.«

»Ich werde darüber nachdenken«, erklärte Albin mit finsterer Miene.

Waldemar versuchte seinen Meister aufzumuntern. »Im Jagdschloss meiner Familie im Taunusgebirge seid Ihr fürs Erste sicher, dann sehen wir weiter. Ich halte es jedoch für unverzichtbar, dass wir am Abend eine Versammlung einberufen, mit dem harten Kern unserer Vereinigung, um uns über alles Weitere zu beraten.«

Albin nickte. »Wie weit ist es denn von Frankfurt bis in den Taunus?«

»Etwa einen halben Tagesritt.«

»Das ist ja Gott sei Dank keine Weltreise und sollte

den Mitgliedern des harten Kerns zuzumuten sein«, erwiderte der Anführer der Reinen. »Dann könnt Ihr mich
im Taunus absetzen und gleich wieder zurückfahren,
um unseren Getreuen Bescheid zu geben.« Er musterte
seinen Adlatus angespannt. »Aber eines kann ich Euch
schon jetzt sagen – und das muss bei all unseren Plänen
unbedingt berücksichtigt werden: Ich werde keinesfalls
ohne meine Tochter aufbrechen, damit das klar ist!«

»Das verstehe ich, Meister, Clara ist ja Euer eigen
Fleisch und Blut. Jungfer Clara steht momentan unter
keinem guten Einfluss, denn seit sie bei diesem Stadtarzt ist, wendet sie sich gegen Euch, und das können wir
auf keinen Fall länger dulden.« Der junge Mann runzelte besorgt die Stirn. »Ihr könnt Euch sicher vorstellen,
dass mir das nicht einerlei ist, denn mir liegt viel an
Eurer Tochter.« Ein feuchtes Glitzern trat in die Augen
des Patriziersohnes.

Albin legte ihm den Arm um die Schultern. »Es ist
mir nicht entgangen, was Ihr für Clara empfindet – und
ich darf Euch verraten, dass es durchaus in meinem Sinne wäre, wenn Ihr ein Paar würdet, denn einen besseren
Schwiegersohn als meinen treuen Waldemar kann ich
mir schwerlich vorstellen«, bemerkte er lächelnd.

Waldemar ergriff Albins Hand und küsste sie ergriffen. »Ich danke Euch, Meister, das ehrt mich. Und ich
bin bereit, alles in meiner Macht Stehende zu tun, damit Jungfer Clara bald wieder bei uns ist.«

»Ich danke dir, mein Junge«, erwiderte Albin gleichfalls ergriffen und war unvermittelt zum vertrauten Du
übergegangen, was seinen Adlatus sehr glücklich machte.

»Da ich ja nicht nach Frankfurt fahren kann, musst du mein verlängerter Arm sein«, setzte Albin hinzu.

»Sagt mir, was ich tun kann, und ich mache es«, bekundete Waldemar.

Albin musterte ihn wohlwollend. »Dann lass uns gemeinsam überlegen, wie wir am klügsten vorgehen.«

Als Albin nach einer Weile aus dem Kutschenfenster auf die dichten Schneeflocken schaute, die vom bleigrauen Himmel herunterschwebten und sich auf den Tannenzweigen niederließen, kam ihm plötzlich eine Idee.

»Natürlich muss man sie zu ihrem Glück zwingen«, verkündete er listig. »Aber so, dass sie es nicht gleich merkt. Wenn es ihr dann auffällt, ist sie uns schon in die Falle gegangen ...«

Während sich am Samstagnachmittag in Johannes Lonitzers Haus in der Neuen Kräme die Patienten die Klinke in die Hand gaben, da sich die Zahl der am Antoniusfeuer Erkrankten nach wenigen Tagen bereits mehr als verdreifacht hatte, lag Clara im Bett und hatte sich die Decke über die Ohren gezogen. Morros Kopfwunde heilte gut. Er lag an Claras Füßen, um ihr Beistand zu spenden. Das sensible Tier kannte derartige Zustände bei seiner jungen Herrin und spürte, dass es ihr nicht gut ging. Die Sorge um ihre Mutter und die Angst, sie zu verlieren, plagten das Mädchen ungemein. Hinzu kam die bittere Erkenntnis, dass ihr Vater ein Lügner und Verräter war, die sie einfach nicht verkraften konnte. Sie hatte das Gefühl, aus dem Paradies vertrieben worden zu sein. Die ungeheure Freude, ihren Vater endlich gefunden zu haben, und das glanzvolle Leben mit ihm hatten nur zwei Tage gewährt. Wie so oft in Phasen tiefer Schwermut kam es Clara vor, als wäre ihr kein Glück vergönnt in ihrem kläglichen, trostlosen Leben – und als wäre es vergeblich, zu hoffen, dass sich das jemals ändern würde. Sie fühlte sich wie eine leblose Gliederpuppe in einem nicht enden wollenden Trauerspiel und wünschte sich den Tod. Wenn sie nur hätte einschlafen und nie wieder erwachen können. Sie spürte Morros Zunge an ihren Fußsohlen – der Hund versuchte, die Verzagte aufzurichten, was so rührend war, dass Clara für einen Augenblick ihre Apathie abschüttelte und mit der Hand nach Morro tastete, um ihn zu streicheln. Sie hatte ihr Gesicht kaum wieder im Kissen vergraben, als es plötzlich an der Tür klopfte und diese aufgerissen wurde, ohne ihre Zustimmung abzuwarten. Unmutig richtete Clara ihren Blick auf die alte Hausmagd in der offenen Stubentür, die einen Brief in der Hand hielt.

»Entschuldigt bitte die Störung, Jungfer Clara.« Die Magd hatte einen tadelnden Unterton, da es sich in ihren Augen für ein junges Mädchen nicht schickte, den ganzen Tag im Bett zu liegen, während andere im Haus vor Arbeit weder ein noch aus wussten. Zumal es der jungen Dame durchaus gut zu Gesicht gestanden hätte, sich zum Dank für die großherzige Gastfreundlichkeit des Doktors im Haushalt ein wenig nützlich zu machen. »Eben war ein Amtsdiener des Untersuchungsrichters da und hat diesen Brief für Euch abgegeben. Er sagte, der Richter habe Euch zur fünften Stunde auf die Polizeiwache im städtischen Leinwandhaus vorgeladen. Es geht wohl um Eure Zeugenaussage bezüglich der ... Machenschaften Eures Vaters – und Ihr sollt unbedingt pünktlich sein«, erklärte die Hausangestellte mit einer gewissen Häme und legte Clara das Schreiben auf die Bettdecke. »In Anbetracht der Tatsache, dass wir bereits vier Uhr haben, solltet Ihr jetzt aufstehen, um Euch herzurichten.«

»Ich will aber nicht aufstehen«, murrte Clara. »Mir geht es nicht gut, und ich kann nicht dorthin gehen.«

»Das werdet Ihr aber müssen«, trumpfte die Magd auf. »Wenn Ihr nicht freiwillig zu dem Termin erscheint, kommen die Stangenknechte und holen Euch. Die sind da nicht zimperlich.«

»Ich will aber nicht«, maulte die Fünfzehnjährige und zog sich die Decke über den Kopf.

»Muss ich erst den Doktor holen, damit Ihr aus den Federn kriecht?«, zeterte die Haushälterin. »So ein gesundes junges Ding und lamentiert hier rum wie eine Greisin! Auf jetzt, genug geschlafen, macht, dass Ihr rauskommt!« Um nachzuhelfen, ergriff die Magd einen Zipfel der Bettdecke und zog daran. Sogleich erklang ein Knurren, und Morros breiter Kopf reckte sich ihr entgegen. Die Magd erschrak so heftig, dass sich ihr ein spitzer Schrei entrang.

»Heilige Maria Muttergottes – da ist ja ein Hund im Bett!«, schrie sie entsetzt und wich zurück. »Also, das geht nicht, dass auch noch das Viehzeug in unseren Betten schläft! Der Köter bringt uns ja das Ungeziefer ins

Haus, also das kann nicht angehen, da werde ich mich beim Herrn Doktor beschweren.«

»Macht das, aber lasst mich gefälligst in Ruhe«, blaffte Clara und traf Anstalten, aufzustehen. Das Gezeter der Alten bereitete ihr Kopfschmerzen.

Die Magd wandte sich unwillig zum Gehen, konnte sich aber die abschließende Bemerkung nicht verkneifen: »Ein Hund gehört nicht ins Bett, wir sind doch hier nicht bei den Zigeunern!«

Jetzt schien es auch Morro zu bunt zu werden. Er sprang aus dem Bett und bellte die griesgrämige alte Frau weg, die hektisch hinter sich die Tür zuzog.

———

Es goss wie aus Kübeln, als sich Clara um Viertel vor fünf auf den Weg zum Leinwandhaus machte. Sie war gerade ein paar Schritte gegangen, da hielt eine Kutsche neben ihr. Hinter dem Kutschenfenster konnte sie den Adlatus ihres Vaters ausmachen, und der Schreck fuhr ihr in die Magengrube. Sie wandte sogleich den Blick ab und schaute abweisend geradeaus.

»Darf ich Euch vielleicht ein Stück mitnehmen, Jungfer Clara?«, fragte der junge Mann und lächelte sie aus dem geöffneten Kutschenfenster an.

»Nein danke, ich gehe lieber zu Fuß«, erwiderte Clara und schritt demonstrativ weiter. Im Nu war Waldemar aus der Kutsche gestiegen, schloss zu ihr auf und legte ihr sachte die Hand auf den Arm.

»Es tut mir leid, dass alles so gekommen ist«, sagte

er und musterte Clara eindringlich. »Ich würde es sehr bedauern, wenn Ihr auch mir gram seid, weil Ihr Euch mit Eurem Vater überworfen habt.«

Clara sah unwillkürlich wieder die fanatischen Gesichter der Anhänger ihres Vaters während der unheilvollen Rede vor sich, die sie so jäh ihrer Illusionen beraubt hatte. Sie schüttelte seinen Arm ab.

»Lasst mich!«, fauchte sie. »Ich will mit meinem Vater und dem Bund der Reinen nichts mehr zu tun haben!«

»Dann können wir uns ja die Hand reichen«, erwiderte der junge Patrizier zu Claras Erstaunen. »Auch ich habe mich nach langem, schwerem Ringen vom Meister abgewandt«, murmelte er mit brüchiger Stimme. Zum ersten Mal seit ihrer unerwarteten Begegnung blickte Clara ihn offen an. In Waldemars Augen spiegelte sich ein innerer Kampf wider, der ihrem eigenen nicht unähnlich zu sein schien, weshalb sie seinen Worten Glauben schenkte. Während ihnen der Regen über die Gesichter lief, überkam Clara plötzlich das starke Bedürfnis, Waldemar nahe zu sein. Sie wollte sich bei dem jungen Mann, der nur wenig älter war als sie, ihren ganzen Kummer von der Seele weinen.

»Ich … ich habe dich von Anfang an geliebt«, flüsterte Waldemar zu Claras Verblüffung und ergriff ihre Hand.

»Ihr … seid mir auch nicht gleichgültig«, murmelte Clara errötend.

»Wollen wir nicht in die Kutsche steigen? Da sind wir wenigstens im Trockenen«, fragte Waldemar und streifte Clara mit einem Blick, aus dem unverhohlenes Wohlgefallen sprach.

»Warum nicht«, erwiderte Clara atemlos. Noch nie hatte ein junger Mann dergleichen zu ihr gesagt. »Ich habe nur nicht viel Zeit, denn ich habe um fünf eine Vorladung im Leinwandhaus.«

Waldemar musterte sie entgeistert. »Ich auch – für die sechste Stunde. Ich soll über den Meister befragt werden. Da ich aber zu früh dran bin, hatte ich beschlossen, noch ein wenig durch die Stadt zu fahren … auch in der Hoffnung, Euch vielleicht zu begegnen«, gestand er leicht verlegen und zog Clara mit sich in die Kutsche.

»Dann haben wir ja dasselbe Ziel«, erklärte Waldemar, als Clara sich auf der Sitzbank niedergelassen hatte. Er erteilte dem Kutscher die Anweisung, weiterzufahren, und zog die Kutschentür zu.

Während sich das Gefährt in Bewegung setzte, wandte sich Waldemar Clara zu und strich ihr behutsam eine Haarsträhne aus der Stirn. »Ihr seid ja ganz nass geworden«, bemerkte er, sein Blick plötzlich sonderbar. Er holte umständlich ein großes weißes Leinentuch aus der Tasche seiner Schaube, zerknüllte es und stopfte es der fassungslosen Clara gewaltsam in den Mund. Dann stülpte er ihr einen Sack über den Kopf und fesselte ihre Hand- und Fußgelenke. Verzweifelt versuchte Clara, sich zu wehren, und gab erstickte Hilferufe von sich. Waldemar drückte sie mit festem Griff zurück auf die gepolsterte Kutschenbank.

»Ganz ruhig, Jungfer Clara«, raunte er beschwichtigend. »Ich will Euch nichts Böses, glaubt mir, es ist alles zu Eurem Besten.«

Es ging bereits auf die sechste Abendstunde zu, als Johannes sich in einer Waschschüssel mit warmem Wasser die Hände reinigte, um nach dem langen, anstrengenden Tag endlich Feierabend zu machen – obgleich er in Gedanken noch immer bei der Arbeit war. Als seine Haushälterin ihn beim Verlassen der Behandlungsräume fragte, ob sie nun das Abendbrot richten solle, nickte er nur geistesabwesend und murmelte: »Roggenbrot ... alle haben Roggenbrot gegessen.«

Die Haushälterin versicherte ihrem Dienstherren fürsorglich, dass sie eine Bohnensuppe mit Speck für ihn bereithalte – und frisches Roggenbrot mit Butter gäbe es auch dazu. Johannes maß die alte Frau, die ihm schon den Haushalt geführt hatte, als seine Frau noch gelebt hatte, mit einem eigentümlichen Blick.

»Weizenbrot wäre vielleicht besser«, erklärte er nachdenklich. »Denn die meisten meiner Patienten, die am Antoniusfeuer erkrankt sind, haben Roggenbrot gegessen. Außer der Gräfin und ihrer Hausmagd, die haben Honigkuchen zu sich genommen, bevor die Krankheit ausgebrochen ist. Aber da könnte auch Roggenmehl drin gewesen sein.«

»Ich backe Honigkuchen *immer* mit Roggenmehl, genau wie Magenbrot und Lebkuchen, dann halten sie sich länger und schmecken kräftiger«, erläuterte die Magd und blickte den Doktor treuherzig an. »Ich hab auch noch nie gehört, dass Roggen schlechter ist als Weizen. Gut, alten und kranken Leuten, die wo nicht mehr so gut beißen können, soll man Weizenbrot zu essen geben, weil das weicher ist. Und die vornehmen

Leute essen lieber helles Brot als dunkles. Aber ich für meinen Teil ziehe das körnigere Brot vor, weil es herzhafter schmeckt. Wollt Ihr damit etwa sagen, dass all die Leute an der Kribbelkrankheit erkrankt sind, weil sie vorher Roggenbrot gegessen haben?«, fragte die Magd perplex. »Das kann aber doch gar nicht sein, dann müssten wir doch auch die Kribbelkrankheit haben, weil wir fast immer dunkles Brot essen wie die meisten Leute. Wenn's danach geht, dann müsste ja ganz Frankfurt das Antoniusfeuer haben.«

Johannes musste unwillkürlich an das letzte Wüten der Krankheit vor zwei Jahren denken, als sich die Epidemie in ganz Hessen ausgebreitet hatte und fast die Hälfte der Bevölkerung am Antoniusfeuer erkrankt war.

»Da sei Gott vor!«, murmelte er beklommen und beschloss, das Thema zu wechseln. Er wies die Magd an, Clara zum Abendessen zu rufen.

»Die ist noch nicht zurück«, entgegnete die Magd und berichtete ihrem Dienstherrn von der Vorladung, die Clara erhalten hatte.

»Ach so«, erwiderte Johannes. »Da scheint ja endlich Bewegung in die Angelegenheit zu kommen. Dann warten wir mit dem Essen, bis Clara wieder zurück ist. Das kann ja nicht mehr so lange dauern.«

»Von mir aus«, murrte die Haushälterin. Sie hätte lieber mit dem Doktor allein gespeist, als auf diese *Transuse* – wie sie Clara insgeheim nannte – zu warten. Während sich Johannes nach oben in seine Privaträume begab, wurde an der Haustür vernehmlich die Glocke geläutet.

»Das wird sie sein«, sagte die Magd und eilte zur Tür. Johannes vernahm laute Männerstimmen, die einen gereizten Beiklang hatten, und machte kehrt, um nach dem Rechten zu sehen. Vor der Tür standen zwei Polizeibüttel, die den Hausherrn mit unfreundlichen Blicken fixierten.

»Die vorgeladene Clara Metz ist zu der Anhörung zur fünften Stunde im städtischen Leinwandhaus nicht erschienen und soll nun auf Anweisung von Herrn Untersuchungsrichter Ohlenschlager gewaltsam vorgeführt werden – sie ist ja jetzt auch schon eine gute Stunde überfällig«, polterte einer der Schergen in amtlichem Tonfall und drängte die Haushälterin zur Seite, um sich und seinem Kollegen Einlass zu verschaffen.

»Jungfer Clara ist nicht hier«, richtete die Magd das Wort an den Büttel. »Das wollte ich Euch eben schon begreiflich machen. Die Jungfer ist um Viertel vor fünf aus dem Haus gegangen, um pünktlich zu dem Verhör zu kommen, das habe ich selbst gesehen.«

Der Scherge verzog spöttisch die Mundwinkel. »Dann hat sie Euch einen Bären aufgebunden, gute Frau, und ist sonst wohin gegangen, aber nicht auf die Polizeiwache – wie es ihre Bürgerpflicht gewesen wäre.«

Der Doktor und seine Haushälterin blickten sich betreten an.

»Und Ihr seid sicher, dass sie nicht wieder zurückgekommen ist?«, fragte der andere Polizeibüttel argwöhnisch.

»Auf gar keinen Fall, das hätte ich doch mitbekommen«, erwiderte die Magd.

»Ich verbürge mich für das Wort meiner Hausangestellten«, mischte sich da der Doktor ein. »Aber wenn Ihr den Angaben einer ehrenwerten Dienstmagd misstraut, bleibt es den Herren unbenommen, sich selbst im Hause umzuschauen.« Johannes lief den Gang entlang und öffnete energisch die Tür seiner Arztpraxis. »Das sind meine Behandlungsräume«, erläuterte er gereizt, »vielleicht hat sie sich ja hier irgendwo versteckt …«

Der Ältere der Schergen winkte ab. »Schon gut. Nur, wo kann sie denn sonst hingegangen sein, wenn sie nicht zu Hause ist und nicht auf der Wache war?«

»Das frage ich mich auch schon die ganze Zeit«, erwiderte der Doktor in scharfem Ton. »Hier geht irgendetwas nicht mit rechten Dingen zu, und die Herren sollten sich schleunigst auf die Suche nach ihr machen. Nach allem, was vorgefallen ist, kann ich mich der Ahnung nicht erwehren, dass Jungfer Clara womöglich in großer Gefahr schwebt.«

Als sich die Schergen daraufhin auf den Weg machen wollten, ergriff Johannes kurzentschlossen seine Schaube vom Kleiderhaken, um sich ihnen anzuschließen. Der verdutzt dreinblickenden Magd erteilte er die Anweisung, mit dem Essen zu warten, bis er zurück sei; ihm sei momentan ohnehin der Appetit vergangen.

Auf der Polizeiwache im Leinwandhaus teilte der Doktor dem wachhabenden Schergen mit, er müsse umgehend mit Untersuchungsrichter Ohlenschlager sprechen. Der Büttel ließ ihn jedoch wissen, dass der Richter vor wenigen Minuten zu einem dringlichen Termin außer Haus aufgebrochen sei.

»Wie kann das denn angehen?«, empörte sich Johannes. »Er beauftragt die Schergen, eine Zeugin herbeizuholen, und ist dann selbst nicht da?«

»Er hat mir aufgetragen, ihn zu vertreten, falls sich in der Sache noch was tut«, erwiderte der Büttel zögerlich.

»Und *es hat sich was getan*«, schnappte der Arzt ungehalten. »Ich habe Grund zu der Annahme, dass die besagte Zeugin entführt worden ist, und beantrage hiermit, dass nach ihr gesucht wird.« Johannes sah den Schergen unduldsam an, der ein Schnauben von sich gab.

»Da sollen wir jetzt zum Wochenende, wo andere schon beim Wirt ihr Bierchen trinken oder auf den Tanzboden gehen, durch die ganze Stadt streifen, um eine Jungfer zu suchen, die womöglich mit ihrem Burschen in die Juchhe gegangen ist?«, knurrte der Wachhabende verdrossen.

»Darum möchte ich doch sehr bitten«, erwiderte Johannes schneidend. »Es ist Gefahr in Verzug, und die Angelegenheit duldet keinen Aufschub. Ich werde mich selbstverständlich an der Suche beteiligen, obwohl auch ich den ganzen Tag gearbeitet habe.«

Als die Kutsche anhielt und Clara von Waldemar und dem Kutscher aus dem Gefährt gehievt wurde, vermochte sie kaum einzuschätzen, wie lange die Fahrt gedauert hatte. Ihr war lediglich aufgefallen, dass das letzte Stück immer holpriger und steiler geworden war. Das Tempo hatte sich erheblich verlangsamt, der Wagen hatte laut gescheppert, und sie war auf der gepolsterten Sitzbank erheblich durchgerüttelt worden.

Hatte Clara am Anfang der Fahrt noch vor Rage gezappelt wie ein Fisch auf dem Trockenen und erstickte Schreie von sich gegeben, so hatte sie sich im Laufe der Zeit beruhigt – was auch ihrem Verstand zugutekam. Rasch wurde ihr klar, dass ihr Vater hinter dem Komplott stecken musste. Die Hinterhältigkeit war typisch für ihn. Mit kühlem Kopf war sie schließlich zu dem Schluss gelangt, dass sie ihn mit seinen eigenen Waffen schlagen musste, um ihm zu entkommen.

Die Schritte der beiden Männer knirschten im Schnee, es war bitterkalt. Sie hielten Clara mit festem Griff gepackt und schleiften sie hinter sich her. Dann vernahm sie das Geräusch einer Tür, die geöffnet wurde, gleich darauf erklang die Stimme ihres Vaters.

»Bringt meinen Goldschatz herein!«, sagte er freudig. »Und setzt sie an den Kamin, damit sie es warm hat.«

Im nächsten Augenblick wurde ihr der Sack vom Kopf genommen, und Clara fand sich in einem behaglich ausgestatteten Wohnraum wieder, Auge in Auge mit ihrem Vater.

»Entschuldige bitte die Unannehmlichkeiten, mein armes Mädchen!«, erklärte er und nahm Clara den Knebel aus dem Mund. »Bitte durchtrenne sogleich die Fesseln, Waldemar, denn meine Tochter soll sich ja nicht vorkommen wie eine Gefangene«, befahl er seinem Adlatus und klatschte ungeduldig in die Hände.

Waldemar zückte ein Messer und schnitt Claras Fesseln durch.

»Ich hoffe, sie haben Euch nicht zu sehr geschmerzt, Jungfer Clara«, bemerkte er schuldbewusst. »Ich habe mich extra bemüht, die Schnüre nicht zu fest zu ziehen.«

»Die Arbeit hättet Ihr Euch sparen können«, äußerte Clara schnippisch. »Ich wäre nämlich freiwillig mitgekommen, wenn Ihr mir gesagt hättet, dass wir zu meinem Vater fahren!«

Waldemar runzelte verblüfft die Stirn. »Das … das konnte ich ja nicht ahnen«, murmelte er. Er wechselte einen Blick mit seinem Meister, der von Claras Bemerkung nicht minder überrascht schien.

»Es freut mich, dass du das sagst, meine Liebe.« Albin musterte Clara forschend. »Aber woher kommt dein plötzlicher Sinneswandel? Das letzte Mal, als wir uns sahen, hast du dich ja noch mit Händen und Füßen dagegen gewehrt, dass ich dich mitnehme.«

»Ich weiß – und das war ein großer Fehler«, behauptete Clara. »Als das mit Mama passiert ist, war ich viel zu schockiert, um klar denken zu können. Wie von Sinnen bin ich in die Buchgasse geeilt, um dich zu holen, und in meiner Panik habe ich Bruchstücke deiner Rede aufgeschnappt. Du hast von einer falschen Heilerin gesprochen, die den Leuten das Antoniusfeuer an den Hals hext. Da habe ich die Welt nicht mehr verstanden, weil ich dachte, du meinst Mama. Und den Rest kennst du ja.« Johannes Lonitzer habe sich rührend um sie gekümmert und auch Morros Kopfwunde versorgt, berichtete Clara. Inzwischen habe sie jedoch herausgefunden, dass er sie nur für sich habe einnehmen wollen, um sie gegen ihren Vater aufzuhetzen.

»Er hat behauptet, du wärst ein Lügner und Betrüger, und sein Großvater hätte Beweise zusammengetragen, die das bestätigen würden«, erklärte Clara und tat reumütig. »Ich habe ja selbst geglaubt, dass du die Leute mit deinen Lügengeschichten gegen Mama aufgehetzt hättest, darum traf er bei mir auf offene Ohren. Erst als er dich dann beim Magistrat angezeigt hat, ist mir endlich bewusst geworden, dass dieser Kerl mich nur benutzt hat, um dich zu ruinieren. Er will dich am Galgen sehen, da ist ihm jedes Mittel recht. Verzeih mir, dass ich dir so unrecht getan habe!« Clara drückte ihren Vater innig an sich. »Ich war so verwirrt, dass ich vergessen habe, auf mein Herz zu hören. Doch jetzt weiß ich wieder, mein Platz ist bei dir.«

»Es macht mich glücklich, dass du das sagst«, murmelte Albin bewegt. »Ich bin sicher, wir haben uns einiges zu sagen, und ich freue mich auch schon darauf, mit dir am Kamin zu sitzen und über alles zu sprechen. Aber leider müssen wir das noch ein wenig vertagen, denn in Bälde werden meine engsten Vertrauten hier eintreffen, um mit mir über die Zukunft unserer Vereinigung zu beratschlagen. Du als meine Tochter kannst natürlich gerne daran teilnehmen, aber ich weiß nicht, ob unsere Debatten für eine junge Dame so erbaulich sein werden«, bemerkte er scherzhaft. »Wenn du willst, kannst du dich nach oben zurückziehen. Ich habe dir im Obergeschoss ein Schlafgemach herrichten lassen, es hat sogar ein Himmelbett mit einem Baldachin. Es gibt dort auch einen Kamin, den der Hausknecht bereits beheizt hat, damit du in der Nacht nicht frierst.«

»Das hört sich gut an«, erklärte Clara angetan, »denn um ehrlich zu sein, bin ich auch schon ein bisschen müde, und mir steht eher der Sinn nach Ruhe.«

»Na, wunderbar. Dann bringe ich dich gleich nach oben, aber vorher gehen wir noch in die Küche, damit die Köchin dir ein Abendmahl bereitet.«

Albin hatte sich schon erhoben und bot Clara seinen Arm an, als es an der Haustür klopfte. Albins Adlatus, der sich während der Unterredung von Vater und Tochter dezent im Hintergrund gehalten hatte, eilte zur Tür, um den Besuchern zu öffnen. Drei Herren in pelzverbrämten Schauben, deren Schultern von Schneeflocken bedeckt waren, traten in die Stube.

»Schön, dass Ihr da seid, meine Getreuen im Bunde der Reinen«, begrüßte Albin die Ankömmlinge und teilte ihnen mit, er geleite nur noch seine Tochter in ihr Schlafgemach, dann stehe er ihnen zur Verfügung.

Die Herren verneigten sich und wünschten der Jungfer eine gesegnete Nachtruhe. Im nächsten Moment war erneut ein Klopfen zu vernehmen, und Waldemar ließ einen kleinen Mann im schwarzen Amtstalar herein.

»Guten Abend, Richter Ohlenschlager!«, rief Albin, ehe er sich einstweilen bei dem Neuankömmling entschuldigte und mit Clara auf den Flur hinaustrat.

Das ist doch der Untersuchungsrichter, der mich vorgeladen hat! Er steckt also auch mit drin, dachte Clara und bemühte sich, sich ihre Erbitterung nicht anmerken zu lassen.

»Was für illustre Leute zu deinen Anhängern gehören«, sagte sie anerkennend zu Albin.

»Nur die Besten gehören dem Kreise der Auserwählten an«, erwiderte er stolz. »Das sieht man doch an uns«, fügte er scherzend hinzu und legte Clara den Arm um die Schultern.

Nachdem er die Köchin angewiesen hatte, seiner Tochter eine Kanne heißen Würzwein in ihr Schlafgemach zu bringen und dazu sämtliche Leckereien, die die Speisekammer zu bieten habe, geleitete er Clara die Treppe hinauf in ihr Zimmer.

»Wo sind wir hier eigentlich?«, erkundigte sich Clara beiläufig, während sie sich in dem luxuriös und geschmackvoll eingerichteten Zimmer umschaute.

»Im Jagdschloss der Familie Immolauer, welches mir Waldemar freundlicherweise zur Verfügung gestellt hat. Es liegt direkt am Taunuskamm, unweit der Ortschaft Reifenberg, und grenzt an den alten Hühnerweg, über den die Kaufleute schon seit Jahrhunderten zur Frankfurter Messe reisen.«

Clara erinnerte sich an den Höhenweg durch das raue Taunusgebirge, der zu beiden Seiten von endlosen Tannenwäldern gesäumt wurde und am Ende die steile Billtalhöhe vor der Ortschaft Königstein herunterführte – die letzte Etappe vor Frankfurt. Sie war schon häufiger mit ihrer Mutter auf diesem Weg vom Rheinland zu den Frankfurter Messen gereist.

»Ich bin jedenfalls unsagbar froh, dich wieder bei mir zu haben, meine Prinzessin«, sagte Albin und gab Clara einen Gutenachtkuss. »Ich werde dich hüten wie meinen wertvollsten Schatz – der du ja auch bist«, fügte er hinzu, ehe er hinausging.

Clara vernahm alarmiert, wie sich ein Schlüssel im

Schloss drehte. *Er hat mich eingesperrt! Von wegen, ›meine Tochter ist doch keine Gefangene‹! So ganz scheint er mir ja nicht über den Weg zu trauen* … Clara hastete zur Tür, um sich zu vergewissern, dass sie sich nicht getäuscht hatte, doch das Schloss war tatsächlich verriegelt.

»Du Schuft!«, stieß sie hervor, eilte zum Fenster an der Stirnseite des Zimmers und zog die Brokatvorhänge beiseite, die bis zum Boden reichten. Durch das dichte Schneegestöber blickte sie hinunter auf den Vorplatz, wo mehrere Pferdekutschen parkten. Je länger Clara nach unten schaute, desto schwindelerregender erschien ihr der Abgrund. Verzagt ließ sie sich auf das breite Bett sinken. *Das wird alles nicht so einfach, wie ich es mir vorgestellt habe,* ging es ihr durch den Sinn. *Es gibt immer einen Ausweg,* vermeinte sie mit einem Mal die Stimme ihrer Mutter zu hören.

»Es gibt immer einen Ausweg«, wiederholte Clara, während ihr Blick über die kunstvoll drapierten Stofffalten aus schwerem weinrotem Samt schweifte, die zu beiden Seiten des Himmelbetts in breiten Bahnen vom Baldachin bis zu den Bodendielen reichten.

3. TEIL – Das Licht

Sonntag, 18. Oktober, bis Mittwoch, 21. Oktober 1596

»Übel gebacken Brot ist die Ursache vieler Krankheiten.«
(Aus dem Kräuterbuch des Adam Lonitzer, Frankfurt am Main 1582)

13

Nachdem ihr die Küchenmagd das Essen gebracht hatte, nicht ohne anschließend wieder die Tür abzusperren, hatte Clara mit gutem Appetit gegessen, sich jedoch anstelle des heißen Würzweins lieber mit einem Becher Wasser begnügt. Sie musste wach bleiben und einen klaren Kopf behalten. Dann wartete sie ungeduldig, bis im Haus Ruhe eingekehrt war. Mit angehaltenem Atem lauschte sie an der Tür, doch es war kein Laut mehr zu vernehmen. Offenbar hatten sich auch die Domestiken in ihre Schlafkammern in der Dachmansarde zurückgezogen. Angespannt schlich Clara zu dem bleiverglasten Fenster und spähte hinunter auf den verschneiten Vorplatz, um sicherzugehen, dass auch der letzte Besucher abgefahren war.

Sie atmete noch einmal tief durch und sprach sich Mut zu – den hatte sie in Anbetracht ihres abenteuerlichen Plans bitter nötig. Es grauste sie vor der Höhe, die sie überwinden musste, um in die Freiheit zu gelangen. *Jetzt wird nicht mehr gekniffen! Wie lange willst du denn noch warten – bis zum Morgen etwa, wenn alle wieder auf den Beinen sind*, ermahnte sich die Fünfzehnjährige und öffnete behutsam die Fensterflügel. Eisige Nachtluft, durchmischt mit Schneeflocken, wehte ihr ins Gesicht. Die Wolldecke, die sie sich in Ermangelung von warmer Winterkleidung umhängen wollte, würde bei der Kälte unentbehrlich sein. Clara ergriff die zusammengerollte Decke und ließ sie auf den Vorplatz hinunterfallen, wo sie lautlos im Schnee landete. Ihre Hände zitterten, als sie die aneinandergeknoteten Vorhänge von Bett und Fenstern ergriff und das eine Ende am Fensterkreuz festband. Sie zog den Knoten so fest, wie es ging, ehe sie die Stoffbahn über die äußere Fensterbank nach unten gleiten ließ. Erleichtert stellte sie fest, dass sie lang genug war, so dass sie bis zum Boden daran herunterklettern konnte, ohne springen zu müssen.

Clara atmete noch einmal tief ein, umklammerte das obere Ende der Stoffbahn und schwang sich hinaus. *Schau nicht hinunter*, beschwor sie sich, um nicht in Panik zu verfallen. *Ein falscher Handgriff, und du stürzt in den Abgrund.* Mit wilder Entschlossenheit begann sie, sich an den Stoffbahnen hinunter zu hangeln. Die Anspannung machte sie äußerst wachsam, und jeder Handgriff saß. Flink und sicher kletterte sie nach unten. Der Schnee dämpfte alle Geräusche und knirschte sachte unter ihren Füßen, als sie den Boden berührten. Clara sandte ein Stoßgebet zum Himmel, und sie hätte am liebsten den Boden geküsst, so erleichtert war sie, die Klettertour heil überstanden zu haben. Sie klaubte die Wolldecke auf, breitete sie um ihre Schultern und zog sie am Hals eng zusammen, da sie vor Kälte und Aufregung am ganzen Körper bebte. *Mach dich auf den Weg, dann wird dir schon warm werden*, trieb sie sich an und stakste den verschneiten Waldweg entlang, der vom Jagdschloss wegführte. Trotz des Neuschnees waren die tiefen Einkerbungen der Kutschenräder auf dem verschneiten Untergrund noch deutlich zu erkennen, und Clara beschloss, ihnen zu folgen, da die Anhänger ihres Vaters das gleiche Ziel hatten wie sie: auf direktem Weg nach Frankfurt zu kommen. Clara blickte sich verwundert um. Es war hier draußen im dichten Tannenwald viel heller, als sie vermutet hatte. Der Schnee und der fast volle Mond am sternenklaren Himmel tauchten den Wald in ein silbriges Licht. So schnell es der knöchelhohe Schnee erlaubte, marschierte Clara weiter.

———◆———

Nachdem sich die Suche nach Clara im Gefolge der Stangenknechte als aussichtslos erwiesen hatte, war Johannes um die zehnte Stunde erschöpft nach Hause zurückgekehrt, nach einem hastig heruntergeschlungenen Imbiss todmüde aufs Bett gesunken und sogleich eingeschlafen.

Es war noch stockfinster, als er wach wurde. Die Rathausuhr schlug gerade die fünfte Morgenstunde. Johannes fühlte sich wie gerädert und hätte gern noch ein wenig geschlafen, doch seine strapazierten Nerven ließen ihn keine Ruhe mehr finden. Unentwegt kreisten seine Gedanken um Lovenita und ihre ausweglose Lage – und jetzt war auch noch das Mädchen verschwunden. Vermutlich war sie von den Vasallen ihres Vaters längst an einen Ort außerhalb der Stadt gebracht worden. Aber er würde dafür sorgen, dass die Suche nach der Vermissten auf die Umgebung von Frankfurt ausgedehnt wurde – wenngleich es Sonntag war und die Stangenknechte nur in spärlicher Besetzung ihren Dienst versahen.

Außerdem musste er unbedingt Lovenita aus den Klauen der Strafjustiz befreien, indem er den Hexerei-Verdacht entkräftete. Auf einmal kam ihm eine kühne Idee. Schon seit Jahren hatte er sich den Kopf darüber zerbrochen, was die wahre Ursache der gefürchteten Kribbelkrankheit war. Mit der gängigen Anschauung, das Antoniusfeuer sei eine Strafe Gottes, welche nur der heilige Antonius und in seiner Nachfolge der ehrwürdige Antoniterorden heilen könnten, mochte er sich einfach nicht abfinden. Schon während der letzten Epidemie vor zwei Jahren, nach einem kalten, verregneten Sommer, war Johannes ein starkes Überhandnehmen des Mutterkorn-Pilzes an den kümmerlichen, auf den Feldern verfaulenden Roggenähren aufgefallen. Damals kam ihm der Gedanke, dass es womöglich einen Zusammenhang zwischen dem Getreidepilz und dem Auftreten der Seuche gab. Er hatte mit Kollegen und Gelehrten über seine Vermutung gesprochen, war jedoch auf taube Ohren gestoßen. In den Wirren der Pest, die anschließend in Frankfurt gewütet und ihn seiner Angehörigen beraubt hatte, war er viel zu erschüttert, um diesen Gedanken noch weiterzuverfolgen. Aber mit dem neuerlichen Ausbruch des Antoniusfeuers waren seine Mutmaßungen zurückgekehrt und ließen ihn nicht mehr los.

So schüttelte er jetzt die Müdigkeit ab und schlurfte

zu seinem Schreibtisch, auf dem neben anderen Folianten das Kräuterbuch seines Vaters lag. Er zündete eine Kerze an und schlug es an einer mit einem Lesezeichen markierten Stelle auf, ließ sich auf dem Stuhl nieder und fing an zu lesen:

Von den Kornzapfen

Man findet oftmals an den Ähren des Roggens oder Korns lange schwarze, harte Zapfen, welche zwischen den Körnern herauswachsen, wie lange Nägel anzusehen, inwendig weiß wie das Korn. Solche Kornzapfen werden von den Weibern für eine sonderliche Hilfe und bewährte Arznei bei Geburtswehen gehalten und darum im Volksmund auch Mutterkorn genannt.

Aber Vorsicht, das Mutterkorn enthält ein starkes Gift und kann bei unsachgemäßer Dosierung zu schlimmen Vergiftungen führen.

Nota 1: Am 12. März im Jahre des Herrn 1509 reichte die Frankfurter Apothekerinnung beim Magistrat eine Beschwerde gegen einen Arzt ein, weil er zum wiederholten Mal seine Arzneien selbst hergestellt hatte. Der Fall war ruchbar geworden, weil der Doktor einer jungen Frau, die bei der Geburt viel Blut verloren, eine selbstgebraute Tinktur aus Mutterkorn eingegeben hatte. Die Frau bekam davon schlimme Wahnvorstellungen, und mehrere Zehen wurden brandig. Es stellte sich heraus, dass die Konzentration des Mutterkorngiftes in der Tinktur fast um das Zehnfache höher war als gemäß der Städtischen Medizinalordnung für das Apothekerwesen zulässig.

Nota 2: Aus den Aufzeichnungen des ehrenwerten Apothekers Jan Huntelaar zu s'Hertogenbosch, Brabant, 16. März, Anno domini 1490: Auf Bestellung des hochlöblichen Meisters

*Jheronimus van Aken, als da ist Kunstmaler zu s'Hertogen-
bosch und Gildebruder der Bruderschaft unserer Lieben Frau,
habe ich die folgende Rezeptur bereitet: eine Messerspitze fein
zermahlen Mutterkorn, aufgelöst in drei Sextarien kalt Brunnenwasser. Hilft für gewöhnlich gegen stinkenden Atem, Fieber
und Fallsucht. Nüchtern getrunken, wird der Mund wohlschmeckend und lustig zu essen. Nach Bekunden des Meisters
van Aken verschaffe ihm die Rezeptur mancherlei Phantasie
und Gesichte und habe ihn bei der Arbeit an seinem Gemälde
»Das Jüngste Gericht« aufs Erbaulichste beflügelt.*

Aufs Erbaulichste beflügelt, ging es Johannes durch den
Sinn. Vor seinem inneren Auge sah er das berühmte
Gemälde von Hieronymus Bosch, und ihm stockte der
Atem. Ein großartiges Werk mit einer Unzahl düsterer
Höllengestalten, die sich gegenseitig alle erdenklichen
Qualen zufügten. *Solche Ungeheuer sind dem Meister also
erschienen, nachdem er das Mutterkorn-Elixier eingenommen
hatte*, überlegte der Doktor. Auf der nächsten Seite fiel
sein Blick auf eine Stelle, die er bei seiner Lektüre vor
zwei Jahren unterstrichen hatte.

*Das Mutterkorn war schon im klassischen Altertum bekannt.
Aristoteles, Homer und Plato erwähnen in ihren Schriften die
Mysterien von Eleusis, bei denen die Eingeweihten berauschende Tränke zu sich nehmen, die möglicherweise Mutterkornauszüge enthalten.*

Johannes eilte zum Bücherbord, das sich über die ganze
Längsseite des Raumes erstreckte. Er blickte die Reihe

der in alphabetischer Reihenfolge geordneten Bände entlang, zog mehrere Schriften aus dem Regal und platzierte sie auf dem Schreibtisch. Zuerst schlug er mit bebenden Händen eine Schrift Platos auf. Das Kapitel trug die Überschrift »Die Irrfahrten der Demeter«. Johannes' Zeigefinger glitt über die Zeilen, und er las begierig die Worte des großen Philosophen.

Diejenigen, die in die Unterwelt hinabstiegen, wurden zuvor mit einem Öl gesalbt, dann tranken sie vom Wasser des Vergessens und vom Wasser der Erinnerung, welches ihnen später helfen sollte, sich an das zu erinnern, was ihnen in der Unterwelt widerfahren war. Solcherart stiegen die Eingeweihten hinab in den Hades, um zu »sehen« und zu »hören«. Wenn sie aber zurückkehrten aus der Unterwelt, waren sie von Schrecken erfüllt und erkannten weder sich selbst noch ihre Umgebung. Doch mit der Zeit kam selbst das Lachen wieder. Allerdings nicht bei allen: Denn jene, die sich in die Unterwelt gewagt hatten, nannte man auch »Die Menschen ohne Lachen«.

Wie ein Getriebener suchte Johannes auch in den anderen Schriften nach den Mysterien von Eleusis. Homer erwähnte eine »Ambrosia-Salbe«, mit der sich die Teilnehmer der Mysterien einrieben.

Sie besteht aus der schwarzen Kornmutter, die süß schmeckt und glücklich macht, und Kräutern von den Wiesen, auf denen die Rosse der Göttin Ambrosia weiden. Den Eingeweihten verleiht sie die Fähigkeit, zu fliegen und die Sprache der Tiere zu verstehen.

Auch Aristoteles war ein Eingeweihter in die Mysterien von Eleusis. Er begleitete die Mysten bei den Irrfahrten der Göttin Demeter auf der Suche nach ihrer Tochter Persephone, die vom Totengott in den Hades verschleppt worden war. *Wir liefen durch verschlungene, unterirdische Gänge*, schilderte Aristoteles seine Erfahrungen in der Unterwelt, *und das Kykeon aus den schwarzen Ähren der Kornmutter, welches die Demeter und ihre Initianden zu sich nahmen, schärfte unsere Sinne. Auf dem tiefsten Grund der Höhle gewahrten wir Myriaden von Secretos, die den menschlichen Ideen entsprechen. Die Secretos lösen sich bei Krankheit von den Menschen und entweichen in die Unterwelt und müssen von dort wiedergeholt werden. Denn ohne die Secretos ist der kranke Mensch von seinem Ursprung entfremdet – in seiner Wahrnehmung leuchten die Ideen nicht mehr auf …*

Welch atemberaubende Einblicke in die Abgründe der menschlichen Seele, dachte Johannes und machte sich eifrig Notizen. Dann blickte er gedankenversunken aus dem Fenster. Draußen war es längst hell geworden, und es regnete Bindfäden. *Das Hochwasser wird noch weiter ansteigen*, sinnierte er. Ihn fröstelte, und er hatte nicht übel Lust, sich wieder im warmen Bett zu verkriechen. Wer nicht unbedingt hinausmusste, der blieb bei diesem gottverdammten Wetter zu Hause in der Stube, zumal es Sonntag war. Für ihn der einzige Tag in der Woche, an dem er seine Praxis geschlossen hielt. Er spürte mit jeder Faser, dass er die Ruhe gut hätte gebrauchen können. Doch Lovenitas Leben war in Gefahr, und er durfte nicht ruhen, bis ihre Unschuld bewiesen und sie wieder frei war. Er musste vor dem Magistrat den öffentlichen Beweis antreten, dass das Mutterkorn das Antoniusfeuer verursachte – wenn es sein musste im Selbstversuch. Dafür würde er sich in Fachkreisen die notwendige Unterstützung holen.

Bruder Melchior, der Prior des Antoniter-Klosters in Höchst, begrüßte den Stadtarzt erstaunt.

»So früh schon unterwegs, der junge Herr Doktor, und das auch noch am heiligen Sonntag, wo andere auf der Bärenhaut liegen«, bemerkte er scherzhaft und tätschelte Johannes die Schulter.

»Ich weiß doch, dass im Kloster die Uhren anders gehen«, erwiderte der Arzt. »Ihr Patres steht um drei Uhr auf und sprecht das Morgengebet, da ist für Euch doch jetzt zur siebten Stunde schon fast Mittag.«

»Da täuscht Ihr Euch aber, was das Aufstehen anbetrifft, meine ich. Wir stehen bereits *eine* Stunde nach Mitternacht auf, und bis zur Sext, der Mittagszeit, sind es noch ganze fünf Stunden – mir hängt jetzt schon der Magen in den Kniekehlen!« Der rundliche Mann, über dessen vorgewölbtem Bauch sich der schwarze Ordensmantel mit dem blauen T-Kreuz spannte, feixte und rollte die Augen. »Sagt, Ihr wollt doch heute nicht Eure Patientin besuchen? Dann kann ich Euch nämlich gleich wieder heimschicken.«

Johannes, der die humorvolle Art des Klostervorstehers mochte, flachste zurück: »Ach, die Freifrau meint

Ihr. Ich muss gestehen, da hält sich meine Sehnsucht in Grenzen.«

»Kann ich verstehen, mein junger Freund, kann ich verstehen – und ehrlich gesagt, wir sind auch nicht böse, dass sie uns verlassen hat«, raunte der Prior verschwörerisch.

»Ach, sie ist schon wieder zu Hause?«, erkundigte sich Johannes verwundert.

»Wo denkt Ihr hin, dazu ist die Ärmste doch viel zu hinfällig! Nein, Paloma von Malkendorf ist in Begleitung ihrer Mutter und ihrer Schwestern auf dem Weg zu unserem Mutterhaus, dem Kloster Saint-Antoine in Frankreich, wo die Reliquien des heiligen Antonius aufbewahrt werden. Da sich ihre Wahnvorstellungen noch verschlimmert haben, erhofft sie sich wohl dort, an diesem heiligen Ort, die Heilung von ihrem Leiden.« Bruder Melchior schüttelte den Kopf. »Ich sage immer, wir tragen den Keim unserer Krankheiten in uns. Will sagen, wer von Haus aus schon reichlich überdreht und hippelig ist, der wird durch das Antoniusfeuer auch nicht zahmer.«

Johannes, der genau verstand, was der Pater meinte, musste unwillkürlich lachen. »Meinen Segen hat sie jedenfalls«, bemerkte er lapidar und ließ den Prior wissen, dass der Grund seines Besuches ein anderer sei.

»Oha!«, machte der Klostervorsteher. »Habt Ihr etwa von den Lutheranern genug und wollt in unseren Orden eintreten?«

»Das nicht gerade«, erwiderte der Stadtarzt und musterte den Prior angespannt. »Ich habe mit Euch eine wichtige Unterredung zu führen – es geht um das Antoniusfeuer.«

»Um was auch sonst.« Pater Melchior geleitete den Arzt zu seinem Arbeitszimmer.

Johannes hob den Blick von seinen Notizen und sah den Prior eindringlich an. »Ich gebe ja zu, das ist alles noch sehr chaotisch und unausgegoren, aber mein Verdacht, dass es einen Zusammenhang zwischen dem Mutterkorn und dem Antoniusfeuer gibt, hat sich inzwischen erhärtet.«

Der Klostervorsteher war während Johannes' Ausführungen ungewohnt ernst geworden. Sein Humor schien ihm einstweilen abhandengekommen zu sein, als er bemerkte, dass er von einer derartigen Schädlichkeit des Mutterkorns noch nie etwas gehört habe. »Und das in über dreißig Jahren Krankenpflege nicht«, konstatierte er mit hochgezogenen Brauen. »Nehmt es mir nicht übel, lieber Doktor, aber dass diese harmlosen schwarzen Kornzapfen die Ursache der heimtückischen Kribbelkrankheit sein sollen, das kann ich mir beim besten Willen nicht vorstellen.« Er schüttelte skeptisch den Kopf mit dem schütteren grauen Haar. »Im Gegenteil, schon in den Schriften unserer Vorfahren wird dem Mutterkorn eine blutstillende Wirkung zugeschrieben sowie die Kraft, schwere Geburten zu fördern und sogar die, unfruchtbare Frauen fruchtbar zu machen.«

»Das ist mir als Arzt selbstverständlich bekannt, auch ich verwende Mutterkorngaben bei Geburtswehen und starken Blutungen«, stimmte ihm Johannes zu. »Das bedeutet aber nicht, dass das Mutterkorn in bestimmter Dosierung nicht auch eine schädliche, in Anbetracht der Symptome des Antoniusfeuers sogar vernichtende Wirkung haben kann.«

Der Prior fegte auch diesen Einwand mit der Bemerkung vom Tisch, dass er beim besten Willen keinen Zusammenhang zwischen dem Mutterkorn und dem Antoniusfeuer erkennen könne.

»In weiten Teilen Hessens, vor allem in der nahegelegenen Wetterau, wo das Antoniusfeuer vor zwei Jahren ebenfalls grassierte, wird überwiegend Gerstenbrot gegessen«, gab Pater Melchior zu bedenken. »Wenn das im Roggenbrot enthaltene Mutterkorn der Auslöser der Kribbelkrankheit wäre, dann müsste ja jeder, der verunreinigtes Roggenbrot gegessen hat, die besagten Beschwerden hervorbringen. Unsere langjährigen Erfahrungen in der Pflege der Erkrankten sprechen jedoch dagegen. Wenn in einer Familie alle vom selben Brot essen, so bricht doch nur bei einigen die Krankheit aus, andere dagegen zeigen keinerlei Beschwerden. Aber wenn das Mutterkorn tatsächlich der Auslöser des Antoniusfeuers wäre, müssten doch alle vergiftet werden, die solches Brot zu sich genommen haben.«

»Eben das habe ich vorhin versucht, Euch zu erläutern«, erwiderte Johannes ungeduldig. »Wie uns der Heilberuf lehrt, ist alles eine Frage der Dosierung. Der eine erwischt unglücklicherweise eine Scheibe Brot, in der eine hohe Konzentration des Mutterkorns enthalten ist und zeigt bald die für das Antoniusfeuer typischen Symptome, andere dagegen erwischen ein Stück, dem nur geringe oder gar keine Pilzsporen beigemischt sind. Außerdem ist noch längst nicht erforscht, ob nicht das Mutterkorn, wenn es in Wasser aufgelöst und getrunken wird, wie in den eleusinischen Tränken der griechischen Antike, eine positive Wirkung zeigen kann, welche ohne die üblichen Vergiftungserscheinungen wie Kribbeln, Krämpfe und Gangrän einhergeht.«

»Das sind doch alles nur wilde Spekulationen!«, unterbrach ihn der Prior. »Die Irrfahrten in die Unterwelt, die Plato und Aristoteles in ihren Schriften erwähnen, sind eher sinnbildlich zu verstehen und haben einen rein symbolischen Gehalt. Sie mögen vielleicht einem gelehrten Humanisten tiefere Einsichten in das Wesen der Menschen bescheren – für das Christentum sind sie jedoch nur von geringer Bedeutung. Bestenfalls gehören sie in den Bereich der Märchen und Sagen, mit denen man sich an langen Winterabenden die Zeit vertreibt.« Der Vorsteher des Antoniter-Hospitals blickte den Arzt offen an. »Nehmt es mir bitte nicht übel, verehrter Herr Doktor, ich spreche nur aus dem bescheidenen Erfahrungsschatz unseres Ordens, den unser Ordensgründer, der heilige Antonius, mit der Pflege der am Antoniusfeuer Erkrankten betraut hat. Aber nach meinem Dafürhalten gibt es für diese schreckliche Heimsuchung nur eine einzige plausible Erklärung: Wir Antoniter begreifen die Krankheit als Strafe Gottes wie die Pest und den Aussatz. Wir Menschen müssen sie als gottgewollt hinnehmen wie all das Ungemach, das in unseren düsteren Zeiten über uns hereinbricht, auf dass wir uns in Demut und Reue von unseren Sünden abkehren und zu Kindern des ewigen Lebens werden. Im Geiste von Jesus Christus, des Vaters, des Sohnes und des Heiligen Geistes, in Ewigkeit, amen.« Der Prior bekreuzigte sich und neigte gottergeben das Haupt.

Johannes musterte ihn enttäuscht. »Ich hatte gehofft, dass ein Ordensmann wie Ihr, der über eine so reiche Erfahrung in der Pflege der am Antoniusfeuer Erkrankten verfügt, offen ist für meine Thesen über mögliche Ursachen der Krankheit. Aber wie mir unser Gespräch bedauerlicherweise gezeigt hat, seid Ihr nicht bereit, von Euren alten, vorgefertigten Überzeugungen abzuweichen, wenngleich es für die Menschen eine ungeheure Erleichterung wäre, von dieser Geißel befreit zu werden.«

Der Prior seufzte auf. »Ich will ehrlich zu Euch sein, lieber Doktor Lonitzer. Zum einen, weil Ihr ein so leidenschaftlicher Verfechter Eurer kühnen Hypothese seid – die mir, mit Verlaub, wie hanebüchener Unfug erscheint. Zum anderen, weil ich es als großen Dienst an der Menschheit betrachten würde, wenn Ihr mit Euren absonderlichen Behauptungen recht behalten solltet und die Kribbelkrankheit dadurch bekämpft werden könnte. Denn als gläubiger Ordensmann ist mir immer am Wohle der mir Anvertrauten gelegen. Auch noch nach dreißig Jahren dauern mich die Kranken zutiefst, und wenn das anders wäre und mich ihr Leiden kaltließe, wäre ich in unserem Hospital fehl am Platz. Das gilt im Übrigen auch für meine Brüder, die alle mit großer Aufopferung und Sorgfalt der Krankenpflege nachgehen. Kurzum, wenn es irgendeine Hoffnung gibt, dass den Kranken geholfen werden kann, und sei sie noch so gering, mag ich mich nicht dagegen sperren.« Der Pater lächelte versöhnlich. »Also, wenn ich irgendetwas für Euch tun kann, dann lasst es mich wissen.

Obwohl ich nicht weiß, was aus uns würde, wenn sich Eure Mutmaßungen als richtig erweisen sollten. Der Antoniterorden lebt hauptsächlich von Stiftungen und Spenden, und seit der Reformation ist die Spendenfreudigkeit ohnehin schon sehr zurückgegangen. Wenn uns jetzt auch noch die Kranken wegblieben, dann wären wir ganz und gar überflüssig.«

»Das täte mir leid«, bekundete Johannes. »Das hätten die tüchtigen Ordensleute des heiligen Antonius fürwahr nicht verdient.«

»Zerbrecht Euch mal darüber nicht den Kopf – so weit sind wir noch lange nicht«, bemerkte der Prior trocken. »Wie wollt Ihr denn vorgehen, um Eure Hypothese über das Antoniusfeuer zu beweisen?«

»Ich möchte beim Magistrat eine öffentliche Anhörung beantragen, die so bald wie möglich anberaumt werden soll. Bei meinem Vortrag sollen außer dem Schultheißen und den Ratsherren auch einige Frankfurter Berufskollegen zugegen sein, des Weiteren Ihr in Eurer Funktion als Prior des Antoniter-Hospitals zu Höchst mit einem Stab erfahrener Patres und eine Abordnung der Medizinischen Fakultät der Universität Marburg, an der sowohl mein Vater als auch ich studiert haben«, erklärte Johannes entschlossen. »Wie es sich in akademischen Kreisen gebührt, werde ich meine Hypothese vortragen, wonach die Herren Kollegen, Ihr natürlich nicht ausgenommen, die Gelegenheit erhalten sollen, sich dazu zu äußern. Im Anschluss an die Disputation werde ich mich einem Selbstversuch unterziehen, zu dem ich Euch als Gutachter bitten möchte.«

Ohne zu zögern, erklärte sich der Prior dazu bereit. »Selbstverständlich werde ich meine Einwände gegen Eure These vorbringen, ich möchte Euch aber vorab meine Loyalität zusichern, verehrter Doktor Lonitzer. Ihr könnt Euch gewiss sein, dass ich Euch nicht in den Rücken fallen werde.«

Johannes verneigte sich respektvoll vor dem Ordensvorsteher. »Ihr seid ein Ehrenmann, Herr Prior. Nichts anderes hatte ich von Euch erwartet.«

Die höllischen Schmerzen in ihren Daumen zermürbten Lovenita, und sie hatte zunehmend das Gefühl, an den Qualen zu zerbrechen, die ihr in regelmäßigen Abständen zugefügt wurden. Vor der Tortur gab ihr der Henker stets ein paar seiner Tropfen, welche den Schmerz bei der Folter auch etwas eindämmten, später jedoch, wenn die Wirkung des Opiats nachließ, kehrte er umso heftiger zurück. Sie lag auf dem feuchten Stroh und fühlte sich so schwach und entkräftet, dass sie die bange Ahnung überkam, sie würde bald das Zeitliche segnen.

»Lieber Gott, lass mich diese Hölle überleben, damit ich mein Kind wieder in die Arme schließen kann«, flehte sie inständig. Wenn sie nicht in dumpfer Apathie vor sich hin dämmerte oder ihren Kindheitserinnerungen nachhing, kreisten ihre Gedanken um Clara – aber auch um Johannes. Immer wieder dachte sie daran, wie unsagbar sie sich zu Johannes hingezogen gefühlt hatte, als sie sich im Halbdunkel des Flurs gegenübergestanden hatten. Er hatte ihr zugeflüstert, wie viel sie ihm bedeute, und sie hatte seinen Atem an ihrem Ohr gespürt und eine Gänsehaut bekommen.

Sie hatte sich zurückgehalten, hatte gedacht, ihre Gefühle seien zu intensiv, um sie in einem Strohfeuer münden zu lassen. Sie wollte sie sich aufsparen, bis der richtige Zeitpunkt gekommen war. *Und jetzt ist es vielleicht zu spät*, dachte sie betrübt.

Lovenita hatte eigentlich nicht mehr daran geglaubt, dass sie noch einmal die Liebe erleben würde. Für keinen Mann hatte sie auch nur annähernd so empfunden wie für Albin. Eine solche Liebe, so hatte sie immer gewähnt, erlebte man kein zweites Mal. Doch ihre Empfindungen für Johannes waren ungleich tiefer. Johannes konnte sie absolut vertrauen. Er würde immer zu ihr stehen und sie nicht so enttäuschen wie Albin, dessen war sie sich gewiss. Sie dachte daran, wie sie bei ihrer ersten Begegnung miteinander gelacht hatten. *Wir verstehen uns blind und sind wie füreinander geschaffen.* Bei diesem Gedanken breitete sich unversehens ein Lächeln über Lovenitas ausgezehrtes Gesicht. Für einen Moment vergaß sie alle Widerwärtigkeiten der Kerkerhaft. Selbst der rasende Schmerz in ihren Daumen schien gemildert zu sein.

Plötzlich vernahm sie Schritte draußen auf dem Gang, die immer lauter wurden. Panische Angst stieg in ihr auf. Kamen etwa ihre Häscher, um sie einer neuerlichen

Tortur zu unterziehen? Beim Gedanken an die Folter verkrampfte sich alles in ihr. Das würde sie nicht mehr durchstehen …

»Gelobt sei Jesus Christus«, erklang stattdessen eine sanfte Männerstimme von der Zellentür her. Im Fackelschein gewahrte sie einen älteren Mann im geistlichen Gewand und einen Wärter, der dem Kleriker die Tür aufschloss und ihn in Lovenitas Zelle ließ, ehe er die Tür wieder von außen verriegelte.

»Mein Name ist Jakobus Spahn, ich bin Prädikant der lutherischen Gemeinde und gekommen, um gemeinsam mit Euch zu beten«, stellte sich der Geistliche vor. Er lächelte die ausgemergelte Frau, die ihn aus großen Augen anblickte, freundlich an. »Wie ich hörte, seid Ihr Ägypterin. Mir ist bekannt, dass die Ägypter, die einst als fromme Pilger in unser Land kamen und bald als Fahrende in Verruf gerieten, ihre eigenen Götter anbeten. Da ich indessen der Meinung bin, dass wir alle zu einem Gott beten, auch wenn er von unterschiedlichen Völkern mit verschiedenen Namen angerufen wird, mag ich Euch diesbezüglich keine Vorschriften machen.« Der Mann mit dem säuberlich gestutzten grauen Kinnbart kniete sich an Lovenitas Seite und faltete die Hände zum Gebet. »Der Herr ist mein Hirte, mir wird nichts mangeln. Er weidet mich auf einer grünen Aue und führet mich zum frischen Wasser. Er erquicket meine Seele. Er führet mich auf rechter Straße um seines Namens willen. Und ob ich wanderte im finstern Tal, fürchte ich kein Unglück …«

»Ich fürchte aber das Unglück!«, brach es aus Lovenita

heraus. »Jede Sekunde fürchte ich es, seitdem ich hier in diesem gottverlassenen Kerker bin! Und die Schreie, die aus den anderen Zellen zu mir herüberdringen, verraten mir, dass auch die anderen Gefangenen es fürchten.«

Der Kleriker legte Lovenita mitfühlend die Hand auf die Schulter. »Verzage nicht, meine Tochter, unser Vater im Himmel möge dir und den anderen Geplagten in der schweren Zeit beistehen. Lass uns den Allmächtigen gemeinsam um Schutz und Hilfe für seine armen gepeinigten Kinder bitten.«

Lovenita sah in den Augen des Geistlichen einen tiefen Glauben, der sie berührte, daher mochte sie sich dem Vorschlag des frommen Mannes nicht widersetzen und stimmte in die Fürbitte ein. Sie betete für Clara und Johannes, für Violetta, ihre Eltern, die sie niemals kennengelernt hatte, die anderen Insassen im Brückenturm und die Menschen, die am Antoniusfeuer erkrankt waren.

»Gott im Himmel, habe ein Einsehen mit mir, du weißt doch, dass ich unschuldig bin und ihnen diese schreckliche Krankheit nicht angehext habe!«, flehte die Heilerin. »Ich habe sie auch nicht mit meinen Gemütstropfen vergiftet, wie böse Zungen behaupten. Ich bitte dich, Herr Jesus, dass der Richter mir endlich Glauben schenkt ... und dass die schrecklichen Torturen bald ein Ende haben, denn ich kann nicht mehr.« Lovenita brach auf dem Stroh zusammen und wurde von heftigem Schluchzen geschüttelt.

Der lutherische Prädikant streichelte ihr sachte über den Kopf. »Ich werde mich für dich verwenden, meine

Tochter«, versprach er begütigend, ehe er sich mit einem frommen Gruß von der Gefangenen verabschiedete.

———✦———

Als Johannes aus Höchst nach Hause zurückkehrte, fand er am Kamin eine schlotternde Clara vor. Seine Haushälterin hatte das Mädchen bereits in eine warme Decke gepackt und ihm eine heiße Suppe gereicht.

»Ihre Sachen habe ich unten am Küchenherd aufgehängt, die musste ich erst mal auswringen, so nass waren die«, ereiferte sie sich und fragte ihren Herrn, ob er auch etwas Suppe wünsche.

Während er aß, berichtete Clara ihm von ihrer Entführung und der nächtlichen Flucht. »Gottlob war fast Vollmond, und ich konnte alles gut erkennen, sonst würde ich wahrscheinlich jetzt noch durch den Wald irren. Jedenfalls fand ich rasch den Höhenweg über den Taunuskamm, und als es hell wurde, war ich auch schon in Königstein. Ein Frankfurter Gewandmacher, der mit seinen Gehilfen auf der Burg Königstein gewesen war, um dem Burgherrn und seiner Familie Gewänder für die kalte Jahreszeit anzupassen, hat mich kurz hinter Königstein mitgenommen. Im Taunusgebirge hat es ja unentwegt geschneit, doch im Flachland ist der Schnee in Regen übergegangen, es hat geschüttet wie aus Eimern. Da hatte der Schneidermeister wohl Mitleid mit mir. Er war sehr nett und hat mich von seinem Kutscher sogar bis vor die Haustüre fahren lassen.«

»Was für ein Glück!«, rief Johannes. Er lobte Clara für

ihre beherzte Flucht, die allerdings auch anders hätte enden können, wie er händeringend zu bedenken gab. »Jetzt stärkst du dich erst mal und wärmst dich auf, und dann werde ich auf der Wache Meldung erstatten, damit gleich ein Trupp Stangenknechte zu dem Jagdschloss reitet, um Albin dingfest zu machen. Möglicherweise wirst du sie begleiten müssen, um ihnen den Weg zu zeigen, aber da fahren wir selbstverständlich mit der Kutsche.«

»Am besten komme ich gleich mit auf die Polizeiwache«, schlug Clara vor. Dann erzählte sie Johannes von ihrem Zusammentreffen mit Untersuchungsrichter Ohlenschlager, der offenbar auch zu den Seilschaften ihres Vaters gehöre.

———————

Albin war fassungslos, als er um die achte Morgenstunde die Tür von Claras Schlafgemach aufschloss und anstelle seiner Tochter nur ein unbenutztes Bett vorfand. Die offenen Fensterflügel und die herunterhängenden, aneinandergeknoteten Vorhänge ließen keinen Zweifel daran, dass Clara waghalsig geflüchtet war. Er warf einen angespannten Blick auf den verschneiten Vorplatz und vergewisserte sich, dass sie nicht abgestürzt war. Seine Erleichterung darüber verflüchtigte sich jedoch rasch, und eine unbändige Wut erfüllte den Visionär bis in die Haarspitzen.

»Dieses gottverdammte Miststück hat mich ausgetrickst!«, tobte er, ergriff das Tablett mit dem Essgeschirr von der Nachtkonsole und warf es gegen die Wand. Aufgestört durch den Lärm und die Schreie, kam Waldemar, gefolgt von zwei verschreckten Dienerinnen, in das Schlafzimmer gestürzt. Die Frage, was denn passiert sei, erübrigte sich angesichts des offenen Fensters und des am Fensterkreuz festgeknoteten Vorhangs.

»Das kann doch nicht wahr sein«, murmelte Waldemar bestürzt und schlug sich die Hand an die Stirn.

»Es ist aber wahr!«, schrie ihm Albin ins Gesicht und musterte seinen Adlatus so unduldsam, als wäre dieser schuld an Claras Verschwinden.

»Meister, bitte echauffiert Euch nicht so! Wir werden sie gleich suchen gehen, allzu weit kann sie doch bei dem Schnee und der Kälte nicht gekommen sein.« Der Patriziersohn zog unwillkürlich den Kopf ein, um vor einem weiteren Wutausbruch seines Meisters in Deckung zu gehen.

»Den Teufel werden wir tun diese Fahnenflüchtige auch noch zu suchen!«, schnaubte Albin verächtlich. »Soll das Balg doch im Wald festfrieren, das ist mir einerlei. Die ist für mich gestorben. Ich habe keine Tochter mehr – hast du das kapiert? Und wenn irgendjemand es noch einmal wagen sollte, ihren Namen auszusprechen, dann darf er sich gleichfalls davonscheren, ist das klar?« Albins Augen sprühten vor Zorn.

Er herrschte die Mägde an, sie sollten sofort runter in die Küche gehen und Reiseproviant zurechtmachen – und eine gute Flasche Wein einpacken, denn die brauche er jetzt für seine Nerven.

»So – und jetzt lass uns darüber nachdenken, wohin wir uns am besten verziehen. Denn dass wir hier nicht mehr bleiben können, versteht sich ja von selbst«, wandte er sich an seinen Adlatus, nachdem die Bediensteten gegangen waren.

»Meint Ihr vielleicht, dass Clara der Polizei unser Versteck verraten könnte? Sie weiß doch gar nicht genau, wo sich das Jagdschloss befindet«, erkundigte sich der Patriziersohn vorsichtig.

»Der traue ich alles zu!«, lautete Albins barsche Antwort. Er wies seinen Gehilfen an, umgehend zusammenzupacken und die Kutsche bereitzumachen.

Was hat mir Clara nur für einen blauen Dunst vorgemacht – und ich Idiot bin darauf reingefallen. Sie gleicht mir nicht nur äußerlich, dachte Albin, als er hinter seinem Adlatus die Treppe hinunterging.

14

Im Hause Ohlenschlager war am Montagmorgen um fünf bereits die Nacht zu Ende. Während die Hausfrau und die Kinderfrau am Badezuber in der Küche die Kinder von Kopf bis Fuß einseiften und ihnen anschließend die Haare kämmten, denn nur blitzsaubere Kinder durften mit den Eltern bei Tisch sitzen, befand sich der Richter schon an seinem Schreibpult. Er hatte es sich zur Gewohnheit gemacht, vor Dienstantritt in Ruhe seine Akten durchzugehen, um sich auf den Arbeitstag vorzubereiten.

Ärgerlich überflog er die Verhörprotokolle im Fall Lovenita Metz. Sie hatte noch immer kein Geständnis abgelegt. Es wurde langsam Zeit, die Hexe zum Reden zu bringen. Er würde die Verstockte heute der Wasserfolter unterziehen, damit hatte er in der Vergangenheit gute Erfahrungen gemacht. Außerdem konnte er sich dann darauf berufen, dass er die Delinquentin *ohne* Blutvergießen zu einem Schuldbekenntnis gebracht hatte, was ihn vor der Öffentlichkeit gut dastehen ließe.

Er schreckte zusammen, als unversehens die Türglocke schellte. *Wer kann denn das nur sein, zu solch einer frühen Stunde*, fragte er sich ungehalten. Als zwei Stangenknechte in die Wohnstube traten, mutmaßte er, dass etwas vorgefallen war, was seine Anwesenheit dringend erforderlich machte.

»Was gibt's denn?«, erkundigte er sich bei seinen Untergebenen. Das verlegene Hüsteln und die Beklommenheit der beiden Schergen irritierten ihn.

»Wir wurden von Untersuchungsrichter Fauerbach angewiesen, den Herrn Richter zu einem Verhör abzuholen«, krächzte einer der Stangenknechte und senkte den Blick.

Claas Ohlenschlager traute seinen Ohren nicht. »Höre ich richtig? Richter Fauerbach will *mich* einem Verhör unterziehen?«, fragte er entgeistert.

»So ist es, Herr Richter«, erwiderte der Stangenknecht gepresst. »Wir tun nur unsere Pflicht und möchten den Herrn Richter bitten mitzukommen.«

»In welcher Angelegenheit soll ich denn befragt werden?«, stieß der Untersuchungsrichter hervor.

»Wir sind nicht befugt, darüber Auskunft zu erteilen«, beschied ihn der andere Scherge in amtlichem Tonfall. »Das wird Euch Richter Fauerbach persönlich sagen.«

»Und überhaupt, warum lässt mich der Herr Kollege denn schon in aller Herrgottsfrühe einbestellen?«

»Der Rat hat gestern bis spät in die Nacht getagt – am Sonntagabend –, und der Herr Richter hat den Rest der Nacht damit zugebracht, sich in den Fall einzuarbeiten. Es ist Gefahr im Verzug, auf, gehen wir!«, raunzte der Scherge, der langsam die Geduld verlor.

»Als Euer Vorgesetzter verbitte ich mir diesen Tonfall!«, empörte sich Ohlenschlager.

Er ordnete säuberlich die Akten in eine Ledermappe ein, ging zur Eingangshalle, wo er sich die Schaube umlegte und das Amtsbarett auf das Haupt setzte, verabschiedete sich von seiner Ehefrau, die aus der Küche herbeigeeilt war, mit der Erläuterung »wichtige Amtsgeschäfte«, und strebte, flankiert von den Schergen, aus dem Haus.

Die Untersuchungsrichter Ohlenschlager und Fauerbach waren einander in ihrer Pedanterie zu ähnlich, um sich zu mögen. Bei den eher seltenen Gelegenheiten, da sie gemeinsam einen Fall bearbeitet hatten, hatten sie versucht, sich gegenseitig an Genauigkeit zu übertrumpfen oder unterstellten dem Berufskollegen Nachlässigkeit, der schlimmste Vorwurf überhaupt für einen Rechthaber. Daher erläuterte Untersuchungsrichter Fauerbach dem Kollegen nicht ohne eine gewisse Häme, er stehe unter dem Verdacht, sich des Amtsmissbrauchs schuldig gemacht zu haben. Ohlenschlager, der noch nicht gefrühstückt hatte, wurde es speiübel. Man war ihm auf die Schliche gekommen. Irgendwie hatten sie herausgefunden, dass er den Meister gewarnt hatte.

»Mir … mir ist nicht gut«, stammelte er.

»Mir würde es an Eurer Stelle auch nicht gutgehen«, erwiderte sein Amtskollege ungerührt und verlas die Zeugenaussage des Hausdieners vom Alten Limpurg. Von einem Gassenjungen sei ihm am Samstagmorgen eine Nachricht für einen gewissen Waldemar Immolauer ausgehändigt worden, mit der Anweisung, sie umgehend an diesen weiterzuleiten. »Was er dann auch getan hat. Wenige Minuten später, so der Zeuge, seien die Herren Immolauer und Mollerus überstürzt abgereist, so dass die Vorladung des werten Herrn Kollegen Ohlenschlager leider nicht zugestellt werden konnte«, erläuterte Untersuchungsrichter Fauerbach höhnisch. »Wie ich inzwischen weiß, gehört Ihr der sogenannten Vereinigung der Reinen an, die der Betrüger Albinus Mollerus ins Leben gerufen hat. Ich frage Euch jetzt, ob Ihr euch schuldig bekennt, den Scharlatan in dieser Nachricht vor seiner anstehenden Inhaftierung gewarnt zu haben. Anschließend hattet Ihr sogar noch die Stirn, diese in die Wege zu leiten, obschon Euch klar war, dass die Schergen Herrn Mollerus und seinen Gehilfen im Hause Limpurg nicht mehr antreffen würden. Eine derartige Frechheit ist mir in all meinen Dienstjahren noch nicht untergekommen, und ich kann Euch nur eines sagen: Claas Ohlenschlager, Ihr seid eine Schande für unseren Berufsstand!«

Der Beschuldigte konnte nicht mehr an sich halten. Er holte hektisch ein Leinentuch aus der Innentasche seiner Schaube, presste es an den Mund und erbrach bittere Galle.

»Reißt Euch zusammen!«, maßregelte ihn sein Amtskollege barsch. »Ich erwarte von Euch auf der Stelle ein umfassendes Geständnis, das ist ja wohl das Mindeste, was ich von einem Angehörigen der Jurisprudenz erwarten kann – oder ist Euch jeder letzte Rest Anstand abhandengekommen?«

»Ich bin unschuldig!«, begehrte Ohlenschlager auf.

Fauerbach konnte offenbar nicht beweisen, dass er der Verfasser der besagten Nachricht war, sonst hätte er ihm das längst um die Ohren gehauen. »Ich habe nichts zu tun mit alledem, was Ihr mir vorwerft. Niemals würde ich mein Amt für solch eine Sache missbrauchen.«

Der Untersuchungsrichter streifte ihn mit einem verschlagenen Blick. »Wärt Ihr denn bereit, Eure Unschuld vor dem Strafgericht zu beeiden?«, fragte er Ohlenschlager lauernd.

Gott verzeih mir, es ist doch für unsere große Mission, beschwor Ohlenschlager in arger Gewissensnot seinen Richter im Himmel, ehe er mit brüchiger Stimme bekundete, dass er willens sei, dies zu tun.

Untersuchungsrichter Fauerbach sog vernehmlich die Luft ein, ehe er unter den Schriftstücken auf seinem Schreibtisch ein verknittertes Blatt hervorzog.

»Die Verhaftung des Meisters ist angeordnet, Ihr müsst umgehend abreisen!«, las Fauerbach vor und musterte den Kollegen mit tiefer Verachtung. Claas Ohlenschlager schwanden die Sinne, und er sackte zusammen.

»Diesen Brief hat eine Scheuermagd im Zimmer Zum Einhorn gefunden, nachdem der Gast namens Waldemar Immolauer in den Morgenstunden abgereist war. Er lag im Bett unter der zerknüllten Daunendecke. Herr Immolauer muss wohl in der Eile vergessen haben, ihn einzustecken. Jedenfalls hat die gewissenhafte Aufwartefrau ihn an sich genommen, weil sie dachte, er könne möglicherweise wichtig für den Gast sein. Später gab sie ihn dem Hausknecht, der ihn am Empfangstresen verwahrt hat, wie dies mit diversen Dingen, die Gäste in ihren Zimmern vergessen, so gehandhabt wird. Da weder die Scheuermagd noch der Hausknecht des Lesens mächtig sind, blieb der brisante Inhalt des Schreibens zunächst verborgen. Erst als ich am gestrigen Abend das Personal des Hauses Limpurg einer Befragung unterzog, kam die Sache ans Licht.« Ohlenschlager verbarg sein Gesicht in den Händen und winselte verzweifelt um Gnade.

»Nehmt gefälligst Haltung an! Ihr gebärdet Euch ja wie der schlimmste Jammerlappen«, zischte der Untersuchungsrichter erbost. »Wir befinden uns immerhin in einem Verhör, das im Übrigen noch lange nicht zu Ende ist.«

Ohne dem Kollegen die geringste Schonung zukommen zu lassen, setzte Fauerbach die Befragung fort, indem er ihn mit Claras Zeugenaussage konfrontierte. Die Vorwürfe und Anschuldigungen, die im weiteren Verlauf wie Hagelkörner auf Ohlenschlager einprasselten, trafen einen Mann, der bereits am Boden lag und längst die Waffen gestreckt hatte.

Dann las Fauerbach ihm genüsslich verschiedene Passagen aus dem »Buch der hundert Kapitel« vor, die eins zu eins mit den Visionen des Albinus Mollerus übereinstimmten. Damit machte er auch Ohlenschlagers hochfliegende Träume von einem »Tausendjährigen Reich« mit einem Schlag zunichte. Ohlenschlager musste erkennen, dass der Meister seine vermeintlichen Offenbarungen von einem anderen Verfasser abgeschrieben hatte – einzig zu dem Zweck, seinen Anhängern das Geld aus der Tasche zu ziehen. Von dumpfer Rachsucht getrieben gab der Enttäuschte zu, auf einen Blender hereingefallen zu sein, ihm in Treu und Glauben gedient und sich dabei immer tiefer in unlautere Machenschaften verstrickt zu haben. Er hatte nichts mehr zu verlieren und gestand alles, was Fauerbach ihm vorgeworfen hatte. Dadurch erwies er sich in den Augen des Amtskollegen wenigstens als reuiger Sünder, wenn er auch jegliche Würde verlor. Bereitwillig verriet Ohlenschlager, dass der Anführer der Reinen und sein Adlatus nach Mainz geflüchtet seien, wo sie im Hause eines Getreuen mit Namen Lothar Gassig Unterschlupf gefunden hätten. Er ließ auch nicht unerwähnt, dass die Vereinigung der Reinen am kommenden Dienstag einen ersten Kreuzzug gegen die Ungläubigen geplant hätte. Daraufhin entsandte Fauerbach umgehend einen Stangenknecht zum Rathaus, um den Senat darüber in Kenntnis zu setzen.

Auf die Frage hin, ob er die Namen weiterer Mitglieder der Vereinigung nennen könne, gab der Beklagte, ohne zu zögern, ein gutes Dutzend Mitstreiter an – darunter zwei Magistratsangehörige. Richter Fauerbach musste auch bei einigen anderen Namen schlucken, da es sich bei den Anhängern nicht wie bei derlei aufwieglerischen Bünden üblich um versprengte Handwerksgesellen, Bauern, Weber und andere Habenichtse handelte, sondern um gediegene Standespersonen und Stadtbürger.

Am Montagmittag wurden Albin, Waldemar und der wohlhabende Mainzer Goldschmied, der ihnen Gastfreundschaft gewährt hatte, von einem Schergentrupp in Haft genommen und nach Frankfurt überführt. Dort unterzog Untersuchungsrichter Fauerbach sie einem Verhör, bei dem der Bürgermeister und ein großer Teil der Ratsherren anwesend waren. Als der Richter Albin und seinen Anhängern den gedruckten Beweis für Albins Betrug vorlegte und es zweifelsfrei feststand, dass er seine Visionen und Prophezeiungen allesamt von einem größenwahnsinnigen Fanatiker abgekupfert hatte, schwand die Loyalität seiner Anhänger.

Ähnlich verhielt es sich mit den meisten anderen Mitgliedern der Vereinigung der Reinen, sobald sich der Schwindel herumsprach. Bei manchen schlug die Begeisterung gar in Hass um, und sie ließen an ihrem vermeintlichen Heilsbringer kein gutes Haar mehr. Alle, selbst Albins Adlatus, wollten nur noch ihre Haut retten und sagten bereitwillig gegen ihren Anführer aus.

Der Einzige, der standhaft blieb und mit atemberaubender Beharrlichkeit beteuerte, dass ihm tatsächlich der Erzengel erschienen wäre und ihm die göttliche Botschaft übermittelt hätte, war Albin selbst. Trotz aller Schmähungen und üblen Beschimpfungen seiner enttäuschten Anhänger verlor er keinen Augenblick die Fassung. Seine treulosen Anhänger würdigte der Visionär keines Blickes mehr. Er gefiel sich in der Rolle des verkannten Genies, die er mit Bravour beherrschte. Er strafte die Ignoranten mit Verachtung und vermittelte ihnen die stumme Botschaft, dass sie ihn nicht verdient hätten.

»Der Kerl gehört in den Narrenturm«, wandte sich Untersuchungsrichter Fauerbach eines Tages an den Schultheißen, »der glaubt selbst an das, was er uns weismachen will.«

Christoph Stalburg sah Fauerbach nachdenklich an. »Da täuscht Ihr Euch, Herr Richter. Er glaubt nur an sich selbst – und das ist durch nichts zu erschüttern, auch wenn sein Stern am Untergehen ist.«

Ein feines Lächeln hatte Albins Lippen umspielt, als die Schergen ihn in die Kerkerzelle führten. »Das Ende ist der Anfang«, hatte er mit heiterer Gelassenheit bemerkt.

Trotz anfänglicher Widerstände konnte Johannes am Montagnachmittag erreichen, dass der Magistrat einer öffentlichen Anhörung zustimmte. Der Termin für die Disputation seiner Hypothese über die Ursachen des Antoniusfeuers wurde bereits für den folgenden Tag, Dienstag, den 20. Oktober 1596, um die zehnte Morgenstunde anberaumt. Da mit regem Publikumsandrang zu rechnen war, sollte die Anhörung im altehrwürdigen Kaisersaal des Römerrathauses stattfinden, in dem seit Jahrhunderten die Deutschen Kaiser gekrönt wurden.

Beim Gedanken an den nächsten Tag bekam Johannes Herzklopfen. Nicht allein, weil er als scheuer Eigenbrötler davor zurückschreckte, vor größeren Menschenansammlungen zu sprechen, sondern vor allem, weil Lovenitas Leben und das Wohl der Bevölkerung von seiner Glaubwürdigkeit abhingen. Darum hatte er beim

Schultheißen so darauf gedrungen, dass die Angelegenheit rasch abgehandelt würde. Sein ärztliches Renommee würde gleichfalls auf dem Prüfstand stehen, dessen war sich Johannes nur allzu gewiss, denn sowohl der Vorsteher des Antoniterordens und ein Stab erfahrener Patres würden bei dem Vortrag zugegen sein als auch eine Abordnung der Medizinischen Fakultät der Philipps-Universität Marburg. Die Sachverständigen sollten ihm bei dem geplanten Selbstversuch zur Seite stehen. Seinem Großvater ging es inzwischen deutlich besser, und so hatte er sich nicht davon abbringen lassen, dem Ereignis beizuwohnen. Clara würde ebenfalls anwesend sein.

Der Stadtarzt hatte seine Praxis ausnahmsweise für den Nachmittag geschlossen, um in Ruhe an seinem Vortragstext zu arbeiten. Als er mit seinen Ausführungen zufrieden war, wollte er den Text zur Probe laut lesen, um für den morgigen Tag etwas sicherer zu werden. Da kam ihm die Idee, dies vielleicht besser vor einem »Publikum« zu tun – wenngleich es gerade einmal aus zwei Zuhörern bestehen würde. Zudem waren die alte Hausmagd und Clara auch alles andere als sachverständig, aber er hatte bei der Niederschrift seiner Gedanken großen Wert auf allgemeinverständliche Formulierungen abseits des medizinischen Fachjargons gelegt. Auch einfache Leute ohne entsprechende Fachausbildung sollten ihn verstehen.

Während die Haushälterin sich von dem Ansinnen des Arztes geschmeichelt fühlte, sogleich ihre Arbeit in der Küche unterbrach und ihrem Dienstherrn in die Wohnstube folgte, stieß Johannes bei Clara auf mäßiges

Interesse. An ihren geröteten Lidern war deutlich zu sehen, dass sie geweint hatte. Obschon die Fünfzehnjährige bekundete, dass sie froh sei, weil Johannes sich derart für ihre Mutter einsetze, wirkte sie bedrückt und niedergeschlagen. Ob sie wegen ihres Vaters so traurig sei, erkundigte sich Johannes. Clara senkte den Blick und murmelte:

»Ich bin doch keinen Deut besser als er!«

»Wie meinst du das?«, fragte Johannes.

»Wegen mir sitzt er doch jetzt im Gefängnis, weil ich ihn verraten habe«, gab Clara zur Antwort.

»Er sitzt im Gefängnis, weil er ein Betrüger und Volksverhetzer ist«, hielt der Doktor dagegen.

»Aber weil ich gegen ihn ausgesagt habe, konnte er verhaftet werden«, insistierte Clara.

»Er hat mit seinen falschen Prophezeiungen die Leute aufgehetzt und deine Mutter als Hexe verunglimpft – und damit nicht genug, er hat dich gewaltsam zu seinem Unterschlupf entführen lassen, wo er dich in einem Zimmer eingeschlossen hat. Er gebärdet sich, als wärst du sein Eigentum, als könnte er verfügen, wie es ihm beliebt. Diesen eigensüchtigen Schurken interessiert doch nicht im Mindesten, was du fühlst. Er sieht in dir nur sein Spiegelbild, dieser selbstverliebte Fatzke, und nicht, was für ein verletzlicher, empfindsamer Mensch du bist.« Johannes drückte Clara an sich.

»Du hast ja recht«, erwiderte das Mädchen. »Er ist ein Lump, aber ich liebe ihn trotzdem.«

»Das ist ja auch dein gutes Recht, schließlich ist er dein Vater, nach dem du dich ein Leben lang gesehnt hast.«

»Und wie«, gab Clara zu. »Und kaum habe ich ihn gefunden, habe ich ihn auch schon wieder verloren. Aber
ich kann ihm nicht verzeihen, dass er in aller Öffentlichkeit so schlecht über meine Mutter gesprochen hat.
Die ganze Zeit hat sie mich vor ihm gewarnt. Sie hat mir
erzählt, wie er sie damals im Stich gelassen hatte, als sie
mit mir schwanger war, und dass sie die Hölle durchlebt
hat, wo er doch ihre große Liebe war. Aber ich wollte
nicht auf sie hören, so geblendet war ich von meinem
großartigen Vater. Und dann habe ich mit eigenen Augen gesehen, wie er am Abend in seinem vornehmen
Hotel um Mamas Gunst gebuhlt hat, um sie dann am
nächsten Tag, ohne mit der Wimper zu zucken, als Hexe
zu denunzieren. Ich habe ihn gehasst dafür, dass er mit
einem Schlag alles zerstört hat – meine Träume, endlich
eine richtige Familie zu haben«, Clara schluchzte auf,
»mit einer Mutter und einem *Vater*.«

Johannes empfand Mitleid mit dem Mädchen. »Ich
kann dir deinen Vater nicht ersetzen, aber ich bin immer
für dich da«, ließ er Clara wissen.

»Danke. Wenn ich einen Vater wie dich hätte, dann
wäre mir mein Kummer erspart geblieben«, erwiderte
sie. Sie fühlte sich ein Stück weit getröstet und folgte
Johannes in die Wohnstube.

15

Johannes' Mund war staubtrocken, während er im Kaisersaal in der ersten Reihe saß und angespannt beobachtete, wie unablässig weitere Besucher hereinströmten. Die Rathausuhr hatte bereits die zehnte Morgenstunde geschlagen, und die dreihundert Plätze des Auditoriums waren restlos besetzt. Die Nachzügler ließen sich im Eingangsbereich auf dem Boden nieder, es herrschten große Unruhe und lautes Stimmengewirr, welche die bis zum Zerreißen gespannten Nerven des Arztes strapazierten. Das Herz schlug ihm bis zum Halse, und er wäre vor der Menschenmasse am liebsten davongelaufen. Er war einem solchen Andrang nicht gewachsen, schließlich war er nur ein einfacher Stadtarzt und kein geübter und ausgebildeter Redner wie der Schultheiß und die Senatoren oder die gelehrten Professoren der Medizinischen Fakultät. *Da hast du dich ganz schön übernommen*, dachte Johannes. *Und wenn du zitterst wie ein Entenarsch und dir da vorne einen abstotterst – jetzt wird nicht gekniffen*, rief er sich zur Ordnung. Er würde am Rednerpult tapfer für seine Sache einstehen, wenn auch auf wackligen Beinen, koste es, was es wolle! Das war er seinem Vorhaben und den Menschen schuldig, denen er hoffentlich helfen würde. Mit einem Mal vermeinte er, die Stimme seines Vaters in dem Tosen zu vernehmen. *Ich bin stolz auf dich, mein Junge,* sagte der Vater ihm deutlich.

Im nächsten Moment trat der Schultheiß ans Rednerpult und beauftragte den Amtsdiener, den Saal zu schließen. Als endlich Ruhe eingekehrt war, begrüßte der Schultheiß den Referenten und die Abordnung der Sachkundigen sowie das Auditorium. Nachdem er mit routinierter Eloquenz eine kurze Einführungsrede gehalten hatte, übergab er das Wort an Johannes Lonitzer.

Die Stimme des Arztes bebte, als er sich bei den Honoratioren und dem Publikum für das rege Interesse bedankte und einer spontanen Eingebung folgend erklärte, sein Vortrag sei dem Andenken seines Vaters, des langjährigen Frankfurter Stadtarztes Adam Lonitzer, gewidmet. Für diese menschliche Geste erntete Johannes den ersten Beifall. Die Sympathie des Publikums konnte er gut gebrauchen, da er seinen Vortrag mit einer Provokation eröffnen würde.

»Bevor die Bewohner der Gärten, wo das Antoniusfeuer zuerst ausgebrochen ist, die Heilerin Lovenita Metz als Hexe verunglimpften, haben dieselben Leute sie als Wunderheilerin gefeiert, weil sie die Brandwunden eines Kindes mit Heilerde kuriert hatte«, fing Johannes an. Bei der Erwähnung von Lovenitas Namen ertönte ein dumpfes Murren aus dem Publikum. Er hob den Blick von seinem Vortragsblatt und ließ ihn unerschrocken über die Besucherreihen schweifen, ehe er mit erhobener Stimme fortfuhr: »Das eine stimmt genauso wenig wie das andere! Die Gemütstropfen der Heilerin haben nichts mit dem Ausbruch der Kribbelkrankheit zu tun, und es war auch kein Wunder, dass sie die verbrühten Füße des Kindes geheilt hat. Nein, es war keine Zauberei, sondern hat alles seine natürlichen Ursachen, und ich bin felsenfest überzeugt von der Unschuld meiner verehrten Kollegin. *Es hat alles seine natürlichen Ursachen*«, wiederholte der Doktor nachdrücklich. Im Publikum häuften sich die Unmutsäußerungen, doch er sprach unbeirrt weiter. »Und so ist auch das Antoniusfeuer keine Strafe des zornigen Herrgotts für unsere Sünden, sondern es hat, wie alle Krankheiten, seine Ursachen in der Natur. Ich bin hier, um den Beweis für die wahre Ursache dieser schrecklichen Krankheit anzutreten. Mit Gottes Hilfe und der Wissenschaft wird es uns Ärzten gelingen, die Menschheit von dieser Geißel zu befreien!«

Johannes hatte mit solcher Leidenschaft und Überzeugungskraft gesprochen, dass er auch die letzten Lästermäuler zum Schweigen gebracht hatte. Das Auditorium war erfüllt von gespannter Stille.

»Schon während der letzten Epidemie nach dem kalten, verregneten Sommer vor zwei Jahren, ist mir eine starke Ausbreitung des Mutterkornpilzes an den Roggenähren aufgefallen«, erklärte der Stadtarzt eindringlich. Inzwischen hatte er jegliche Scheu vor dem Publikum verloren. »Ich bin damals in die Mühlen gegangen und habe mir von den Müllern das Mehl zeigen lassen, das klebrig und übelriechend war. ›Übel gebacken Brot ist die Ursache vieler Krankheiten‹, schrieb schon mein Vater Adam Lonitzer in seinem Kräuterbuch. So ist

334

mir damals der Gedanke gekommen, dass es einen Zusammenhang zwischen dem Getreidepilz und dem Auftreten der Kribbelkrankheit gibt. Seit dem neuerlichen Ausbruch des Antoniusfeuers bin ich mehr denn je davon überzeugt, dass die Krankheit von den Kornzapfen herrührt. Jene Kornzapfen, die zwischen den Körnern an den Ähren wie lange schwarze Nägel wachsen, sind seit alters her eine bewährte Medizin bei schweren Geburten und werden darum im Volksmund auch Mutterkorn genannt. Aber das Mutterkorn ist ein starkes Gift und kann bei unsachgemäßer Dosierung zu schlimmen Vergiftungen führen, das notierte mein Vater bereits in seinem Kräuterbuch und führte dazu die folgenden Beispiele an.«

Als Johannes den Fall der jungen Frau aus Frankfurt erwähnte, der vom Arzt eine selbstgebraute Tinktur aus Mutterkorn eingegeben wurde und die davon schlimme Wahnvorstellungen bekam und mehrere Zehen verlor, ertönten aus dem Publikum laute Entsetzensschreie.

»Das ist ja wie beim Antoniusfeuer!«, rief eine Frau angstvoll.

Johannes nickte ihr zu. »So ist es, meine Dame – die gleichen Symptome wie beim Antoniusfeuer, hervorgerufen durch das *Mutterkorn*«, bestätigte er. »Aber das Mutterkorn hat auf manche auch eine stimulierende Wirkung«, fuhr er fort und sprach von dem berühmten Kunstmaler Hieronymus Bosch, den eine Mutterkorn-Mixtur bei der Arbeit an seinem Gemälde »Das Jüngste Gericht« beflügelt habe.

»Der malte doch immer diese Höllengestalten, die

sich gegenseitig bis aufs Blut quälen«, bemerkte einer der Senatoren aus den vorderen Reihen stirnrunzelnd.

»So ist es«, stimmte ihm der Doktor mit süffisantem Lächeln zu. »Aber das Mutterkorn hat auch noch andere Eigenschaften. Man kannte es schon im klassischen Altertum. Aristoteles, Homer und Plato erwähnten in ihren Schriften die Mysterien von Eleusis, bei denen die Eingeweihten berauschende Tränke zu sich nahmen, die Mutterkornauszüge enthielten.«

Johannes las die entsprechenden Passagen aus den Werken der griechischen Philosophen vor. Das Publikum lauschte andächtig den lebendigen, zeitlos schönen Schilderungen der großen Gelehrten.

»Die einen versetzt das Mutterkorn in Furcht und Schrecken, es raubt ihnen den Verstand, und sie wissen nicht mehr, wer sie sind. Den anderen beschert es tiefe Einsichten in die Geheimnisse menschlichen Seins, es verleiht ihnen die Fähigkeit, zu fliegen, die Sprache der Tiere zu verstehen, und macht sie glücklich«, fasste der Stadtarzt die Erfahrungen zusammen. »Der Mutterkorntrank hat Meister Bosch zur Darstellung furchterregender Höllengeister und Dämonen inspiriert. Zahlreiche der am Antoniusfeuer Erkrankten haben ähnliche Wahnvorstellungen. Die meisten klagen über heftige brennende Schmerzen in den Extremitäten, die brandig werden und sogar absterben können. Häufig treten bei der Krankheit auch rasende und schmerzhafte Krampfanfälle auf. Auffallend ist, dass die Epidemien immer im frühen Herbst ausbrechen, wenn der frisch geerntete Roggen gemahlen und verbacken wurde.«

Johannes legte eine Pause ein und nahm Blickkontakt mit einigen Zuhörern auf. Dann fuhr er fort: »Wir kommen nun zum Kernpunkt meiner Hypothese. Ich behaupte, dass es zwischen dem vom Mutterkorn befallenen Roggen und dem Ausbruch des Antoniusfeuers einen Zusammenhang gibt. Auch wenn die Krankheitssymptome unterschiedlich sind und sich bei vielen, die von verunreinigtem Brot oder Gebäck gegessen haben, keine Vergiftungserscheinungen zeigen. Eine mögliche Erklärung dafür könnte die ungleiche Konzentration des Mutterkorns im verarbeiteten Mehl sein.«

Johannes neigte höflich das Haupt und bedankte sich beim Publikum für die Aufmerksamkeit. Von allen Seiten drangen laute Beifallsrufe zu dem Referenten durch, und der Applaus wollte gar nicht abebben. Nicht wenige Zuhörer, zu denen Johannes' Großvater, Clara und seine Haushälterin zählten, aber auch der Bürgermeister, die Senatoren und die geladenen Sachkundigen aus den ersten Reihen, brachten dem Redner stehende Ovationen dar.

Johannes war überglücklich und erleichtert, dass sein Vortrag beim Publikum so gut angekommen war. Er verneigte sich tief. Als sich der Beifallssturm gelegt hatte, kündigte er ehrfürchtig seine beiden Folgeredner, den Prior des Antoniter-Hospitals in Höchst und den Dekan der Medizinischen Fakultät zu Marburg, an und überließ das Rednerpult Professor Konradi, der als Erster sprechen würde.

»Vielen Dank, werter Herr Kollege«, sagte der grauhaarige Herr im schwarzen Gelehrtentalar höflich und begann mit sonorer Stimme seinen Vortrag. »Fürwahr eine kühne These, die Ihr uns eben so famos erläutert habt, verehrter Doktor Lonitzer. Doch mir scheint, trotz all Eurer Überzeugungskraft, dass ihr diesen harmlosen, heilbringenden Getreidepilz mehr verteufelt als angemessen ist.« Dem Dekan war ein feiner Spott anzuhören. »In alten Volksliedern heißt es, dass uns die Kornmutter, als sie mit dem Wind durch die Ähren strich, mit den Kornzapfen eine wertvolle Medizin beschert hat. Diese besitzt die Kraft, das Blut zu stillen und schwere Geburten zu befördern. Gesetzt den Fall, das Mutterkorn wäre wirklich ein so schlimmes Gift, wie Ihr uns glauben machen wollt, dann müsste doch jeder, der von dem vergifteten Brot isst, die Kribbelkrankheit bekommen – was sich jedoch mitnichten so verhält. Ein Gift aber hat die herausragende Eigenschaft, einen jeden zu schädigen, der es zu sich nimmt – und nicht den einen mehr und den anderen weniger.« Zustimmendes Gemurmel war zu vernehmen, und der Professor lächelte blasiert. »Ausgenommen Alte, Schwache und Kinder, diesen Gruppen schadet ein Gift noch weitaus mehr als den übrigen. Beim Antoniusfeuer indessen bleiben erstaunlicherweise häufig die Zartesten und Schwächsten, nämlich Kinder und alte Leute, von der Seuche verschont.«

Aus dem Publikum waren sowohl Zustimmung als auch Protestbekundungen zu hören, die einander zu überstimmen suchten. Der Redner zog ob der lästigen Zwischenrufe unmutig die Brauen in die Höhe und klatschte aufmerksamkeitsheischend in die Hände, um mit seinem Vortrag fortfahren zu können.

»Verhält es sich nicht auch normalerweise so, dass wenn mehrere Personen ein Gift zu sich nehmen, nach einer bestimmten Zeit alle unter dessen Auswirkungen zu leiden haben?« Der Dekan blickte Johannes an, der auf einem Stuhl in der ersten Reihe Platz genommen hatte, und schüttelte skeptisch das Haupt mit dem gewellten silbergrauen Haar. »Die Epidemie fängt jedoch vereinzelt und gelinde an und breitet sich erst allmählich aus. Sie kann auch eine Zeitlang zum Stillstand kommen und ein halbes Jahr später wieder ausbrechen. Dies spricht eindeutig gegen eine Vergiftung, denn ein Gift wirkt fortwährend und nicht in Intervallen mit Ruhephasen.« Lauter Beifall hallte durch den Kaisersaal, den der Redner zufrieden aufnahm.

»Abschließend möchte ich noch anmerken, dass die Medizinische Fakultät der Universität Marburg seit langen Jahren Untersuchungen an Patienten vornimmt, welche am Antoniusfeuer erkrankten. Dabei hat man festgestellt, dass einige der Erkrankten, die bereits genesen waren, immer wieder Rückfälle erlitten. Manche hatten sogar drei bis vier Rückfälle, zwischen denen sie jeweils drei bis vier Wochen beschwerdefrei waren. Auch das, meine verehrten Damen und Herren, spricht dagegen, dass die Krankheit von einem Gift hervorgerufen wird.«

Nach dem Schlusswort erklang zwar anhaltender Beifall, der glatte, selbstgefällige Redner hatte das Publikum jedoch nicht so begeistert wie Johannes. Nach ein paar einführenden Begrüßungsworten begann Pater Melchior seinen Vortrag.

»Ich kann mich meinem Vorredner, dem verehrten

Herrn Dekan der Medizinischen Fakultät der Universität zu Marburg, nur anschließen«, verkündete er. »Die Symptome des Antoniusfeuers sind tatsächlich viel zu verschieden, was als klares Indiz gegen eine Mutterkornvergiftung zu erachten ist. Denn ein Gift wirkt doch bei allen gleich. Im Antoniter-Hospital zu Höchst am Main, wo wir seit Jahrhunderten die am Antoniusfeuer Erkrankten pflegen, haben wir Fälle von Fallsucht genauso wie Schlagfluss oder Gelbsucht. Manche der Kranken leiden unter Lähmungen oder Tollheiten, haben rote Bläschen an den Gliedern oder klagen über Melancholie und Ohrensausen. Andere bekommen brandige Gliedmaßen, und den Bedauernswerten fallen die Nägel an Händen und Füßen ab. Dass nun aber der Mutterkornpilz die Ursache dieser schrecklichen Krankheit sein soll, vermag mich beim besten Willen nicht zu überzeugen. Gegen diese Höllenqualen weiß ich kein besseres Mittel, als die Hilfe des heiligen Antonius zu erflehen und sich unter seinen Schutz zu stellen«, erklärte der Prior mit religiöser Inbrunst. »Zu allen Zeiten fanden die Kranken Zuflucht in den Antoniter-Hospitälern, wo sie noch immer aufopfernd gepflegt werden und geistlichen Beistand in gemeinsamen Gebeten zum heiligen Antonius erhalten. In seiner grenzenlosen Güte hat uns der Herrgott Antonius als Nothelfer für die am Heiligen Feuer Erkrankten beigesellt. Zahllose Pilger erfahren in unserem Mutterhaus, dem Kloster Saint-Antoine in der Dauphiné, wo auch die Reliquien des Mönchsvaters Antonius aufbewahrt werden, Heilung und Linderung von ihren schlimmen Gebrechen. Lob sei Gott, dem Herrn!« Der Prior bekreuzigte sich andächtig, der größte Teil des Publikums folgte ihm.

»Mein tiefer Glaube an unseren heiligen Nothelfer, den wir gerade bei dieser neuerlichen Heimsuchung bitter nötig haben, ist durch nichts zu erschüttern«, fuhr Pater Melchior mit Blick auf Johannes fort. »Aber wie ich meinem tüchtigen jungen Kollegen schon in einem persönlichen Gespräch mitteilte, möchte ich die Hoffnung auf Heilung der Geplagten und Heimgesuchten nicht aufgeben. Daher mache ich den Weg frei für die medizinische Wissenschaft.« Der Ordensmann verneigte sich höflich vor dem Doktor, ehe er das Rednerpult verließ.

Der Funke der Hoffnung, den der Prior mit seinem beherzten Schlussplädoyer entfacht hatte, schien auch auf das Publikum überzugreifen. Die rund vierhundert Menschen im Kaisersaal spendeten dem sympathischen Antoniter frenetischen Beifall. Im Anschluss trat der Schultheiß an das Rednerpult und erklärte den Zuhörern, dass sich Doktor Lonitzer nun einem Selbstversuch unterziehen werde, der jedoch unter Ausschluss der Öffentlichkeit stattfinden solle. Doktor Lonitzer werde unter der strengen Aufsicht der Sachverständigen eine von der Frankfurter Apothekerinnung zubereitete Mixtur mit dem Extrakt des Mutterkornpilzes zu sich nehmen. Er bitte daher die Anwesenden höflich, den Saal zu räumen. Sobald ein zuverlässiges Ergebnis vorliege, werde er dies von einem Herold auf dem Römerberg verkünden lassen.

Als Johannes die braune Glasphiole in den Händen hielt, überkam ihn plötzlich eine panische Angst. Der vereidigte Vorsteher der Frankfurter Apothekerinnung, Markus Morgenthaler, hatte ihm die Tinktur übergeben und ihm feierlich zugesichert, dass sie aus einem halben Gran fein zermahlenem Mutterkorn und drei Sextarien Brunnenwasser bestehe, genauso wie er es angeordnet habe. Nun sah der Stadtarzt sämtliche Höllengeister aus den Gemälden Hieronymus Boschs vor seinem geistigen Auge, ebenso wie die Kranken in den verschiedenen Stadien des Antoniusfeuers, mit ihrem stinkenden Wundbrand, ihren verstümmelten Gliedmaßen und den vom Wahnsinn verzerrten Gesichtern. *Was tue ich mir da nur an? Was, wenn es mir genauso ergeht*, fragte er sich bang. *Aber von einer einmaligen Dosis bekommt man keinen Wundbrand, der entsteht nur durch eine dauerhafte Vergiftung*, versuchte er sich zu beruhigen.

Bruder Melchior, der sein inneres Ringen bemerkte, legte Johannes beschwichtigend die Hand auf den Arm. »Ihr müsst das nicht einnehmen, mein Guter. Keiner zwingt Euch dazu. Wenn es sich wirklich so verhält, wie Ihr behauptet, könnte der Trank schlimme Folgen für Euch haben. Als Arzt kennt Ihr ja die Kribbelkrankheit hinlänglich.«

»Ich an Eurer Stelle würde dieses Teufelszeug auch nicht nehmen«, mischte sich der Dekan der Medizinischen Fakultät ein. Er erntete rege Zustimmung bei seinen Fachkollegen, zu denen auch mehrere Frankfurter Ärzte zählten. »Wer weiß schon, was diese Mixtur mit Euch anstellt? Lasst lieber die Finger davon und streicht die Segel, das wäre am vernünftigsten. Nicht auszudenken, wenn Euch hernach die Fingernägel herunterfallen und der Irrsinn Euren Geist trübt.« Auf dem Gesicht des Professors spiegelte sich echte Besorgnis.

»Lass es sein, Junge, du musst dich nicht opfern«, meldete sich nun auch der Verleger Christian Egenolff zu Wort. »Ich halte diesen Selbstversuch sowieso für eine Schnapsidee. Es ist keine Schande, wenn du jetzt kneifst. Im Gegenteil, es erfordert Mut und Charakterstärke, sich einzugestehen, dass man sich getäuscht hat.«

»Ich habe mich aber nicht getäuscht!«, widersprach Johannes energisch. »Und genau das werde ich jetzt beweisen.« Damit setzte er die Phiole an und kippte sich entschlossen den Inhalt in den Rachen.

Unter den Versammelten herrschte auf einen Schlag angespanntes Schweigen. Pater Melchior und seine drei Mitbrüder falteten die Hände zum Gebet, während sich der Dekan mit einem Leinentuch den Schweiß von der Stirn tupfte und eine große Sanduhr herumdrehte, die neben einigen medizinischen Gerätschaften auf einem Beistelltisch stand. Die meisten der rund zwei Dutzend Anwesenden vermieden es, Johannes anzuschauen, der mit geschlossenen Augen auf einem Stuhl saß, und starrten auf die Sanduhr oder blickten vor sich hin ins Leere.

Nach einer Stunde nahmen Pater Melchior und der Medizin-Professor ihre ersten Untersuchungen an dem Probanden vor, welche ein Amtsschreiber genau protokollierte. Sie fragten Johannes, wie er sich fühle.

»Die Arme und Beine brennen und kribbeln etwas, das ist alles«, erklärte er sachlich.

Professor Konradi tastete nach Johannes' Puls und besah sich gemeinsam mit dem Vorsteher des Antoniter-Hospitals Johannes' Gliedmaßen.

»Die Arme und Beine sind kalt und blass, der Puls ist schwach«, gab der Dekan zu Protokoll und ließ sich von einem seiner Assistenten eine lange Nadel bringen. Behutsam pikte er Johannes an verschiedenen Stellen in Arme und Beine, was keinerlei Reaktion hervorrief. »Empfindungsstörungen und Schmerzunempfindlichkeit – typische Symptome der beginnenden Kribbelkrankheit«, konstatierte er ernst. Dann erkundigte er sich bei Johannes, ob er irgendwelche Beschwerden habe.

»Mir ist auf einmal speiübel«, erwiderte Johannes kurzatmig und rieb sich die Schläfen. »Außerdem habe ich Kopfschmerzen.« Er hatte kaum zu Ende gesprochen, da begann er zu würgen und erbrach sich in einen eilig angereichten Eimer.

»Auch das ist typisch für den Beginn des Antoniusfeuers«, vernahm Johannes die gedämpfte Stimme eines Berufskollegen. Mit einem Mal hörte er ein dumpfes, anhaltendes Summen, als befände er sich inmitten eines riesigen Bienenschwarms. Das Summen kam von allen Seiten und wurde immer lauter, so dass sich Johannes gequält die Ohren zuhielt.

»Lasst mich in Ruhe, ihr Quälgeister, das ist ja nicht zum Aushalten!«, murmelte er gehetzt und war drauf und dran, in Panik zu verfallen.

Du bist mein Licht in der Dunkelheit!, hallte es plötzlich durch den weiträumigen Kaisersaal. Es war unverkennbar Lovenitas Stimme. Sie war zum Greifen nahe und gleichzeitig unendlich fern, als dränge sie aus dem Äther zu ihm.

»Du bist mein Licht in der Dunkelheit!«, wiederholte Johannes mehrmals in tiefer Ergriffenheit. Er fiel auf die Knie, reckte die Arme in die Höhe, und dann sah er es: Gleißendes Licht drang durch die bunten, bleiverglasten Fensterscheiben in den Saal und breitete sich wie ein hauchdünner goldener Nebelschleier im ganzen Raum aus. Selbst den düsteren Wandgemälden mit den gekrönten Häuptern verlieh es ein funkelndes Glitzern, das aus den Augen der deutschen Kaiser widerstrahlte. Staunend erkannte Johannes, dass dieser magische Glanz in den Augen der Menschen um ihn ungleich intensiver war. Er war wie geblendet von der Kraft, die ihm aus jedem Einzelnen entgegenstrahlte.

Es ist das Licht des Lebens, der göttliche Funke, den jedes Lebewesen in sich trägt, durchdrang Johannes die überwältigende Erkenntnis. Vor Ergriffenheit strömten ihm Tränen über die Wangen.

»ER rief das Korn aus der Erde, damit die Menschen davon essen und IHN erkennen!«, rief er in tiefer Verzückung und hatte das erhebende Gefühl, mit allem eins zu sein.

»Er atmet nicht mehr!«, rief Bruder Melchior. Er beugte sich über den leblos am Boden liegenden Stadtarzt. »Bleibt bei uns, mein Guter!«, raunte er dem Bewusstlosen zu.

Christian Egenolff kauerte sich bestürzt an die Seite seines Enkels und tätschelte ihm das Gesicht. »Komm zurück, Junge!«, flehte der alte Mann außer sich. »Komm zurück!«

»Wir müssen ihn zum Brechen bringen«, sagte Professor Konradi und presste seine Fäuste immer wieder fest gegen Johannes' Bauch und Brustkorb, während der Verleger unablässig den Ohnmächtigen anflehte, ins Leben zurückzukehren.

Im nächsten Moment quoll ein Schwall gelber Schaum aus Johannes' Mund, er hustete und schlug die Augen auf.

»Ich glaube … ich habe Durst«, flüsterte er benommen. Obgleich Professor Konradi in seinem Beruf als Arzt schon viel erlebt hatte und schwer zu erschüttern war, standen ihm die Tränen in den Augen. Er ließ es sich nicht nehmen, Johannes höchstpersönlich kaltes Brunnenwasser einzugeben, während seine Kollegen behutsam den Kopf des Stadtarztes stützten.

»Ich glaube wieder an einen Gott«, stieß Christian Egenolff hervor und ergriff überglücklich die Hand seines Enkels.

Nachdem Pater Melchior Johannes ein Heilmittel aus Safran und Rhabarberwurzel gegen die Symptome des Antoniusfeuers gegeben hatte, brachte man ihn zur weiteren Beobachtung ins nahegelegene Heiliggeistspital.

Nach einer eingehenden Beratung gelangten die Sachverständigen übereinstimmend zu dem Schluss, dass Johannes Lonitzers Selbstversuch zweifelsfrei bewiesen habe, dass das Mutterkorn tatsächlich die Ursache des Antoniusfeuers sei. Bürgermeister Stalburg ließ auf allen öffentlichen Plätzen Frankfurts verkünden, die Bevölkerung habe unbedingt den Verzehr von Roggenbrot zu meiden und solle stattdessen auf Hirse und andere Feldfrüchte zurückgreifen.

Im Anschluss berief der Schultheiß eine Magistratssitzung ein, zu der auch der lutherische Prädikant Jakobus Spahn einbestellt wurde. Da Ohlenschlager wegen Amtsmissbrauchs im Gefängnis saß, war Spahn mit der kommissarischen Leitung des Falles Lovenita Metz betraut worden.

Nach seiner Lobrede auf den vortrefflichen Stadtphysikus Johannes Lonitzer, dem die freie Reichsstadt zu Frankfurt am Main neue und bahnbrechende Erkenntnisse über das Antoniusfeuer verdanke, erteilte Christoph Stalburg dem Prädikanten das Wort in der Strafsache.

»In unserer aufgeklärten und weltoffenen Messestadt kam es in den vergangenen Jahren mehrfach zu Verdächtigungen und Anklagen gegen sogenannte Hexen«, begann der grauhaarige Geistliche im schwarzen Predigergewand. »Die Bezichtigungen hatten, wie auch im Falle der Heilerin Lovenita Metz, ihren Ursprung in der Bevölkerung. Die Fälle wurden unter Anwendung der Folter gerichtlich untersucht und vor dem Magistrat verhandelt. Es erfolgte jedoch in unserer Heimatstadt Frankfurt am Main niemals eine Hexenhinrichtung – und das möge auch so bleiben! Blickt man auf unsere Nachbarterritorien mit ihren überhandnehmenden Hexenbränden und Massenprozessen, so bete ich zu Gott, dass er uns auch weiterhin von dieser wild grassierenden Hexenjagd verschonen werde. Im Fall der Angeklagten Lovenita Metz möchte ich mich nach sorgfältiger Prüfung, bei der ich mir unter anderem auch einen persönlichen Eindruck von der Angeklagten verschaffen konnte, ausdrücklich gegen den Hexereiverdacht aussprechen. Die von der Hausmagd Renata Hasenhöfl und dem Landwirt Eberhard Weck vorgetragenen Beschuldigungen haben sich als üble Nachrede erwiesen. Sie zielten einzig darauf ab, einer unbescholtenen Wurzelkrämerin und Feldscherin Schaden zuzufügen. Ich plädiere daher vor dem hochlöblichen Herrn Schultheiß und dem Hohen Rat der freien Reichsstadt zu Frankfurt am Main dafür, die bedauernswerte Frau mit sofortiger Wirkung aus der Haft zu entlassen.«

»Solange ich in Amt und Würden bin, wird bei uns in Frankfurt keine Frau als Hexe auf dem Scheiterhaufen brennen, darauf gebe ich mein Ehrenwort!«, erklärte Christoph Stalburg im Brustton der Überzeugung. Er ließ den Gefängnisbütteln im Brückenturm durch einen Amtsdiener Bescheid geben, die Freilassung der Heilerin sogleich in die Wege zu leiten.

———◆———

»Guten Morgen, mein Junge, wie geht es dir?«, vernahm Johannes wie aus weiter Ferne die vertraute Stimme seines Großvaters. Ihm war, als müsste er sich mühevoll vom Grunde eines tiefen, dunklen Sees an die Oberfläche kämpfen, was ihn ungeheuer viel Kraft kostete und nur unendlich langsam vonstatten ging. Als er schließlich blinzelnd die Lider öffnete, schmerzte ihn das gleißende Licht der Morgensonne so sehr in den

Augen, dass er sie unwillkürlich wieder zusammenkniff. Er kam sich vor wie ein lichtscheuer Lemur, der zu lange in der Dunkelheit gelebt hatte. *Oder wie einer jener Rückkehrer aus der Unterwelt in den Mysterien von Eleusis, die so von Angst und Schrecken erfüllt sind, dass sie weder sich selbst noch ihre Umgebung erkennen.*

»Wo bin ich?«, murmelte Johannes benommen und blickte sich verstört um.

»Bei den Menschen ohne Lachen«, verkündete sein Großvater mit trockenem Humor. Er erklärte seinem Enkel, dass er sich im Hospital zum Heiligen Geist befinde und den gestrigen Nachmittag und die Nacht über geschlafen habe wie ein Stein.

Nach und nach erinnerte sich Johannes an seinen Selbstversuch und die überwältigende Erkenntnis, die ihn durchdrungen hatte.

»Es war unglaublich schön … ich habe das Licht des Lebens gesehen, das alle Lebewesen in sich tragen«, brach es aus ihm heraus.

»Du warst regelrecht in religiöser Ekstase, was mich einigermaßen erstaunt hat, da ich dich in diesen Dingen eher als Skeptiker kenne. Ja, und dann hast du eine Bibelstelle aus dem Buch der Könige zitiert und bist zusammengebrochen«, erzählte Christian Egenolff. »Es sah ganz danach aus, als würdest du den Löffel abgeben.« Die Angst um seinen Enkel stand ihm deutlich ins Gesicht geschrieben, wenngleich er bemüht war, sie mit Flapsigkeit zu kaschieren. Er berichtete Johannes von Professor Konradis Bemühungen, ihn ins Leben zurückzuholen. Johannes hörte seinem Großvater mit einiger

Betroffenheit zu und gestand, dass er von alledem nicht das Geringste mitbekommen habe.

»Wolltest du eigentlich mit dem Bibelzitat zum Ausdruck bringen, dass das Mutterkorn den Menschen in die Lage versetzt, Gott zu erkennen?«, fragte der Verleger.

Johannes musterte ihn nachdenklich. »Das Gefühl war so überwältigend, dass ich dafür wohl keine andere Erklärung fand«, mutmaßte er.

»Wie auch immer, du lebst, mein Junge, und dafür bin ich Professor Konradi auf ewig dankbar!« Strahlend vor Stolz verkündete der Verleger, dass Johannes' Selbstversuch erfolgreich gewesen sei und der Rat bereits die Bevölkerung öffentlich dazu angehalten habe, den Verzehr von Roggenbrot zu meiden. »Deine sensationelle Erkenntnis über das Mutterkorn als Auslöser des Antoniusfeuers ist in aller Munde, und der Dekan der Medizinischen Fakultät zu Marburg hat bereits verlauten lassen, dass man dich an deine alte Alma mater berufen möchte.«

Johannes war zwar noch erschöpft, doch er lächelte glücklich. »Was ist mit Lovenita?«, fragte er dann, und seine Benommenheit schien sich auf einen Schlag verflüchtigt zu haben.

Sein Großvater grinste spitzbübisch. »Die Dame befindet sich ganz in deiner Nähe und erwartet dich bereits.«

»Was?«, erwiderte Johannes verblüfft und richtete sich so ruckartig von seinem Krankenbett auf, dass ihm schwindlig wurde.

»Mach nur langsam, Junge, deine Liebste läuft dir schon nicht davon, dazu ist sie noch viel zu schwach, nach allem, was sie während der Kerkerhaft durchgemacht hat. Aber ich habe ihr vorhin einen Besuch abgestattet. Sie liegt in einem abgeteilten Spitalbett am anderen Ende des Krankensaals, ihre Tochter ist bei ihr, und sie ist guter Dinge.«

Johannes schwang die Beine aus dem Bett. »Ich muss sofort zu ihr!« Obwohl er noch reichlich wacklig auf den Beinen war, gab es für ihn kein Halten mehr. Der alte Mann, der nichts anderes von seinem Enkel erwartet hatte, hakte ihn fürsorglich unter und begleitete ihn zu Lovenita.

Christian Egenolff zog den weißen Leinenvorhang zur Seite, der das Krankenlager der Heilerin umgab. Als Johannes das wächserne Gesicht seiner Angebeteten sah, die noch sehr mitgenommen wirkte, überkam ihn bei aller Freude eine Woge des Mitgefühls.

»Meine Arme! Wie freue ich mich, dich zu sehen!«, murmelte er bewegt und umarmte Lovenita behutsam, die dicke Verbände um die Hände trug.

Lovenitas Augen strahlten vor Glück, als sie Johannes anblickte. »Mein Liebster«, raunte sie ihm zu, »ich weiß gar nicht, wie ich dir danken soll, für alles, was du für mich getan hast! Ich kann dir ja noch nicht mal die Hand reichen.«

»Da wüsste ich schon was«, erklärte der Stadtarzt mit verschmitztem Lächeln. »Du könntest mich küssen …«

Epilog

Nach fünf Tagen war Lovenita so weit wiederhergestellt, dass sie aus dem Hospital entlassen werden könnte. Ihre beiden Daumen waren durch die Folter aus den Gelenken gerissen und gebrochen worden und blieben für immer steif.

Ihrem Retter war sie unendlich dankbar, nicht zuletzt, weil Johannes ihr den Glauben an die Liebe zurückgegeben hatte. Auch er war glücklich, die geliebte Frau in die Arme schließen zu können, und sie erwiderte seine Zuneigung von ganzem Herzen. Clara war dem jungen Arzt, der mit Leib und Leben für ihre Mutter eingetreten war, ebenfalls sehr zugetan.

Hatte die Heilerin bislang in ihrem Leben das Leid in all seinen Facetten erfahren müssen, so erlebte sie an Johannes' Seite eine Zeit des Glücks. In ihrer ersten gemeinsamen Nacht feierten sie ein rauschendes Fest der Liebe, und der Zauber, der sie stets aufs Neue durchdrang, hielt ein Leben lang.

Auch wenn es das Schicksal mit Lovenita so gut meinte, blieben ihr doch die verzweifelten Schreie ihrer Mitgefangenen aus dem Brückenturm lebhaft im Gedächtnis. Gemeinsam mit Johannes setzte sie sich beim

Frankfurter Magistrat dafür ein, dass die Gefängnistürme einer gründlichen Inspektion unterzogen wurden. Vor allem in den unterirdischen Verliesen fanden sich zahlreiche Menschen, darunter auch Irrsinnige, die von ihrer Mitwelt vergessen worden und seit vielen Jahren unter elenden Bedingungen eingesperrt waren. Angesichts der unerträglichen Zustände ließ sich der Senat dazu erweichen, dass die Gefangenen und Geisteskranken in den Türmen künftig ein menschenwürdiges Dasein erhalten sollten. In regelmäßigen Abständen wurden die Türme einer Reinigung unterzogen, den Kranken wurden frische Kleidung und Waschgelegenheiten zur Verfügung gestellt; milde Stiftungen spendeten Decken und Nahrungsmittel. Des Weiteren kam den Insassen an einem Tag der Woche medizinische Betreuung zu.

In einem spektakulären Schauprozess, der etwaige Nachfolger und Sympathisanten des Bundes der Reinen abschrecken sollte, wurde Albinus Mollerus der böswilligen Verleumdung der Heilerin Lovenita Metz angeklagt. Außerdem wurde ihm vorgeworfen, die Furcht der Menschen auf hinterhältige Weise ausgenutzt und seine Anhänger durch seine falschen Prophezeiungen wissentlich betrogen und aufgehetzt zu haben. Das Hohe Gericht entschied sich für eine Strafe, die das Vergehen des Angeklagten widerspiegeln sollte, und verurteilte den Betrüger dazu, dass er geblendet und auf Lebenszeit der Stadt verwiesen wurde.

Seines Augenlichts beraubt und völlig mittellos, da das Gericht die Gelder konfisziert hatte, die er seinen

Getreuen arglistig abgeknöpft hatte, fand Albin den unerwarteten Beistand seiner Tochter. Clara mochte ihren Vater in seiner desolaten Situation keinesfalls allein lassen, zumal sie nicht unwesentlich zu seiner Überführung beigetragen hatte. Obgleich Lovenita und Johannes versuchten, es ihr auszureden, ließ sich Clara nicht davon abbringen. Erst, als Albin sie in rüdem Tonfall wissen ließ, er brauche ihre Begleitung nicht und habe genug damit zu tun, für sich selbst zu sorgen, war Clara zu gekränkt, um sich ihm noch weiter aufzudrängen.

Als Albins Wunden verheilt waren und er genug davon hatte, sich als blinder Bettler durchzuschlagen, suchte er sich in der Fremde ein neues Betätigungsfeld. Bald feierten ihn die Welschen als die Wiedergeburt des blinden Sehers Teiresias. Er ließ seiner Tochter eine Nachricht zukommen, worin er sie für seine harschen Worte um Verzeihung bat. Er habe nicht gewollt, dass sie an seiner Seite am Bettelstab gehen müsse, da sie etwas Besseres verdient habe.

In den folgenden Jahren breitete sich der Ruf Albins als blinder Prophet im gesamten Mittelmeerraum aus. Wie sein sagenhaftes Vorbild aus der griechischen Mythologie prophezeite er nur in Sinnsprüchen und galt unter seinen Anhängern als unfehlbar. Er war seinem Lebensmotto – *Mundus vult decipi** – treu geblieben.

Claas Ohlenschlager war wegen seiner Verstrickungen in den Fall Mollerus ein Geächteter und kehrte mit seiner

---

* Die Welt will betrogen werden.

Familie in die Niederlande zurück. In Rotterdam begab er sich auf ein Handelsschiff der Niederländischen Ostindien-Kompanie und brach ins ferne Java auf. Kurz nach seiner Ankunft im Hafen von Batavia, wo er in den Gewürzhandel einzusteigen gedachte, starb er an den Folgen einer Tropenkrankheit.

Der gestrauchelte Patriziersohn Waldemar Immolauer unternahm auf Anordnung des Familienpatriarchen eine Handelsreise nach Venedig, um den darniederliegenden Frankfurter Tuchhandel wieder zu beleben. Er kam jedoch niemals dort an und galt seither als verschollen. Ein Geschäftsfreund des Vaters behauptete, ihn in Mantua in Begleitung eines Blinden gesehen zu haben.

Bereits in der ersten Woche nach Johannes Lonitzers Selbstversuch und der Anordnung der Obrigkeit, den Verzehr von Roggenbrot zu meiden, gingen die Fälle von Antoniusfeuer deutlich zurück. Das Ansehen des Frankfurter Stadtarztes reichte weit über die Landesgrenzen hinaus, und er wurde an die Universität zu Marburg berufen, um seine Forschungen über das Mutterkorn an der Medizinischen Fakultät fortzusetzen. Auch wenn dies unter den Mitprofessoren für Irritationen sorgte, bestand Johannes darauf, dass Lovenita und Clara ihn begleiteten. Er stand unbeirrt zu seiner Liebe und entkräftete die Vorbehalte seiner Kollegen gegen die Heilerin mit dem Argument, dass sie über die große Gabe verfüge, Gemütskranke und Schwermütige wieder auf-

355

zurichten, was die Medizin nur selten zuwege bringe. Noch im selben Jahr heirateten Lovenita und Johannes. Sie führten eine glückliche Ehe und unterstützten einander in allem, was sie taten.

Paloma von Malkendorf war vom Antoniusfeuer genesen, was sie jedoch auf ihre Pilgerreise zum Kloster Saint-Antoine zurückführte. Noch ehe sich das Jahr dem Ende neigte, war die Freifrau guter Hoffnung. Der Freiherr überhäufte seine Gemahlin mehr denn je mit Geschenken und war überglücklich. Zu Palomas großer Erleichterung unterließ es ihr Gatte von diesem Zeitpunkt an, sie mit Gewalt zu ihren ehelichen Pflichten zu zwingen – aus Furcht, dadurch dem ungeborenen Stammhalter Schaden zuzufügen. So war im Hause von Malkendorf alles eitel Sonnenschein, zumindest wenn man davon absah, dass der wahre Erzeuger des Kindes der sechzehnjährige Stallbursche war, der allerdings nichts davon ahnte.

Paloma hatte die Prophezeiung der Ägypterin längst vergessen, und so fiel ihr auch nicht auf, dass sie sich erfüllt hatte. Sie empfand aber nach wie vor einen schwelenden Hass gegen Fahrende. So bewegte sie ihren Gatten, ein Verbot für das fahrende Volk zu erlassen, auf den freiherrlichen Ländereien zu kampieren.

In der Pflege und Betreuung von Gemütskranken und Geisteskranken fand Lovenita ihre wahre Berufung. Auch im Gedenken an ihre leibliche Mutter und der vagen Hoffnung, ihr vielleicht in einem der Narrentürme zu begegnen, dehnte Lovenita ihre Visiten auf das ganze Land aus. In den Stadttürmen stieß sie auf heillose Zustände, und sie trat dafür ein, dass sich die Lebensbedingungen der Insassen verbesserten. Sie sollten nicht länger als Besessene gelten, sondern als Kranke, die einer besonderen Fürsorge und ärztlichen Behandlung bedurften. Wenngleich Lovenitas Sehnsucht, ihre Mutter zu treffen, unerfüllt blieb, so versöhnte es sie doch ein Stück weit mit dem schweren Schicksal der Theresa Guth, dass sie dazu beitragen konnte, den Gemüts- und Geisteskranken ein menschenwürdigeres Dasein zu ermöglichen.

Auch wenn Lovenita von der Ärzteschaft als »Narrentrösterin« belächelt wurde, mussten die Spötter anerkennen, dass die Anwendung von Johanniskraut bei Schwermütigen gute Erfolge zeigte. Sie dachten außerdem wenigstens gelegentlich über Lovenitas Meinung zu Geisteskranken nach: *Es sind keine Irren, die man einfach wegsperren kann, sondern Menschen, denen man helfen muss wie anderen Kranken auch.*

Im Alter von sechzehn Jahren verliebte sich Clara unsterblich in einen Komödianten, der mit seiner Truppe in Marburg gastierte. Ehe die Schauspieler weiterzogen, hielt der junge Mann bei ihren Eltern um ihre Hand an. Lovenita und Johannes führten mit dem jungen Mann und Clara ein ernsthaftes Gespräch über Claras Schwermut und die Belastung und Verantwortung, die ihre Gemütskrankheit für ihren zukünftigen Ehemann bedeutete. Der Schauspieler nahm dies keineswegs auf die leichte Schulter und sicherte Clara und ihren Eltern zu, dass er auch in schlechten Tagen treu zu Clara stehen werde und dass ihr Gemütsleiden seine Liebe nicht schmälern könne. Da Lovenita und Johannes den Eindruck gewonnen hatten, dass er es ehrlich mit Clara meinte, mochten sie sich dem Glück des jungen Paares nicht länger in den Weg stellen und richteten eine glanzvolle Hochzeit für die Liebenden aus. Dennoch schmerzte es Lovenita freilich, ihre Tochter aus den Augen zu verlieren.

An der Seite ihres Mannes, der sie aufrichtig liebte, blühte Clara auf, und in der Schauspielerei fand sie ihre große Erfüllung. Die Gemütskrankheit ließ sich jedoch nicht dauerhaft bannen und suchte Clara in regelmäßigen Abständen heim. Das änderte sich auch nicht, als die junge Frau Mutter wurde. Im Laufe ihres langen, erfüllten Lebens lernte Clara allerdings, mit ihrer Schwermut umzugehen und sich von der Krankheit nicht den Lebenswillen rauben zu lassen. Ihren Vater sah Clara niemals wieder, doch sein Brief versöhnte sie mit ihm, da er ihr zeigte, dass Albin sie auf seine Art liebte.

Im Sommer des Jahres 1604 gastierten Clara und ihr Mann mit ihrer Schauspielertruppe in Frankfurt, wo auf einer eigens errichteten Freiluftbühne auf dem Römerberg das Schauspiel »Othello« des berühmten englischen Dramatikers William Shakespeare gegeben wurde. Clara verzauberte als Desdemona das Publikum. Lovenita und Johannes, die aus Marburg angereist waren, saßen in der ersten Reihe und verfolgten gebannt die Vorstellung. Unter den Zuschauern befand sich auch Paloma von Malkendorf in Begleitung ihres Gatten.

»Entzückend!«, säuselte die Freifrau kulturbeflissen. Für einen flüchtigen Moment kam es ihr so vor, als sei sie dieser hinreißenden Desdemona schon einmal irgendwo begegnet.

Schlussbemerkung

Die Mysterien von Eleusis, bei denen die Eingeweihten berauschende Tränke zu sich nahmen, die neben anderen halluzinogenen Drogen möglicherweise auch Auszüge von Mutterkorn enthielten, sind ein fester Bestandteil der griechischen Mythologie.

Das durch das Mutterkorn hervorgerufene sogenannte Antoniusfeuer kannte man auch schon in der germanischen Frühzeit unter der Bezeichnung *heylig fuer*.

Da sich der Roggenanbau im frühen Mittelalter verstärkt ausdehnte, häuften sich die Krankheitsfälle.

In einer zeitgenössischen Chronik des Benediktinermönchs Siegebert von Gembloux von 1030 heißt es:

Viele Menschen wurden von einer verheerenden Seuche, dem heiligen Feuer, dahingerafft oder verkrüppelt. Die brandige Vergiftung verzehrte ihre Glieder elendiglich.

Das Antoniusfeuer ging häufig mit religiösen Wahnvorstellungen einher. In der Forschung wird inzwischen erwogen, dass die großen religiösen Bewegungen des Mittelalters wie die Kreuzzüge, Geißlerzüge oder die

Wiedertäuferbewegung auch vom Antoniusfeuer beeinflusst wurden.

Bedenkt man, dass Roggen im späten Mittelalter und in der Neuzeit die wichtigste Getreideart in Mitteleuropa war, so erscheint auch das Phänomen des Hexenwahns in einem neuen Licht.

In dem Kräuterbuch des Frankfurter Stadtarztes Adam Lonitzer aus dem Jahre 1582 wird das Mutterkorn zum ersten Mal botanisch beschrieben und als bewährte Medizin in der Frauenheilkunde und Geburtshilfe benannt.

Mit der Entdeckung des Zusammenhangs zwischen dem Mutterkorn und dem Antoniusfeuer im Jahre 1597 durch die Medizinische Fakultät der Universität Marburg gingen zwar die Erkrankungen in Hessen deutlich zurück, aber das Wissen von der Ursache der Krankheit setzte sich erst in der zweiten Hälfte des 17. Jahrhunderts landesweit durch. Zum einen, weil der Roggen, bevor die Kartoffel in Europa heimisch wurde, das Hauptnahrungsmittel der Bevölkerung war, zum anderen, da sich Aufklärung und Wissenschaft nur allmählich gegen althergebrachte Vorstellungen behaupten konnten.

Noch in den 1950er Jahren kam es in Frankreich zu einer Massenerkrankung.

Im Jahre 1938 synthetisierte der Schweizer Chemiker Albert Hofmann aus dem Getreidepilz Mutterkorn das Lysergsäurediethylamid – besser bekannt als LSD.

1943 unterzog er sich einem Selbstversuch, bei dem er zeitweise unter furchterregenden Halluzinationen litt.

Als in den 1960er Jahren der amerikanische Psychologe Timothy Leary den Massenkonsum von LSD propagierte, übte Hofmann scharfe Kritik und mahnte, mit der Substanz vorsichtig umzugehen, sie sei kein Genussmittel.

In den Mysterien von Eleusis sind die Eingeweihten von Furcht und Schrecken erfüllt, wenn sie aus der Unterwelt kommen.

Bei LSD-Astronauten jüngeren Datums soll es indessen schon vorgekommen sein, dass sie gar nicht mehr von ihrem Trip zurückkehrten, da ihnen unterwegs die Rückfahrkarte abhandengekommen war.

Das »Buch der hundert Kapitel«, um 1500 im Elsass von einem Anonymus verfasst, hat es tatsächlich gegeben. Der französische Historiker Georges Minois erwähnt es in seinem herausragenden Werk »Die Geschichte der Prophezeiungen« im Zusammenhang mit den sogenannten *Millenaristen* des späten Mittelalters. Die Passagen, die ich Albin in abgewandelter und entschärfter Form in den Mund lege, entstammen dieser Schrift.

Die in deutscher Sprache verfassten »Visionen« des anonymen Autors aus dem Herbst des Mittelalters, dem seine Botschaft angeblich vom Erzengel Michael verkündet wurde, verursachten bei mir eine Gänsehaut. Rund vierhundert Jahre später verwendeten die Nationalsozialisten nahezu den gleichen Wortlaut.

Die folgende Passage aus dem »Buch der hundert Kapitel« deckt sich auf verblüffende Weise mit der Propaganda des Dritten Reichs:

Der Führer der Reinen wird die Größe der deutschen Rasse, welche die wirklich auserwählte Rasse ist, wiederherstellen, indem er die Juden, Araber und Lateiner ausmerzen wird. In Trier wird er tausend Jahre lang über ein geistiges und rassisch reines großdeutsches Reich herrschen, das vom Atlantik bis zum Ural reichen wird. Das Tausendjährige Reich wird das Privateigentum abschaffen und die vollständige Gütergemeinschaft einführen, und jedes Jahr werden alle ausgerottet, die versucht haben, sich diesem Ideal zu entziehen.

Im Gegensatz zu seinen geistigen Erben ist der anonyme Verfasser aus dem Jahre 1500 offenbar auch ein Kommunist, der für die Abschaffung des Privateigentums und die vollständige Gütergemeinschaft eintritt.

Auch die Bundschuh-Revolten aus dem Jahre 1502 und die Ideen des von Glaubenszweifeln geplagten Wanderpredigers Thomas Müntzer wurden von ähnlichen Gedanken getragen, wie sie im »Buch der hundert Kapitel« enthalten sind.

Die apokalyptischen Vorhersagen folgen immer dem gleichen banalen Muster:

Das Ende naht, die Heiden werden die Welt erobern und der Antichrist wird herrschen. Doch der Gesandte Gottes wird die Auserwählten, die den Heiligen Geist empfangen haben, zum Kreuzzug gegen die Gottlosen führen, worauf das Millennium des Glücks anbrechen wird. (Vgl. Georges Minois,

Die Geschichte der Prophezeiungen, Düsseldorf 1998, S. 366)

Die Bibelpassagen, die dem »Visionär« Albinus Mollerus ebenfalls vom Erzengel Michael verkündet wurden, stammen aus der Offenbarung des Johannes. Die Offenbarung des Johannes bildete die Grundlage der millenaristischen Prophezeiungen des späten Mittelalters. Der esoterische Text lieferte ihnen die Vorlage zu den makabersten Spekulationen und wahnwitzigsten sektiererischen Vorhersagen.

Ursula Neeb im Juni 2016

Richard Dübell

Der Jahrhundertsturm

Roman.
Taschenbuch.
Auch als E-Book erhältlich.
www.ullstein-buchverlage.de

**ated*1840 – DER JAHRHUNDERTSTURM BEGINNT*

Alvin von Briest ist ein echter Preuße. Er fühlt sich den alten Traditionen seines Heimatlandes verpflichtet. Auf Rat seines Freundes Otto von Bismarck entscheidet er sich sogar für eine Militärlaufbahn. Ganz anders sein Freund Paul Baermann. Paul ist ein Mann des Fortschritts. Seine einzige Liebe gilt der Eisenbahn. Bis er in Paris Louise Ferrand kennenlernt, die ihn mit ihrer Schönheit verzaubert. Doch Louise ist schon einem anderen versprochen – seinem besten Freund, Alvin von Briest. Ihr Herz aber gehört Paul. Während in Berlin Barrikaden gebaut werden, die Industrialisierung ihren Lauf nimmt und sich Deutschland schließlich unter Bismarck eint, müssen Alvin, Paul und Louise in einem Jahrhundert der Gegensätze ihren Weg finden.

Beate Maly
DAS SÜNDENBUCH
Historischer Roman

»Dieses Buch ist Sünde – wer es besitzt, ist dem Tode geweiht!«

ISBN 978-3-548-28464-4

Eine junge Frau auf einer gefährlichen Reise von Prag nach Lissabon. An ihrer Seite: der Arzt Conrad. Ihr Gegner: geheime Mächte innerhalb der Kirche. Jana und Conrad sind die Hüter eines besonderen Schatzes; eines Manuskriptes mit brisantem Inhalt. Für die Kirche ist es das Sündenbuch. Noch fehlt ihnen der Schlüssel, um das Geheimnis des Buches zu enträtseln. Und sie sind nicht die Einzigen, die ihn suchen. Eine gefährliche Jagd durch das Europa des 17. Jahrhunderts beginnt.

www.ullstein-buchverlage.de